魏明伦 著

魏明伦散文

四川文艺出版社

图书在版编目（CIP）数据

魏明伦散文 / 魏明伦著. — 成都：四川文艺出版社，2024.6
ISBN 978-7-5411-6920-5

Ⅰ.①魏… Ⅱ.①魏… Ⅲ.①散文集－中国－当代 Ⅳ.①I267

中国国家版本馆 CIP 数据核字（2024）第 093051 号

WEIMINGLUN SANWEN
魏明伦散文
魏明伦 著

出 品 人	冯　静
责任编辑	李国亮　孙晓萍
封面题字	贾平凹
封面设计	魏晓舸
内文设计	史小燕
责任校对	段　敏
责任印制	崔　娜

出版发行	四川文艺出版社（成都市锦江区三色路 238 号）
网　　址	www.scwys.com
电　　话	028-86361802（发行部）　028-86361781（编辑部）
邮购地址	成都市锦江区三色路 266 号四川文艺出版社邮购部　610023
排　　版	四川胜翔数码印务设计有限公司
印　　刷	成都东江印务有限公司
成品尺寸	145mm×210mm　　　　开　本　32 开
印　　张	13.75　　　　　　　　　字　数　300 千
版　　次	2024 年 6 月第一版　　　印　次　2024 年 6 月第一次印刷
书　　号	ISBN 978-7-5411-6920-5
定　　价	88.00 元

版权所有，违者必究。如有印装质量问题，请与出版社联系调换。联系电话：028-86361796。

魏明伦的力度
——《魏明伦散文》序
廖全京

生活,从来都是无止境的旋流。人生存于世间,就如同一位诗人所说,"旋转,旋转在这巨大的旋涡里",不得不接受各式各样的挑战。

面对这奔腾旋流的挑战,真正的思想者往往在具体的历史语境中,对社会状况、生活脉流的细节、基本观念、行为准则等,提出自己的追问、质询、反思。在剧作中独立思考的戏剧家魏明伦意犹未尽,又通过散文提出自己的追问、质询和反思。

散文中的魏明伦,是一位思想者。

魏明伦的散文有一种思想力度。

在魏明伦那里,"力度"是一个具有两种内涵的概念。一种内涵是"力",指散文在思想与文字统一的基础上产生的穿透力;另一种内涵是"度",指在上述基础上形成的咀嚼度。既有穿透力,又有咀嚼度,这就是魏明伦的力度。

让我们一起走进魏明伦的散文世界。

在这个世界,你基本看不到习见的那一类名为"抒情散文"的浮浅文字。他力避空洞、苍白、矫情、媚俗,力求一针见血、一语中的。这是魏明伦散文的鲜明特征,是他散文穿透力的突出体现。试读他的《帅才不及帝王术》《牛棚读板桥》《仿姚雪垠法 致姚雪垠书》《我家如来》诸篇,无不令人感到其笔锋的稳、准、狠,其意蕴的深、广、辣。大到对国事、国情的建言,小到家事、私情的立论,都显出直率、坦诚,有尖锐、透彻的耿介风度。事实证明,魏明伦的散文,的确是人文散文,而非一般的文人散文。

进一步细读魏明伦有代表性的散文,我察觉他的穿透力产生于两种不同的思维方式,并形成了两种不同的文字风格。我把这两种方式和风格称作热感应和冷感应。这里,有必要说到包括魏明伦散文(尤其是他的杂文)在内的许多有影响的散文,在其写作过程中普遍存在的一种现象——往往与社会现实或历史中的某些事件密切相关。这是值得注意的。有一位思想史学者曾经说:"实际上,在事件背后是思想,至少可以说,思想是事件的重要组成因素。"(罗兰·斯特龙伯格《西方现代思想史·导论》)事实的确如此。魏明伦的穿透力,其实往往就是他的思想对某些具体事件的认知的穿透力,也就是说,魏明伦的穿透力主要体现在他对客观存在的社会事件或历史事件的主观态度上。这是我区分他的穿透力从方式、风格到效果的热感应和冷感应的主要标识。

大抵上说,热感应反映出来的主观态度,一般或是正面肯定的,或是直接否定的。尽管事件或现象有大有小,影响面有宽有窄，魏明伦的言说均一秉至诚，义正情切。这类文字，读来令人热血鼓荡，或愤懑填膺。他写于1996年那四篇《鼠年笔记》，堪称热感应的典范。那年5月，他以全国五一劳动奖章获得者的身份，随劳模参观团从成都出发，开始了短暂的山东之旅。一路上，他兴致勃勃地陆续写下了《蓉城遇丁聪》《威海忧思》《蓬莱乌托邦》《工人群众等于几》。这几篇文字，看似游记却实非游记，仿佛时文又并非时文。首篇写与画家丁聪的会面。他将浓墨重彩落在丁聪于成都举办画展这个事件上，重点放在对画展上展出的长卷漫画《现象图》的评介上。老顽童笔下那1944年中国社会种种腐败现象，引起魏明伦的深思。他由事件而及现象，因现象而生感慨：五十年后，腐败现象"这家伙沉渣泛起，变本加厉，竟如癌细胞扩散。……吾国再也不能姑息养奸，吾民再也不能麻木不仁了"。语重心长，振聋发聩。更为警策处还在结尾：魏明伦建议丁聪再绘《"新"现象图》。新旧对照，警钟长鸣。言现象的时空超越性，有深意存焉。末篇针砭的是另一个在当时的成都颇为轰动的事件。文章从同为参观团成员的矿工身上起笔，先写这位状若农民"陈焕生进城"的瘦矿工的质朴和他的工作成绩、贡献，再写这位瘦矿工与胖老总之间贫富尊卑的差距。然后，在顺便提到"明天就要结束旅游返回成都"时笔锋一转，很自然地将他格外关注的所谓"工人阶级等于0"事件（成都市水碾河十字路口的巨型雕塑，被谐谑的市民称为"工人阶级等于0"）推到读者面前。接着，魏明伦将前文涉及的与矿工有关的现象和围绕这座为工人造像的雕塑所引起的街谈巷议联系起来，将近几十年里工人群众生活状况的变化和官场腐败、钱权交易、贫富不均等现象联系起来，提出自己的看法："工人阶级领导一切"与"工人阶级等于0"，都是极端之词，皆不符合实际。"时代变了，今日的崭新话题应是'工人群众等于几'？"平正之中隐现忧思，尤其发人深省。

与热感应比较起来，魏明伦散文冷感应似乎更加鲜明地显示他的个性。作为一种对现实或历史事件、现象的态度，冷感应在义正情切的前提下，更多了一些理智的怀疑和反思，更显出言词和意蕴上的既沉着、内敛，又尖锐、冷峻。从另一个角度看，它更能检测创作主体的辨别力、洞察力、判断力。应当指出的是，冷感应与热感应的不同之处，还在于冷感应不仅反映作者的为文态度，而且呈现非同一般的文本样态。魏明伦自己曾经略带调侃地说过："得罪了，在下文风惯于反讽。"（《民谚也是格言》）这个"反讽"，可以视为对冷感应的概括。不过，"反讽"在这里不只是一个修辞学概念。我们不妨让它包括作家的思维方式、语言习惯、作品风格等更为宽泛的内涵。体现反讽式冷感应的代表作，则要数轰动一时的《仿姚雪垠法　致姚雪垠书》和《我"错"在独立思考》。前者是辩驳文，后者为自白书。正话反说，反话正说；或笔带机锋，绵里藏针；或字显初衷，文短情深。窃以为，前者有两处文眼让人目光炯然。一处是以子之矛，攻子之盾，使对方陷入悖论："姚老面对刘某是'原告'，面对魏某便是'被告'。前案君若胜诉，后案请君入瓮；反之，后案君若有道，前案还治其身。"另一处是实事求是，拿捏分寸，让对方心服口服："据我愚见，《李自成》仍不失为当代文学史上较有价值的佳作。凡写崇祯、洪承畴、张献忠等篇章不愧精彩笔墨，但主角李自成却有'高大全'之弊，老八队亦近似'老八路'矣！"文眼处见文胆，文眼也就是文胆。魏明伦冷感应的为文态度、风格及其所产生的穿透力，在后者中则主要体现为反话正说，"交代"自己似乎是"脑后生了三根反骨"的"错误"和"阴暗面"——"独立思考"。其中堂奥，读者诸君自有体会，这里不再赘言。

魏明伦是个热心肠的人，他在散文写作中的冷感应，其实是热心肠的外在状态，或者说外在表现。他有时热于内又热于外，有时热于内却冷于外，但万变不离其宗。这个宗就是他的祖宗——中国。他是爱中国的。他是忠于现实的。冷冷热热，时冷时热，热中有冷，冷中有热。如此这般，魏明伦文之思想穿透力，岂能不透过纸背直击人心？

我有一个也许不无偏颇的看法，那就是讨论魏明伦散文思想力度中的咀嚼度，当从韵文的角度切入，也就是说，宜将魏氏散文同时视作韵文来解读。为什么？因为所谓咀嚼度，指的是文本的耐读性，就是人们常说的"有嚼头"。在中国传统文体创作中，散文与韵文的作者固然都对含蓄、隽永等境界有所追求，但相对来说，古人在韵文写作中似乎对此更加强调，更加着力。这大约与吾国乃诗的国度，有着悠久的诗歌文化脉流有关系。还因为魏明伦是散文家，同时是韵文家。与他的韵文写作一样，他的散文写作也是一个长期积累、反复推敲，电光石火，时或迸溅的过程。更重要的是，戏曲是他的童子功，韵文是他最趁手的兵器。以上种种，无疑对他在注重琢磨散文的耐读性方面产生很大的影响。具体地说，他在散文写作中不仅讲究行文的直率，而且讲究诗格中的"婉曲"。用钱锺书先生论及《诗经·小雅·车攻》时的话说，就是"夫言情写景，贵有余不尽。然所谓有余不尽，如万绿丛中著点红，作者举一隅而读者以三隅反，见点红而知嫣红姹紫正无限在"（《谈艺录》第227页，中华书局1984年版）。有余不尽，举一反三，这正是魏明伦散文对咀嚼度的一种追求。

谓予不信，请先读这篇《我家如来》。魏明伦给刚出世的孙子取了个惊世骇俗的名字：魏如来。魏大胆取名居然不避佛祖如来之讳？人们对此议论纷纷，话题便由此展开。仔细揣摩，"如来"二字在魏明伦词典中似乎分本义和关联义。孙子魏如来"长得跟他爸魏来小时候一个样"，这是本义。客观、自然、合理、无可非议。魏明伦着重在作为孙子名字的关联义上做文章。他从佛祖慈悲为本，普爱众生，用不着像帝王名号那样避讳说起，说到佛学主张如来无所不在，说到一草一木都可以称作如来，一直说到诗人李白曾经自称"如来"……自始至终似乎都只是说如来，在说佛理。但似乎从头到尾暗藏着破除偶像崇拜、帝王崇拜的主张，和提倡大胆"妄议"、挑战权威的精神。如来如来，如实道来。初探佛学，深究大千世界。说到大千世界，首先的、重点的自然要说人。演员出身的编剧魏明伦可谓观察人、了解人、琢磨人的行家里手。如果将他的两篇关于蜀人的散文联系起来读，你会发现他琢磨人的高明之处。在《先天下之乐而乐的成都人!》里，魏明伦改"天下未乱蜀先乱"为"天下未乐蜀先乐"，言"时间在成都就是生活"，称成都人"好逸而不恶劳，好吃而不懒做，玩物而不丧志，享乐而不苟安"，赞成都人"安逸与成功辩证的统一，逸民与斗士奇妙的结合"，希望变"天下才人皆入蜀"为"天下无人不入蜀"……乍一看，句句富有新意，句句不离蜀人。细一想，又似乎"饮翁之意不在茶"。其实，他所说的并不仅限于蜀人，他所想的还有共通的人性和人类的普遍愿望：享受生活，追求美好。"安逸乃快乐的至高境界"，这就是那个代表天下人的汉代西蜀说唱俑的心里话，这就是天下人之向往的缩影，这就是人们憧憬乐山乐水乐天下之图景的画外音。除了人的光明一面，魏明伦还写了人的阴暗一面，以及人半明半暗的多面。这就是他笔下的《奇奇怪怪的四川人》。奇怪在哪里？奇怪在有的见人发达，心生嫉妒；有的习惯盲从，首鼠两端……更奇怪处在于三教九流、十妖八魔、好者坏者、好坏参半者，或被誉为中华美德，或被指为川民劣根性。正所谓："俱实也，数好坏顶尖人物，还看四川……"又一个"饮翁之意不在茶"！魏明伦说的分明是中国人，乃至人类。明写川人，暗指人性。这就是他自己说的："话不说透，让你自个儿猜测。用遮掩来突出，用省略来添彩。"(《文学与自我》)

至此，便可以悟出魏明伦散文力度的精神支撑点和逻辑起点：穿透力牵引咀嚼度，咀嚼度深化穿透力，彼此浸润，相互推动，交叉叠加。这样的力度所能取得的强化效果是不言而喻的。

通读魏明伦的散文，我觉察它在整体上呈现一种带规律性的内在趋势和状态。那就是，越是贴近现实社会生活和自我内心生活的文字，越有思想力度。这让我产生了进一步探究他散文理念的想法。

作为一个孤独的思考者，当魏明伦的思想和他的文字相遇，激情便刹那被点燃。激情，对生活的激情，是他散文力度的动能。这动能本身可以通过分析来认知。把握了这动能的精神成分，也就打通了他的散文理念的精神之脉。在我看来，他散文力度的动能——激情，不同程度地表露在三个方面，或者说，作为诗人型散文家，魏明伦的散文理念是以三重身份表露的。

平民化，是他的第一重身份。"这一个"四川人魏明伦是一个平头老百姓，这是他一向的自我感觉、自我认知。他的散文内容离不开老百姓，他的散文语言是老百姓说的未入橄榄的四川话。老百姓关心什么他写什么，替老百姓呼吁，为老百姓呐喊。他在碑文《饭店铭》中写过："淡泊平民意识，坦荡大众襟怀。"可以将这句话理解为他的夫子自道。大众喜爱的四川火锅的三性，即普及性、变革性、包容性，恰恰在魏明伦的散文中得到某种程度的生动体现。在同一篇碑文里那句著名的"诸事皆目，吃饭是纲，酒醉饭饱，纲举目张"，更是非常实在，又相当精彩地传达了普通人的生存愿望和生活需求。它的基本精神与魏明伦散文的基本精神相通。这正是魏明伦自觉的、质朴的平民意识的反映。读者诸君不妨仔细读读他的《民谚也是格言》《对联也是谶语》这两篇不太起眼的短文，那里面有他骨子里的东西，包括为人、为文的根本立场、态度，尤其是自己源自民间的文化血脉意识。我认为，这两篇有着内在联系的文字，在某种意义上是魏明伦散文理念的精神基石。

乐天派，是他的第二重身份。读魏明伦的散文，不时会想起罗丹在1880年创作的《思想者》。当然，魏明伦与雕塑中那个艺术形象不是一回事。我们的这位中国思想者在他的散文中并不是呈现罗丹作品中人物的那种沉浸在极度痛苦中的姿态。魏明伦是个乐天派。在川剧摇篮中喝川剧乳汁长大的他，即使面对丑恶和祸难，痛苦至极，悲从中来，写散文时仍然像在写剧本时一样探索悲剧喜演，审视"美哉，丑贼"。他的内心充满阳光，这阳光洒在散文的字里行间，荡漾出层次分明的幽默感。对此，他的解释是："四川人生性达观，即使生离死别之际，亦不改风趣本色。"（《美哉，丑贼》）这说的是戏剧人物，某种程度上也是在说他自己。读他的散文，就如同穿梭于一座熟悉又陌生的城市的街头巷尾，不知在哪个拐角处就会突然撞上一位诙谐的四川人。

唱反调的人，是他的第三重身份。凡事不盲从，不轻信，这是一个有独立人格并坚持独立思考的清醒者的意识。习惯逆向思维，或曰批判性思维，深谙"反者道之动"的哲理，这并非故意为之，而是天性使然。曾记否？20 世纪 80 年代，从噩梦中醒来不久的魏明伦，应《人民日报》之约写作"怪味杂文"。出手便以《毛病吟》《雌雄论》《半遮的魅力》等篇章一鸣惊人。"怪味"者，反调也。时至今日，这个唱反调的人写戏著文凡四十余载，文风未改，秉性不移，英气逼人，依然故我。一册《巴山鬼话》，奠定了这个唱反调的人在中国当代杂文史上的地位。

还是回到本文开头所说的生活旋流上。生活是旋流，生活又是时间。在某位哲学家眼里，它像旋风一样向前猛冲，不知不觉飞逝。在另一位哲学家看来，它却"像水滴缓慢地从洞穴的钟乳石上滴下"。飞逝的时间是生活，缓慢的时间也是生活。无论快慢,世间所有文字都要经受时间的检验。

但愿魏明伦的散文与他的其他作品一道,永远经得起或快或慢时间的检验。

2023 年 6 月 26 日

目录

人生·交游

姊妹岛，夫妻情 / 003

我家如来 / 010

旭水酒缘 / 013

巴金印象记 / 018

王蒙大帅 / 022

恩兄李致 / 025

蓉城遇丁聪 / 031

访李敖 / 038

会柏杨 / 044

答余秋雨书 / 053

发小谢平安 / 057

诗人型导演张子扬 / 064

醉写孙月霞 / 069

刘巧儿写书 / 077

素描王永梭 / 081

霞去霜来 / 083

泪洒复兴剧校 / 086

"中华"奇迹 / 092

跳水女皇 / 095

可凡可爱 / 099

秀才遇见兵 / 103

知遇之情 / 106

御医的孝子贤孙 / 109

剧坛·曲苑

当代戏剧之命运 / 115

苦吟成戏 / 120

川剧恋 / 125

振兴川剧意识流 / 130

啼笑江湖素描图 / 135

多存芝麻好打油

——《易胆大》创作散记 / 143

我怎样写《三叩门》 / 153

这一个秀才 / 167

再创造是改编的关键

——《岁岁重阳》写作概述 / 174

我做着非常"荒诞"的梦

——《潘金莲》遐想录 / 181

两个中国公主 / 193

美哉，丑贼 / 205

美丽的戏曲 / 222

粉墨丹青 / 226
寻找关汉卿　呼唤成兆才
　　——记两首没有上市流行的歌词 / 231

文思·艺绪

思辨的艺术 / 241
文学与自我 / 245
我"错"在独立思考 / 247
仿姚雪垠法　致姚雪垠书 / 252
帅才不及帝王术
　　——附电视连续剧《淮阴侯韩信》
　　主题歌词 / 256
也说《水浒传》主题歌 / 259
考场思考 / 262
抓　周
　　——再谈"心灵的选择" / 265
《巴山鬼话》序言 / 268
变"文学恐龙"为"艺术孔雀" / 273
新诗审美嬗变说 / 283
秉承对联规则 / 288
牛棚读板桥（十二则） / 291

杂谈·漫话

先天下之乐而乐的成都人！ / 311
奇奇怪怪的四川人
　　——《天下四川人》序言 / 320
威海忧思 / 328

003

蓬莱乌托邦 / 336

江湖人称尤二哥 / 343

蜀中八哥

——《刘克刚画集》小序 / 346

魔术之手 / 348

问　号 / 351

哈哈，圈子 / 354

读者可以说不 / 356

可悲的"半边天" / 360

华灯咏 / 363

诗魂画魄 / 365

岩畔回声

——《岩石里的声音》序 / 368

盲马泪

——武志刚小说集《盲马》序言 / 371

驼影琴心

——素描青年作家廖时香 / 378

醉话唐伯虎 / 383

韩羽画猪 / 385

"小鬼"自白 / 386

笔答《南腔北调》 / 389

读书三性 / 404

悲愤投"海"，佯狂经商 / 407

《魏明伦散文》跋　流火 / 421

人生·交游

姊妹岛，夫妻情

台湾，海南，古老中华版图上的第一大岛，第二大岛。同是神州境内陆地面积最小，海洋面积最大的省份。地理位置，地貌特征，气候条件极其相似，被国人称为琼台姊妹岛。

明伦三生有幸，近两年在姊妹岛延续夫妻缘，履行宝石婚。这喜事，全靠海峡两岸（海南）文化交流联合会鼎力促成。

2014年元宵节后，我应画家何家英之邀，赴海口出席他的画展开幕仪式，同时参加海峡两岸笔会。中国大陆、台湾、香港、澳门四地的作家、画家、书法家、摄影家，新朋老友欢聚一堂。王蒙、韩少功、王岳川、陈长芬、连家生等朋友，和我相识多年。还有一位四川老乡，是这次活动主办单位负责人张松林。老乡见老乡，再不泪汪汪，大家喜洋洋。笔会，漫谈，采风，讲学。在三亚附近的热带雨林呀诺达小住几日。好风景，好兴致。美术家描云绘霞，书法家飞鸿舞鹤，摄影家拍山摄水。我无技能，有时在旁打杂，有时偷闲，偕老伴赏景去也。那天，两口子逛到"山盟海誓"景区，晃悠悠穿过"幸福门"荡桥,遇见台湾女作家季季。她笑谈老夫老妻形影不离,处处成双。我笑答:"季季,您的名字永远成双!"谈笑间,侃到当代女作家总爱取成双的名字:季季、棉棉、落落、痕痕……还有名噪一时的《蜗居》作者六六。顺口溜出六六大顺。我猛然想起,当天正是老伴的生日,进入虚岁六十六!

我在"文革"落魄时期晚婚。吾妻丁本秀,比我小八岁。城市贫民,小学毕业。由媒妁介绍,一锤定音。两间破屋作新房,一顿便饭当婚礼。先结婚,后恋爱。先共苦,后同甘。患难妻子,事业后勤。她文化不高,智商不低。能干、勤劳、朴实、俭省,但不顺从。脾气大,嗓门高。三天两头为小事与我争吵。大风大浪相依为命,小吵小闹却怎么也吵不散。她是全职家庭主妇,里里外外一把手。兼任我的助理、护士、经纪人、摄影师,哪里有我,哪里就有她。海内海外,大小会议,央视春晚,奥运典礼,文代会,戏剧节……十处打锣九处在。唯有一年一度的首都"两会",她不能随我参加。我任全国政协委员二十年,每年"两会"固定于初春召开。我年年都在北京度过元宵节,而吾妻的生日正是在元宵节后几天,即农历正月廿日。多少年了,我没有陪老伴过生,没有当面祝她生日快乐。

这次海南之行,弥补了遗憾。老伴丁本秀生日的消息,当天传到老乡张松林的耳中。恰巧当晚举办主客联欢会,张松林先生真够朋友,临时安排增加一个节目,给本秀祝寿。灯火辉煌,高朋满座,骚人墨客登台表演。前有作家王蒙等人引吭高歌,后有画家何家英等人诙谐说书,并有东道主呀诺达景区青年员工婆娑起舞。高潮时,主持人宣布:祝贺魏明伦夫人丁本秀六十六岁生日。礼仪小姐簇拥，两口子携手登场致谢。中国文联副主席段成桂，台湾作家郭枫，代表两岸嘉宾，上台献花祝寿。满场响起"祝您生日快乐"歌声，促我夫妻当场拥抱！本秀一贯是幕后操劳，从未台前亮相。此刻越激动越腼腆。徐娘已老，竟露出少女时代的羞涩状。我感觉，这一瞬，阔别四十年矣，今夜在海南灯下重现。我也乘兴重作冯妇，独唱一段谈情说爱的川剧胡琴《长生殿》。儿时演过此剧，当年艺名九龄童。弱冠之后，褪尽粉墨，习作翰墨，三尺戏子转为一介书生。三天不唱口生，半个世纪白驹过隙，我极少在人前演唱。良宵破戒，小鬼献丑，嗓子老了，不中用了。如果有镜头记录留真，这一曲当是明伦趣闻"绝版"。

海南缘分没有剧终，好戏还在后头！

2015年初夏，海峡两岸笔会移到台湾举行。主办单位领衔者，依然是海峡两岸（海南）文化交流联合会。基本上是前次笔会的原班人马汇聚宝岛。增加了蒋子龙、郑愁予、林清玄、陈若曦、杨渡、李瑞腾等名家；以及超逾九十高龄的国画大师刘伯骏、李奇茂。我也再次附骥，公不离婆，秤不离砣，携眷赴台。临行前，又接锦上添花的喜讯：主办方邀请我夫妻参加高雄佛光寺星云大师倡导的"菩提眷属"佛化婚礼。星云勇于宗教改革，是推动佛教与现代人间融合的理论家、实践家。佛教初传中国时，曾被儒道两家排斥。批评佛教不妻不娶，漠视世人婚姻，影响繁衍子孙。"既阙长生之言，又无不死之药。斯一世之中，家国空矣！"历史车轮进入新时代，星云大师重视人间婚娶，首创菩提眷属礼仪。用佛法净化、美化、弘化家庭生活。主张生活佛法化，佛法生活化。早在

1960年，星云就为画家李奇茂、张光正夫妇证婚，轰动一时。2015年元旦，原国民党主席吴伯雄与老伴戴美玉结缡五十年，在佛光寺参加菩提眷属祝福礼，星云大师祝福吴氏伉俪金婚。如今，我两口子也要躬逢其盛，真是"与有荣焉"。说来也巧，本秀海南过生之后，很想效法青春佳偶，拍摄婚纱照片。正在考虑选择影楼，台湾传来如此好音，岂非天作之合吗？

5月云淡风轻，从成都出发，飞抵台北。会合两岸四地诗侣文朋，同住圆山大饭店。改革开放以来，我多次做客台北。每次身临其境，都会回忆"文革"时对台湾的神秘感。现在敢坦白了，我曾借得小小红灯牌收音机，黑夜关门偷听"敌台"。紧贴耳边，试调频率。手上打抖，心中打鼓。在恐怖的气氛和刺耳的干扰声中，搜寻微弱的"台北消息"。此事险也！若泄露、被揭发，轻则坐牢，重则杀头。那些胆子大、耳朵尖，但嘴巴上缺一把锁的笨伯，就因向人泄露点滴"台北消息"而被投进铁窗，甚至送到枉死城去了。我的窍门是只听不说，守口如瓶。无论亲朋，滴水不漏。当然一人例外，就是枕边老婆，眼前本秀。圆山大饭店夜阑人静，沧桑巨变了。本秀掏出随身携带的早年结婚证复印件（原件存放成都大邑安仁镇上魏明伦文学馆内展陈）。证书寒伧破旧，上有"文革"标志"最高指示"，下署四川荣县城关镇革委会1970年11月6日签准。屈指算来，至今四十五年。结发偕老，儿孙满堂，居然要到佛门圣地参加一个佛式婚庆活动。我写戏多年，还没见过戏剧性这样奇特的真事！离台北斜风细雨，到高雄一派艳阳天。翌日正午，菩提眷属祝福礼在佛光寺五和塔隆重履行。我两口子与大陆同侪共计六对伉俪盛装联袂而来。其中，海南天涯社区总裁邢明夫妇年纪最轻，应是燕尔新婚不久。我俩这一对，婚龄长达四十五年，属于蓝宝石婚。福证人是星云大师高足慧伦法师。两岸嘉宾和满堂僧侣云集。法鼓金铙声中，福证人引导六对眷属入席。僧伽比丘合唱佛宾赞，齐诵《南无本师释迦牟尼佛经》，再念《般若波罗蜜多心经》。宣读祈颂文，颁发誓愿书。签证人是佛光山住持释心保。六对眷属分别在婚书上盖章，交换信物（我俩准备的信物是金戒指和玉念珠）。礼赠人向眷属呈送结缘品，慧伦法师致闭幕祷词。我合十谛听，脑海中忽然"穿插"文艺作品中基督教婚礼场面。牧师、圣坛、傧相、执烛童、唱诗班、婚约问答、戒指交换、祷告、阿门……显然，眼前佛化婚礼，是借他山之石，成我佛之玉。足见当今世界潮流之融汇趋势。宗教尚可改进，菩提尚需变革，遑言政党政体乎！

现在，我书斋案头放着一张慧伦法师给我夫妻颁证的大照片，照片四周文友题词。王蒙题"在场目睹"；蒋子龙题"见证比翼"；林清玄题"明伦本秀伉俪，诗心佛心，心心相印"；郑愁予题"明伦本秀，在佛光下，爱是灿耀和永远的"。离开台湾前夕，子龙兄表示他要写文章，记述我的高雄逸事。明伦此行，确实获益匪浅。婚礼之外，还有一个始所未料的尾声：

星云大师亮相讲坛，两岸来宾倾听。星云慈眉善目，仙风佛骨。静坐一尊活菩萨，开讲满口新禅机。提倡怀疑，由疑入道。小疑小悟，大疑大悟。偈语连篇，哲理闪光。侃侃而谈一小时，最使我产生共鸣的，是以下观点：

大地众生皆有佛性，每个人都是佛。

我们是佛，我是佛。

佛是人，人是佛。

佛是人修成，人可以成佛。

我正在心领神会，忽听执事僧人宣布：嘉宾谁有提问，请按案头电钮。星云讲座不在这次笔会安排的日程之中，大家都没有思想准备对话交流。一时哑场，鸦雀无声。我临时填补空白，即兴发言。话匣打开，谈及本人一桩有关佛学的往事。我的儿子，名叫魏来。1996年冬末，孙子出生，长得和他爸魏来襁褓时一模一样。我因此给孙子取名魏如来——如同魏来。适逢首都"两会"召开，报到时，我向作家陈祖芬闲聊孙子如来。她笑着说"这个名字只有魏大胆敢取"。不料祖芬比我更大胆，当晚速写短文，标题《孙子取名魏如来》。次日见报，载于《人民政协报》"委员生活"栏内。两天后，佛教界人士提出质疑：如来是佛祖，至高无上，世人理应避讳，决不可命名如来！编辑部立即转达作者陈祖芬，祖芬转问"魏大胆"。鄙人胆大心不粗，取名自有理。避讳是封建帝王之规，并非佛门之戒。佛祖不是封建帝王，佛陀慈悲为本，普爱众生。如来，是释迦牟尼十种法号中第一种。如来，即如实道来。《金刚经》曰：无所从来，亦无所去，故名如来。佛经认为，芸芸众生心内都藏有成佛的因素，这叫"如来藏"。"如来藏"含义甚多，其中一说，是如来"藏"在众生万物里。如来无所不在，无所不容。岂不闻偈语"一花一世界，一叶一如来"吗？既然一草一木都可称作如来，我家小孩未尝不可取名魏如来呢？十八年过去，孙子已在准备高考了。如来之名可否？敬请星云大师当面赐教。

顿时语惊四座，工作人员有些紧张，本秀也怕我捅娄子。如果星云大师拒答，如果他反对，如果我争辩，场面岂不尴尬。沉默中，只见星云的贴身秘书向他耳语几句，大师微微点头，徐徐开口："魏如来的名字，取得好啊！"满堂轰动，笑语风生。大师灵犀与我相通，听他继续娓娓而述："佛性人人平等，每一个众生都是未来的诸佛，诸佛都是当初的众生。没有天生的释迦，没有自然的弥勒。如来不以成佛为大，不以众生为低，把众生提升到与佛平等，这就是民主嘛！"大师含笑，再次向我一指，"魏先生，你家魏如来的名字，取得好啊！"

姊妹岛，夫妻情，从梵音里吸取民主。两口子，一群人满载而归。

2015 年 7 月

我家如来

1997年初,报告文学家陈祖芬有篇作品写了我家小孙子魏如来。

我的儿子叫魏来。孙子出世,长得跟他爸魏来小时候一个样。我因此给孙子取名魏如来——如同魏来。

祖芬写道:"如来,这名字只有魏大胆敢取!"这篇短文在全国政协开幕时见报。我家婴儿还躺在摇篮里傻笑,他小小的"大"名已在首都一鸣惊人了。

朋友们议论纷纷,有的赞赏,有的质疑:从古至今也没人敢这样取名,太大了,居然不避佛祖如来之讳?

"不!佛祖不是封建帝王。佛祖慈悲为本,普爱众生,用不着像帝王名号那样避讳。"我接过话题,聊起佛学,"如来,是释迦牟尼十种法号中第一种。如来,即如实道来。《金刚经》曰:无所从来,亦无所去,故名如来。佛经认为:芸芸众生心内都藏有成佛的因素,这叫作'如来藏'。如来'藏'在众生万物里,如来无所不在,无所不容。岂不闻偈语警句'一花一世界,一叶一如来'么?既然一草一木都可称作如来,我家'祖先'又未尝不可取名如来呢?"

朋友不解我最后一句话:"你取名如来的婴儿,是你的孙子嘛,怎么又扯到祖先了?"

我双手合十答道:"根据佛家哲理,无边宇宙不断轮回。五字包罗人生万象:生、老、病、死、回。车轮循环,周而复始。孙子前生是祖先,祖先转世为孙子。我把孙子视为祖先,把祖先称作如来,既符合佛门'车轮回'的法眼,又符合释家'如来藏'的真谛。"

朋友不以为然:"你的佛理深奥,曲高和寡。在凡夫俗子的土语方言里,孙子带有贬义。北京话'装孙子'就是屈辱卑贱、忍气吞声的同义词。"我笑着答辩:"老皇历过时了。现代家庭里,孙子都是小皇帝。爷爷奶奶倒像忠诚的老奴老婢,甘愿伺候小皇帝,鞠躬尽瘁,死而后已。今天,用什么词儿形容在小天地里至高无上呢?那就是'装孙子'了!"

趣谈有味,争议不休。总而言之,凡人小孩取名如来,虽然从佛理上讲得通,但不适合中国式的帝王名号避讳习惯。咱们中国现在朝山拜佛的人绝大多数并不精通佛学,却与帝王崇拜传统有着千丝万缕的联系。所以,朋友们觉得给孩子取名还是顺应大众心理为好。

冯骥才出主意,给如来之"来"字加上草头,改名"魏如莱"。

文怀沙老先生抚髯斟酌,建议将草头加在"如"字上,改名"魏茹来"。

贾平凹灵机一动,另换一字:"若"与"如"意义相同,声韵相近,何不改名"魏若来"。

我想征求广大读者意见：我家小孙子的名字改不改？怎样改？

成都一位文友却说诗人李白曾经自称"如来"，举出诗话为证。

李白谪居湖州，隐没酒楼。邻座湖州司马不识李白，却向幕僚夸说与李白至交。李白隔席插话，那官员怒问何人多嘴？李白报名"我是如来"，官员斥李白发疯，李白即兴口占一绝：

青莲居士谪仙人，酒市逃名三十春。
湖州司马何须问，金粟如来是后生！

此诗载于太白集中，可见谪仙李白早就敢称"如来"矣！

当我正在咬文嚼字、说佛论禅之时，小孙子快满三岁了，奶声奶气，人见人爱。小家伙绝不管如来与茹来、如莱、若来之区别，他只要一听呼唤"如来"，立刻答应，伸出小手，投入你的怀抱！

1999年8月

旭水酒缘

我是旭水平民女婿,旭水是我第三故乡。吾儿魏来,摇篮在旭水,学步在旭水。长大成家,娶的媳妇又是旭水荣县姑娘。我的岳家在荣县,我的亲家也在荣县。还有一帮荣县老朋友,我至今仍与他们保持联系。三十几年来,我饮过多少旭阳河水?我和旭水结下不解之缘。

"十年浩劫",我常住"牛棚"。每当斗争稍缓,管束稍松,我便潜往荣县苟安几天。这儿虽然只隔自贡百里,但民风相对淳厚,不及自贡整人厉害。且当时荣县的行政区域不属自贡管辖;我这个在盐都挂号的"反动文人",一到旭水河边,就冲淡了身后的威胁。此地有我一拨朋友:或是艺人,或是店员,或是知青,多数归入"逍遥派"。动乱中偷闲,苦难里找乐。茶馆解闷,牌桌消遣。饮茶,碗碗都是道地旭水。打牌,输了罚啥?罚我学那牛饮冷水,腹中装满荣县清泉。

用旭水酿成的美酒,与我的红白喜事有缘。熟悉我的人都知道,在下不胜酒力,席上一贯推杯,但是,也有偶尔破例之时。当年荣县红娘做媒,我与旭水少女结婚。两间破屋做新房,一桌便饭当婚礼。新郎我开怀痛饮的,就是本地土产烧酒。几年后,干了一辈子小摊小贩的老岳父倒在摊位上。我匆匆奔丧,草草收殓。请了几位吊客,凑了几张肉票,打了一顿牙祭,塞了一肚愁肠。街头沽酒,举杯消愁,杯中之物,又是旭水勾兑而成的散装老窖。岁月飞驰,弹指一挥。1987年底,我在釜溪新居宴请北京来客。有意出示川南特产,呈上几瓶荣县老窖——此酒已随时代前进,取名旭水大曲,销出夔门,奖至"金爵",登上四川十大名酒排行榜了!

座中把杯的远客,是专程入川参加拙作讨论会的一群戏剧家。最难得是吾师吴祖光先生,古稀高寿,满怀童心,不辞长途跋涉,赶来扶持后辈。老人家平日没有酒瘾,非常高兴之时才喝,一喝则有半斤之量。恰巧,那段时间他受中国酒文化协会委托,出面主编一本关于酒的文集。书名拟为《解忧集》,取意"何以解忧?唯有杜康"。吴老向海内外朋友征文,我也收到约稿函。此信写得醉意飘然,现在我还记得其中片段——

  足下文苑名家,酒坛巨将;文有过人之才,酒有兼人之量。敢祈惠赐宏文,抒写您与酒的一脉深情。为江山留胜迹,为儿女续因缘……

我非"酒坛巨将",没有应约写稿,只在寒舍与主编当面谈酒。吴老早年有"神童"之称,远在抗战时代就曾经流寓川南,到过釜溪旭水一带。四十年后重游旧地,神童已成皓叟。我向吴老介绍:大诗人陆游也曾谪居古荣州,留下三十二首题咏荣州之诗,其中十六首涉及旭水美酒。信手拈来一例:

"鹅黄名酿何由得,且醉杯中琥珀红。"可见荣县酿酒有名,源远流长。放翁诗句,增添醉翁酒兴。吴老畅饮三巡,红光满面,酡颜亦如琥珀红矣。大半年后,消息传来,旭水大曲争创国优的新闻发布会在北京召开,吴祖光先生带领全家到场祝贺。其子吴欢去了,其女吴霜去了,就连半身不遂、深居简出的新凤霞也被丈夫鼓动去了。吴老如此重视旭水酒会,显然是由于与荣州有缘在先,再加上我这层关系而爱屋及乌。最近,我重翻那次新闻发布会的照片,才看见老报人车辐在场。我推测是车老牵线,吴老带头,约集一群文化名人赴会赏酒。周而复、丁聪、谢添、陈强、柳倩、张西洛……联袂而至,即席挥毫。祖光先生题词,集唐诗两句——

劝君更尽一杯酒,
与尔同销万古愁。

这次酒会还有更为珍贵的镜头,是半瘫的新凤霞站着写字! 50年代《刘巧儿》,60年代《花为媒》,新凤霞身轻如燕,舞步如飞。一场"浩劫"使美女残疾,困坐轮椅,度过夕阳晚景。她在家写书绘画,出外签名题词,都是坐着动笔,起身十分艰难,必须有人搀扶移步,或者手倚桌案斜立。我与凤霞师母深交十八年,从未见过她不用人扶,不靠案头,一手垂后,一手握笔,站直了运腕疾书。旭水酒会留下的这一张相片,可能是奇迹绝照了!

我又猛然发现,这次酒会签到册上"吴祖光"之前还有一行刺目的手迹:"陈希同"!原来炙手可热的北京市市长也曾亲临酒会现场,这证明旭水大曲品牌的声誉确实一度传播首都。陈希同与吴祖光在同一活动中并列签名也是罕见之事。据我所知,这两人水火不相容。陈希同整吴祖光毫不软手,吴祖光抗陈希同决不低头!陈希同三令五申,禁止吴祖光夫妇书画展在北京举行。部队见义勇为,将吴老先生书画展接到陈市长管不了的军事博物馆内开办。当陈市长还未下台、余威犹在之时,吴老先生公开发表檄文,强烈要求追查腐败到底,极力反对称呼陈希同为"同志"!

就这么两位坚决不与对方为伍的冤家,居然被旭水酒会撮合一起!

那天,他俩是否见面?可曾搭话?是隔席不理?还是同桌敷衍?事过境迁,引人猜想。如今,陈希同已入狱,新凤霞已逝世。吴祖光痛失患难妻子,从此沉默寡言。但老人心里明白,风范长存;如同旭水长流,美酒长香,使人不禁触景生情,对酒当歌——

酒啊,酒:奇妙的液体,复杂之人脉。青梅煮酒,使君与操尔虞我诈;御营把盏,霸王与姬生离死别。青龙赴宴,单刀入虎穴;黄袍加身,杯酒释兵权。皇恩浩荡,慈禧太后赐御酒;冤案悬疑,巴山秀才饮琼浆。舞台悲欢,现实炎凉。用何物消除块垒,举此杯感觉升平。酒酒酒,好朋友:酒杯一碰,好事启动。酒碗一端,政策放宽。无酒不成席,有酒就有"戏"。酒似风月宝鉴,反映善恶两重。酒有酒德,人有人格。明白人喝了依然明白,糊涂人喝了仍旧糊涂。有人越喝越讲真话,有人越喝越涨贪心。

酒会留影，旭水作证。权势如过眼烟云，丢官则丧魂落魄；爱情是比翼青鸟，到死也热恋狂思。当代祖光凤霞，古时陆游唐琬。红酥手，黄縢酒。钗头凤，夜归人。干杯，为爱献身；干杯，为民请命；干杯，为国争光。三杯倾倒，一枕鼾声。抒情于无语之时，清醒在沉醉之中！

2000 年 11 月

巴金印象记

我从小爱读巴金先生的系列小说《激流三部曲》。替觉新担忧，替瑞珏伤心，替鸣凤垂泪，且以少年觉慧为青春偶像，梦见自己伴随高家叛逆子弟一起，冲决罗网，迎风出峡。

巴老：您在我心目中是一团火焰！

50年代中期，根据巴金名著改编的香港电影《春》《秋》风靡大陆，倾倒影迷。银幕上"蕙表妹"哀婉凄绝的形象，深深留在我的童心之内。为了纪念巴金笔下这位少女，我在发表习作杂文时署名"周蕙"——即周家蕙表妹也！

巴老：您在我心目中是一片云霞！

80年代初期，《随感录》陆续问世。饱经沧桑的老人对"骗与瞒"深恶痛绝，他以身作则，顶住压力，坚持提倡说真话。其精神境界，其人格力量，使我衷心敬仰，够我一生学习。

巴老：您在我心目中是一座高山！

1982年，我从四川老记者车辐那里得阅巴老之弟李纪申的来信。信上说：巴老从电视预告中获悉，中央电视台将播放魏明伦编剧、自贡市川剧团演出的《四姑娘》，老人很早就等候在电视机旁，全神贯注看完此剧，非常满意，并托李纪申向剧作者致意。

巴老：谢谢您关怀晚辈，我何时能亲聆教诲，面陈心迹？

1983年，我与南国合作的《巴山秀才》由自贡市川剧团带往上海演出，我因故未去。不久，我应上海戏剧节之邀赴沪讲学，上海电视台为此拍了专题新闻节目《魏明伦在上海》。一天下午，与我同住文艺会堂招待所的安徽朋友姚玉涓，邀我一道前往附近华东医院探望巴老。我虽欲脚下生风，却考虑老人卧病，可能息交拒访。姚玉涓担保，他去，巴老定会接见。原来姚玉涓早在"文革"之前，当其"本家"姚文元挥舞"金棍子"向巴老头上打去时，他曾去信表示愤慨和慰问。十几年后，巴老不忘雪中送炭的"年轻姑娘"姚玉涓，见面后才知此人是个彪形大汉！文坛泰斗，居然这样怀念旧情。

到华东医院，我终于见到了神往已久的巴金，白发苍颜，精神矍铄。他一见我就说："我认识你，昨天在电视新闻里看到你了，你叫魏明伦。""前次《巴山秀才》《易胆大》到上海演出，你没来，是南国在电视里出场。"我心中一怔，多么清晰的记忆！八十岁的老人，对一个陌生人的名字，一次匆匆掠过的镜头，记得这样准确。接着，我向巴老汇报写作情况。巴老说："你写的戏，我在电视里都看了。《四姑娘》《易胆大》《巴山秀才》，你连中三元嘛。我是四川人，你我都是巴山秀才嘛。"我心中一热，多么亲切的关怀！一代文豪久卧病榻，竟对来自巴蜀的小老乡的作品了如指掌。闲谈中，我说起黄佐临先生这次送我一本布莱希特的书。巴老立即插话道：

"肯定是《四川好人》!"我心中一惊,多么敏锐的感觉!多么渊博的知识!当时,《四川好人》在国内尚未有译本,就连戏剧界知道这个剧名的人也很少啊。将近一个小时的对话,巴老鼓励我多思考,说真话,写好戏。

我告别病房,回头默念:巴老,我何时才能再见到您?您哪年能重返巴山蜀水故园游?

1987年金菊沁香时节,八十三岁的巴老从上海回到四川,又从锦水之滨来到釜溪之畔。他专程到自贡,一是看恐龙,二是看川剧。刚进宾馆就打听我,念念不忘几年前华东医院促膝谈心。我闻讯赶往宾馆探望,见巴老衰老虽加,但真诚不改,与我拉起家常话:"这几年自贡的川戏特别著名,是你写的几个剧本,把自贡打响了!"我笑着告诉巴老:"我写《潘金莲》,把您老也写进去了!"当即乘兴朗念剧中唱词:

比较学,跨朝代,
巴金之《家》联想开!
冯乐山可似张员外?
鸣凤金莲同悲哀。
三少爷觉慧今何在?
宝二爷与三少爷共一胎……

老人听着露出会心的微笑。

那天晚上,我陪同巴老观看剧团演出《易胆大》等五出大型剧目中的五个折子戏。巴老神采焕发,兴味盎然。当《巴山秀才》中的"迁告"演到秀才临死还在纠正总督念别字时，引起巴老一阵一阵笑声！当《潘金莲》中的"追求"演到高潮，几句帮腔："关二爷，武二爷，偏不似怜香惜玉的宝二爷！"当即引起巴老共鸣，向我低语："在中国，封建观念还是根深蒂固的。川剧《潘金莲》形式荒诞，内容很深刻。这种探索应该肯定。"巴老的女儿李小林几次提醒父亲："身体受不受得了？"巴老戏瘾甚大，目不转睛盯住台上说："不要紧，看戏，看下去。"

"文革"后十年来，巴老因年高多病，无论是在上海、在北京、在海外，他都没有进剧场看过一次戏。这回却破例到我们小小的自贡剧场过了一次戏瘾，坐了整整两个半小时！

次日清晨，我去送行。巴老又一次把手嘱咐："你不但努力，而且胆大，这很难得。我希望你多出新作，希望川剧振兴。"

老人登上旅途，给我留下一卷他签名赠送的长篇名著《寒夜》。

巴老：您是一团炽烈的火，一片灿烂的云，一座巍峨的山！

1988 年 1 月

王蒙大帅

我今天有幸参加王蒙文学艺术馆开馆典礼。

去年,王蒙大哥到成都参观魏明伦文学馆。我是小巫,他是大巫,那一次是大巫见小巫。媒体报道"文学大师参观巴蜀小鬼文学馆",我建议媒体可否不称"文学大师",请减一笔,"师"字减一横是"帅"。称王蒙为"文坛大帅",更准确,更切实。

今天是文坛大帅开馆,巴蜀小鬼前来祝贺,小巫见大巫。

我和王蒙大帅结交二十八年了。

1986年,王蒙出任中国文化部部长,上任就调自贡市川剧团的"荒诞"川剧《潘金莲》进京献演。这个"荒诞川剧"是我的探索作品,引起极大的争议。一边热烈支持,一边强烈反对,双方都"烈"!

支持方的代表人物是巴金、萧乾、吴祖光、余秋雨等;反对方的代表人物是林默涵、贺敬之、姚雪垠、章诒和等。双方相持不下。此时破例调到首都献演,王蒙部长到场看戏,又主持召开座谈会。王蒙既非强烈反对,也非热烈支持,他表态是基本肯定，容许探索。他当时恰如其分扶掖我，我从此心悦诚服敬佩他。

二十八年的交谊，我观察王蒙大帅，觉得这老大哥真是奇迹！

他产量极高，不仅著作等身，堪称著作超身。他的文集现已出到45卷，1600万字啊！他还健在，笔耕不辍，至少能够达到2000万字，著作超身。

他还有个头衔——社会活动家。他并非离群索居，闭门写书，心无旁骛。王蒙大帅的"旁骛"可多了。日理万机是夸张，双管齐下，三措并举，是王蒙大帅的常态。

王蒙大帅涉猎广泛。主体是小说，兼写散文、随笔、旧体诗、自传、文艺理论，直到研究老子、庄子、《红楼梦》、李商隐……

鲁迅认为：博识家多浅，专门家多悖。

王蒙涉足甚广，但广而不浅。

王蒙著作极多，但多而不粗。

王蒙年岁已老，但老而不朽。

赞曰：

> 青年王蒙，组织部新来的青年人！
> 中年王蒙，文化部新来的中年人！
> 老年王蒙，财富榜新来的老年人！

当代作家财富榜上，老人很少，王蒙是孤独者！

当代作家王蒙，超越古代画家王蒙。前者在中国美术史上的位置已有定评,后者在中国文学史上的位置尚待检验。

小鬼我姑且预言,后者胜过前者,此王蒙超越彼王蒙!

2014 年 5 月

恩兄李致

高山流水，仁心慧眼。难得知音之缘，更难得知遇之恩。我多次面对媒体，据实尊称：我的恩师是吴祖光，我的恩兄是李致。

我分别与他俩深交，而他俩之间很少来往。辈分、职业、经历、处境、性格、气质，都不相同。我却深知他俩具有共同的爱憎。对历史的反思，对现实的观察；对友谊的热忱，对艺术的热衷，对民主的苦恋，对政改的苦盼。党外的祖光，党内的李致，不约而同，灵犀相通。力度有别，基调一致。

2009年12月7日，李致八旬华诞。我敬呈一首五言律诗祝寿。

> 君是海儿否？书香传子孙。
> 三分觉慧胆，十足明轩情。
> 菊圃灌园叟，花田写扇人。
> 八旬李部长，一位德先生。

拙诗前四句，涉及李致与巴老巨著《激流三部曲》的内在渊源。海儿，是《家》里主角觉新的爱子。觉新原型，部分取自巴金之兄李尧枚。李致，正是李尧枚的哲嗣，即活着的海儿。觉慧，是《家》里敢于反封建的热血少年。窃以为，李致也有几分觉慧的胆识。明轩，是觉新的表字。善良、宽厚、克己护人。李致身上，兼有觉新觉慧昆仲的刚柔基因。拙诗颈联两句：灌园叟，写扇人。描述李致灌溉梨园，扶持川剧。这个老戏迷，有一次居然不施粉墨，登场清唱，傍川剧名伶陈书舫合演喜剧《花田写扇》。此公曾任中共四川省委宣传部副部长。艺人笑传：部长上台演小生！文友赠言：部长原来是书生！我再补充：部长本色"德先生"！哈哈，凑起来，三"生"有幸了。他这官儿不大不小，官场浮沉，表面不卑不亢，骨子里不驯不懦。

试举一例吧。20世纪50年代，李致曾受胡风案株连，"文革"又打入牛棚，后从团中央调回成都。80年代初期，出任四川省出版局副局长，兼四川人民出版社总编辑，后任四川出版总社社长。

出版家李致，潜身幕后；散文家李致，署名书前。他的十几种散文集《往事》《昔日》《回顾》《足迹》……顾名思义，怀旧为主。文笔朴素自然，感情真挚深厚。描人叙事，单章小传，笔下众公数以百计。我从中看出，对李致人生观影响最深者，一是巴金，一是胡耀邦。正如我的骈文《中国脊梁赋》所赞："耀邦主政，平反千万冤狱；巴金忏悔，唤醒亿兆良知。"政界文坛，两位民主典范，是李致的精神导师。

我读他的著作，在千禧年后；我与他的交谊，早从1983

年就开始了。岁月如梭,往事如烟。现挑选几件亲身感受的实例,佐证李致大哥发扬民主,呵护作家。

1986年,拙作川剧《潘金莲》问世。引起一场搅动大江南北,波及港台欧美的"潘金莲旋风"。本剧内容,斗胆挑战传统观念,为千古淫妇潘金莲鸣不平,重写一个令人同情,使人惋惜,又招人谴责,引人深思的潘金莲。塑造"这一个"女人,联想这一类女人,审视她们是怎样从单纯到复杂,从挣扎到沉沦,从无辜到有罪。由于内容需要,形式也斗胆突破传统,带头"荒诞"。作者特邀古今中外人物施耐庵、贾宝玉、安娜·卡列尼娜、武则天、七品芝麻官、新闻记者、黑社会阿飞、人民法庭庭长……跨朝越国而来,与潘金莲比较命运,交流感情,评说是非。内容与形式两重颠覆,效果换来观众两个烈度:热烈支持,强烈反对。在北京,热烈支持本剧的代表人物是吴祖光;在四川,大力扶持拙作的代表人物是李致。

难得此公不仅有识,而且有权。当年,如果没有李致这种有识且有权的伯乐们,《潘金莲》决不可能搬上舞台,演到成都,走出四川,闹到北京,扩至海外。至少,到成都这座码头就被打压,胎死盆地之内了。四川戏剧界舵爷某君拍桌喝斥,明知故问:"是谁把荒诞川剧《潘金莲》调到省里公演?这个行动本身就十分荒诞嘛!"李致不予理睬,索性"荒诞"下去。幕后推动"千古淫妇"冲南京,闯上海。向巴金推荐,又向张爱萍"鼓吹"。翌年,陪同巴老赴自贡,特安排观看《潘金莲》。"文革"以后,巴老从未进过剧场,这次破例,在台下看得笑逐颜开。侄儿李致在旁帮腔,四爸开口为金莲说话:"在中国,封建观念还是根深蒂固的,川剧《潘金莲》形式荒诞，内容很深刻，值得肯定。"

几天后，儒将张爱萍也到自贡欣赏《潘金莲》，观感与巴老共鸣。李致转述，国防部部长为潘金莲愤愤不平说："人人都有姐儿妹子，谁会把自家姐儿妹子嫁给武大郎那样的男人呢？"不久，"潘金莲旋风"卷到维多利亚港湾。香港银都机构影视剧艺社，将《潘》剧移植为音乐剧，特邀作者访港看戏。这是我平生第一次出境，签证手续阻力甚大。自贡市收到香港请柬，不敢定夺，转呈省委宣传部审处。恰好由分管文艺的副部长李致受理，他力排众议，争取许川部长同意，批准本人访港。自贡有关首长反而不满，指责"许川、李致一贯右倾"！后来李致透露：我这个小人物出境看戏之事，竟弄到中共中央政治局委员、省委书记杨汝岱，文化部部长朱穆之那里去了。李致上下斡旋，大费周折，我终于成行。如今，翻开几十种中国现当代文学史，川剧《潘金莲》十处打锣九处在。跻身史册，单章评述。是戏曲文学的唯一代表，与意识流小说、朦胧诗、社会问题报告文学、新世纪散文、先锋派话剧、第五代电影等，并列为20世纪80年代思想解放的文学标志。学术评价较高，民间则共称拙作是名副其实的"穿越剧"鼻祖。庙堂雅评，江湖俗议，足以反证恩兄李致当年没有看走眼。

我重写潘金莲之后，接着再塑诸葛亮。拙作《夕照祁山》，从某种意义讲，是《潘金莲》的姊妹篇。在我看来，中国家喻户晓最坏的女人潘金莲，没那么坏；家喻户晓最"神"的男人诸葛亮，也没那么"神"。在我笔下，民女潘金莲善恶并举，伟人诸葛亮晦明并存，都是组合性格。重写潘金莲，是我对古典巨著《水浒传》的女人观提出质疑；再塑诸葛亮，是我对又一部经典巨著《三国演义》的圣贤观提出商榷。这绝不是做简单的翻案文章。我钻进故纸堆，潜心做学问。沉重的历史反思，艰苦的艺术探索。试将诸葛亮请下神坛，还原为人。颂其美德，揭其弊病，哀其苦衷，展示一代贤相暮年晚景的复杂性格和悲剧成因。这一招又逢知音，李致细读《夕照祁山》，夜不能寐，偕夫人丁秀涓挑灯传阅。老俩口的欣喜心情，竟和青年时代阅读曹禺剧本的感觉一样。以后多次称赞："《夕照祁山》单从文学性而言，接近曹禺剧本。总体是诗剧，词句皆剧诗。"谬承夸奖，无独有偶，张爱萍将军也偏爱《夕照祁山》。他从军事家的角度审视，认为诸葛亮出祁山是战术败笔；魏延从子午道奇袭长安之策，才是兵家高见。张将军向我转述朱德总司令批评诸葛亮"治戎为长，奇谋为短。理民之干，优于将略"。朱老总少年读书时一篇作文，就是评说诸葛亮拒不采纳蜀汉功臣魏延忠告，从此将相失和结怨。小说《三国演义》，背离陈寿信史《三国志》。编造魏延早生反骨，诸葛亮用兵如神，洞察一切，锄奸有理。再经戏曲舞台渲染，魏延蒙冤千载。朱德、张爱萍参观成都武侯祠，曾寻问魏延踪迹。见祠内功臣塑像成群，却把蜀中大将魏延排除于外。不禁叹息小说家言，舞台传播，造成反骨冤狱难以澄清。说来也怪，传统戏曲里似神似妖的诸葛亮留下口诀："魏延必反，马岱快斩"。如今落到我的头上，演变为"见魏必反"！蜀中"左"爷们，一见魏明伦的剧本，就认定必有反骨，因而必须反对。四川省剧协领导批判《夕照祁山》，对号入座，无限上纲。此君姓李，与同宗李致，对《夕照祁山》褒贬有霄壤之别。同宗不同志，又是两个极端。有人压制，有人提携。

1998年，中国文联拟安排我担任中国戏剧家协会副主席，照例由中共中央宣传部、中共中央组织部派人到四川征求意见。李致时任四川省文联主席，大力拥护中国文联的安排，并且澄清极左势力对我的不实之词。支持我走上了中国剧协的领导岗位，李致投了关键的一票。

我和李致长期交往中，他的细节之一：每次打完电话，他一定要求我说"再见"。履行告别仪式，否则不挂电话，近于苛求。细节之二：向我索戏太频，索文尤甚，不交卷不罢休。细节之三：每当叮嘱"哪里说哪里丢"，正是他想听我的越轨之论过过瘾。先表示不再传，听了就丢。其实没丢，彼此记在心里。

此翁今年已满八十七岁，党龄近七十年。民国时期就投身学运。早受"五四"倡导的"德先生"感召，在"要民主，要自由"的旗帜下呐喊前进。

李致这一代人曾经沧海，和无数抛头颅，洒热血的死难战友一样，多是为了追求"德先生"而奋斗，为了实现"德先生"而献身。在曲折的道路上，李致们有过盲从，有过困惑。牛棚里痛苦挣扎，离休后求索反思。

八旬李部长
一位德先生

如今满头白发，大半生不做缺"德"之事，多有积"德"之行。

2016年元旦后　敬书

蓉城遇丁聪

今天是五一劳动节,早晨八九点钟的太阳普照大地,促人朝气蓬勃,容光焕发。我用罢早餐,上午无事,坐在招待所客房里,正好补写笔记。

今年我获得全国五一劳动奖章,去成都参加表彰大会。4月29日下午到达,住总工会招待所。偶然在服务台看到刚上市的《成都晚报》,副刊报道丁聪正在成都办画展,报端选载丁聪所作文化人肖像画四幅,最后一幅画的是我。四幅画像都取于《我画你写》集子,那是丁聪夫人沈峻策划编辑,将丁老历年所绘文化名人的肖像画搜集起来,选了八十幅,印成一册。八十位"像主"大部分是丁老的朋友,"像主"之间也互有交情。大家动笔自题画像,彼此描述几句,说说笑笑,妙趣横生。"像主"以作家、画家占多,也有少数科学家、哲学家、教育家、书法家、翻译家、音乐家、舞蹈家、电影表演艺术家。诞辰最早的是鲁迅,年龄最小的是铁凝。我也算是小字辈,有幸叨陪末座。八十位"像主"之中,有四位是川籍老乡:郭老、巴老、刘心武和我,至今还在四川工作的只有我一人。这次丁聪画展在蓉城举办,《成都晚报》编者选登冰心、巴金、沈从文三位文学大师画像之后,搭上我这个晚辈,分明是老乡爱老乡,把我当作新时期四川作家的代表之一。其实,我在四川作协分会算个老几?几年前批准入会当个普通会员还很费一些周折,现在我都不知道四川作协分会的机关大门是朝哪个方向开。

成都朋友黄光新告诉我,丁老夫妇住在宽巷子小观园宾馆。我马上与丁老通了电话,得知这次画展是北京东坡餐厅老板张达赞助办成。啊!张达,大好人。我在中央电视台春节联欢晚会担任总撰稿期间,张达与我过从较密。首都一些作家画家朋友常在张达的东坡餐厅聚会,那里优惠待客,宾至如归。有一次,杜宪、陈道明两口子从美国回来,热情请我与本秀吃馆子,让我自选合符口味的餐厅。我叫道明开车到紫竹院,两对夫妇在东坡餐厅共进晚餐,吃得挺好。老板张达不收杜宪一文,坚持由他作东,心意确是至诚。古语"慷慨悲歌",我看张达算得上慷慨加悲歌之奇人;今日有孟尝遗风,昔年有战俘惨遇。他是四川眉山人,与苏东坡同乡。从小受到苏词"西北望,射天狼"的从军报国思想影响,一腔热血参加志愿军,雄赳赳,气昂昂,跨过鸭绿江。杀敌三千,自损八百,胜败乃兵家常事,弹尽援绝,不幸被俘。他错在没学古代烈女守节那样城破自尽,只是困在战俘营里,像关在渣滓洞里与敌人作特殊的斗争。张达和他的战俘难友们秘密建立共青团回国斗争小组,为争取回国而受到敌人残酷迫害。后来释放战俘,自定去向,张达与他的难友毫不犹豫选择返回大陆。但等待他们的并不是祖国和故乡的鲜花与拥抱,不是同情与理解!张达身心伤痕累累，苟全性命，熬到了正确对待六千名归国战俘的20世纪80年代后期。平反、打工、经商，结交文朋画友，赞助文化书业。上海沪剧院曾以张达作模特儿，改为女主角，创作演出现代戏《她从雾中来》。解放军文艺出版社主办的《昆仑》杂志，根据张达等十几位历尽苦难者提供的真人真事材料，发表长篇《志愿军战俘纪实》与《志愿军战俘后记》。是谁写的？我忘了，只记得那两部纪实文学的哲理含量很重，笔锋尖锐，思考深沉。

我与张达阔别三年，蓉城不期而遇，喜出望外，打电话到他住所房间叙旧，没料到张达接电话吞吞吐吐，语气冷淡……

昨天上午9点，我到四川美术馆参观丁聪画展，一进门就看见张达，模样没变，衣着换新，鼻梁上添了一副眼镜。张达快步迎客，与我寒暄，一脸朴实的笑容，一阵热情的握手。我心里纳闷，这人怎么一会儿冷，一会儿热？丁聪夫人沈峻过来笑着解释："昨天深夜，车夫先生接了个神秘电话。一个素不相识的人给他套近乎，弄得车夫莫名其妙。我猜想这是'大意小魏'的特点，你打电话不问对象，把车夫当作张达了！"

"大意小魏"是新凤霞老师一篇文章的标题，描写我大事不糊涂，生活小事粗心大意，丢三落四，常有趣闻。这次又应验，电话打错房间，闹了个误会。沈峻引来彪形大汉车夫，介绍身份：大校军衔，《解放军画报》摄影家，伴随丁聪来蓉张罗画展。车夫大校也㥁，我大意把你当作张达，你不是张达，电话里一句就可说清楚。怎么将错就错，含糊应之，让我自作多情，独白一番呢？我正在展厅与车夫说话，外边几声呼唤：

车夫在找魏明伦！今儿个怎么了？面前车夫，外面车夫，双双撞车了！

来者不是车夫是车辐！良辰吉日，好友聚会，又来了一个好人中的奇人，奇人中的好人。黄宗江有妙文题曰《我爱四川，我爱车辐》。车老先生八十余岁，满世界活蹦乱跳。一串外号，画出其人：成都通、土地爷、开心果、老顽童、车大侠、美食家、照相迷……上溯五十几年，他已是抗战文协理事，著名新闻记者。鲁迅刚逝世，车辐就给许广平写信，提醒未亡人妥善保存鲁迅遗物，小至衣履也应珍藏。车辐当时就预言，鲁迅生前命交华盖，旧帽遮颜；一百年之后，必是一纸一墨也弥足珍贵的世界级文豪。六十年过去了，信函原件收入鲁迅许广平书信集，历史证明车辐眼力准确。这老顽童一辈子交游甚广，熟悉三教九流。单举抗战时期的文化名人，与车辐称兄道弟者少说也有两三打。据说冯玉祥初识车辐时，将军也玩幽默："车夫！你是开汽车的，还是拉黄包车的？"此公虽不拉车，却替人扶柩。那年头，流亡入川的电影演员施超，诗人江村，还有一个佚名的地下党员之妻，先后客死成都，丧葬无着，全由车大侠仗义包干，将几个外省朋友骸骨葬进他车家墓地，与车太夫人坟墓相傍。做了好事又不声张，"隐瞒"几十年。若非陈白尘重返成都当众揭了"老底"，这项义举鲜为人知。此外，反腐败他也是老资格。用四川方言说："车大爷反腐败的年辰，小魏我的鼻涕还在横起揩！"那是《马凡陀山歌》破土而出之时，进步文化人突破国民党书报审查制度的封锁，用各种文艺形式揭露官场腐败。新闻记者车辐以杂文和特写抨击贪官污吏，与重庆的《马凡陀山歌》呼应，在川西坝子小有名气。按照车辐的资历，现在满可以捞个政协委员、作协顾问什么的当当，但他什么也不是。中华人民共和国成立后，他不知哪一炉香没烧好，一直被塞在冰柜里，整整冷藏了三十年。改革开放时期，冰柜开箱，文物出土，可他也没有赶上正儿八经的末班车。我知道他老人家只有两个社会头衔：省烹饪协会理事，老年性生活研究学会理事！后者尤为绝妙，非老顽童莫属。车辐再不写杂文反腐败了。今夕只可谈风月，他改行成了研究"饮食男女"的专家。

今与车老重逢，少不了一个节目是照相合影。丁老、沈峻、张达和我摆出各种姿势：专业摄影家车夫，业余摄影家车辐，两架高级照相机，左右开弓，双车同拍。展厅有些观众认出是我，接连递来各种本子请我签名，又要求合影。我不愿喧宾夺主，只应酬观众几下子，就溜到四周观画。丁聪作品丰富多彩，优质高产，晚年特别勤奋，手不停挥。这里展出他一生笔耕的部分收获：漫画、插图、速写、舞台美术、人物造型、海报设计……我的注意力集中到长卷漫画《现象图》。

这是丁老的代表作之一，亦是中国漫画的经典作之一。注明绘于甲申岁暮，即1944年冬天，也就是朱明王朝灭亡，甲申三百年祭之时。漫画家用犀利之笔将当时社会种种腐败现象绘成横幅彩墨长卷，预告蒋家王朝气数已尽，必然崩溃。内涵深厚，构图奇特，造型生动，细节微妙，思想性与艺术性并佳，经得起时间和空间的检验。原画被美国某大博物馆收藏，这里的展品是丁老亲手复制。据画家自述："漫画是美术工作者与黑暗搏斗的匕首，我曾带它闯过漫长而阴暗的岁月。"这幅《现象图》是与国民党书报审查制度的"剪刀"斗法成果。

听丁聪介绍,《现象图》问世之初,叶圣陶与叶丁易两位作家分别题图作歌,图文并茂。原文较长,丁老记不得了,叫夫人沈峻回北京后将原件复印一份寄我参考。车辐记性好,还想得起两叶的题图断句。叶圣陶题的开头两句是:

　　现象如斯,
　　人间何世?

叶丁易题的最后两句是:

　　现象如此不可长,
　　群起改革毋彷徨。

　　从丁易题图结束语看来,当年一部分反腐败的文化人对"国民政府"还抱有幻想。以为"群起改革",便可促使"现象"好转。奈何旧社会腐败透顶,狂澜既倒,谁也挽它不转。
　　沧桑巨变,兴亡轮回,漫画长卷犹在,小丁已成丁老。一个词语惊人的巧合:画家于黎明前的黑暗时代绘图讽刺腐败,选用"现象"一词作为标题;两位叶老也围绕"现象"一词作文章。他们当时做梦也没想到,"现象"这个词儿会在五十年后又被中国普遍使用,谓之"腐败现象"!这家伙沉渣泛起,变本加厉,竟如癌细胞扩散。老百姓怎不深恶痛绝?爱国者怎不忧国忧民?中南海内频频敲响警钟:若让腐败现象泛滥下去,将会导致亡党亡国!振聋发聩,触目惊心,吾国再也不能姑息养奸,吾民再也不能麻木不仁了!

一种历史责任感推动我向丁老建议：漫画家重作冯妇，再绘《"新"现象图》。仍用彩墨横幅，仍取连环镜头，把当前种种腐败现象浓缩图中，燃犀烛怪，以警世人。《"新"现象图》仍由丁聪绘制，有其不可替代的特殊意义。小丁打开引号，丁老完成句号。继《鬼趣图》之泼辣，仿《推背图》之哲理，取《铁冠图》之诚意。大凡杰出之讽刺漫画，往往托以神怪，实为人民心声，时代投影，新陈代谢之暮鼓晨钟也！

丁聪当即被我的建议打动，连连点头，跃跃欲试。并请我合作，他画我写，为《"新"现象图》撰文配词。

中午，"吃仙"车辐带领大家到酒好不嫌巷子深之处品尝川味小吃荷叶粉蒸肉。此菜不放红椒，迁就北方客人惧怕辛辣的胃口。使我联想《"新"现象图》题词不可太麻太辣，以免刺激那些偏爱歌舞升平之人的脆弱神经。这回我学学中庸，试试温和，题图开篇先表两句——

不要紧！不要怕！
腐败只是"现象"，
本质还是好的嘛！

1996年5月

访李敖

1995年2月26日　星期日　台北六福客栈

今天，台北《民生报》《联合报》分别以"两岸怪才相见欢"和"当四川鬼才碰上台湾怪才"的醒目标题，刊出了我与李敖会见的消息及合影照片。

李敖：台湾著名学者，杂文家。精通文史，学贯中西，谈古论今，惊世骇俗，反传统，反封建，骂暴政，骂时弊，呼吁政治民主，鼓吹言论自由，道人之未道，成一家之言。其书九十六种被查禁，其人多次入狱，坐牢七年。他公开自称："五十年来和五百年内，中国人写白话文的前三名是李敖、李敖、李敖！"口气之狂，史无前例，后世难再。我在大陆读过他的杂文选集《传统下的独白》《独白下的传统》《千秋评论》，对此公心仪已久。这次做客台北，经音乐家许博允先生牵线，我有缘结识怪杰李敖。

昨天午后，细雨霏霏。由新象文教基金会王小姐领路，我同妻子一起乘车赴约。车上猜想李敖是何模样？传闻此公脾气怪异，出言不逊，使人难堪而引以为乐。我不禁想起30年代四川才子刘师亮拜访厚黑教主李宗吾的自报家门趣话。李宗吾咄咄逼人："骑青牛，过函谷，老子姓李！"

刘师亮反唇相说："斩白蛇，定天下，高祖姓刘！"

文人相轻，自古皆然。万一怪人李敖给我来个"老子姓李"之类的见面礼，我就只好不卑不亢将"魏"字拆开一半说"小弟是鬼"了。

车到传家艺术中心，许博允已在展厅等候。这里正在举办李敖珍藏书画拍卖预展，四壁悬挂名人手迹精品：文徵明、唐伯虎、冒辟疆、董小宛、翁同龢、何绍基、康有为、梁启超、孙中山、于右任、齐白石、张大千……古色古香之外，还有一幅时髦女郎画像。画中美人是李敖前妻，电影明星胡茵梦。

许博允引来一人，不待介绍，那人主动笑着伸过手来："欢迎光临，我是李敖。"

我握手打量对方：白净面皮，瘦高身材，红衬衣，红领带，红背心，嘴唇也很红润，年岁应是中盛。谦恭礼貌，满脸含笑，与我预想中那位年过花甲的怪人狂人冷面人形象毫不搭界。

李敖手拿一张《潘金莲》演出说明书，指着许博允说："听他介绍，您这次到台湾，是带剧团来演出荒诞川剧《潘金莲》？"

我点头答道："我在大陆拜读李敖先生的大作。您有句名言：'中国女人的牌坊要大，金莲要小！'我扛不动贞节牌坊，只把三寸金莲带来了。"李敖仔细一看演出说明书："啊，是吴祖光强力推荐……可惜这次吴老先生没有亲自来。"

我从李敖的眼神和语气中感觉到他对吴老很尊敬。

许博允插话说:"你俩都是鬼才,今天见面,真是鬼撞鬼了。"

我摇头辞谢:"不敢当。我是小巫,李敖先生是大巫。今天是小巫见大巫。"

李敖比我更客气,他伸出大拇指,妙语解颐:"巫山在四川省,要说巫,还是四川来的魏明伦为大!"

如此谦逊,与自诩老子天下第一的李敖判若两人!我脱口而出:"你真是李敖吗?!"

李敖没料到我会这样提问!他笑着回顾许博允,许先生似乎没有听懂我的四川话,笑着耸了耸肩。

我用认真的口吻说出一串戏言:"我想象中的李敖应是冷面老叟,披着长发,蓄着虬髯,是个中西混合形象。目空一切,语惊四座。用北京土话说,他是狂得没治了!你呢?这样年轻,这样谦和,你不像李敖,倒像是李敖的儿子,代替令尊出来接待客人!"

李敖不愧是捷才,立即幽默地反诘:"你怀疑我是伪劣假冒产品吗?!"

我被将了一军,记者们饶有兴趣地围过来倾听下文。

我灵机一动,联系现场书画而答:"今天李敖先生就是演讲如何鉴别文物的真伪嘛。先生学识渊博,能辨认名人字画是真是假;小弟不才,也想辨认今天出场的李敖是假是真。"

李敖豪爽地一笑:"哈哈,那就请您检验吧。"说着陪我参观展厅字画,记者们跟随拍照。我见所有展品都标明作者的生卒年,唯独一幅大陆画家邵宇的作品只写了作者1919年出生,却没有署明卒年。

我告诉李敖：我见邵宇先生最后一面是在全国政协文艺小组会上，他已于1991年去世。李敖得此消息，马上取过标签，亲笔补写邵宇卒年。我再一次感到"狂人"不狂，从善如流。

下午3点整，宾客云集，李敖登台讲演。我偕妻子前排落座，听清了这次拍卖活动的特殊缘由。

早年，"骂蒋专家"李敖曾被蒋介石、蒋经国两代领导人下令逮捕，与蒋家父子积仇甚深。近年，台湾终于"开放党禁报禁"。东吴大学校长章孝慈（实为蒋经国之子，蒋介石之孙）为了弘扬自由精神，提倡宽容学风，接受大学生黄宏成的建议，化除世仇，三顾茅庐，邀请李敖到东吴大学任教。章孝慈这种胆量和度量，获得中外舆论一致称赞。李敖教授到东吴大学一年后，章校长因公殉"植"——病成植物人！疗养必须巨资，长期耗费，除死方休。章孝慈虽是台湾两代领导人子孙，但领导人皆已亡故，其子孙亦无特权。一介书生而已，两袖清风，哪来巨款维系生命？好个李敖，雪中送炭。他除了宣布将本人今后全部教书薪金加倍奉送章孝慈之外，毅然决定拍卖"李敖珍藏中国美术精品"。所得大部分捐赠给章校长作医疗费用；另一部分以章孝慈名义设立基金，用于发展教育事业，兴建东吴大学第四女生宿舍；结余部分留给李敖的两岁幼儿和两月女婴。

义举使人感动，演说极为精彩。李敖一扫刚才待客的温和，怪杰本色脱颖而出。他即兴答辩来宾的种种诘问，思维灵敏，观念新奇，纵横捭阖，妙语连珠。我算是领教了什么叫作口若悬河！

"从前我写了八本书骂蒋介石，又写了两本书骂蒋经国；

现在，我送大笔资金给章校长治病。章孝慈是谁家子孙？公开秘密嘛，他是蒋经国的私生子。蒋经国不敢认儿子，蒋介石不敢认孙子，没有人性，没有良心。私生子有什么不好？大人物谁没有私生子？我李敖就有！蒋'总统'赖账，我李敖当众认账，我有私生女儿！（掌声、笑声）

"前年，章孝慈聘我教书，隐约表示我李敖是蒋家王朝的受难者，被害人。我说，你章孝慈也是受难者，被害人，比我受难更深，被害更惨。至少我李敖的母亲还健在，而你的母亲章亚若却死得不明不白！我虽然受难被害，但我手写我口，还敢说出来；你却只好为尊者讳，为亲者讳了。哑巴吃黄连，有苦说不出，岂不是受难之首，被害之尤吗？我非常同情章孝慈，所以今天才拍卖珍藏字画，无偿捐赠给蒋家王朝不敢承认的后裔章孝慈。我做这件善事，李登辉想不到也做不到。李登辉只会伪造文书，伪造蒋经国遗嘱，他实在没有资格当'总统'！"（笑声）

鄙人习惯了大陆规矩，若不是亲临现场耳闻目睹，绝不会相信这是事实。在现任台湾地区领导人的马蹄下，在到处竖立着蒋介石"光辉"塑像的台湾岛内，竟会容许一个作家于大庭广众之间如此明目张胆，如此赤裸裸，如此直端端地一连谴责三位国民党领袖！

可惜我昨天没带录音机去，又没带纸笔，无法把连珠炮似的问答记录下来，今夜只能零零碎碎写进日记。李敖讲了一个半小时，主要阐述如何欣赏和鉴别中国美术精品。他分析赝品的复杂性，有的是他人伪托，也有的是书画名家自己作弊。例如明代董其昌，苦于上上下下索字求字者太多，应接不暇。他便雇用一帮子善于模仿的墨客代笔，只由董其昌盖上金石，了却字债。所以，号称董其昌字幅者，金石是真，书法多假。另如张大千，其成就在于广博。若单项比赛，他画花鸟恐不及某大师，画人物恐不及某高手。但张大千是多功能泰斗，尤其是对历代名画的鉴别和仿造，无人与张匹敌。李敖笑谈自己的鉴别能力接近张大千，但仿造能力就望尘莫及了。乱真的仿造，其难度比创造还大。张大千的某些仿造品，比原画的艺术价值还高……

掌声欢快，我走上前去祝贺演讲成功："验明正身，阁下真是李敖，名不虚传。"

我将拙作《苦吟成戏》和《巴山鬼话》赠送李敖，顺口请他去看最后一场《潘金莲》演出。他问演出地址在哪里。我说在台北"国家戏剧院"。

李敖一听这座附属于中正纪念堂的大剧院就摇头："那是蒋家庙嘛！对不起，所谓纪念领袖的地方，我李敖决不会去。"

李敖赠言："新世纪即将来临。你下一次再到台湾，那个时候，各地树立的'领袖'像大约已经通通拆除了！"

回到客栈，夜不能寐。短短的聚会，留给我久久的思考……

附记：当年我敬佩台湾几位杂文家，李敖、柏杨等。三十年河东，四十年河西。柏杨不负我辈期冀。但李敖大师变作娱乐明星，近似文化口红。忽而竞选台湾地区领导人，忽而邀宠北京。一系列"表演"，令人失望，不敢恭维。唉，就算我从前看走眼了！

会柏杨

1995 年 2 月 27 日　星期一　台北六福客栈

前日访李敖，昨天会柏杨。两位名家一时瑜亮，都擅长嬉笑怒骂；都因文字狱身陷囹圄，而又一样秉性难移；都是促进台湾政治开禁的民主斗士。李敖没有回过大陆，他的著作影响还限于文学史学界内。柏杨一度重返家园，代表作《丑陋的中国人》广为传播，风靡大陆，作者知名度延伸社会各界。一些由柏杨独具只眼揭示且命名的痼疾"窝里斗""酱缸文化""僵尸迷恋"……已被人们普遍熟知。更奇是国民党曾派御用文人到美国调查，公布结果，"核实"柏杨乃是大陆派驻台湾的"共谍"！更使柏老先生成为两岸瞩目的传奇人物。

这次我到台湾，又读了柏杨新作《绝望的中国人》。书中提及他的一件憾事——1988 年冬天柏杨应邀访问大陆某地，求见巴金被阻，终未会面。

这件憾事曾是港、台地区及东南亚、欧美几国文化圈的焦点话题。当然,海峡这边的我辈文人是不得而知的。

唉,人为设置的鸿沟隔断了两岸文坛代表人物的交流!

据有关资料记载,东道主作家协会接待人,当时不让柏杨接触巴金,是由于"巴老身体不太好,一般客人来,他都不见"。

我看这不成理由,分明是借口,不符合巴老本人大力提倡的说真话精神。巴老"身体不太好"属实,不见"一般客人"也说得过去。但四十年才回一次大陆的台湾著名作家柏杨确是稀罕之客,至少不会"一般"如鄙人小魏。巧得很,那段时节,连我这种"一般"客人都去见过巴老。显然,东道主作协接待人并没有把柏杨求见之事转达巴老及其亲属,而是越俎代庖,托辞挡驾。

托辞还说柏杨"似乎"不愿到被访者家里去,只愿意别人到他住的旅馆来。

一笔"似乎",使人想象柏杨架子好大,只叫别人登门拜访他,他则没有登门拜访别人的习惯。百闻不如一见,昨天我有切身感受——本应是我这后生晚辈去登门拜会柏老,不料七十五岁高龄,腿脚又不方便的柏老竟专程登门看望我来了!

柏杨夫妇住在阳明山上,他坐牢留下的腿疾不愈,平日很少下山。这回,我向作家隐地提出可否见到柏杨?隐地即把这个意思往阳明山上转达,柏老欣然同意会面。是"行客拜坐客"?还是"坐客拜行客"?柏老执意选择后者。约定昨天午后二时,由隐地陪同,柏老偕夫人张香华到我住地六福客栈一聚。

清晨,同本秀上街。不敢走远,只在客栈附近溜达一圈就回房间。打算上午好生休息，下午接待柏老。9点钟，门铃响，不速之客陈绍箕飘然而至。

陈老板是德国护视隐形眼镜公司总经理，业余爱好音乐，广交艺术名流，算个超级"发烧友"。他前夜在剧院后台见我的眼镜质量欠佳，便主动表示送我一副新式产品。说到做到，不放空炮，打早就来带我出去配眼镜，我一看时间还早，不妨去一下。两口子登上陈老板的豪华轿车。这车真棒，功能齐全。离车二十几米外可用电脑遥控门窗开合。前座安全带自动系腿。车速飞快又不颠簸，行如风，稳如钟。沿途车水马龙，到处停放车辆，挤塞通衢。一物降一物，市政当局派出巡逻拖车，发现违章停车，不由分说把车拖往远处集中，再通知车主付罚款办手续领车。陈老板循规蹈矩，把车存入地下车库，徒步去到他朋友开设的独一光学公司眼镜店。

店主殷勤给我验光，配了一副新式优质眼镜。镜片上半是近视，下半是散光，中间却不截然分割，妙在渐渐变化。陈老板付款，说是优惠价，台币七千八百元，将近人民币三千元。好家伙！吾妻本秀闻之咋舌，我笑着说四川谚语："一分钱一分货，相因买老牛。"

陈老板请我两口子到五星级的国宾饭店用餐，吃着茶点等他约好的另一位朋友。我看日当正午，几次催走。陈老板很有把握地说"来得及，一会儿送你回客栈"。老板有快车，招之则来，来之则开，开之则到，赶得上，信得过。添菜、喝粥、聊天、从孟尝遗风聊到陈老板的名字。陈绍箕，"克绍箕裘"也；"绍"，继承也；"箕裘"，簸箕和皮袍也；总而言之，箕裘弓冶，继承祖先衣钵，恭喜发财也……

陈老板的朋友来了——林谷芳，台湾有名的音乐评论家，报刊专栏作家，"教育部"评审委员。年岁不大，打扮古板，一身中式对襟大褂。听陈老板介绍：此人历来不穿西装，对襟一以贯之，只换颜色，不换款式。衣着复古而观念趋新，内外反差，艺坛奇人。

林谷芳寒暄片刻，得知我下午二时与柏杨有约会，看表已是一点二十分钟！他入席还没动筷子，就催陈老板买单，立即陪我们赶到车库。糟了！地下车库是电脑指挥调车，时值高峰，排班站队，一辆一辆慢悠悠悠出来，都是别人的车。我急了，想去打的，周围又不见出租车。偏偏本秀的手提包放在库内陈老板车上，包里装有赠送柏杨的见面礼（拙作几册）。我忙中无策，陈老板跑到小街对角替我打电话。客栈服务台回答，柏杨一行已经到达，进不了房间，正在大堂酒吧间等候。我一听顿感失礼，越加内疚，恨不胁生双翅飞回客栈。真是欲速则不达，车库折腾许久，路上阻塞更多，走走停停，拖拖拉拉。回到六福客栈，柏杨先生已在大堂酒吧间等了我一个小时！

宽敞的酒吧坐满济济一堂。柏杨、诗人张香华、作家隐地、新象文教基金会钟佳蓉、《联合报》周美惠、《民生报》纪慧玲，还有一大群报刊、电视台、广播台的记者和摄影师。柏杨难得下山，且是专程看望大陆来客，传媒闻风而至，争抢消息。聚光灯耀眼，镁光闪烁，镜头对准，话筒伸来，煞是热闹。

"来迟一点不要紧。台北这地方，塞车是正常现象，不塞倒是反常了！"柏杨用诙谐的体谅话抚平了我的歉意。

话从四川聊起。柏杨说抗战时期他在川中三台县住过几年，对川语、川菜、川剧、川江号子都有感情。我说那年头我刚出生不久，您是老前辈。柏杨说我们是忘年交。

我看柏杨的五官很像北京演员英若诚，却比英若诚更清癯，也更有书卷气。他起身与我合影时，走路微跛，脚有残疾。说话声音低沉而苍劲，没有李敖那样健谈，反应略为迟钝；但却显得很朴实，很稳重，符合我心目中的长者形象。诗人张香华气质高雅，体态丰腴。她与柏老"发不同青心同热"，伉俪情深，形影不离，颇似李玉茹伴随曹禺。然而这一对敢爱敢恨，敢说敢为，比那一对活得爽快多了。

柏杨去年刚动心脏手术，不宜到剧场久坐看戏。前夜，委托夫人代表他去观赏《潘金莲》。张香华快人快语，向我直诉演出音响失灵，时大时小。台湾观众听不懂川语，指望字幕辅助，了解剧情。可恶的字幕反而添乱，幕布太小，字体太细，一排打出几行字，密密麻麻，如眼镜店测量视力的蝇头符号。台下看得好苦，不知所云，大大阻碍了观众对剧本的理解。

我对此事有苦难言。拙作向来以语言取胜，当年《潘》剧成名大陆，常常是通过字幕展示词句的文采和机锋而获得满堂掌声。随着剧场设施日趋现代化，观众要求字幕更为先进。敝团偏处一隅，盆地意识局限，经济条件拮据，舍不得花钱购置电脑字幕。兼之这次来台与邀请单位之间一言难尽的扯皮，临到演出才发觉从大陆带来的字幕不合台湾剧场规格，只得用小屏幕充数，害得本应爆发的剧场效果大为减色。

隐地表示：他主办的尔雅出版社决定出版《潘金莲》文学剧本，供读者详细过目，算是对演出憾事的弥补。

一席漫话，几人交谈。柏杨提到20年代欧阳予倩曾写话剧为潘金莲翻案。周信芳演武松，欧阳予倩反串潘金莲，结尾她自己扯开内衣，让武松开膛剜心，很像东方莎乐美。我引用吴祖光先生的说法，欧阳老那戏是前波，我这戏是后浪。隐地说古今中外人物同聚一台与潘金莲作比较，确是多几个角度，多开几扇窗去审视《水浒传》没有写透的婚姻悲剧。柏杨认为艺术的价值原本就在创造，《潘》剧能赋予古典小说人物以崭新的阐释，荒诞中有其严肃性。隐地赞同，说这戏名称"荒诞"，却把严肃性与通俗性结合起来，可以把通俗观众吸引进剧场。张香华则说最成功是塑造了潘金莲的复杂性格和演变历程。将古今中外人物拆散组装颇有新意，尤其搬出武则天这位对比性甚强的角色命令潘金莲"休夫"，真是幽默妙笔。不过，她责问这戏为何没有一个可爱的男人？潘金莲最后撕衣挺胸迎向武松，是全剧最浪漫的一笔。既然她自愿死在武松手中，那么这个男人必定有其可爱之处。如果作者能把对潘金莲的关注分散一些给造成她悲欢离合的四个男人，也写这些男人的善恶几重性，反映的层面将会更开阔，戏的质感可能更厚实。

柏杨不以为然，摇头说："为什么一定要写可爱的男人？男人确实没有女人可爱嘛！"

夫人反驳道："那么你呢？你不是男人吗？魏明伦不是男人吗？你们都不可爱吗？"

柏老先生避开夫人锋芒，答非所问："我同情热爱女人嘛。潘金莲可以外遇，可以私奔，但不可杀人！"接着又自我否定，"她不杀武大又怎么办呢？如果我是潘金莲，怎么办？"

夫人笑道："你？你根本不会嫁给武大！"

柏杨苦笑说："我当年根本不愿坐牢，最后还不是去了吗？身不由己啊！我要是潘金莲，说不定也会宰了武大！"老先生像孩子学戏似的比了一个宰人的动作，引得女记者们开心欢笑。

柏杨又好奇地问我：调动古今中外人物同台对比潘金莲，这一招的灵感从何而来？我说来源既有舶来品，也有故纸堆，其中一线渊源是川剧本身特异的戏剧观。传统川剧善于运用荒唐的喜剧形式去反衬悲剧内涵。四川人做菜的辩证法是："要想甜，加点盐；要想咸，加点甜！"

柏场立即点破："这种写法好比戏剧里的杂文。"我应声共鸣："大陆评论家也称我这一招是杂文剧。"柏杨指点我送给他的《巴山鬼话》，一语概括道："这么说，《潘金莲》是用杂文手法写的戏剧！《巴山鬼话》是用戏剧手法写的杂文！"

说到杂文，彼此增加默契。看来，柏杨对我的杂文代表作有所了解。他勉励"鬼话"，询问近作。我说我是1988年秋天才在写戏之余涉笔杂文，数量甚微，影响却不小。1989年以后，我就不闯此道了。近年重作冯妇，偶尔弄它两篇，怎及柏老著作等身。柏杨提到严秀、牧惠。我补充说当代大陆专业杂文名家还有邵燕祥、舒展、蓝翎、刘征、公刘、冯英子、何满子、陈四益、虞丹、苏烈、章明、鄢烈山……且住！心有一番感触没有说出口来。

今夜客栈寂静，本秀睡得好香，独自浏览几家报纸所载昨天柏杨与我会见的消息和照片。我的杂文瘾忽发，乘兴快把昨天没有说出的那分意思写进日记——海峡两岸当代文学比较，大陆强项多矣。无论小说、散文、诗歌、纪实文学、戏剧文学，我们都可以信手开出一长串作家精品名单，去比赛台湾林海音、余光中、白先勇、郑愁予、施叔青、王鼎钧、陈映真、张晓风、姚一苇……说客气话是单打各有千秋，说老实话是总体高它一等。可杂文如何呢？唯独这一行是台湾的强项。鲁迅杂文的魂魄精髓被柏杨、李敖吸取更多。两颗重磅炸弹胜过千篇万册小打小闹、不痒不痛的杂文。当代大陆诸位专业杂文名家历经苦熬苦斗，虽各有风骨，各有成就，但确实难望鲁迅项背！更不及柏杨、李敖著作震撼社会，席卷台湾，名传国际。是咱们那些个杂文家智商更低，目光更浅，胆子更小吗？非也。许多有识与无识之士皆共识一点：假如鲁迅活在当代吾土，必然不成其为鲁迅！我看得话分两头：作为小说家的鲁迅，未尝不可在当代吾土生存发展。"浩劫"前可以尊他如茅公，"浩劫"后可以敬他如巴老。但作为杂文家的鲁迅就难说了！我不敢断言"浩劫"之后他将如何？却敢断言"浩劫"之中他必死无疑！乃至"浩劫"之前早已不成其为鲁迅了。不妨再设想一下，假如柏杨、李敖活在厦门这边，两颗炸弹即成两大"狗屎堆"！能苟全性命就算幸运。我不敢断言其无所作为，却敢断言其作为不大。兹因杂文天生是个有别于其他文艺体裁的特殊品种。小说、散文、诗歌、戏剧……都可以在当代吾土开出灿烂缤纷的花儿果儿。唯独橘种江南不逾淮——咱们这里绝不是生产杂文刺儿菜的最佳地带！

这不，今天日记结尾一段用的是杂文笔墨，我也只能写到不痒不痛为止。

附记：2008年4月，我在成都惊闻柏杨逝世，即托《成都晚报》登载我手书挽联——

隔两岸同倡真话，与巴金交臂失之，未谋一面；
评千秋共揭劣根，对鲁迅倾心久矣，相会九泉。

答余秋雨书

秋雨：您的名字很有诗意，我复函开篇自然联系鸿雁书信，江湖秋水，潮汐千叠，风雨十年。

我那"妖异"之剧《潘金莲》问世已逾十载，您的大块论文《魏明伦的意义》发表也近九年。当时《人民日报》摘要转载，标题改为《真正的创造者不愿浇铸艺术样板》。还记得我在一篇抒情散文里写下的两句话：育我者巴山蜀水，知我者浦江秋雨。

今夕雨涨秋池，喜接来信，备感有缘。上海与川南一线贯穿长江流域，君住江之尾，我住江之头。您在大都会，我在小城市。秋雨正当壮年，愚兄蠡长五岁。您是学院教授，我是草台艺人。成就虽有高低之分，爱好却有共通之处。都是立足剧苑，业余兼涉文坛，作品皆惹是非。秋雨"科甲"出身，本行研究美学，主攻戏剧理论，于著作丰厚、教鞭在手之后转写散文，不写则已，一写便成热点！我幼入梨园，半生从事戏曲编剧，于小有建树，结集出版《苦吟成戏》之后客串杂文，不串则已，一串便撼虎须！十年前你我在舞台上下萍水相逢，秋雨那时还没写《文化苦旅》，我也没写《巴山鬼话》。十年后，又在戏剧界与文学界交叉路口不期而遇。士别三日，刮目相看。散文家余秋雨声名鹊起，新作畅销，拥有广大读者，范围远远超过昔日戏剧理论家余秋雨门前几树桃李，校外几许知音。

戏剧式微堪忧，散文崛起可喜。有忧不应瞒忧，有喜则应报喜。说《文化苦旅》《山居笔记》是当代中国内地散文群芳丛中别开生面的并蒂鲜花，措词合度，不算溢美。说此花香自苦寒来，作者靠的真本事，禀赋加勤奋，学识兼才华，嫁接而产，适时而生，逻辑合理，不是悖论。说此书在国内市场抢手，在境外赛场夺魁，报道属实，名不虚传。我曾旅游异国他乡，亲自耳闻目睹"余秋雨散文热"。的确风靡当地文化圈，吸引华裔读书人，以赏阅《文化苦旅》《山居笔记》为高雅事。参照体育健儿获奖归国盛况，秋雨散文已为中国内地争气，为祖国增光，国人岂能大喝倒彩？两卷散文创造奇迹，不仅是你个人殊荣，当视为我国严肃文学复兴有望之兆。一叶绿知春回，同侪诸君获悉佳音，总不至于效法叶公好龙吧？北京方言"你还别说"，一说曹操，曹操就到。责难声一时四起，批评家纷至沓来！

十年前，拙作《潘金莲》因形式内容皆荒诞不经，引起轩然大波，本在我意料之中。十年后，尊作两卷散文的内容形式均属一本正经，竟也成为众矢之的，这就是你始料不及了。

我细辨各种非议文章，虽不乏学术商榷，高明见解，但杂有许多飞短流长，苛求酷评。横挑鼻子竖挑眼，胡搅蛮缠绕弯弯。抓住鸡毛蒜皮，大做冬烘考据。古云"诗无达诂"，今日围"诂"散文。

我亦技痒，仿用吹毛求疵方法，拿起显微镜，搜寻你的弱点。查遍字里行间，果有独家发现——秋雨文笔清新俊逸，流畅如云水，优美似虹霞；美则美矣，可惜缺乏幽默感！江南秀士文如其人，长于温情，短于冷诮；满纸幽思，罕见反讽；含蓄甚深，犀利不够；多细腻，少粗豪；偶有慨而慷，绝无谑而虐。若以巴蜀狂客偏爱辛辣的审美习惯品尝秋雨散文，始终感觉少了一点滋味。

评罢反躬自省，我这独家发现如何？乍听起来，振振有词，头头是道。其实乃是以己之嗜好，强别人之所难。造物生就鹤长凫短，鹤飞凫游各得其所。鹤胫虽长，不可断之；凫胫虽短，不可续之。《文化苦旅》不苟言笑，《山居笔记》欠缺诙谐，正是秋雨散文的艺术个性，明显区别于其他擅长调侃的散文名家。试将你的篇章与各路师友文稿混合一起，即使不署标题和作者姓名，熟悉你文风的读者也能认出某篇出自余氏手笔。格调如此鲜明，是您的优点？还是缺点？答案应在常识范围之内，无须多费笔墨论证。

偏有好事者，接连在一些不成问题的"问题"上大动干戈，纠缠不休。其中缠得最紧的，无非是从你几十万言散文集里揪出几处称谓之类的笔误。竟如同检察官拿获腐败大案证据，欣喜若狂，鸣鼓攻之！我则旁观失笑，不以为然。您是旅途遣怀，触景生情，乘兴命笔，不能、也不必拘泥每句每字吻合典籍规范。过分钻入牛角，反而束缚灵气。散文艺术毕竟不是词典工具书，就是《辞源》《辞海》亦难免丝毫疏漏。鲁迅曾经谈笑举例：倘若不分巨细对文章逐字挑剔，纵是辉煌《史记》，也可以从文字、文法、修辞各个方面挑出司马迁

"不通的处所"。鲁迅本人是百科全书式文豪,但一涉及京剧绍剧班规术语,文豪也有几句外行话。曹雪芹将寿阳公主讹写寿昌公主,郭沫若把紧箍咒混同金箍棒。毛泽东诗词间或平仄失调,方家里手从不计较。智者千虑一失,何足为怪。试问浩瀚书海,哪有面面俱到,字字珠玑,句句真理的散文集子?批评家为何缠着向你提出求全责备?难道没有读过《论语》警句"贤者识其大,不贤者识其小"吗?

近日欣赏梁晓声妙文《男人的嫉妒》,通篇阐述男人嫉贤妒能超过女人争风吃醋。作者漫笔引证典故,不小心将"二桃杀三士"误写为"一桃";又把晏婴蓄意借二桃杀三士误解为无意酿成三士火并。但是,具有眼光的读者决不会死死盯住小小的笔误而忽视此文大大的创见。梁晓声观察深刻,鞭辟入里,描绘精彩,揭示嫉才如仇比嫉恶如仇还更普遍。读罢不禁联想秋雨被围的隐因何在?千不怪,万不怪,只怪你老弟文名出众,纸贵洛阳,遂使"木秀于林"的下句在你身上落实兑现。

罢了,秋雨,好歹由他说去,各自赶路要紧。

明伦作为旁观者,坚信《文化苦旅》经得起时间检验,是现代散文艺术的精品。

书罢遥想上海滩头。秋雨,此刻您在哪一扇窗口裁月缕云?相信您会宠辱不惊,自强不息,最有力的表态是下一卷新书,人们对秋雨期望值过高,您可能还会面临更加求全的诘问。未雨绸缪,有言在先,再次公布您十年前送我的那个题目吧——

真正的创造者不愿浇铸艺术样板!

1997 年 5 月 2 日

发小谢平安

就先从一张老照片说起吧。这张照片是五十五年前我与谢平安的合影。我俩当时都是二十岁出头的少年。珍贵的老照片，记载了尘封半个世纪的友谊和波折！

谢平安与我有许多共同点，都是从小唱戏，演员出身；都是只上过小学，学历极低；都是川南地方剧团的艺人；都是在改革开放时期从小地方走向全省，走向全国。

梨园世家子弟谢平安，其父是乐山"新又新"科班的当家小生谢文新，母亲姚艺新，也是科班的小旦，两口子都长于唱功。谢平安幼儿时期，父母离异了。母亲姚艺新漂流到内江，与琴师李万才结合。父亲谢文新，到成都与著名演员陈书舫结合。把幼儿平安留在乐山，交给平安的祖母抚养，几岁就在乐山"新又新"戏园里贩卖纸烟瓜子谋生。从某种意义上讲，谢平安身世不幸，是他父母的弃儿。川剧艺人，浪迹漂流甚多，但像谢平安亲生父母这样各奔前程，另寻配偶，双方都丢弃幼儿的例子也还少见。苦了小孩平安娃，从小缺失父爱母爱。

我和谢平安第一次见面是1954年。那一年，举办四川省川剧观摩演出大会，除成都重庆以外，全省地市一级川剧团参加，都是地方上的名演员。每个地方剧团演三个戏，不演大戏。会演规定演折子戏。我记得很清楚，乐山川剧团是三个戏：刘云琛的《临江宴》，李勇新、赵修新、罗群林的《梳妆夺戟》，石缘秀带小演员谢平安演的《洪江渡》。我们自贡三个戏：龚建章、张新伟的《赐马斩坡》，曾怀德、竹芳、群芳的《摘红梅》，戴小屏和我这个小演员的《张明下书》。

这是我第一次认识平安娃。

我两个年纪相仿，只是差点月份。我呢，从小就显老相。在我印象中，谢平安会唱。我记得他唱《洪江渡》里那个《华秋儿》。他从小就是"老生喉咙"，但很甜，唱功很好。

第二个印象，就是那些乐山演员都爱逗他，他也爱撒娇。人们都叫他"平安娃儿"。

那个时候谢导演大概十三岁，我也是那个岁数。会演期间，到少城公园开联欢会。老一辈在鹤鸣茶馆谈艺。我们一群小娃儿在公园耍。我、平安娃儿、成都的晓艇、重庆的赵书勤、内江的陈元清，少年意气，但平安娃显得特别孤僻。

唉！岁月飞驰，距今天已是六十二年了！

我与平安第二次握手是1961年底。那个时候他已经插班进入跃字科班。

1958年乐山收了一批学生，"大跃进"时期，川剧团学生的名字里都有跃字。王跃泉、陈跃秋、黄跃昭、易跃环、龙跃珠、干跃飞、贺跃跳……平安娃就改名谢跃虹。

他才华初露，饰演武生，"长靠""短打"都行。我看过他演《铁弓缘》里的王凤刚。个子不高，五官也一般，但功夫好，气质好，表演好。印象最深是武功难度很大的《子都之死》。

谢跃虹这个《子都之死》，是学的钱浩梁的京剧版本，不是川戏的《活捉子都》。我觉得乐山剧团是带有京味儿的川剧团。北京钱浩梁的《子都之死》，传给重庆京剧团的温福棠。那个时候没得电视，乐山的谢跃虹不可能跑到北京去看钱浩梁的表演，但他看了温福棠的演出。学回来了，在乐山演。

三张桌子"高下""扎起靠子打前匍"，功夫了得，全靠苦练而成，他苦练到哪种程度呢？

乐山有大佛寺、乌尤寺。他穿起厚靴子，每天早上天不亮的时候，攀登大佛寺，跑上去，又下来，跑上去，再下来。这么苦练，这种敬业精神在川剧界十分罕见。川南一带的地方剧团，都风闻乐山跃字辈后起之秀谢跃虹穿高底靴登大佛岩，苦学苦练的先进事迹。

他还有个特点，入党很早。少年时代就是又红又专的苗子，培养入党，算得川剧界的老布尔什维克！

平安的生母姚艺新在内江市川剧团。1961年深秋，他从乐山到内江探亲，路过自贡，转乘火车到内江。自贡剧团欢迎谢平安，请他给自贡的青少年演员介绍苦学苦练、又红又专的经验。我与平安在自贡重逢。我记得，他那时随身带了一本上海作家哈华的小说《浅野三郎》，引起我注意。这娃和我一样，台上唱戏，台下喜欢读书。我俩在这一点上是城隍庙的鼓槌，配成一对。两人一谈就拢，意气相投。恰好，我老家在内江，我也要到内江探亲，就与平安结伴，一起去了内江。沿途大摆龙门阵，我讲文学，讲诗歌，他听得起劲。那几天，我俩真是打得火热，就到内江南街子照相馆照了一张合影相。我又送了他一本马少波的戏剧评论集《花雨集》。我在扉页上题了一首平仄粘连合律的七言绝句：

暮舞晨歌千日功，穿靴踏雾上高峰。
酣眠大佛猛然醒，惊叹梨园后起龙！

当时我这诗写得夸张。但现在看来，我五十五年前这一首赠谢平安的七绝真是预言。如今应兆，证实谢平安确实成了当代梨园中的一条蛟龙！

正由于这张照片这首诗，惹出了意外的波折——平安把照片和诗退给我了！唉，他当时是被迫无奈退给我的！

谢平安的生母姚艺新是内江市川剧团的党支部委员，继父李万才也在争取入党。他的继母陈书舫，更是川剧界最有名的老党员，谢平安一家布尔什维克。而我呢？我姐姐、哥哥是内江小学教师，1957年"反右"时打成"右派"分子。我也是"反右"的打击对象，因年龄不到18岁，戴不上"右派"分子的帽子，以"右派"言论受罚，下放农村劳动三年，"享受""右派"待遇，我家"右派""连中三元"！1961年秋天我回到自贡剧团工作，性质是"控制使用"。谢平安的生母继父知道这些根底，尤其知道我哥哥姐姐在内江的"右派"根底。

所以，姚艺新、李万才禁止平安与我深度交往。严令他站稳立场，划清界限，必须拒绝赠诗，退还照片。谢平安母命难违，党性应保。无奈，只好托自贡市川剧团唱小丑的王守一把合影照片和《花雨集》退还给我。唉！特殊的年头，残酷的分类，两个少年的纯洁友谊被"阶级斗争"扭曲折断了。

命运作弄，事物吊诡。十年"文革"中，曾经又红又专，争取红透专深的谢平安，被打成"现行反革命"，饱受非人的歧视和虐待。从此谢平安觉醒了。改革开放初期，他主动与我恢复友谊。以后不止一次向我畅谈他的觉醒。在戏曲艺人中，平安娃的觉醒比较彻底。

20世纪80年代初期，我先行一步，比平安早成名十余年。1992年，谢平安玉在璞中，鲜为人知。我不计前嫌，请他到自贡，接过重庆老导演邹西池的活儿，重新排练我写的剧本《夕照祁山》。此剧赴蓉赴京献演，平安的导演才华显露，戏曲界开始注意谢平安导演。1995年，我请谢平安、查丽芳联合导演我的剧本《中国公主杜兰朵》。此剧在第四届中国戏剧节上名列前茅并获奖。戏剧界广泛关注谢平安的导演艺术。口碑赞扬："继戏曲导演余笑予之后，四川又出了个导演谢平安！"紧接着，他又导演徐棻的川剧《死水微澜》，更获成功，声名鹊起。我1985年推出的"荒诞川剧"《潘金莲》，1995年赴台湾演出时，我特邀平安娃儿帮忙复排此剧，偕他一起赴台湾。1997年，他又导演我写的剧本《变脸》。2011年，他再导演我写的剧本《好女人·坏女人》。我俩先后合作了五部大戏，互相学习，相得益彰，真成了城隍庙的鼓槌——配成一对！

我的"发小"谢平安导演，自学成才，大器晚成。他的导演艺术功力深厚，才华横溢，继承创造兼备，质量数量惊人。成果多多，不胜枚举。我由衷赞叹，他真是一个天才的戏曲大导演！

2010年10月，我从艺六十周年。平安从省外打电话给我："明伦，年轻的时候，你写过一首诗送我。今天，我写几句内心话回报你吧。"

我把平安亲笔题词，连同我俩少年时代的合影照片，印在我从艺六十周年画册的"同盟榜"上第一条——

祝贺明伦兄从艺六十周年

相识，相知，相助，结成了我俩六十春秋的友谊。你的睿智，才华，胆识，已使我获益匪浅，受用终身。你是我的挚友，更是我心中的良师！

弟

谢平安

2010.10.20

2014年秋风秋雨，平安不平安啊！他劳累过度，癌细胞转移。从天津的排练场上赶回成都治病。住院拥挤，排班站队。谢大导演在这方面是弱者，没能力打通关节，住进病房。我想方设法，运用人脉关系，把他安排进去，嘱咐医院院长，尽力抢救天才导演。唉！天才天才，天妒英才。几天以后，医院院长发来噩耗：回生乏术……

少年时代题赠谢平安的七绝，再次浮上我的心头："暮舞晨歌千日功，穿靴踏雾上高峰。酣眠大佛猛然醒，惊叹梨园后起龙！"如今，梨园这条蛟龙一去不返了，我夜不成寐，疾书挽联：

相交半世纪，搭档二十年。老友老庚，早同我联珠合璧；

诀别两行泪，悼念九回肠。来生来世，再与君并驾齐驱。

2014 年 12 月

诗人型导演张子扬

虬髯客张子扬，五官酷似一员武将。不料大胡子文才出众，近年连续出版诗集。前日又寄来厚厚一叠文稿，书名《角儿涅槃》。通篇说戏，文笔如诗。演戏，要逐渐进入角色；交友，更是路遥知马力，事久见人心。我与子扬结交八年，过去只知道他的本行是导演，最近才明白他的本色是诗人。

八年前，北京人艺庆祝建院四十周年。我应邀从四川赴京。同做"嘉宾"的，还有上海戏剧学院院长余秋雨。某夜，不速之客张子扬飘然而至宾馆。满腮美髯，满身热情。当时，他因导演妇孺皆知的电视小品《超生游击队》《大米·红高粱》而声名鹊起。趁热打铁，投标中选，担任中央电视台1993年春节联欢晚会总导演。此公之志大矣！竟想打破门户成规，特邀首都电视圈外的余秋雨与我加盟春节联欢晚会决策班子。欲请秋雨出任总策划，欲请鄙人出任总撰稿。听秋雨说：张子扬是中央戏剧学院导演系"科班"出身。如此资历，在各种电视晚会导演之中屈指可数。因此他比一般"电视人"更瞩目于戏剧家，也因此破例邀请我辈参与运筹春节联欢晚会。大胡子态度诚恳,措辞温柔,使人怦然心动。我虽没有立即允诺,却对来访者印象良好。

不久,拙作川剧《夕照祁山》赴京献演。张子扬闻讯,偕同吴祖光先生的公子吴欢,赶到剧场购票看戏。《夕照祁山》在我的剧作之内文学性最强,那时已由从不发表戏曲剧本的大型文学期刊《中国作家》全文登载。子扬看罢演出,非常激动,连称"诗剧"(现在我才领悟,他是用诗人的视角来鉴赏《夕照祁山》)。当晚吴欢做东涮了一顿羊肉。子扬乘着酒兴,一改上次温柔语气,不容我推辞,"独裁"式地拍案大呼:一看这个戏,我非请你出山不可了!(现在回味,他是酒兴加诗兴大发,纯属诗人感情用事。我也被他的诗情感染而"误入"屏幕深处。)在那个诗酒谈笑的深夜,我俩都缺乏世故的慎思——充满忧患的《夕照祁山》,与歌舞升平的春节联欢晚会,乃是两种大不相同的文化观啊!

下文省略,子扬最知其中甘苦,大家意会罢了。反正,我只算是挂着总撰稿的虚名,到中央电视台春节联欢晚会走了一次过场。收获之一,熟知了春节联欢晚会模式构建全过程;收获之二,目睹了张子扬为敬业而废寝忘餐的百个日日夜夜……

工作狂人!性情中人!子扬两者兼备,名副其实。

后来,媒体报道探险家张子扬率队首漂黑龙江,拍摄探秘专题片,印证了我对他的八字素描准确。只有工作狂人与性情中人集于一身,才敢这样带头把文艺工作化为武侠行动!

神秘的大界河吸引了张子扬,奇异的张子扬吸引了我!蒙太奇效果,吃惊式情节,发生在我与子扬久别重逢的一次小宴上。

那是前年金秋,拙作川剧《中国公主杜兰朵》在全国政协大礼堂献演。

　　无巧不成书，又是子扬偕同吴欢赶来购票看戏；又是剧终之后吴欢做东庆贺演出成功；又是子扬酒酣耳热拍案欢呼。所不同者，头回只是把杯，这次他竟挥毫了。此刻，我才发现张导演很有诗才，并且倚马可待，使我这个一贯苦吟慢琢之人刮目相看。

　　下面是子扬当场一挥而就的文字：

一场莫名的秋雨
浇开浇落了不知根植何处的茉莉花
也许在自贡，也许在罗马
在中国不称议院的议院演出场所出来
沿着古皇城西的胡同
匆匆赶到民族饭店的土耳其餐厅
吃一盘"拿破仑面条"
足以证明英雄的个头并不都是高大
二锅头酒掺和土耳其茶
让人想起了五年前那餐涮羊肉沸腾的火锅
酒醉饭饱后
物质文明转化成精神文明
易胆大与潘金莲辩论足够大专水平
夕照祁山的余晖刺花了中国公主杜兰朵的眼睛
泰坦尼克号的音乐
衬着那一阵阵从蜀道传来的帮腔
让我想起我们一道度过的

那个20世纪末的
　　中国最后一个
　　从申猴进入酉鸡的早晨……

　　如果说，仅一次随意挥洒还不足以说明张导演的捷才，那么，下一回即兴赋诗，就验证了他确实长于快速地运用抒情笔墨写出微型剧评。
　　当他看完我的近作川剧《变脸》演出，立刻吟出他对剧中帮腔的感受：

　　激昂你便嘹亮
　　舒缓你更悠扬
　　雄壮你会急切
　　哀婉你亦悲伤
　　喜，你也帮
　　怒，你也帮
　　难言难诉的忧与怨
　　让你不平而起
　　从后台走到了前场……
　　呼峨眉山的松涛
　　唤蜀道旁的大江
　　坚实实憨厚厚的真情
　　火辣辣热腾腾的心肠
　　听一曲高调的帮腔
　　梦中也绕梁……

如果说，现场速写未加锤炼，只是诗之胚胎，那么，他的两卷诗集《提灯女神》《半敞的门》，则是长期积累，成熟之作。我特别欣赏集内最佳篇章《德意志》，这一首即使收入当代中国诗人精品库，我看也不会逊色。再把这两卷诗集与论述戏剧与艺术的文集《角儿涅槃》并列一起观察，自然地合成一个称谓——诗人型导演。

遥望京华，冠盖云集。能够担任这个部那个部主任的人选大约不少，而具备诗人型导演条件的人数肯定不多。子扬老弟：诗酒趁年华，望君适当减少行政事务，多导几部诗剧，多写几卷剧诗。愚兄短文，聊以代序，只算为主角登场助兴的几声帮腔而已。

2000 年 8 月下旬

醉写孙月霞

我是一个爱写女人的男人!

她是一个擅写男人的女人!

戏曲女演员丛中的"伟丈夫"是裴艳玲。

戏曲女作家队里的"假小子"是孙月霞。

当京华才女白峰溪潜心编织女性三部曲的时候,齐鲁巾帼孙月霞却用大笔挥洒男儿交响诗。

彩虹般的沈虹光:你是带领着"五二班"的孩子们一路春风涌入剧坛的么?她,朝霞似的孙月霞是从哪里起飞呢?是从秦时明月汉时关?是从昭陵六骏,灞桥千柳?是伴随着一群铁锁银铛的古代囚徒跋涉走过?是驾驭着刚刚点睛的苍龙破壁飞来?

年轻有为的何冀平小姐,你静若处子,翩若惊鸿,纤手儿折桂,婷步儿登鳌,一举跃上话剧舞台的《天下第一楼》。楼外楼,山外山,问问你毗邻的戏曲园林吧。能与你媲美,又与你同龄的是谁家女郎?

写话剧的女人不少,写戏曲的女人不多。女人写戏曲难,更难是在韶华未艾之龄就写出几道闪电,一阵雷声。只见那么几位可敬的老大姐,以暮年心血,鬓角秋霜,点点滴滴献给冷清的梨园……

莫唱声声慢,且听急急风,山东响马来也——草莽里蹦出一位豪放的"十三妹"!

孙月霞,这名儿娇气十足,仿佛小家碧玉,弱不禁风。谁料她笔走龙蛇,一扫脂粉气,满纸须眉情,黄钟大吕、铜板铁琶,一个个雄健阳刚的男主角扑面奔来……

历代多少红颜女?她轻轻拂开她们,将焦点对准李氏君臣。

农村多少向阳花?她淡淡扫描她们,将重点移向田家父子。

即使取材于女流成堆的《聊斋》故事,她也不选蒲松龄最疼爱的狐鬼小旦,花卉仙姬,偏偏看中冥府狂客《司文郎》。

男为红花,女为绿叶,是她写戏独到处。唯一例外有个女主角胡银儿,咱们别上当,此乃弄笔狡黠处——女主角胡银儿正是男主角宋九郎投胎沰变!假凤虚凰,阴错阳差,观众眼中雌雄,作者袖里乾坤,表面红妆少女,灵魂依然是青衫丈夫。

孙月霞老弟,哥们儿我趁着酒兴,顺着谐音,醉笔飘飘一挥,给你改名孙越侠。

哼一句流行歌:你从哪里来,我的朋友?

答一句时髦曲:不要问我从哪里来,我的故乡在远方……

你的自白太缥缈,我的醉眼也惺忪。月朦胧,鸟朦胧,想象你模模糊糊，断断续续，坎坎坷坷的来路——

家住郓城，是宋江杀惜的北楼遗址么？

母亲姓孔，是曲阜孔庙的泮水支流吗？

山东谜，超级圣人和超级大盗都出在这个鬼地方！

你是圣人的瓜葛亲，还是强盗的东邻女？

妈妈从娘家带来衍圣公的遗传规范，你势必自幼受过一些孔教熏陶，且有缘偷听过几则鲜为人知的"孔府秘事"吧？

舅舅从市井街坊捎来商贾生意经。腰挎几文，梦求万贯的江湖汉子，是否给小甥女讲解过有钱可买权，有权可捞钱的循环道理呢？

爸爸被阶级斗争扩大化吓得要死，悄悄制定了具有60年代特色的老百姓治家格言："孩子，社会喜欢文盲，咱们就做白痴！"

莫非你当初预知中国必会走向尊重知识、尊重人才的文明之治，所以没被令尊大人的警世通言唬住。你拒不继承令堂老母那羔羊似的温驯，只学了她耕牛似的勤劳。又将令舅的"财"字拿来，去其"贝"旁，贪求另一半。你埋头钻进故纸残书堆里，像蜜蜂飞入萧萧废园，苦心寻觅幸存的花朵。

唐诗宋词与洋文番语双管齐下……

文学思维与数理逻辑比翼齐飞……

鲁迅宏文随风潜入夜……

莎翁名剧润物细无声……

嫩芽出土，一座小巧的"白色城"，在大胆的童女笔下垒成。

灼人的红海洋，容不得丝毫洁白。大批判的黑旋风，把刚刚学步写戏的小不点儿掀下断魂坡。

官长抡棍子，斗得你当场昏厥……

家长举扫帚，逼得你折断笔杆……

折不断心中戏文，你咬破嘴唇，默念昆曲，豹子头林冲的警句回旋在小丫头的脑海：丈夫有泪不轻弹……

月霞，你过早失去了童年，过多吞咽了苦果。九灾十八难，我摄取一组镜头——

月黑风高，孤身逃往兴安岭，只为谋求一碗糊口饭。夜行列车，灯光昏暗，过道旁蜷缩着女扮男装的小鬼，眨着鬼眼，遮着空空的荷包，忍着辘辘饥肠，估计着巡警大叔的查票规律……车去车来，花开花落，饱览了书斋温室空想不出的众生百态，锻炼了风尘旅客特有的生活自理能耐，包括丰富的挤车经验，巧妙的逃票技巧。

你还有多少传奇经历？悄悄告诉我，可曾随丐帮到处漂流？山东造化钟神秀，除圣人和大盗之外，还有超级乞丐！前朝祖师武训与当代流窜作家贾鲁生之间，是不是还夹着一个没有披露而文采出众的蒙面女丐呢？

神不知，人不觉，来去无踪的鬼妹子于而立之年以优异成绩考入中国戏曲学院戏文系，次年发表成名作《画龙点睛》，一步登上全国优秀剧本领奖台。

成功情更怯，你自叹"误入白虎堂"！

老弟，你是误入藕花深处，惊起一滩鸥鹭！

人言：我的戏招招不离人间烟火。

我说：你的戏回回关注世上波澜。

几年前,西湖畔,暖风熏得游人醉,你应邀走进一处模仿嬉皮士的戏剧沙龙。同学少年玩兴正浓,一夜海聊神吹:戏剧的本体是玩,玩是舞台的支柱;紧紧拥抱自我,高高睥睨人民;能看懂的并非好戏,不理解才是万岁!莫愁前途无知己,请向外星伸出舌头,快与不明飞行物接吻,OK,乌拉……朋友们是佯狂么?你用微笑掩去惊讶,保持礼节性的应酬,貌似大大咧咧,哼哼哈哈,皮里阳秋,心中自有褒贬。

挥一挥衣袖,拜拜——象牙之塔!

整一整行装,出发——十字街头!

峰回路转,归真返璞,仍然是直面人生的现实主义可贵,布衣菽粟,经久耐用。

谁家古琴暗飞声?是那位戏文满腹,著作等身,无奢无华,没权没钱的老编剧,在寂寞的北新胡同里操弦自娱。

你随声觅去,夏日头顶黄沙,冬天肩披白雪,一次又一次穿过长街深巷,虔诚地叩响陋室寒窗。谦和的长者,贤良的师母,连同窗前摇曳的兰草、室内调皮的小猫,都熟悉了你的独特叩门声……

正当莘莘学子膜拜尼采、崇尚萨特成风之际,作为获奖新秀的你,自觉选择的师长,衷心敬仰的楷模,竟是这么一个土里土气、毫无超人哲学、不谙存在主义的"编改人员"。

编编改改,评评说说,一生淡泊,古井无波。不料临终涌来戏剧性的高潮结尾——老先生倒在金风飒爽、晚霞灿烂的讲台上!或许正讲到你的丹青虬龙如何一笔点睛?或许正讲到他的《杨门女将》怎样百岁挂帅?忽然,山膀摇晃,云手痉挛,声腔裂帛,眼神定格,状如衰派老生仰天绝唱。

073

讣告迟迟传到济南东郊楼台,你小子一下愣了,愣小子一身瘫了,瘫小子半天哑了,哑小子整夜哭了。哭得那样真切,那样凄楚,那样涕泗横流,流出女儿家啼鹃泣血的本色。

你袖佩青纱,手握羊毫,展开素洁斗方,悬肘、运腕,以庄重的欧体,反复书写三个大字:范钧宏、范钧宏……

我遥隔万里,醉眼昏花,恍若见你扶动乩笔,"范"字下面叠现中华民族引以自豪的古代文人的鼎鼎大名——领衔是忧国忧民范仲淹,鱼贯涌出爱国诗人范成大,复国功臣范蠡,开国学士范文程;以及西楚霸王的亚父范增,魏国须贾的门客范雎,《后汉书》的编者范晔,《神灭论》的作者范缜;范、范、范……笔锋陡转,落到盖世穷光蛋范丹,打棍出箱范仲禹,倏尔化为一听中举就惊疯,一记耳光又打醒的儒生范进。

奇怪,杯盘觥筹之间,随意从《百家姓》里抠出一"范",竟能大体概括我国古代知识分子的荣枯瑕瑜,离合悲欢。

嘴在秦汉,鼻在唐宋,眉目在明清。你灵犀一点,神游八极,采撷百家,组合五官,构成魔幻斑斓的古装新戏《司文郎》。

说时容易写时难!

我不知你扬弃了几篓废稿,倾泻了几盆汗水,才求索到这等诗的神韵、画的意境、戏的情趣、哲理的光彩。也不知你是由于才华未能尽展,或是因为功力尚欠火候,乃至没有破译通向精品的最后几道难题,留下探索者不易避免的稚嫩粗疏痕迹。更不知你和你的艺术伙伴们是怎样凝聚起来?怎样拼搏开去？几番愉悦？几番阵痛？几度越过戏中的关山？几回绕过戏外的沼泽？为何忽而功败垂成？又为何忽而起死回生？……

我略去耕耘，只问收获。但见摇滚乐和霹雳舞的包围圈外，又一枝中国风格、中国气派的奇葩，将零零散散的都市牛仔、舞会伴侣、院校学生吸进剧场，与白发书记、苍髯专家、皓首平民同堂共赏。再听汽笛长鸣，列车北上，载着这描人绘鬼、扶正祛邪、推陈出新的《司文郎》，驰向天津，驰向首都，驰向复兴复振的戏苑剧坛。莫叹夕阳近黄昏，黄昏近黑夜，喜看红氍毹上又添一畦碧绿。据目击者介绍，慕名而来的老少戏迷，为钓得一张好票，焦灼徘徊于戏院门前。据细心人统计，首场演出获得满堂观众十七次雷鸣掌声！

时为尊师范钧宏先生殉职三周年。

你是一个风风火火的忙人！

我是一个散散淡淡的闲人。

病后偷闲，冬眠好静。你嫂子买回几尾鲜鱼，我破例喝了两口酒，不禁醉笔歪斜，乱点你的写戏因果。但愿歪打正着，画你半身侧面，碰出二分灵气。今宵酒醒何处？巴山夜雨绵绵，锦城丝管纷纷，振兴戏曲的朋友们如你一样风火。散淡的我，在杏花二月的早晨，被你青春火苗燎起，下得床来，伸了一个长长的懒腰……

1990年2月

注释：本文提及当代文艺界人物，简注于下。

① 伟丈夫裴艳玲：裴艳玲，女，表演艺术家，河北梆子剧院演员。反串武生与花脸，主演《林冲夜奔》《哪吒》《钟馗》等。有"长发男儿"之称。

② 京华才女白峰溪：白峰溪，女，剧作家，中国青年艺术剧院编剧。代表作女性三部曲《明月初照人》《风雨故人来》《不知秋思在谁家》。

③ 彩虹般的沈虹光：沈虹光，女，剧作家，湖北省话剧团编剧。成名作《五二班日志》。

④ 年轻有为的何冀平：何冀平，女，剧作家，北京人民艺术剧院编剧。成名作《天下第一楼》。

⑤ 当代流窜作家贾鲁生：贾鲁生，山东作家。代表作《丐帮漂流记》。

⑥ 老先生倒在金风飒爽、晚霞灿烂的讲台上：范钧宏，剧作家，中国京剧院编剧。代表作《杨门女将》《野猪林》《将相和》等。1988年到某地讲学，在讲坛上殉职。

刘巧儿写书

我记性不弱。现在脑海里还保存着1962年银幕上的刘巧儿身影。当时我是梨园小孩儿，僻居川南一隅。先在中央新闻纪录电影制片厂拍摄的《春节大联欢》里惊鸿一瞥刘巧儿；继而多次被长春电影制片厂拍摄的戏曲艺术片《刘巧儿》吸引入迷。印象最深的，是巧儿挎筐送线，暗恋劳模，边走边唱，载歌载舞。那身段，那台步，优美、自然。水上漂，冰上溜，身轻如燕，脚底生云！

1988年，我在第七届全国政协会议上亲睹刘巧儿的真容。啊！她坐着轮椅，靠人推行。她那一双曾经步步莲花的捷足快腿呢？半瘫了！瘫在祸国殃民的"十年浩劫"里！

刘巧儿——新凤霞，评剧皇后，绝代佳人。前半生，踏遍江湖万年台，跨进天桥卖艺场，登上大雅红氍毹。菊坛凤舞，银幕霞飞，天下谁人不识卿？正当她演艺鼎盛时期，突遇五七年寒冷的夏天，再遭十年牛棚折磨。劫后余生，人到中年了。环顾全国弟兄剧种，与新凤霞年龄接近、名声相当的姊姊妹妹，拨乱反正之后，都还继续在舞台上发挥余热。京剧关肃霜、杜近芳、童芷苓，越剧袁雪芬、傅全香、徐玉兰、王文娟，粤剧红线女，川剧陈书舫，汉剧陈伯华，吕剧郎咸芬，豫剧常香玉、马金凤……"穆桂英五十三岁又出征！"可惜，遍插茱萸少一人。刘巧儿何在？轮椅上怅望舞台，咫尺天涯，广陵散绝！

后半生，路漫漫。名伶岂甘牖下终？

她出人意料，华丽转身。告别舞台一亩三分地，转握书案一支三寸笔。新凤霞换招，刘巧儿写书！

人们必然由此想到身残志坚，轮椅写书的范例：高士其、张海迪、史铁生、侯晶晶，甚至霍金……但是，新凤霞有其特殊之处。从未上过学，目不识丁，一字认扁担，二字认筷子。唱戏成名后，与剧作家吴祖光先生结为伉俪。耳濡目染，知识有所增长。却仍然没有和苍颉夫子直接打交道，只算个半文盲。写作从零开始，从头学起。不写则已，一写坚持二十年。如果没有超人的韧性，过人的记性，惊人的悟性，怎么可能写出二十几部书，共计四百余万字！就著作数量而言，超逾梅兰芳《舞台生活四十年》，盖叫天《粉墨春秋》，常香玉《戏比天大》，红线女《红豆英彩》，以及《周信芳文集》《程砚秋文集》《俞振飞艺术论集》……在梨园名伶榜上，新凤霞是写作劳模。倾后半生之力，真正达到了"著作等身"。

假若把新凤霞四百万言书比喻为一部交响乐，那么，我列举其中两个乐句，是我亲身经历，余音绕梁。

由于祖光先生的大是大非观念和我灵犀相通，晚辈衷心敬佩，前辈大力提携。所以凤霞阿姨视我为吴门桃李。二老与我同在全国政协文艺组，我常到凤霞阿姨房间串门。有时见她伏案改稿,有时见她口述腹稿。她的弟子,或保姆小姑娘秀兰在旁记录。最有幸者,她连写两篇描绘我的文章。一篇《大意小魏》,载于《文汇报》;一篇《魏明伦戒烟歌》,载于《人民政协报》。《大意小魏》开篇第一句"男人总是粗心大意的多";第二句补充"更甭提那些满身才气的男人了"(这是伏笔,后有分解)。行文朴素拉家常,漫谈小魏生活中丢三落四的趣话。送汤圆粉拿错了,送出的是洗衣粉。交餐券又拿错了,交出的是全国粮票。有情节,有细节,有板有眼,绘声绘色。话锋一转,举出生动例子,证明小鬼虽大意却有才——巴蜀鬼才。淡淡两笔,映照开场白。最后突然冲出一句:"这人小事稀松,大事可不糊涂啊!"戛然而止,完了。王蒙读后评说:"神龙见首不见尾,一晃无影无踪?"凤霞阿姨答曰:"见好就收呗!"

另一篇《魏明伦戒烟歌》,事出有因。政协会议期间,我接受《中国日报》(英文版)摄影记者采访,凤霞阿姨也在座。当场约定,次日照片见报。结果,记者遗憾告知:照片上我的食指高翘,夹着大半截香烟,正逢当天是世界无烟日!凤霞阿姨闻之失笑:一年三百六十五天,就这一天,让你碰上了。以后,她多次促我戒烟,我屡戒屡抽。她向我叙述华君武一幅戒烟漫画,四个场面。一、戒烟人毅然把烟斗甩出窗外;二、戒烟人匆匆出门;三、戒烟人跑下楼梯;四、戒烟人在楼下伸手接物,烟斗还悬在半空!于是,凤霞阿姨据此画意,写出游戏笔墨《魏明伦戒烟歌》。分行韵文,四十七句,句句押"儿"字韵。"上午戒烟把烟缸摔碎儿,下午又买个烟缸是江西瓷儿……"她一手拿着稿笺,一手翘着兰花指,用评剧板腔唱给我听。甜嗓柔声,深情妙趣,至今音容宛在。二十几年来,鄙人"坚决,彻底,干净,全部"戒掉烟瘾。

以上两篇短文,估计是遗珠,似乎没有收进新凤霞的各种文集。近日由她女儿吴霜搜罗的新凤霞佚文集《美在天真:新凤霞自述》在山东画报出版社出版。书中展现了作者新凤霞一贯的写作风格。清水芙蓉,朴实无华。自然、流畅。亦如刘巧儿的"台步",水上漂,冰上溜,毫端舞燕,笔底生云。

素描王永梭

王永梭,谐剧创始人,擅演独角戏。早年客居吾乡内江谋生,曾与家父切磋技艺。据说永梭先生多子多福,取名王小梭、王又梭、王再梭……四川人念"梭"字,含有溜之大吉的意思。不料一场"阳谋",王永梭也没"梭"脱,打成"右派",埋没二十余年。岁过花甲之后,终于"梭"出罗网,重返舞台。1985年初秋,王先生率领一群门徒到盐都演出。他的同宗、自贡市文化局局长王德文,安排我写几句欢迎词。嘱咐只要应景文章,不必涉及伤痕。

遵嘱照办,速写八句——

剧坛上名副其实的个体户;
个体户中独树一帜的冒尖户;
冒尖户里逆境成才的发明家;
发明家内诲人不倦的好师傅。

门前桃李有望,

台下观众无数。

独角戏并不孤独啊！

您是人民之子，谐剧之父！

就这么八句，哪里写，哪里丢，我自己早忘了。但王永梭先生牢牢记住，认为这是对其特殊剧种最精练、最传神的写照。在庆祝谐剧诞生半个世纪的盛会上，王永梭先生把这八句白话裱成中堂，悬于引人注目之处。

1997年，牛群办起"牛眼看家"摄影活动，专程入川拍摄王永梭老先生与我的肖像。我有缘到成都绿杨村里陪王老促膝谈心。果然，王老对拙作八句倒背如流。他口述，我笔录下来，存入箱箧。

今天翻出旧稿，王永梭先生已经悄悄离开人世，永远"梭"走了。不知坟茔何处，墓碑何形？我想再献拙作于碑前，八句太多，八字足矣——

人民之子，

谐剧之父。

2001年3月

霞去霜来

　　至真至善至美的艺术家新凤霞逝世一周年后，她的小女儿吴霜新作散文集问世了。花开季节，鸟鸣声中，我阅读霜霜小妹的书稿，自然想起作者的母亲。

　　吴霜的母亲，也如我的母亲！

　　这一家子，对待我情同骨肉。20世纪80年代初期，我因敬仰吴祖光先生铮铮风骨而以师礼事之，十八年来，吾师祖光先生几度受压仍不摧眉折腰。我虽远居巴蜀小城却与京华吴家默契共鸣。想当年，拙作《潘金莲》遭到戏剧圈子内某些不公正待遇之时，祖光先生"路见不平一声吼"！他在各种场合声援，撰写多篇文章支持。其中一篇长文，用于我的剧作集子代序。不料此书刚刚付梓，正逢祖光先生被缠进一桩"麻烦"事儿，出版社有所顾虑，意欲从我的剧作集里抽去祖光先生之序。我恳切陈辞，鲜明表态：宁可不出此书，不可删掉祖光先生序言。我的执着感动了出版社，编者也是性情中人，道义为重，序文照发卷首，拙作引以为荣。

　　由于类似的情谊积累，师母凤霞对我特别慈爱。更有缘者，吴门三杰（祖光、祖强、凤霞）都是全国政协委员，我也忝列其间，每年开春总有十几天机会在全国政协文艺组团聚。香山白雪，京丰夕照，西郊灯火，这三处是全国政协文艺组隔年轮换的住所。三座宾馆，十度春天，多少次陪伴凤霞妈妈促膝谈心。她斜靠轮椅，娓娓而述，说艺术，说人生，说乡情，说家事。家事中常常提到她的爱女吴霜。留给我印象最深的是她形容母女嬉戏如同姊妹癫狂！

兴尽悲起，物在人亡。我再也看不到凤霞妈妈慈祥的目光，再也听不到她亲切的低语了……

霞去霜来，破涕为笑。我从女儿的姿态看出母亲的身影，从吴霜小妹的散文随笔读出凤霞妈妈的善意纯情。

有其母必有其女。母亲多艺，女儿多才。新凤霞集表演艺术家、作家、画家、教育家于一身；吴霜汇歌唱家、剧作家、散文家、影视剧制作人于一体。艺术的遗传基因，在吴家几代繁衍。

说到写戏，我算是霜霜的同行。去年，她曾到全国政协大礼堂来看过我写的川剧《中国公主杜兰朵》的演出。但霜霜创作的话剧《别为你的相貌发愁》《女人漂亮》在京公演时，我蜗居川南，无暇赶赴首都欣赏这两台好戏。我补看剧本，查阅报道，将间接感受概括为两句评价：才女出手不凡，巧戏别具一格。

说到声乐，我是外行。只知霜霜早在豆蔻年华就留学美国，主攻声乐，是"学院派"的高才生。那年我到台湾，欣闻吴霜歌唱专场蜚声宝岛，载誉而归，余音犹绕海峡彼岸经久不绝。

她的歌唱禀赋，来源于乃母。

她的编剧天才，植根于乃父。

她的散文风格，综合了父母的笔墨灵气。

纯粹的白话，鲜活的口语，无刻意谋篇布局之斧痕，有随手信马由缰之潇洒。行云流水，自然泻出，这正是吴家传统文风。然而，吴霜散文的内涵、观念，却与椿萱二老昔日篇章迥然有异。她不像父亲那样疾恶如仇，那样关注社会波澜；也不像母亲那样谨慎处世，那样承受家庭忧患。她没有父亲胆大，也不似母亲胆小。现代女性吴霜，自有新颖的思维方式和行为方式，她自由挥笔，放声歌唱，已经摆脱了父母遭受的种种"麻烦"。她和她的查理，不应称患难夫妇，而应称幸福伉俪了。

1999年5月

泪洒复兴剧校

1995年2月25日　星期六　台北六福客栈

台北阴雨绵绵，老天为谁流泪？今日，一个年轻女子见我之后痛定思痛，欲忍难忍，腮边泪，阶前雨，隔窗滴落，草木同悲。

她是中国台湾复兴剧校实验剧团演员朱民玲。两月前，复兴剧校移植演出我的剧作《潘金莲》，朱民玲担任女主角。她的丈夫是剧装管理员，为了赶制《潘》剧服装行头，忙累跑街酿成车祸，因戏殉职，朱民玲即成新寡。我在大陆得知讣告已迟，葬礼已过，只好遥作心祭，向这位赶演拙作而捐躯的台胞默默致哀。

今天参观复兴剧校，不是一般礼节性访问。我以《潘》剧作者身份，去与合作者们会谈。迟到的编剧怀有悲喜交集心情，向女主角祝贺成功，向未亡人表示悼唁！

清早，剧校客座教授魏子云就到客栈接我来了。老爷子与我同宗，七十七岁了，应是我的父辈，可他还称我"宗弟"。

好,少年叔侄如弟兄吧。老大哥多面手,写小说、编剧、搞理论、研究《金瓶梅》成就特高,对荒诞川剧《潘金莲》兴趣特浓。是他,最早将此剧介绍到中国台湾;也是他,鼎力促成复兴剧校移植上演。古道热肠,老马快蹄,真是个大好人。

参观剧校,别有一番情趣。校园林荫苍翠欲滴,校舍门窗如挂水帘。笙歌起院落,箫鼓下楼台,梨园子弟闻鸡起舞,风雨无阻。这所学校前身是1957年创办的私立复兴剧校,校址设在新北投。1968年改制为公办,校址迁到内湖。学制分设国民高小部、国民中学部、高级剧艺部、综艺科、剧艺音乐科,附设实验剧团和综艺团。学生在校修业八年,一律公费,毕业取得高等学历资格。我想要见到的朱民玲就是十一期毕业生,加入实验剧团,多次海外演出。剧校桃李盛开,剧团新秀辈出,标志着古老的京剧在中国台湾复兴,后继有人。我们观看了介绍剧校成果的资料影片,游览了陈列丰富的国剧文物馆,还翻阅了最近移演《潘金莲》的海报、场刊、剧本、评论……包装精致,琳琅满目。深感人家财大气粗好办事,我们人穷力弱捉襟见肘。只举一个数字对比:仅这一所剧校,每年由市政府拨款高达新台币几千万元,超过一亿人口四川省全年戏剧经费。

我的合作者、台湾版《潘金莲》导演钟传幸陪同参观,充当向导。她是一个带有二分男子风度的女强人。这可能与她以前专演须生有关。她是复兴剧校五期毕业,又上文化大学深造东方艺术,再赴美国进修西方戏剧,获得俄克拉荷马州立大学戏剧硕士学位。现任复兴实验剧团团长,致力戏曲改革,大胆推出荒诞剧《潘金莲》。钟传幸小姐多次隔海与我电话交流，只闻其声，今日才见其人。我没有询问她的家事，观其得意气色，如其芳名"传"来"幸"运。可一当低声叙述朱民玲丈夫噩耗，她亦兴尽悲来，蹙着眉儿叹气。

剧校校长陈守让主持欢迎会。主客双方是两个《潘金莲》剧组的骨干。

我向主人介绍川剧《潘金莲》主演余丛厚、导演谢平安、音乐设计廖忠荣及自贡川剧赴台演出团团长傅仕彬。钟传幸向客人介绍京剧《潘金莲》中"四个男人和一个女人"的扮演者们。"四个男人"一掠而过，我没记清姓名。

"一个女人"就是那不幸的新寡朱民玲。她衣着深灰，还在戴孝，容颜憔悴，双眼微肿，是泪水哭干之遗留迹象。

我即兴致词说："两个《潘金莲》都是我的作品，手心手背都是肉，一脉相连不分彼此，憾在我没赶上观赏贵校的移演实况，今儿个我就没有评论权。好在贵校师生这次看了川剧原版演出，有话可说。我趁早闭上嘴巴，洗净耳朵，恭听你们的高见。"

几位教授、作家交叉发言说：两岸两大剧种、两个剧团，两月之间同在台北同一剧院上演同一作者同一出戏，这是台湾戏剧史上罕闻之佳话。用梨园行话说，这叫"打对台"。两个《潘金莲》互相比较，各有特色，各有长短。

川剧原汁味浓，如辣椒；京剧清淡有回味，如苦瓜。由于复兴剧校演期在前，台湾观众受其影响，以其为准绳去审视后演之川剧，便觉前者更合本地人胃口。另有许多川籍台胞则认为还是川剧原版更能体现作者意图，辣椒比苦瓜过瘾。复兴剧校的演出之所以更感动台湾观众，是戏外多一个动人因素；台上的悲剧与幕后的悲剧搅拌一起了!

我侧眼观察悲剧女主角朱民玲——她静静坐在角落,脸上没有表情……教授们的话题转向我的几部旧作。我没料到台湾学者竟对鄙人那些"明日黄花"了如指掌。文学博士李殿魁先生说起《岁岁重阳》,赞赏此剧独特的"双连环结构"。剧作家贡敏先生背诵我的散文《苦吟成戏》中的三段口诀:"写不出时也得写——'硬'写出来别'硬'拿出去——拿出去后还得拿回来。"贡敏与我从未见过面,可他对我文章的熟悉和理解,并不亚于坐在我身边那几位常年共事的自贡同人。贡敏说得兴起,列举我成名作《易胆大》中一场戏:艺人九龄童累死台上,其妻花想容悲痛欲绝,还得忍泪装扮笑脸,演唱《吊孝》《思春》《大劈棺》,表现新寡田氏在丈夫庄周尸骨未寒之时挑逗楚国王孙……贡敏感叹当年戏中情节与现在世上真事何其相似乃尔!

朱民玲于丈夫弥留之际,还得在台上表演潘金莲调戏武松。所不同者,花想容是受恶霸威逼,朱民玲是为事业尽瘁。

我再次观察坚强的女演员——她仍然静坐一旁,没有表情……

我满怀敬意走过去,向朱民玲深深一鞠躬,此时,她再也克制不住巨大悲伤,泪水开闸,泣不成声。

以前我只知这场悲剧的概略,到此才了解详情。

朱民玲的丈夫名叫张文礼,小两口同窗同团,竹马交谊,画眉恩爱。每次朱民玲演戏,都是张文礼替她牵衣熨衫,体贴入微。这回连日赶排《潘金莲》,张文礼乘摩托车出外,一心只想催制妻子演出必用的服饰裙带,匆忙中自己忘了戴上头盔护罩。鬼使神差,途中被计程车撞翻,头颅重伤,血肉模糊。虽及时送往阳明医院加护病房抢救,但张文礼不省人事,奄奄待毙,医药罔效,回生乏术。朱民玲在《潘》剧首演前两天遭此飞来横祸,肩负双重担子,往返医院和排练场。陈校长和钟导演鉴于事故特殊,商量退票赔款停演。朱民玲忧患沉重而又深明大义,知道停演也无助于挽救张文礼,徒使剧校赔款,剧院空档,观众失望,事业受损。她扑倒在昏迷不醒的丈夫床前,声声呼唤张文礼的小名,回述小两口的敬业夙愿;表白自己是过河卒子,必须坚持演出;期盼丈夫能有一线生机;祷告《潘》剧首演告捷之日,便是张文礼苏醒说话之时。在场探病的亲友,都看见垂死者的脚踝动弹了几下,似在回应爱妻的祝福!复兴剧团演员职员全被小朱的敬业精神感召,大家凝聚成前所未有的向心力量,无人苟且,无人言笑,庄严投入演出,众手撑扶小师妹度过人生逆境和艺术苦旅。钟导演预防万一,特别请来几位医生守护幕内,关注幕前,不过最后都没派上用场。朱民玲临阵不乱,进入角色,引吭高歌,翩跹起舞,演得恰到好处。台下不知内情的观众为女主角的出色表演喝彩,台后知情的师兄师姐为小师妹的悲惨遭遇流泪,又为小师妹的坚强意志鼓掌。多情的朱民玲把心献给戏剧,献给观众,无情的死神却步步逼近张文礼。1994年12月18日夜晚,《潘金莲》在台北"国家戏剧院"成功演完三场谢幕之前,张文礼也在阳明医院向人间谢幕了!当时,观众已知噩耗,满场肃立致哀。陈校长和钟导演环抱着朱民玲出场道谢。她在与丈夫生离死别之间完成了神圣的艺术使命,泪如倾盆大雨,猛然跪倒台前!观众同情之心和敬重之意交织,报以雷霆似的掌声,投去雨点似的鲜花……

我听完钟传幸娓娓叙述,那场特殊的谢幕情景如在我的眼前。我们离开剧校,回顾内湖一片烟雨,使我凄然想起旧作《易胆大》中女伶花想容的悼夫唱词:

  风萧萧,望夫招魂魂不返;
  雨绵绵,抛妻别戏戏未完……

"中华" 奇迹

此中华,是十三亿中华同胞之一,庞中华。

我认同20世纪80年代大众共识:庞中华堪称中华书法的肖子,创造了硬笔书法奇迹。

历来书法的工具,都是大小毛笔。民国伊始,钢笔随西风东渐,国人多用钢笔写字。20世纪50年代初期,世风以左胸襟上佩戴钢笔为荣。毛笔式微,钢笔通用于全民日常生活。十年特殊时期,大字报盛行,毛笔字复活。但生活中实用的书写工具,仍然以钢笔为主,圆珠笔为辅。字迹清楚便好,普遍没有书法意识。真正把钢笔字上升为硬笔书法,推广到五湖四海,庞中华当是开路先锋。

这位敢于拓荒之人,并非家学渊源,师门高贵。他出身寒微,自学成才。少壮从事地质勘探,跋涉崇山峻岭,业余探索书法。小伙之志大矣!竟想在毛笔书法巨大的根基上另开一枝新卉,出版有史以来第一本硬笔书法字帖!异想居然天开,成功而且超额。初捷之时,正值思想大解放。庞中华的创造性,是产生在大中华最有创造性的黄金阶段。若无拨乱反正,庞中华岂能脱颖而出？硬笔书法成果，是改革开放大潮流里一朵小浪花！

庞中华首倡硬笔书法，引起社会各界强烈共鸣，尤其是适应了青少年、中小学生的需求。销量突破千万册。中央电视台破天荒举办庞中华硬笔书法系列讲座。他应邀到全国各地义务演讲千余场。当时，家有在校生者，必备庞中华发轫之书《谈谈写钢笔字》。书法家庞中华兼有组织家能力，带头筹建硬笔书法组织机构，获准成立中国硬笔书法协会，兴办中小学书法教师培训班、中华钢笔书法函授中心、硬笔书法实验基地……南北纵横，星罗棋布。甚至登上哈佛大学、哥伦比亚大学、普林斯顿大学讲坛。扶摇直上，走进联合国总部，开办中国书法班。出版中英对照的《联合国书法课本》，投入书市，吸引学子。美国有5000所学校增设中文课，且有专教中文的学校。《联合国书法课本》满足了大量美籍华人、海外侨胞、华裔子女以及异国知音的需要。庞氏门前桃李遍布海内外，总数不止"百万雄师"。其著作印刷总数更惊人，超过两亿册！

借用一句时尚惊讶词语："两亿是个什么概念啊！"

书法传承，人才辈出。今朝硬笔书法已有后来居上之士。但是平心而论，确实没有比庞氏起飞更早，普及更广，出版更多，影响更大的硬笔书法家。

行文至此，浮想联翩。1961年4月12日，苏联航天员加加林，乘坐世界上第一艘载人飞船东方一号，冲出大气层，进入太空。绕地球一周，顺利返回。加加林是第一个进入太空的地球人，也是第一个从太空看到地球全貌的宇航员。尔后五十七年，全世界共有五百余位宇航员进入太空。后继者的宇航水平，宇航成果，当然超出加加林多少倍，而世人印象最深的，是宇航前驱者加加林。

戏言比喻，庞中华就是硬笔书法的加加林！

2021 年 7 月改稿

跳水女皇

跳水女皇高敏是一个谜!

谜面是一连串世界冠军称号。老天爷:荣获一次、两次世界冠军已属难能可贵,我们的小高敏竟然一而再,再而三,三到一连串登上世界冠军的巅峰。还有无数次在形形色色的赛事中夺得大大小小的金牌。借用成语"著作等身",高敏真是"金牌等身"。罕见的巨大成果,引出同样罕见的国际评价——中国小姑娘为世界跳水运动创造了一个高敏时代!

感叹号之后是问号:如此骄人的业绩是如何取得的?来自川南小城的小女孩,是怎样一年一年往下投水?又是怎样百战百胜向上登高?比赛台上几秒钟,训练场上十年功。那几秒钟,那一瞬间,她脑海里掠过了什么样闪电似的念头?那十几度春夏秋冬,那几千个日日夜夜,她肩上承受过多少磐石般的压力?创造奇迹的花季少女,她还有鲜为人知的传奇经历么?跳水女皇走向世界,而她自己的内心世界里是否蕴藏着没有透露的一片自留地呢……

过去虽然对高敏做了大量报道,但都很粗疏浅薄。记者是蜻蜓点水，读者是雾里看花。

我，虽然来自高敏的故里，算是她的老乡；虽然与她在同一城市起飞，同一时段成名，但我也只看见高敏的谜面，不了解她的谜底。

记得20世纪80年代中期，《中国妇女》杂志外文版推出有关四川自贡的两大新闻：一是我的荒诞川剧《潘金莲》轰动中国，引起争议；一是高敏的跳水捷报轰动世界，无可争议。新闻稿约六页，高敏与我各占三页。我不懂外文，曾请两位大翻译家萧乾、杨宪益分别口头为我翻译高敏的事迹。现在回想起来，这类文章介绍其人其事的细节太少，套话太多，通篇"为国争光"的政治概念。第一次面晤高敏，是在1993年中央电视台春节联欢晚会上。我担任总撰稿，参与策划晚会节目。其中有牛群、冯巩的相声《拍卖》。当时正值高敏在天津拍卖她获得的世界锦标赛金牌，为我国申办2000年奥运会捐款。我出主意，促进晚会总导演张子扬决策，把我的小老乡高敏请到北京来做春节联欢晚会的抽奖嘉宾，与相声《拍卖》相映成趣。从排练到现场直播，我几次接触高敏，寒暄而已，来不及畅谈。京华一别十载有余，去年秋天，高敏归国返川，两次到成都我家做客。这两次时间比较充裕，促膝谈心之间，高敏预告她准备写作自传。我当即表示祝贺：吸引人们的跳水女皇"谜底"，将要由您本人画上句号了。但我心里同时浮出另一个问号，体育运动与文字功夫是两码事，您下笔也能像跳水一样纵横自如么？

大半年后，高敏用长篇手稿《追梦》圆满回答了我心里的问号。我用一句话，十个字概括我的读后感——朴实的文笔，真实的内容。

高敏能"跳"又能写，能武又能文，出人意料之外，却在情理之中。她的文字表达能力，来源于她长期勤写训练日记。《追梦》里不少篇章，反映了高敏是如何及时把训练、比赛、获奖，以及生活中的心得体会笔录下来。体力运动与脑力活动互动，跳水训练与文字锻炼同步。历年的训练日记，是长篇自传的坚实基础；眼前的新书《追梦》，是当初日记的播种结果。厚积薄发，熟能生巧，她的笔头磨出了二分灵气。但用词不花哨，行文是白描。叙事抒情很简洁，谋篇布局也适当。循序渐进，有条不紊，准确清晰地描述了她自己时而单纯，时而复杂的心理流程。也许朴实有余，文采不足。然而，这是自传，并非自传体小说。小说必须文学虚构，自传必须内容真实。

本书内容比较真实。坦率揭示拼搏长途山重水复，风雨晦暝。不掩盖矛盾，不讳言阴影。喜怒哀乐，七情皆涌；酸甜苦辣，五味俱尝。她曾有巨大的苦闷，长久的折磨，可怕的伤痛，可怜的彷徨。她"罢练"，她"私逃"，她"做噩梦"，她"问苍天"；她仿佛进入"地狱之门"，她自嘲自叹"高敏的悲哀"；她居然厌恶了从小喜欢的跳水运动，竟想抛弃世界冠军的桂冠，回归故乡做一个平常人，或者消失在永远不见人的地方；她恐惧决赛失败的后果，推测父母因此不敢上街，老家门窗被砸烂，自己遭到全国人民指责；她甚至准备自杀，计划在跳水成功，荣获冠军之时，再从摩天大楼跳下，粉身碎骨，结束年轻的生命……啊，原来高敏的"谜底"，还有这么一些奇奇怪怪的插曲！

人生多少小插曲，汇成昂扬主题歌。高敏促人奋进，《追梦》引人思考。古今中外成大器者，天赋、勤奋、机遇，缺一不可。高敏"三足鼎立"：她有万人不及的天赋，又有千年难逢的机遇，更有百炼成钢的勤奋。还有那流传甚广的古诗道出了颠扑不破的真谛：宝剑锋从磨砺出，梅花香自苦寒来。

当代中国盛行享乐主义，青少年迷恋《还珠格格》成风。此时此刻，推出小高敏，比较小燕子，是不合时宜？还是切中时弊？我看具有非同一般的现实意义与人文价值。

2005年6月于巴蜀速成

可凡可爱

可凡,可爱,两个本不相关的词语,在一个笑容可掬、和蔼可亲的"可人儿"身上自然融合。

改革开放近三十年以来,我接受过许多电视节目主持人采访。其中两位很有特色:北方的"忧郁症"崔永元,南方的"开心果"曹可凡。人间忧乐,相辅相成。崔永元潜存忧患意识,内秀,冷幽默。虽然只是有限度地说些实话,但在某些特殊环境下敢于直言,也算难得,至少三分可敬。曹可凡则十分可爱:弥勒面貌,相扑体形,济公谈吐,唐僧心肠。在上海人心目中,他十余年如一日保持着忠厚而诙谐的屏幕形象。可凡也可变,但可变的是学识渐增,不变的是笑口常开。笑得朴实,笑得自然。笑声含善意,笑语有机锋。采访提问,磁力特强。吸引被采访者情不自禁把他当作听琴的知音,毫不设防,将自己心中高山流水,风声雨声,大珠小珠,和盘托出。

本人亲身体验,记忆犹新——

远在二十一年前,我的佯狂之作《潘金莲》骚扰大上海。巴蜀小鬼,被"追鬼族"包围。记不住是在哪一个场合,却记住了这一张胖嘟嘟，笑眯眯的脸。几年后，我出席全国政协会议期间，适逢干妹子马莉莉晋京献演沪剧，争取获得梅花奖。她请我看戏，我给她捧场。晚会的主持人，便是上海超级发烧友曹可凡医生。当时玉在璞中，初登堂奥，憨厚中带有书卷气。我一看乐了，这是《围城》里胖诗人"四喜丸子"的形象啊！巧了，"四喜丸子"曹元朗，也姓曹啊！假定同宗曹可凡医生早几年亮相艺坛，也许被《围城》导演黄蜀芹发现，可能选上他，与沙叶新老兄同试镜头。谁演"四喜丸子"？PK难料也。这是遐思，还是瞎猜？那晚上，我暗自惋惜曹可凡没有赶上闯进"围城"，却不料再相逢时，他已登上中国电视金牌主持人的高峰。

这次是在锦官城内，鬼狐家中。巴蜀小鬼老矣，可凡笑颜依旧。他飘然而至，把品牌节目《可凡倾听》搬进寒舍书斋。本意是拍摄人物专题片，却给人以访友叙旧之感。正合我书生意气，接待也就不衫不履，无拘无束了。他娓娓而问，我侃侃而谈。对比那些化妆上场，观众满座的电视采访，我更适宜《可凡倾听》这种没有表演痕迹的抵掌谈心。其形式接近央视的《面对面》，但《面对面》主持人王志先生不苟言笑，提问较尖锐，仿佛说客辩士。可凡老弟平易近人，即使涉及敏感话题，他也会采用比犀利更巧妙的方法。语气是开口笑，手势是绕指柔。递给您一枝忘忧草，他化为一朵解语花。如此这般"倾听"，与《面对面》宛若南雁北鹰，而非南辕北辙。风格各有瑜亮，效果殊途同归。本书之内接受可凡采访的衮衮诸公，灼灼群星，大约也会认同我的点评吧？后来，《可凡倾听》播出"访鬼"专题，中间插播了一组镜头。由曹可凡带路，引我去见五十年前有过书信往来，却从未见过一面的电影演员李萌大姐。此事颇有传奇色彩，这里只能简而言之。鄙人早熟，十五岁就评论电影是非。因同情影片《夏天的故事》里女主角米玉兰的命运，便与扮演米玉兰的李萌姑娘通信多次。彼此来鸿去雁，遥隔万水千山。从前未曾谋面，如今下落不明。去年，偶与可凡闲聊这段早已淡忘的往事，好个热心人，他比我还认真。愿意牵线搭桥，立即寻人觅踪。借助于消息灵通人士崔永元，他俩联袂行动，很快找到远离影坛，隐居陋室的李萌姐姐，圆了我长达半个世纪的童心旧梦。当年红颜，今朝白发。故人相聚时，她在丛中笑。可爱的可凡，助人为乐，眼光向下，把"倾听"移向寻常百姓，明日黄花……

话说三国时代，曹魏本属一家。山不转水转，今年春天，"曹"与"魏"又转到一起了。东方卫视《非常有戏》隆重开幕，从初赛到决赛，我连任七场总评审，每场的男主持人都是曹可凡。这回他活跃在舞台上，与平时《可凡倾听》的职能不同。服饰、声音、眼神、姿态，必须展示演技，讲究"台风"。经过频频观察，种种对话，我发觉可凡的人文底蕴不弱，尤其通晓戏曲艺术。不仅熟悉国粹，了解昆曲，并且对地方剧种，江湖流派，已故名伶，失传好戏，皆有所涉猎，不止皮毛。他满口梨园术语，而粉墨与丹青同源，我又听出此人兼有国画功底。不过话说回来，既是"名嘴"，当然力求古今知识兼备一点，土洋艺术懂得几分。逢艺人，说艺诀；访文人，侃文章。正如外交家应通外语，军事家应知军情一样。但是恕我直言：由于当前处于"高科技，低人文"阶段，大环境如此，所以，电视台的科技水平极高，主持人的人文素养偏低。语汇相当贫乏，措辞过于粗鄙。少有含英咀华之士，更无振聋发聩之言。何时出现文采型主持人？可凡可否力争飞跃呢？题词两句，预祝升华——

嘴里三寸不烂舌，胸中万卷不朽书！

2007年6月中旬锤炼成序

秀才遇见兵

谁敲门？开扉满目戎装！

一群军人风尘仆仆专程来访，帽徽肩章红星闪闪，照得"土秀才"的寒舍四壁生辉。

自幼领悟斧头、镰刀、步枪的意义，逐渐明白我辈文人应向工农兵学习，同工农兵结合。十七岁下放劳动，随工人老大哥泡在车间，随农民二爷种过庄稼，却无缘随解放军叔叔野营拉练。只是间接从书报影剧中获悉战争年代老百姓箪食壶浆欢迎子弟兵；中华人民共和国成立初期人民口碑载道歌颂鱼水情。我曾以童声操着南腔北调，模仿献哈达舞步，讴几句金珠玛米，巴扎嘿。

然而，回眸也有痛心处！

十年大革文化命，不知为何让军民"打成一片"。派遣军宣队开进知识分子成堆的地方，对"老九"实行全面专政，导演了一幕幕"秀才遇见兵，有理说不清"的历史悲剧。这一计坑了书生，损了长城，害了人民的国家⋯⋯十年改革光辉灿烂，知识分子终于卸下背负沉重的布尔乔亚十字架，正式归入工人阶级队伍。文武成双翼,军民如手足。我亦深入东海舰队,踏万顷碧波,爬千仞灯塔,访孤岛哨兵。几天短聚,几夜长谈,增加几分理解。最难忘下山登舟之时,依依惜别,频频挥手……

近来多病,离群索居。正感叹何年甚月再去访兵,却不料金秋时节兵来访我。

客从西藏来,轻车小组返回成都军区,中途绕道百里至盐都。自述来意:不为凭吊死去的恐龙,只为专访活着的"巴山秀才"。

秀才遇见兵,促膝好谈心!

秀才遇见兵,举杯谢知音!

一次谈兴未酣,二度跋涉又来,以后再三写信;勤军人感动了懒秀才,来鸿去雁往返于秋月春风……

从纸上看来,军人胸中墨水并不少于一般"秀才"。

从口头听来,军人豪言壮语并不多于一般"说客"。

我沿着他的墨迹,追寻兵的足迹,饱览了不胜枚举、可歌可泣的英雄事迹……

这一系列对部队生活了如指掌的新闻特写,乡土秀才编不出来,非军旅秀才莫属。

咱们老百姓真该向成千上万的军旅秀才致敬。如果没有他们千篇万篇报道部队消息,人民何以知军?民不知军何以拥军?

军旅秀才,光荣的职业!

戎装记者,艰巨的岗位!

我的朋友就是其中一员,兼备了兵与秀才两种属性。

正如文武之道、张弛之间难免矛盾一样，军人文人集于一身的戎装记者有其苦衷。

军人以服从为天职！

文人以独创为本能！

新闻以真实为生命！

文学以想象为翅膀！

要把不易统一的两种属性统一起来，服从而不盲从，独创而不出格；描写真人真事而又飞思遐想，而又不编不造，而又有声有色……我的同志哥，这一连串"而又"，可真的不简单啊！

中国有多少军旅秀才？其中一位佼佼者，是我的好朋友邓高如！

1991年3月

知遇之情

"知遇"一词，源于北朝孝文帝对宋弁的发现与提升。借用过来，形容《剧本》月刊当年对我的器重，措辞准确，并非溢美。

五十五年前，《剧本》月刊创刊之时，我年方十一岁。已是川南一隅小剧团的"童星"，也是《剧本》月刊最早的忠实读者。以后，从唱戏到写戏，梦寐以求之一，就是能在《剧本》月刊发表自己的剧本。这目标念成了一句绕口令："剧本上《剧本》！"可是，在20世纪80年代之前，川南一带作者写的剧本，就没有一个登上《剧本》高峰。

1980年，我已三十九岁。机会终于来了。时任《剧本》副主编的严青，从《光明日报》关于川剧《易胆大》演出的长篇报道中，发现了拙作的价值。她安排戏曲组负责人王一峰联系《易胆大》剧作者，索要剧本。据一峰兄回忆，他当时收阅《易》剧，确有"震撼"之感。只过目两遍，即能背诵剧中唱词片段，迫不及待向严青建议从速发表。我接到用稿信后，趁热打铁，寄去另一个独幕剧本《静夜思》。王一峰再次向严青推荐，并经该刊副主编李钦、颜振奋首肯，破例刊登，好事成双。我得二赶三，又给王一峰寄去已初定参加全国现代戏调演的剧本《四姑娘》。好事与难题一同摆在严青、王一峰面前。若不用，失去一个已见演出成效的佳作；若用稿，对作者实在太破格了。编辑部几次斟酌，拟定分两步走。先用"增刊"方式，出版《四姑娘》单行本；再与全国现代戏调演呼应，于本年度《剧本》最后一期发表《四姑娘》。这样一来，《剧本》在1981年之内，连续刊登我的三个剧本，当时确是罕见之事。

紧接着，文化部与中国剧协联合举办首届全国优秀剧本评选活动。由于是评选剧本，《剧本》月刊编辑部理所当然起着骨干作用。评送结果，出现"奇迹"。同一作者的两部剧作《易胆大》与《四姑娘》，居然在同一届颁奖台上双登金榜！这是全国各种文艺评奖史上的"孤例"，从前无此破格之举，以后更没有这种特殊待遇了。当年促成"双胞胎"的成因多种，《剧本》月刊编辑部乃是主要的助产士。

1982年，《巴山秀才》剧本诞生。我及时给王一峰寄上初稿。他评价此剧比我前两剧更加成熟。主持编辑部工作的于雁军也偏爱"秀才"，一面决定在《剧本》1983年第一期登载《巴》剧初稿，一面由王一峰继续和我洽谈精雕细刻。改稿更上层楼，在第二届全国优秀剧本评选中登上榜首。因此，剧坛内外戏称我"连中三元"。如果按照科举考场的称谓，《剧本》月刊正是三次点头的"朱衣"。

如此知遇之情，弥足珍贵。除了上述严青、李钦、颜振奋、于雁军之外，编辑部师友众多：凤子、张颖、张真、李慧中、周育英、曾宪平、杨雪英、温大勇……从我的角度仰望，《剧本》这一群园丁之中有一位代表，那就是默默浇花，悄悄隐退的王一峰。

这些年来，我未忘"伯乐"，至今与一峰兄保持亲密联系。只举一例吧。我已连任四届全国政协委员，时间长达二十年。每年召开两会，我进京第一件事是住进宾馆向全国政协报到；第二件事，必是打电话向布衣菽帛之交王一峰报到。经常深夜长谈，被宾馆总机挂掉方休。岁月穿梭，白驹过隙。如今已有人尊称我为"魏老"了！不敢当。本人乐于倾听的，还是一峰兄那句不改的爱称——"小魏"！

2007 年 10 月 26 日匆匆

御医的孝子贤孙

"孝子贤孙"一词,本来属于中国人书面或口头的褒语。从20世纪50年代以后,这个褒语在历次政治运动中被中国人当作了贬语。"文革"十年,"孝子贤孙"四字更成了"牛鬼蛇神"的近义词。它常常被写上黑牌,画上红叉,悬挂于垂头罪人的胸前。当时风气如此,至今余毒未尽——仍然罕见中国人理直气壮地把"孝子贤孙"奉为褒词,远远不及"帅哥靓妹"之类吃香。我在这一点上则颇为守旧,对"孝子贤孙"一词情有独钟,乐于描述我所见到的现代孝子之真实事迹。

前年夏天,我到首善之区"党外知名人士研讨班"学习。同学已非少年,男生女生都是全国政协委员。我的寝室对门住着一位来自东北的"奇人"。深夜无聊,我常去串门。发觉他十有九回躺在床上喘气,戴着一种我从未见过的"面罩"。听他说,这是进口呼吸机。此"奇人"得了一种怪病:睡眠呼吸暂停综合征!这怪名我还从未听说过。此病可玄乎了,每天夜里都有停止呼吸的危险,迫使这位同学天天睡觉必须依赖呼吸机以防万一,赴京学习也不例外。他在研讨班是个活跃分子,仪表堂堂,神采奕奕,颇有号召力,人称"冯大帅"。谁也没看出他是个随时可能停止呼吸的特殊病号,更想不到他刚过半百之岁,就已提前立下遗嘱文书了。

遗嘱什么内容?我暂压一笔。

话分两头。却说北国沈阳市内泉园路畔,有一幢外观仿古的建筑物,画栋雕梁,典雅大方。远看很像小型博物馆,走近才知是辽宁省糖尿病治疗中心。大门高挂横匾,由末代皇帝溥仪之胞弟溥杰书写。上有鲜明的四个字:"壹代名医"。

被誉为名医者,就是睡眠必戴"面罩"的冯世良先生。

溥杰为他题匾,并非应酬之举、溢美之词。冯世良确系国手传家,名医后代,其祖父冯玉亭,早在末代皇帝出生之前就担任晚清宫廷御医,又担任过张作霖、张学良的保健医生。就因为是真格的御医世家,其后裔冯世良在"十年浩劫"中惨遭迫害。

红卫兵传言冯世良先祖冯玉亭的墓里葬有金杯银盏,说是宫廷御医量药的器皿。掘墓开棺,一无所获。红卫兵遂兽性大发,将御医头骨当作足球踢玩。踢罢狂笑而散,留下狼藉不堪的黄土白骨。月黑风高,冒着生命危险,含泪收拾残骸者,是孝子贤孙——冯世良。

人性孝心在反抗兽性暴力,兽性暴力要改造人性孝心。专政队拟斗冯世良之父,命令儿子亲手鞭打老子,以此行动表示不做孝子贤孙,与御医世家划清界限;否则就向儿子专政,铁拳头打死狗崽子。父亲眼见暴力折磨儿子,只好呼唤儿子动手鞭打老父自己来解脱儿子的困境。

天日昭昭!是孝心对暴力屈从?还是暴力对孝心莫奈何?

撼山易，撼孝心难。冯世良用行动默认甘做孝子贤孙，决不与乃祖乃父划开界线，生是御医世家人，死是御医世家鬼！暴力失效，黔驴技穷，专政队毒打孝子泄怒，一杖下，一层皮，血成痂，痂连衣。专政队术语叫作"披麻戴孝"，正与"孝子贤孙"相配。

冯世良因此下狱，被关押七个月零六天。

在儿子被迫揪斗父亲，女儿变态揭发母亲之例屡见不鲜的荒唐岁月里，冯世良坚守孝道，难能可贵。当初与父亲共患难，如今与母亲共安乐。

这可是我亲眼所见了。世良在京学习一个月，每夜必打长途电话回家向老母问安，这是他戴上呼吸器入睡之前的例行举措。今年我到沈阳治病，多次目睹世良对高堂老母百般孝顺。每逢好事，必接母亲同乐；每有宴会，必请母亲上坐。照顾之细致，对待之恭敬，现代人罕见，只有戏曲舞台上的古装孝子可以比拟。说到戏曲，冯老太太是个京戏迷。世良千方百计满足母亲愿望，经常不惜代价，亲自专程陪伴老太太上北京、天津，住下来看戏过瘾。老太太喜欢著名男旦张君秋大师，张君秋前年仙逝，广陵散绝。世良老兄居然别出心裁，自个儿模仿张君秋唱戏姿态，请辽宁电视台帮忙，拍了一段"音配像"，儿子与张君秋合一，取悦于老母亲。今年夏天，刘长瑜到沈阳做节目，冯老太想见"李铁梅"。儿子对母亲有求必应，他煞费苦心，还真把"李铁梅"接来与母亲促膝谈天，乐得老太太笑逐颜开。此刻我也在场，感觉到世良是想尽量保障母亲晚年幸福来弥补父亲当年不幸带给老母的创伤。然而，有一件至关重要之事，孝子却对母亲有所"限制"。

由于世良患有"睡眠呼吸暂停综合征",每夜都有停止呼吸的危险,为了防备因病突然死亡而无所交代,他提前立下遗嘱,加以公证。

其中一条是:医院财产,包括一切动产、不动产,全归国家所有。"我母亲及子女均不能继承。我的遗体捐医学院校使用。我所遗衣物,送天下贫困之人使用。"

汉代习俗,举孝子为孝廉。"孝,谓善事父母者;廉,谓清洁有廉隅者。"世良不谙古书,对此无知。但他遗嘱的愿望,却是将孝与廉合二而一。遗嘱还有自责:"忆我一生,多有过失。已无法改正,只有戒鉴后生。"诚如斯言,活了大半辈子,岂无几处过失?熟人可以指出他这不行,那不行;但说他是个孝子,大约属实,无可非议。

我也冲着"孝"字而作此文。对于中国传统孝道,本人早就取其精华,去其糟粕。这里引用拙作碑文《华夏陵园诔》两句为证:

以孝道治天下,帝王愚民之术;
以孝心敬父母,人性至善之情。

试问:如果一个人连亲生父母都不孝敬,他还会真心热爱祖国母亲么?

2001 年 11 月

剧坛·曲苑

当代戏剧之命运

当代戏剧,面临戏剧史上从未有过的奇特处境。奇就奇在台上振兴,台下冷清。

当代戏剧的实际状况,不能笼统视为戏剧衰败。准确地概括,当代戏剧的特征是观众稀少。不是没好戏,而是戏再好,也少有观众上门。

改革开放二十余年,当代戏剧家艰苦拼搏,勇敢探索,平心而论,台上确实有所振兴。从剧本到演出,从内容到形式,从发扬传统到紧跟新潮,从京津沪渝到南北省会,人才辈出,好戏连台:许多方面超越前人,有的方面超越影视。为了争取观众,使尽千方百计,却仍然改变不了门前冷落,与台上热闹形成反讽式对照。这种现象使人百思不得其解。经过长期观察思考,我变换视角,有所发现。以一家之言,供学术探讨。

简而言之:当代戏剧观众稀少的根本原因,在于当代人生活方式、文娱方式的巨大变化。

戏剧的基本属性是剧场文娱、舞台艺术。观众须到剧场之内,舞台之下,与演出对面交流。在信息时代之前,剧场舞台是人们文娱生活的重要场所,到台下看戏是人们的时尚。千百年来,一以贯之,几度促成戏剧的黄金时代。直到20世纪中叶,进剧场看戏仍然是人们的时尚。可与剧场舞台艺术分庭抗礼的只有电影,而电影也须观众去到放映场所才能观赏。影院与剧场同等,当时都有观众踊跃上门。电影再发达,也未夺走戏剧的鼎盛春秋。但是,从20世纪80年代到新纪元,潘多拉盒子大开,进入电视电脑时代。当代人生活方式大改,文娱方式随之剧变,文娱场所必然转移。电视电脑的时代,就是居室文娱、斗室文娱的时代。当代人坐在家里看电视,泡在网吧玩电脑,舒适自由地饱览一切,用不着经常跑到剧场台下观看演出。而剧场舞台艺术的规律,又需要观众到台下与台上对面交流。戏剧不同于影视,也不同于一切出版物。戏剧是三度创作完成。一度创作,剧本;二度创作,排演;三度创作,汇同演出现场的观众参与来共同完成。观众与演员对面交流,本来是舞台艺术的优势;过去这种优势如今反弹过来,成为舞台艺术的致命弱点。普遍拥有电视电脑的当代人,决不会再像从前那样经常泡在舞台之下参与戏剧的三度创作。尤其是现阶段十分浮躁的中国人,很难安心坐下来陪同台上演员对面交流。我们一些专家只看到戏剧与观众直接交流是电视电脑不可取代的特色,却没有看到这种特色正是舞台剧难以"拉拢"观众的根本原因。

当代戏剧的一度创作、二度创作都可与历代戏剧媲美;但三度创作——观众上座率,无法与历代戏剧较量,更无法与时尚文娱竞争。时尚以居室文娱、斗室文娱为主;与之辅助的,不是舞台艺术,而是另一极端——广场文娱(球赛、体操、摇滚、人海庆典、歌星大走穴之类）。小则斗室，大则广场，浮躁的当代人爱走极端。中不溜儿的戏剧舞台，俗称"一亩三分地"艺术，被小小斗室与巍巍广场挤压到时尚之外。

当代戏剧没有市场，却有赛场。戏剧市场很小，赛场很大。全世界最大的戏剧赛场在中国。由政府主办，企业协办的各类戏剧节、艺术节、会演、展演、评奖、颁奖，名目繁多，剧目众多，就是观众不多。没有任何一个朝代的戏剧像当代这样在台上自我热闹！

好心人纷纷献策，呼吁戏剧进入市场机制，构成文化产业。戏剧界遵命照办，实践多年而收效甚微。我深思：戏剧为什么不像电视、电影、书刊、出版物那样与商品经济，市场机制一拍即合？我发现：戏剧本身不像电视、电影、书刊、出版物那样具有商品的再生产力。再生产是利润的源泉，利润是商品的生命。影视、书刊、出版物，只要投合市场，就可像滚雪球似的复制成不计其数的商品，达到所谓"一本万利"。然而，舞台演出天生没有"一本万利"的繁殖力。舞台演出"一本"好戏，即使投合市场之需，也只能一本一利。如要再获一利，就必须再演一场。付出万本才能获得万利。"万本万利"是商品之大忌。舞台演出这种性质，决定了戏剧的商品价值不高。即使在戏剧的黄金时代，演出场次多，观众上座高，但经济利润仍然较少。旧社会，凡是单纯经营戏剧行业的，只能成为小业主，从来没有戏剧大资本家（同时代却有报业巨子、影业大亨）。戏剧界不出大亨，倒是大亨来养戏剧。中国的富豪，外国的财团，都是在多处发财，以其余资养戏。我们中华人民共和国成立以后，则由政府养戏。计划经济时期，养得戏剧几度繁荣。如今变为市场经济，商品属性十足的影视、书刊、出版物，如鱼得水，迅速发展成强大的文化产业。商品价值不高的戏剧，与商品社会很难融合。当代舞台演出，售票少，送票多，送票也来者甚少。观众踊跃看演出，有之，也是个案；普遍演出是观众稀少。不演不赔钱，少演少赔钱，多演多赔钱。甚至，戏越好越赔钱，不赔大钱不成好戏。

归纳起来，台上振兴台下冷清的原因多种。是荧屏时代，网络世界，商品社会，斗室文娱，广场游乐，以及转型阶段人心浮躁等多种因素，导致当代戏剧观众稀少。

一声叹息：现阶段不是戏剧的黄金时代。

两分辩证：不是戏剧的黄金时代不等于没有戏剧，更不等于戏剧必然消亡。

我们的思维方式爱走两个极端，或者万寿无疆，或者寿终正寝。其实，在鼎盛与消亡之间，有很宽阔的弹性地带。戏剧独占百花魁的年代虽然不复存在，但也可以争取在强手如林的百花园里保持一席之地。如果说，戏剧现状是总体有危机，某些局部有生机；那么，戏剧以后的状况则相反，总体不会消亡，某些局部会淘汰。一部分剧团、一部分剧种，会被无情的经济大潮淘汰；一部分勇于变革，善于变革的剧种、剧团、剧人，会把大潮变为洗礼，在困境中自强，为戏剧争得一隅偏安。于卧薪尝胆中厉兵秣马，熬过人心浮躁的转型时期。当人心淡定，文明成熟，社会更上层楼，进入新的历史阶段，文娱方式可能返璞归真，下一代人可能从电视电脑的网络之中分身出来，回归剧场，欣赏舞台艺术。

我们这一代戏剧家，受任于危难之际。家贫出孝子，国难出忠臣，危机出人才。历史上有的成功人士，其成功正是以其事业的败绩乃至泯灭为代价的！

奉命于败军之际的诸葛亮，他是"知其不可为而为之"。我辈则是"知其尚有可为而为之"。

人类在，戏剧在！

2003 年 6 月

苦吟成戏

和尚一本经，道士一本谶，写戏人各有独特心得，有的重视灵感火花，有的强调激情瀑布……本人属于苦吟派，状如京戏青衣，未出马门先叫一声："苦——哇！"

我早年学习写诗，那滋味儿与写戏不大相同，是享受，是乐趣，是自我陶醉，纵有淡淡忧郁，为赋新词强说愁而已。人到中年，每忆青春作赋，仍觉有股回甜味儿。去年闽南授奖，前辈诸公沿途指点山水出题求对，引起鄙人诗兴大发，信口骈四俪六，似乎倚马可待？师友们误认我是捷才，推论写戏必是快手。殊不知我这智力结构有些畸形，口头反应甚快，笔头表达极慢，一旦正式写起戏来，很少有文思泉涌、欣然命笔之时，多是躺在床上叹气，对着稿笺发呆，苦似黄连入口，慢如乌龟爬行。

按常理说，写诗写戏，各有难度。据我愚见，历来不入文学殿堂的戏曲，竟比正宗文体更难驾驭。这野狐禅，散文韵文交织，白话文言并举，综合性特强，需要"多种维生素"。通常写诗不必加"戏"，写戏则须带"诗"；诗人不必都写诗剧，剧作家落笔应是剧诗；大诗人不一定兼通戏文，大剧作家必须兼备诗才。仅此一端，足见写戏之难。尤其现实而今眼目下，许多复杂原因造成条件反差，诗坛小说界开明，创造自由风气更浓；戏曲门户森严，婆婆最多，改革最难。写诗写小说一般不会反复折腾，写戏却从无一锤子买卖，马拉松累死不讨好，绝没有诗人小说家那样洒脱。说句大实话：我当初学诗出于诗兴来潮，近年编戏并非戏瘾发作，皆因忝列剧作者队伍，骑虎难下，只得以苦为乐罢了。久而久之，因势利导，逐渐磨出一套适用于我的苦吟经验。

其一是，写不出时也得写！乍一听来，这与鲁迅名言"写不出的时候不硬写"大相径庭！我斗胆认为，鲁迅此言是指他当时的写作实况，只包含相对真理，具体情况还须辩证对待。大手笔著作等身，偶有写不出时，小憩以利再战，无损大业。像区区这样的作者，年岁不小，著作甚微，写不出的时候委实太多。若片面理解先哲名言，变为自家苟安遁词，条件不佳不写，积累不丰不写，兴致不高不写……正如川戏《迎贤店》里店婆疑问落魄书生："你先生的兴致要好久才发一回啊？"店婆固然不懂艺术规律，书呆子的回答也太玄乎了。我若学他穷酸派头，非要等到有朝一日时来运转、文思腾飞才写，庙宇动工，菩萨垂垂老矣！人生短促，勤能补拙，越是写不出时，我越强迫自己写。生活不足，边补充边写；学识不高，边攻读边写；政策没落实，边周旋边写。借用一句套话："有条件要上，没条件创造条件也要上。"即使剧本构思一时未成熟，我也动起手来，先写人物素描、民俗集锦之类文字，将未来剧本中有关或貌似无关的风物人情分章列传。叙事处仿小说，抒情处学散文诗，写得煞是认真，以此促进剧本构思早日完善。高深的清谈，若不付诸笔端等于"0"，粗浅的设想，一旦积篇成册就是"1"。管他青红皂白，硬着头皮，写出来再说。

其二是，"硬"写出来别"硬"拿出去！写出来与拿出去是两个概念，写出来属于自己，拿出去属于社会，前者"硬"一点儿不妨，后者一点儿也"硬"不得！每当只是自我感觉良好、众人统一摇头之时，千万别"硬"，改改吧。反过来，众人皆言勉强过得去，我扪心自问确实过不去之时，也别"硬"，再改改吧。特别是小有名气之后，剧团"等米下锅"，刊物纷纷约稿，"硬"写出来的东西也不愁没人要，就最容易"硬"拿出去。初衷是催生，结果是自杀，招牌一打黑，落得大家同声叹惜江郎才尽！这种情况尤其别"硬"，请剧团少安毋躁，请编辑鉴谅愚衷，容我慢工出细活，改好再拿。笔者别无美德，改稿可不含糊。简言之：每一稿都按定稿要求修改，心里想着以后不会大改了，这回务必全力以赴，大小难题一律不能绕着走，大自架子路子该动就动，小至一词一字该锤就锤。脑海里"过电影"，嘴儿里吟台词，全剧烂熟于心，熟到能够默写，再检查是否还有过不去之处。尽量不把问题遗留到下次解决。实际上，这一阶段满意了，下一阶段认识提高，又会很不满意，于是再来一番自我鞭策：此乃最后一战，务必一丝不苟……如此三番五次严格筛选，自己无愧，剧团放心，编辑开颜，货色就不是"硬"拿出去，而是拿出去比较过"硬"了。

其三是，拿出去后还得拿回来！剧团上演，刊物发表，不是拙作的终点站。随着观众面扩大，读者群增多，必然听到四面八方、五光十色的意见。有园丁、有哨兵、有好婆婆、有恶婆婆，有多数热情扶持的至爱亲朋，有少数专说怪话的三姑六婆。婆婆太多是坏事，但在一定的条件下也可以转化为好事，练出埋头苦干、宠辱不惊的巧媳妇。我在上海戏剧节上讲过：在下癖好之一就是喜欢倾听各种不同意见，唯恐争不起来，批不起来，最怕石沉大海，鸦雀无声。对于来自良师益友的好评，我感谢之余，总得想想是否偏爱？是否溢美？人贵有自知之明，别人全面肯定拙作，我可不能全盘接受赞歌。反之，吾乡天府之国有那么一两位批评家，把拙作从头到尾踏得一无是处，恶语断言曰"癌症病人打不得高蛋白"！我含笑听之，搔首思之：别人全盘否定我的剧本，我可不能全盘否定他的评论，尽管其总体是"歪打"，而局部也不乏"正着"之处。去其大量偏见辱词，取其少许蛋白，为我所用，也算一种收获。作品一拿到社会上，往往毁誉交集，还得拿回来再改。远的不讲，就说最近的《岁岁重阳》，笔耕两年，易稿十次，发表于上海，公演于北京，首都几大报刊相继报道，中央电视台拍专访……够意思了吧？该止步了吧？不然，一片好评声中，带有遗憾尾巴："这戏虽有新意。较之一般已属上乘，只可惜结尾稍弱，还没超过作者以前获奖剧本《易胆大》《四姑娘》《巴山秀才》的水平。"亦有宽容者反话道："虽没超过，也算接近了，何况任何大作家都是波浪式前进，怎能苛求小作者每戏必须步步登高？"两种议论，听谁的好呢？我愿意接受前者"苛求"，是严师，是净友，鞭策我螺旋式上升！拜谢指教，再作苦斗，于是产生了比前几个剧本影响更大的"新招"——《潘金莲》。

苦也！艺无止境，任重道远。龟兔赛跑，爬一步胜过停几步；苦吟成戏，写一个终于活一个。步调虽慢，总速却快，老天不负苦心人。

我这篇散文强调苦吟，并不等于否认灵感、激情、生活、技巧以及诸多社会因素。纵观文苑剧坛成大器者：禀赋、勤奋、机遇三者俱备，缺一不可。从社会对人才的角度讲，旨在发现禀赋，鼓励勤奋，提供机遇。从人才对社会的角度讲，则不宜过分倚仗禀赋，更不宜过多仰赖机遇，理应立足于勤奋，以勤奋发展自家禀赋，以勤奋争取社会机遇。

我不是什么大材，只有小小体会——若非如椽巨笔，又不愿吃大苦耐大劳，指望运气从天而降者，千万别写戏啊！

1986 年 5 月

川剧恋

落花时节,我望着名画《父亲》沉思……

这幅画的作者自白奋斗目标:让世界知道,中国除了黄河、长江,还有大巴山。

我的抱负较小,没有全球意识。

半生积累,十年奉献,只是想让国内的青年——奢望了,再降个调子——只想让川内的部分青年明白:除了电影、电视、流行歌、迪斯科之外,还有值得一看的川剧。

说起来是菲薄的愿望,做起来是登天的难题。

发射火箭上天空,吸引青年看川剧,两者哪样更难?实践结果,似乎是后者。

火箭毕竟由人操纵,现在的青年可不是驯服工具。别说请他们买票进场看川剧,即使通过荧屏媒体,免费送戏上门,小青年一见生旦净末丑,一听昆高胡弹灯,便不问青红皂白,十分果断地关掉。

这还算是文雅的谢绝。

武辣者,例如某城某厂工会招待职工观看某一台川剧,戏票发到班组，青工们竟以票作赌。四圈麻将打下来，谁输光了，罚谁看戏。

燕都戏圣关汉卿，临川才子汤显祖，20年代的川剧作家黄吉安老先生，50年代的巴山秀才李明璋老大哥：你们遇见过如此薄幸无礼的青年观众吗？连"观众"的称呼也欠妥切，小淘气们对川剧是"不观之众"！

秦琼卖不掉黄骠马，顽童奚落，怨得谁来？

怨"十年浩劫"导致了民族文化的断裂，怨西方思潮蛊惑了巴蜀儿孙的童心，怨小字辈狂妄无知，不识祖国瑰宝、家乡明珠……

怨艾无济于事，青年无动于衷。他们离了川剧，文娱选择甚多，活得优哉游哉。

而川剧失去青年一代，势必活不了多久，别无选择。

那么，我呢，可有自家的选择余地？

我一百次打算改行，一百零一次恋恋不舍……

川剧：孕我的胞胎，养我的摇篮。

川剧：哺我的乳汁，育我的课堂。

她与我形影相随长达半个世纪，结下了千丝万缕的血缘关系。她对我的陶冶，我受她的影响，写出来，将是一部沉甸甸的书。

当年她像海绵一样，吸峨眉的秀色，取剑门的雄姿，借青城一缕幽，偷巫峡三分险。她敢于盗走神女峰的云雨，才形成与神女媲美的艺术高峰。她的绝妙，她的丰富，她的天然蜀籁，地道川味，早已化入我的潜意识。就连我"荒诞"的思维方式,和笔下这点幽默,也来自她的遗传基因。

川剧:大堰河,我的保姆!
川剧:在人间,我的大学!
从大堰河走来的诗人艾青,从人间大学毕业的文豪高尔基:你们最能理解我的回眸乡思。
弗洛伊德博士:我的恋母心理,可符合您命名的"俄狄浦斯情结"?
我像儿时扮演过的孽龙,回首处——二十四个望娘滩!
但我没有奔流到海,而是像一部台湾影片中的小孩,跑向无人问津的古庙,缠绕于被人遗忘的母亲膝下,唱一支纯情儿歌……
那电影插曲风靡了红男绿女,我眷恋川剧的呼声,却少有青年应和。
我不得不向川剧母亲进言:您的更年期到了,创造力减退,排他性增多,很难吸收新鲜血液。您外貌苍凉,内耗频繁,整人比整戏有劲。您脾气固执,近似一块铁板,您可贵的海绵精神丢到哪里去了?
妈妈,原谅我直言尖锐,原谅我孝而不顺。

我背靠传统,面向未来;身后是川剧,眼前是青年。
面向着瞧不起祖宗的愣头青!
背靠着看不惯后代的倔老太!
我把最难伺候的老少两极揽过来一起伺候。
我力图调节两者的隔膜,增添几分理解,缩短几寸代沟,搭一座对话的小桥。

我一戏一招,时而向祖宗作揖,时而向青年飞吻;一招侧重于此,一招侧重于彼;探测两岸的接受频率,寻找双方的微妙契合点。

惨淡经营的小桥,是一弯残虹,还是一道怪圈?

甲说我是川剧的吴下阿蒙;

乙说我是当代的弄潮戏妖;

丙说我一窍不通一塌糊涂一团漆黑一无可取;

丁说……

谁识寸草心?我将拙集《苦吟成戏》题赠远方朋友:育我者巴山蜀水,知我者浦江秋雨。

黄浦江,余秋雨,年轻的教授:是您识破我的佯狂,拂去妖气,揭开鬼脸,还我"稳妥的改革者"的本质。您以犀利的眼光、严密的逻辑,层层推理,滔滔雄辩,指出"魏明伦的意义"是在戏曲危机时刻开拓了一片传统精神通向现代化观念的"中介天地"。

这片天地虽然中不溜儿,总算争取了一部分"不观之众"——小伙子大姑娘破例接近川剧舞台,坐下来问一问青红皂白,看一看生旦净末丑,听一听昆高胡弹灯。逐渐被吸引,被打动,禁不住为演员技艺喝彩,替人物命运担忧。观后纷纷来信,畅谈感受,索要剧本,并且打听我的下一招。更有难忘的奇迹,曲终人不散,青年蜂拥台前,形成啦啦队,连续呼唤幕后人出场"亮相",渴望瞧一瞧川剧作者是何模样!

莫等闲轻视这声声呼唤。

请宏观审视,这是空谷足音,是川剧界的共荣,是咱们这个古老剧种有可能适应青年观众的一声信号！

信号的余音，融进我的恋歌……

信号告诉人们，当代青年具有可塑性，并非是一成不变的铁板。

那么，川剧呢？

您能否以自身的变革去适应下一个历史阶段的文艺风云际会？您能否在强手如林的生存竞争中保持一席之地呢？

川剧：如果您强化铁板性格，请去凭吊比铁板更僵硬的恐龙化石、悬棺古迹、夜郎遗址……

妈妈：如果您要恢复青春，请继承发扬您的优秀传统——海绵精神！

1990 年 12 月

振兴川剧意识流

川菜川剧历来齐名，今朝何不振兴川菜，偏要振兴川剧？"文革"洗劫了国人的脑筋，没法改造百姓的胃口。饮食男女，食欲的座次排在性欲前头。川菜美哉！饕餮客源源不断，古今中外一律说它好吃，用不着谁去振兴。再兴不得了，菜肴价格如斯飞涨，还是有人一面叹气，一面解囊。

川剧危矣！80年代的清官或贪官，守法户或违法户，精神文明者或精神污染者……很不统一的双方对于川剧则统一冷淡，少来或不来买票看戏。吾道冷而不孤，全国还有若干更为寂寞的兄弟剧种形影相吊。老外的舞台也不景气，电视发高烧，戏剧入冷宫，乃是世界性的最新行情。川剧没在火星上开锣，只得与环球共此凉热。眼看宝贵遗产衰败于20世纪末叶，怎么办？是任其自生自灭，还是设法去振一振呢？不振太心疼，一振又头痛。远不及成立"振兴川菜领导小组"轻松而实惠。要生气，来振戏；要生大气，来振川剧……

蜀中上下有志之士居然不怕生大气，烧起天下第一冷灶，率先在全国剧坛打出"振兴"旗号。大约是受了武侯祠内诸葛丞相、廖化先锋的影响,甘愿受任于败军之际,奉命于危难之间,以攻为守,知其不可为而为之……振兴将近六个春秋,确实振出一串成果,同时振出一堆牢骚!

四川人诙谐,只在"振兴"之后加一"儿"韵,念起来就成了"振朽儿川剧"!

言者无罪,闻者足戒,请从消极的牢骚话里取其积极的忧患感。下面既有整朽之怨,上面应该搔首问个为什么,是否当初扯旗放炮过于轰烈?没料到上面的上面要搞"双轨制"——剧团纷纷鸟兽散!振兴川剧的小道理被振兴中华的大道理管着,理不理解都得执行,于执行和挨骂中加深理解。先前大家以为振兴川剧是把队伍振大,期望过高;如今班子振小,自然大失所望。要振到什么地步才算兴而不朽?定性不清,标准不同,各有各的意识流。

一种流向是闪回到70年代,当日之域中,样板戏之天下。向样板团学习,大乐队,铁饭碗,十年磨一戏,戏随高音喇叭响彻每个角落,百姓不可一日无此君。人人皆知《红灯记》,家家能唱《沙家浜》。平原一望,哪里有人民哪里就有"赵勇刚"……

另一种流向是闪回到50年代,正值川剧黄金时期。天府工农兵学商,熟悉生旦净末丑。一隅小城可容两个剧团,一座大厂常有几批玩友。不爱高腔枉称四川老乡,不懂川剧便是不懂文明。更蒙紫光阁宠幸,常来常往,易如三六九赶场。最神气是国务院总理帮咱们改台词;总司令、外交部部长、参谋总长、元帅大将围着家乡宝贝灌输营养品。"红鸾袄、梭梭岗"的重要性和必要性,似乎接近氢弹原子弹……

131

再一种流向是闪回到 30 年代，悦来大茶园与又新大戏院分占成渝，老死不相往来之时。闭关称雄，何须走穴？酒好不怕巷子深，来宾只愁挤不进堂厢，上楼厢站着听一夜也要过过戏瘾。康圣人如何？天先生怎样？川剧大王张二爷一腔定太平。唐三千，宋八百，数不完的三列国。偶有"下江"班子入川混饭吃，给它两瓢羹吧。强龙难斗地头蛇，一个老鸹守个滩，巴蜀梨园码头，谁敢与川剧龙头舵爷分庭抗礼……

总之，今日若不振到以上三种流向之一种水平，则为不兴不旺，则为整垮整朽儿！

同志哥，别做梦，鼎盛春秋飞旋去，挽啊，挽不回黄金时节！

我有意识流，少闪回，向前看——当今观众，尤其青年观众是有史以来最难伺候的"上帝"。这一代小小老人家，与文艺的关系已经结束了"一夫一妻制"。喜新厌旧，朝秦暮楚，一会儿嫌环肥，一会儿嫌燕瘦，一手推开虞美人，一手伸向洋婆子。真如直达爱丽舍宫，追求高级粉黛，云游艺术世界，丰富审美情趣，我看是好事。未老莫还乡，还乡须断肠。说不定哪天叶落归根，游子思家，绿窗人似花，还是白娘子、尤二姐、四姑娘、芙蓉花仙温柔。娘们别干等，打扮一番流行色，画眉深浅入时无？适应是为了征服，再降个调，适应是为了生存，在适应上帝的同时，引导上帝来适应我们。只要能在三千佳丽、十二金钗之中保存一席菊部蜀葩，分享几夜风流，便是复兴开始了。

从这个标准检验：成都、新都、雾都、盐都……都有可喜收获；甜城、果城、雨城、月城……小城不乏小春。几回荧屏竞技，几度京华夺魁，几朵梅花，几枚金牌，至少剧本文学是全国剧坛公认的排头兵，能说咱们川剧"朽"成白卷先生了吗？

意识流飞越——正当振兴有望，不料经济危机引起文化危机。上面节约财资，精简剧团，下面爆发超前享乐低级文化思潮！

此潮早已席卷西方，强国富邦养得起纨绔子弟，无损大局。一穷二白大家庭怎么供得起上亿的少爷小姐？奇怪，几年前玩兴尚被志气抵消，为何这阵子志气将被玩兴淹没？或许小青年、大学生曾以满腔童心关注国家大事，碰一鼻子灰，经不起风吹雨打。无沧桑中年之坚韧，有陌上柔桑之脆弱。国事管他娘，打打麻将。对什么都得加上"玩"，玩哲学、玩宗教、玩大佛脐眼，玩观音酥胸。十步岂无芳草？青春辈中确有才华出众、品学兼优、他日腾蛟起凤之高明后生。但亦有高到玄之又玄者，看文艺以看不懂的为佳品，凡能看懂的不屑一看。哥姐伴狂，传染弟妹，小不点儿几分无瑕、几分无知、几分无聊，痛心是几分无耻！不爱风流高格调，专拣装潢五光十色、内囊一包稻草的低档文化。百货飞涨，唯有文化素质大跌价，欣赏水平大滑坡。跳舞扭摆学床上动作，唱歌腔调仿性交呻吟。歌星扭下台来摸一摸观众是演出必由之路，观众拥上台去啃一啃歌星是文艺最佳境界。世上戏比台上戏丰富多彩，官爷"倒"得快，儿女"垮"得快，倒垮竞赛，你腐败我比你更腐败！吃喝嫖赌加武打，没钱学拉兹，去偷去抢去杀人去放火！大不了进去唱囚歌，混得出来是个迟志强，混不出来，哥们含笑上刑场，拜拜，二十年后又来玩……

133

哎哟，上帝！川剧无论怎样适应，怎样改革，也赶不上这个趟啊！当代优秀文学，海外高雅艺术，通通暂时靠边站。川戏班子算老几？门庭若不冷落，那才怪呢！

有志振兴者碰上这么个气候真够呛。莫怪我的意识流跑远了，就戏论戏说不深透，功夫在戏外。登高宏观，振兴川剧附属在振兴中华的大背景下，没法子超越社会的经济文化困境而独自拔地飞升。戏剧何时走出低谷？当问中华何时攀登高峰？……

1989 年 2 月

啼笑江湖素描图

当年我为创作剧本《啼笑江湖》（后更名《易胆大》），先写了一册人物素描、民俗杂记。虽然写得煞是认真，却没有想到可以发表。现在翻开重看，觉得可读性较强，是一组语汇独特的散文。筛选几则出来，聊备一格，以飨读者。

闲言少叙，话说从前麻麻杂杂之时，扯谎坝上来了一个唱川戏的，名叫易胆大——

易胆大
——《啼笑江湖》素描图之一

此人比阿Q下贱，正传歪传一概没有，大抵是个跑滩匠。来龙不清，去脉无影，颇有些"到处流浪，啊……"的派头。年龄不老不少，身材不高不矮，扮相不乖不丑，甚至还可不男不女。三教九流皆懂，文武昆乱不挡，外搭耍魔术，打猴拳，练气功等等。脸上一说一个笑，脚下一踩九头翘。一颗良心长在胸坎正中，又是糍粑做的，看不得苦戏。自己稀饭没吹冷，爱去帮别人吹汤圆。虽有嘴巴烫起果子泡之风险，亦毅然而去吹之。胆大矣，心更玲珑。善于愚弄达官贵人，恶霸土豪。以毒攻毒，见子打子，各个击破。恶作剧后，对方竟然打不出喷嚏。当其头破血流，寿终正寝，易先生已飘然道谢贵龙码头，屁股上夹一双打靴，"到处流浪"去也……

梨园怪杰，优孟高徒，汉族阿凡提，四川卓别林！

花想容
——《啼笑江湖》素描图之二

云想衣裳花想容！

不知是哪位附庸风雅的捧场看客，带有二分醉意，给漂亮的坤角，取了如此一个迷人的艺名。

戏班子常说："学得出来是碗戏饭，学不出来是碗气饭。"花想容声色艺俱全，成为三和班的台柱，算是唱红了的角色吧？而她手中端的依然是碗气饭。"小旦小旦，脸上要有几颗饭。"如花的脸蛋儿，是谋生的条件，也是惹祸的兜兜。弱者，你的名字是女伶！

台上浓妆艳抹，莺歌燕舞，台下忍气吞声，沉默寡言。用眼睛说话，以泪水洗面。她悲惨的一生，足够写成一部书；而本剧，只演了书中一页。龙门镇上，幸遇易师兄保驾，下座台口呢？命运如何，引人深思……她是喜剧中的悲剧人物，闹热戏中的一帧静物水墨。

九龄童

——《啼笑江湖》素描图之三

花想容的丈夫,易胆大的师弟,三和班的当家文武小生。

"生不爱旦,班子要散,旦不爱生,班子要崩。"其言信乎?九龄童与花想容,就是这样一对台上艺术伴侣、台下患难夫妻。

"戏子死了骨头硬。"九龄童是条硬汉子。其硬之一,卖艺不卖身。决不让爱妻去做陪客、谢酒、打牌之类的应酬。其硬之二,名角顾下手。比如这次,三和班东家因故要封箱子,即停业关门。九龄童夫妇凭着手艺,本可另搭班子,自寻生路。鉴于许多下四角及吼班脑壳们面临要打烂饭碗之危,便硬着头皮,约集几位同班好友,将东家的箱子租撑过来。到龙门镇写了十本会戏,先收定钱,分给下四角们,各自从当铺赎回衣物,偿还一屁股烂账。煮了几锅牛皮菜稀饭,勉强填满一班人肚皮,搬往新台口。其硬之三,浑身硬功夫。拿手好戏《八阵图》,紫金冠上一支野鸡翎子抖似飞蛇,另一支却纹丝不动。连续三手绝招:"硬背壳""变脸""倒硬人",满台喝彩,被誉为"活陆逊"。尽管饥寒交迫,疾病缠身,不出马门则已,一出马门,从不苟且放流。认真做戏,手手到堂。这样德才兼备的"好先生",打起灯笼火把,也找不出第二个来!

鹿死于角,麝死于麝,阿炳瞎于《二泉映月》,九龄童也毁于《八阵图》。带着失传的绝技,留下年轻的妻子,离开黑暗的人间。

吃人的社会，吞噬了多少绝代才华？龙门镇上一抔黄土，激起了多少大胆复仇？九龄童的长歌当哭，化为易胆大的嬉笑怒骂。闹吧，闹他个鸡飞狗跳，鬼哭神嚎！

易大嫂
——《啼笑江湖》素描图之四

"花脸靠吼喊，摇旦靠妖娆。"

这位大嫂是唱摇旦子的，三姑六婆、黑女子、院妈娘无不精通。摇则摇矣，心术不坏，扮相甚俏。嘴唇边的美人痣，引得码头上的兄弟伙打起"干喝嗨"。

大嫂见怪不怪，其怪自败。君不闻贾家弟兄调戏红楼二尤，却被尤三姐反戏一番么？易大嫂比三姐儿更彻底，伶牙俐嘴，泼妇骂街，连翻一百二十四个花样不打重台。说得出做得出，要臊陪你臊个够。吓得对方抱头鼠窜而逃。勇哉，大嫂，天下吵架女冠军也！

有此防身本领，便敢独来独往。每当她的男人去打抱不平，欲惹包天大祸，这婆娘不但不拉后腿，并且心甘情愿去打帮锤。两口子自有"私码口"，无须"咬耳朵"，眼眨眉毛动，配合得巴巴适适。

九龄童与花想容：离燕别哀鸿！

易胆大与易大嫂：海椒配花椒！

打杂师
——《啼笑江湖》素描图之五

"打杂师不懂戏,生意人不懂利!"

这是反话。旧戏班的打杂师可不简单。相当于现代剧团的舞美队长、剧务组长、人事干部,并兼外交"辛格",杂得可观。

三和班的打杂师,是个老头儿。八字胡,短烟杆,说话慢条斯理,做事干净利落。谦恭卑微之中,带着几丝狡黠。

大闹龙门镇,"打烟火"少不得这位师傅。

他联络一帮无名配角出场打凑合锣鼓。配角没姓名却有"职称":草鞋花脸、绞腿武行、讲口生角、吼班脑壳……光听这一串旧名词,就够咱们现代街娃耳目一新了!

麻大胆
——《啼笑江湖》素描图之六

地头蛇。浑水袍哥。义字舵把子。县大老爷的兰交兄弟。家务堂排行第五。官称"麻五爷",外号"麻大胆"。

据说他早年当过棒老二,是匪首的"御儿干殿下"。官府悬赏缉拿匪首。匪首杀人不眨眼,谁敢近身?"殿下"斗胆包天,趁干老子扯鼾之时,割下脑壳,拴在裤腰带上,投奔官府,领赏报功。从此洗手归"政",与县大老爷换帖掉把,回到龙门镇开旗设教,"嗨"成义字龙头,与本镇士绅骆大爷扯上下式口了。

镇上原有一座大茶馆，被麻五爷一口吞下，改名麻记茶馆，内设"雅座"，聚赌抽头，掌红吃黑。门口吊根棒棒，生意太烫。引车卖浆之流，到此买茶解渴，开水多冲几道，都要另补茶钱。麻五爷奸淫估霸，无恶不作。麻雀儿过路，都被提起来看下公母。到本码头唱戏的小旦，都被麻五爷打来吃起，跑脱了是马虾。

调戏花想容，逼死九龄童，乃麻五爷血债本本上的最后一篇。

"恶人必遇恶收拾。"麻大胆遇到易胆大，就喊昏死了。死了还不晓得是咋个死的？半声喷嚏也打不出来。

麻五爷九泉有知，必喟然长叹曰："易胆大的班子惹不起！"

骆善人
——《啼笑江湖》素描图之七

土老肥，清水袍哥，仁字舵把子。

富甲一乡，诗礼传家。早年在外做过几任"学政"之类官儿，本城县大老爷就是他的门生。如今终老林泉，享下半世清福。

既曰善人，必是慈眉善目，乐善好施。平日扯下一根牛毛，修点桥，补点路，钓得一个"造福乡里"的名誉。码头弟兄，提起骆大爷，连称"落教"。

麻五爷行的霸道，骆大爷行的王道。义字豪杰与仁字好汉之间，难免踩左踩右。三和班初到，骆善人想收干女，九龄童不识抬举，断然谢绝，扫了大爷的面子。王道就与霸道合流。骆大爷睁只眼闭只眼，关节之处，点拨一下麻五爷，使九龄童死得打不出喷嚏来。

天下大势，合久必分。易胆大深知其中三昧，姑且让骆大爷过几天"保爷"瘾，王道也就与霸道对立。骆善人居然仗义执言，给干女扎起，为戏班子做了不少"好事"。

善人乎？好事乎？大爷的云头比五爷驾得高明。收买人心，欲成"华堂白发伴红妆，一树梨花压海棠"之雅事。说俗点，就是老牛吃嫩草！

不幸，易胆大是个"醒生"，自有回马枪收拾善人。当然，大爷不似五爷那样容易就范，之所以又被撂顺，其中有个相生相克的《三国》道理——麻大胆死了才明白，像曹操，过后方知。骆善人刚欲上钩已醒悟，像周瑜，遇事便知。而我们的易胆大，连对手可能醒悟也预料到了，像诸葛先生，未来先知！

骆大爷只好悲鸣："既生瑜，何生亮？"

麻五娘
——《啼笑江湖》素描图之八

荣县富顺出才子，自流贡井出戏子。龙门镇上，也有几样著名土产：骆大爷的面子，麻五爷的胆子，麻五娘的鼻子，舍身岩的鬼影子！

单表麻五娘的鼻子。鼻子者，触鼻子也；触鼻子者，三言两语无法形容也。五娘自幼好吃懒做,横针不提顺线。脾气怪哉,爱吃点太和豆豉和醪糟儿,吃藕粉要和海椒面儿,穿衣裳要人扣纽门儿。当是"孔二小姐"一类活宝。嫁给麻大胆,撮箕配扫把。五娘仗着五爷势耀,又歪又恶,又不吃豆芽脚脚。鼻子头有颗豌豆,至少两窍不通。喜怒无常,爱憎混乱,颠三倒四,七翘八拱。一会儿火锅子,一会儿冰激凌。无缘无故,跳起双脚叨人。转瞬之间,却又若无其事,姐呀妹呀,格外亲热。你分明是维护她,她颠转疑你有打猫儿心肠。你率性去愚弄她,她反而把你当作救命王菩萨。

此类触鼻子,作者常于生活中观察研究。世上既有,戏上应有。取台下许多"鼻子",安在麻五娘脸上。照正常逻辑看来,触鼻子的许多言行,均"不通讲"。正由于有这么一个"不通讲"的特定人物,这台荒唐闹剧,也就"通讲"了。

1979 年 1 月

多存芝麻好打油
——《易胆大》创作散记

艺术与生活之间的辩证关系,很难一语概括。鲁迅真是高明,他打了一个通俗、准确、形象的比喻:"正如芝麻油从芝麻中打出。"

以前,我写过一些戏,都因为"芝麻"太少,多靠编功吃饭。"编"出来的戏,无源之水,无本之木,唱完几场也就拉倒。《易胆大》稍有进步,寿命略长,演出将近两年,收到不少观众和同行来信,询问作者编戏的"窍门"。我写这篇散记作答:《易胆大》虽有雕虫小技,但首要的"窍门",在于生活积累比较丰富,简言之,即"多存芝麻好打油"。

芝麻抛种三十年

《易胆大》的案头写作时间很短,孕育期却相当长久;三十年怀胎,两月分娩。

我从七岁起学唱川戏,解放前夕,到沱江沿岸一个叫龙门镇的码头唱"围鼓"。我的"买米戏"是《玉蜻蜓》中一折《下游庵》。当地有个"麻大胆"式的浑水袍哥,点草台班子的坤角与我合唱,先派个"幺爸"领我到班子上去和坤角对"私码口"。女艺人刚刚下妆,一面忙着给婴儿喂奶,一面和我对词。码头上忽又变卦,派人来说:舵把子赏示下来,《下游庵》改为《上游庵》,还是你两个唱。"上下游庵",一字之改,别有用心。《下游庵》是儿子认母亲,《上游庵》是公子奸尼姑。那浑水袍哥明明是故意刁难女艺人,逼她同几岁娃娃打情骂俏。在场一位"绞腿武行"愤愤不平,嘀咕着"龙门镇的饭碗搁得高"。幺爸一听大发脾气:"唱戏的,变泥鳅还怕泥糊,谨防老子把你毛了。"女艺人害怕事情闹大,只好赔笑,放下怀中婴儿,牵着我去唱"围鼓"。走在半路,她悄悄叹了一口气:"唉,沙和尚挨屁股——外笑内哭!"

  类似"上下游庵"之改,无非是旧社会艺人的家常便饭。我亲眼见过"麻五爷"式的恶霸砸戏园,"骆善人"式的绅士收干女,"易胆大"式的武行弟兄保护坤角逃走;亲耳听过"仁义几堂"袍哥断事评理的绕口令,"麻五娘"式的太太边吸水烟边嚎丧;小至堂倌吆喝,轿夫唱道,小贩叫卖之类,均有直接感受。间接听来的艺人逸事、袍哥丑闻就更为丰富。以上生活"芝麻",幼年是无意之中抛种,成年后则是有心育芽。早就想写个川戏来反映川戏艺人在旧社会的遭遇,奈何十年内乱,"三字经"害人,此类题材不合时宜,只好束之高阁。三中全会以后,解放思想,贯彻双百文针,文艺创作恢复现实主义传统。春风化雨,瓜熟蒂落,我多年抛种的生活芝麻,已到开花结果时节。

芝麻开花节节高

三十年积累的许多艺人生活素材，恰如遍地芝麻，一时不知从何着手。

先搞优选法，择出良种备用。以下较有价值的真人真事和民间传说，就是《易胆大》的生活原型。

康芷林之死：川剧"圣人"康芷林，身怀绝技，品格高尚。早年创办三庆会，培养人才。周慕莲、周企何等表演艺术家，均属"康圣人"徒子徒孙。晚年，受一军需处长冯什竹之骗，带三庆会赴重庆献技。冯什竹只顾中饱私囊，不管康芷林年老体衰，逼其演唱《八阵图》。康芷林为保全三庆会声誉，带病卖艺，活活累死台上。川剧巨星陨落，山城观众同悲。周慕莲扶枢，周企何执拂。挽联传遍蜀中："功盖三庆会，名成八阵图。"

周竹风之死：川南著名文生周竹风，偕其妻竹芳沦落自贡市附近乡镇，饥寒交迫，病死后台，薄棺停在万年台对面正殿之上。当地恶棍故意点新寡竹芳演唱色情戏《吊孝思春》。逼她面对尸骨未寒的丈夫，做出寡妇思春的浪态。竹芳被迫登场，几度昏厥，惨不忍睹。

李小钟之死：名驰全川的女演员李小钟，擅长时装戏《是谁害了她》。李与同班一位青年武生恋爱。此戏班为军阀刘某经营，刘某专横，拆散情侣，并用枪威胁李小钟。女伶忠于爱情，以死反抗军阀，吞服鸦片自杀。梨园同行悲愤填膺，呼告无门，采用特殊方法向社会提出质问，送来挽幛，上写李小钟生前拿手好戏之名:"是谁害了她?"

黄佩莲怒打裘子昆:周慕莲之大弟子,著名旦角黄佩莲,在成都陪地头蛇裘子昆打牌,裘趁机调戏黄佩莲。梨园子弟不可侮,黄佩莲幼习防身拳术,一怒之下,当众打翻裘子昆,后逃之夭夭。裘满城追拿。黄佩莲利用"五老七贤"与"八大金刚"之矛盾,投奔黄老太爷公馆藏身,借黄府势力制服裘家。据说:裘子昆带枪拜访黄公馆,请老太爷交出黄佩莲。老太爷一拍胸膛说:"佩莲是我同宗义子,你要打就先打死我,敢动黄家一根毫毛,你这袍哥不想'嗨'了。"裘的袍哥是由黄太爷栽培的,莫可奈何,只好自认晦气。从此,码头上的兄弟伙见裘"输给小旦",再也硬不起腰杆,纷纷改换门庭。裘子昆一蹶不振,被"大鱼"吃了。

易胆大比胆:易胆大是传说中的川戏下层艺人。他的故事很多,其中一则:某码头有个自称胆大包天的地痞,与易胆大比胆量。西门外落魂桥乱坟丛中,一女尸暴露旷野。谁人胆大,深夜捧热包子一笼,单身前去祭奠女尸,天明以女尸身边包子为证,输者当众叩响头。易胆大自愧不如,地痞持强独往,夜奔落魂桥。当他取出包子呈向女尸说"给你一个",那女尸伸出手来答曰"再要一个"。地痞魂不附体,狼狈逃回,吓出一场大病。女尸实为易胆大所扮,其大胆之称号,就此传开。

李淑卿之死:民国之后,川剧第一代女演员何亚仙之私淑弟子李淑卿,色艺双全,被金堂县恶少宣某看中,欲强行纳妾。戏班师友千方百计保护李淑卿逃走。李淑卿虽几次巧妙脱身,但终归逃不出旧社会天罗地网。宣大少爷求欢不成,便使尽流氓手段,剥光李淑卿上衣,将她绑在树上,开枪扫射树丛唬吓，复又用猪鬃刺进她的两个乳头，最后以挖坑活埋相威胁。李淑卿自己跳进坑内，灭顶惨死。威武不能屈，富贵不能淫，贫贱不能移，梨园骨气可歌可泣。

生活"芝麻"尚多，恕不一一列举，加上作者本人经历，大抵可供一个戏"打油"之用。

芝麻不打不成油

芝麻再多，仍不是芝麻油，芝麻油是芝麻的提炼和浓缩。我根据上述生活素材，在组织故事的同时，努力开掘戏的主题。经过反复思考，我把戏的主题定为：暴露旧社会摧残艺人，歌颂艺人自发反抗，揭示艺人斗争的局限。

我认为：站在今天的时代高度，回顾艺人血泪篇和斗争史，这个戏不宜沿袭传统的"大团圆"的结局。当然，这并不意味着否定"大团圆"在中国戏曲史上的历史地位。

据此，我酝酿"三闹龙门镇"的艺术构思。从名优之死开局，艺人立志复仇，采用特殊斗争手段，在"三闹"中破涕为笑，获得局部胜利，却又面临更大灾难，乐极生悲收场。让故事围绕主题进行，让主题在故事中自然展现。这个故事，囊括了生活素材中的康芷林之死、竹芳受辱、黄佩莲巧制裘子昆、易胆大比胆、李小钟和李淑卿之死以及本人"上下游庵"之改……加以综合、提炼、改造，如鲁迅语："往往嘴在浙江，脸在北京，衣服在山西，是一个拼凑起来的角色。"把时代背景虚构为"昏昏浊浊之年，渺渺茫茫之月，麻麻杂杂之时"；把地区集中为"堂堂天府之国，巍巍水陆码头，雅号龙门镇,别名扯谎坝"。取龙门镇与通常所说"龙门阵"谐音,谈天而已。虚实结合,姑妄言之,姑妄听之。剧本声明在先,此乃"麻麻杂杂"时代,观众无须考证斯时可有女伶登场?可有保路运动影响?孙中山是否起义?共产党是否诞生?……反正是旧社会的一幅缩影。

男主角易胆大,原型取自民间传说。据我愚见,原型诙谐机智有余,深沉厚实不足。我试着发展其性格。从生活中女艺人那句歇后语受到启示:"沙和尚挨屁股——外笑内哭!"借用此意,演绎为易胆大的内心独唱:"世人只看台前戏,谁知台后倍凄凉?世人见我哈哈笑,谁解笑声是佯狂?"

佯狂,是我这个戏中易胆大的主要性格特征。他一闹茶馆,二闹坟山,三闹"灵堂",都是借佯狂作手段,达到复仇目的。他不仅具有"梨园群英"的共性,且有"梨园怪杰"的个性。他的独特斗争方式,不同于关汉卿写戏呼冤,李香君洒血绘扇,梅兰芳蓄须明志;也不同于红娘子造反,李文茂揭竿。江湖流浪的易胆大,专长恶作剧,捉弄、调侃、激怒对手;巧妙利用矛盾,支使狗咬狗,鬼打鬼;善于随机应变,因势利导,果断,干脆,"只要有三分把握,易胆大就要干"。但又并非玩世不恭,无情之物。当其怀抱师弟灵牌,回肠九转;面对患难妻子,亲昵谈心;鼓励弱者复仇,肝胆照人;捧读师妹血书,涕泪纵横……一反嬉皮笑脸常态,很有人情味,甚至带有一些童真。这种外笑内哭,忧患深重的特征,与传说中的易胆大亦不尽相同。传说中的易胆大,近似阿凡提、牧鹅少年马季、游侠纳斯列金、济公活佛,无忧无虑,万事吉祥如意。我笔下的易胆大,是学习卓别林含泪的苦笑,话剧《伊索》幽默的哀愁。易胆大是人不是神，是能人不是万能，是智多星不是大救星！他有胜有败，有得有失，有喜有悲。开局逼唱《八阵图》，全班人切盼易师兄赶来解危。易胆大匆匆赶来，却被麻家打手拦截，无力挽狂澜于既倒，"走拢就唱《哭皇天》"，使易胆大"直面惨淡的人生，正视淋漓的鲜血"，进入深沉的思考，立下复仇志愿，定出巧斗妙计，然后才大显身手，通过"三闹"，以及后来"移花接麻""引麻刺骆"，集中表现怪杰三战三胜，巧制二霸。易胆大的两大任务：惩治麻大胆，保护花想容。作者让他完成一半，并借麻老幺之手火并骆善人。当他庆幸师妹已经安全脱险之际，却不料骆善人预设埋伏，中途截轿，师妹自杀于轿中。

这个失误，不能归咎于易胆大，而是花想容悲剧性格所决定。

女主角花想容的悲剧命运具有普遍性。她是弱者，不是强者，和易胆大是两种典型。作者怀着深切同情，塑造这个被侮辱与被损害的女伶形象。在她身上，有李小钟生死忠于爱情的影子。九龄童死后，花想容已经痛不欲生，透露"随夫葬龙门"的殉情念头。在易胆大夫妇的鼓励下，花想容始转念，立志为夫复仇。茶馆一曲清唱，是激怒麻大胆中计上舍身崖的斗争步骤，也是花想容当众悼念丈夫的钟情自白。当麻大胆"惊尸"，花想容举棒复仇，却迟迟打不下去。这一笔，我是从生活中观察得来。解放初期，我见过艺人斗争恶霸，群情愤怒，齐声呼打。一个苦大仇深的女艺人奔上前去，举起拳头，却颤抖着打不下去；多年积累一腔苦水，此刻却一句也吐不出来，一声悲嚎，昏迷过去。生活就是如此辩证，转用于戏中，体现花想容善良、纯洁、文静的性格本质。丈夫大仇已报,女伶凤愿已了,不料"干爹"翻脸,善人不善,以惩办易胆大威胁弱女就范。花想容为保护兄嫂及全班安全脱身,忍辱答应,获得全班人的"通行证"。我以这一情节,表现花想容在易胆大的影响下,从幼稚无知变为略知斗争方法。名片到手,回顾灵牌,一阵惨笑,取出剪刀。演员初次排练时,理解为准备刺杀骆善人,如同老戏《雪艳刺汤》《费贞娥刺虎》。错了,这不是花想容的性格,打麻大胆尚且忍手,何能手刃老头?剪刀细节,是为轿中自杀埋下伏笔。花想容的结局,我取自李淑卿几度巧妙脱险,但毕竟逃不出旧社会天罗地网的生活真实,去其刺乳活埋惨状,改用李小钟式的自杀。再借来30年代电影界的生活"芝麻"——阮玲玉、艾霞自杀都曾留下亲笔遗嘱"人言可畏"四字,文坛至今三叹有余哀。我引申其意,四字遗嘱发展为八句血书。

　　乐极生悲,出乎观众意料之外,也出乎易胆大意料之外。在不在情理之中呢?可以说不在易胆大推断的情理之中,但在花想容性格发展的情理之中,更在黑暗社会吞噬艺人的情理之中。易胆大一没有料到骆善人中途截轿,二没有料到师妹内心深处对旧社会提出如下质问:"插翅难飞陷火坑,世间到处有'善人'!这座码头兄保护,下座码头怎防身?"

　　巨大的问号投向观众:易胆大的自发斗争固然有历史意义,但靠易胆大能够拯救艺人的悲惨命运么?靠谁呢?答案在观众心里!

　　大幕一闭,暗无天日的旧社会一去不返,观众走出剧场,对比现实生活,如有光明灿烂之感,那么,这个戏就收到了作者希望的效果。

各地麻油各有香

文贵独创，物贵特色。各地都产芝麻油，但因各地芝麻品种不同，打油的功夫不同，麻油各有各的香味。

反映艺人生活的文艺作品，数量之多，不胜枚举。如《关汉卿》《名优之死》《梨园英烈》《鼓书艺人》《方珍珠》《风雪夜归人》《秋海棠》《舞台姐妹》《飞刀华》《闯江湖》《北斗》《戏班子断案》《成兆才》等等。悲剧、正剧、喜剧、闹剧均有成功先例。好则好矣，我若拾人牙慧，鹦鹉学舌，学得再像，也是等而下之。我力争唱出自己特有的调子，尽管是乱弹琴，也算一家之鸣吧。

这个戏的风格不纯，是我有意为之。不按悲剧、喜剧、正剧、闹剧各立门户的定义写戏，而按各场内容需要，该悲则悲，该喜则喜，该正则正，该闹则闹。以此乱弹风格，求得在同类题材中另添一个花色品种。

这个品种，也不是通常所说的悲喜剧。那是悲哀中带着一些喜剧色彩，或者喜乐中带着淡淡忧愁。《易胆大》是大悲、大喜、大哭、大闹集于一戏，情绪变化相当急促强烈，啼笑交替，喜怒无常。

比如两台《八阵图》，两场《吊孝思春》，艺术构思有意重复，都以大悲大喜作对比。

第一次台上演《八阵图》，麻大胆逼死九龄童，是悲剧；第二次坟山演《八阵图》，易胆大装鬼痛打麻大胆，是喜剧。第一次麻大胆狂呼九龄童"快倒硬人儿"，观众听着揪心；第二次易胆大狂呼麻大胆"快倒硬人儿",观众听着开心。

第一次《吊孝思春》,花想容茶馆清唱"吊孝满目皆秋景,人间黑暗无春光",是一曲悲歌,堂信小贩闻之呜咽;第二次《吊孝思春》,麻五娘吸水烟嚎丧"我这样年轻这样美,空房独守去靠谁",是滑稽闹剧,堂馆轿夫闻之捧腹。我用夸张手法暴露"豪门夫妇俩冰冷,蒙着鼻子哄眼睛",是反衬"贫贱夫妻生死恋,除却巫山不是云"。两场戏的风格,截然相反。再如最后一场,连续安排两个"吃惊式"悬念,一次在门帘内,一次在轿帘内,也是大喜与大悲迅速对比。

门帘内是谁?观众早知易胆大"移花接麻",便以为门帘内定是麻五娘。骆善人也断定必是麻五娘。揭开一看,啊呀,"移花接麻——麻幺爸"!这个悬念纯属喜剧效果,观众看见麻老幺火并骆善人,狗咬狗,鬼打鬼,大快人心,乐不可支,紧接着又来了第二个悬念。

轿帘内是谁?观众乐滋滋地判断:一,花想容从轿中奔出,与师兄"大团圆"收场。二,轿内是空的,花想容早已金蝉脱壳。三,轿内却是麻五娘,那就更有趣了。揭开一看,啊呀,花想容自杀轿中!大喜剧急转为大悲剧,两种风格瞬息变幻。

难怪有同志认为《易胆大》是"杂烩";但也有同志认为"有何不可,杂烩本身就是一碗好菜"!仁者见仁,智者见智,拙作只是尝试,难免粗浅。散记拉杂,来日方长,到生活中去,积累更多的"芝麻",再下一番打油功夫吧。

1982 年 1 月

我怎样写《三叩门》

川剧现代戏《四姑娘》，是我的一篇试卷；其中《三叩门》一折，是促成试卷勉强及格的重要因素。

许多专家和同行热情扶持，认为《三叩门》可以作为折子戏推广上演，嘱咐我系统地谈谈改编小说的体会。我自惭浅薄，诚恐言不及义。鉴于现代戏如何"戏曲化"是值得深入探讨的课题，我着重汇报《三叩门》的创作甘苦，兼叙全剧来龙去脉，以供大家参考研究。

是否依样画"葫芦"

改编名著，苦衷较多，往往因原著优秀而受其束缚，不敢越出雷池。我改编著名长篇小说《许茂和他的女儿们》，就曾经一度忘记"再创作"的常识。

我开初被这部小说深深吸引，反复阅读，拍案称绝，对周克芹同志丰富的生活积累，精湛的写作技巧，几乎达到崇拜的地步，便想把"葫芦坝"的故事搬上舞台。用"搬"字形容我的改编初衷,真是恰当。我恨不得把书中每一个生动的人物,每一条曲折的线索,每一处巧妙的情节,都"搬"进川剧之中。许茂与四姑娘并重,几姊妹通通登场,小会计吴昌全搞科研,大队长龙庆装糊涂,老贫农金大娘话土改,以及七妹恋爱纠纷,八妹远方来信,九妹入党问题……总之,按照小说的分章分段,略作剪裁,加上唱词,只求大同小异,以为这就是"忠实于名著"。

愿望非常善良,不幸与我着手的艺术形式发生了尖锐的矛盾!

小说几十万字的内容,"搬"进方圆数丈,演出时间一百五十分钟的川剧舞台,效果可想而知。名著中跃然纸上的人物,都变成了蜻蜓点水,浮光掠影的角色:"老汉"与"女儿"争戏,几姊妹一盘散沙,小会计若即若离,大队长节外生枝……名著抒情兼哲理的娓娓而述,变成了"话剧加唱"!名著神龙见首不见尾的结构方式,变成了"莫明其妙"!毛病究竟在哪里?我盯着"葫芦坝"发呆,终于醒悟,我走的是最没有出息的路子——依样画"葫芦"!

我作茧自缚,把名著奠定的坚实基础,当成了拘束樊笼。

比如一部《红楼梦》,书里有金陵十二钗。改成一个戏,只能或写黛玉,或写二尤,或写晴雯,总不可能正钗副钗面面俱到,千红一窟,万艳同杯吧?再如《水浒传》,书里一百单八将。改成一个戏,可以容许只写林冲,只写李逵,或者像王少堂那样,抽出名著一条线索,再创作为八十万言的扬州评话《武松》。

不改则已,既然动手将小说转化为戏曲,内容一脉相承,就艺术形式而言，两者不只是量的压缩，已是质的变革！

主意打定，从实际出发，按戏曲规律办事。继承《李笠翁曲话》立主脑、减头绪、审虚实、贵浅显、密针线、脱窠臼……一整套传统编剧技巧，试用于现代戏《四姑娘》之中。

顾名思义，我的主脑已从《许茂和他的女儿们》转立为《四姑娘》。许茂降为配角，删去九妹、龙庆、吴昌全、金大娘、小朱等人物。选取四姑娘一条线索，始终贯串她与金东水、郑百如之间的曲折纠葛。集中笔墨，塑造"这一个"心灵美好，情操高尚，饱经苦难，绝处逢生的现代四川农村妇女的舞台形象。

横线削减，纵线延伸，小说的结构方式也须突破。原著从四姑娘离婚之后开卷，在故事进行中回叙复杂往事。电影、电视剧遵循小说结构，川剧则不宜照搬。因为电影、电视剧的表现手段接近小说，可以交叉运用倒叙、插笔、幻觉、闪念等等镜头，把四姑娘离婚之前的坎坷身世"形象"地映现在银幕和荧光屏上。戏曲结构讲究关目的连贯性，最忌"颠三倒四"，要按故事脉络循序渐进。如果模拟小说和电影，也从离婚之后开戏，台下观众对四姑娘以前一系列复杂而特殊的经历一无所知，缺乏形象感受，如堕五里雾中。电影可用"意识流"形象地回溯，川剧只有靠冗长的对话交代，既说不清楚，更打不动观众。看戏要看"形象"，观众看川剧《四姑娘》，就要求台上把女主角重要而动人的遭遇按时间顺序一场一场"演"出来。因此，在不违背原著基本精神的前提下，我将结构改为从头说起的"章回体"。安排了托孤、闹家、离婚、逼嫁、恋乡、三叩门、投江等连贯流畅的情节，让四姑娘性格发展脉络清晰地展现在观众眼中。

从尖锐的矛盾中开戏,以金东水撤职,大姑娘惨死,四姑娘雪中送衣,接受大姐临终重托为全剧的"楔子"。顺流而下,衔接四姑娘收养外甥女,同情姐夫,与郑百如同床异梦,受尽虐待。我有意先侧重表现女主角性格中忍耐的一面,为后来的反抗储备力量。到了《离婚》一场,四姑娘忍无可忍,毅然决裂,外柔内刚的性格火花首次爆发,把戏推上第一个高潮。尔后,再用一场篇幅,囊括许茂逼嫁,秀云恋乡,工作组进村,三姐催婚,郑百如夜入许家……几股麻绳一齐紧,造成四姑娘非投奔金东水不可的趋势。戏已垫足,情已储满,推上第二个高潮——咫尺天涯三叩门!

转益多师是我师

沿用杜甫这句诗,说明《三叩门》的构思不仅师承原著,并且从传统戏中取宝,甚至受到"舶来品"的启发。

原著描写四姑娘夜叩金东水茅棚,只有寥寥几笔,不是书中精彩的篇章。我发现这个情节虽小,转化到戏曲舞台,大有文章可作。

条件之一:戏剧性行动。

四姑娘性格内向,喜怒哀乐蕴藏心底,平日不露声色,夜叩茅棚是她首次反常的行动,具备比较强烈的戏剧性。改编者抓住这个难得的契机,正好发挥,让人物本身的行动展示她追求新生活的勇气。

条件之二:戏剧性悬念。

四姑娘夜叩茅棚，金东水欲开又止，双方感情波澜起伏跌宕。开不开门？对不对话？如何回避？怎样答复？将会引起观众充满同情的期待，构成扣人心弦的戏剧性悬念。

条件之三：戏曲式场面。

深夜，孤灯，一弯残月，几阵寒风，男主角沉思于内，女主角姗姗而来，叩门轻呼，隔墙抒情……这不是戏曲舞台常见的场面么？这不是"戏曲化"现成而自然的用武之地么？

我想起少年时代唱过的那些"生旦戏"：李慧娘夜会裴生，红拂女私奔李靖，卓文君勇投相如，焦桂英情探王魁……一男一女隔门"背供"，女唱"趁此时月黑无光风露凉"；男唱"夜深沉是何人叩玉窗"。外面感叹"千回万转，触目伤怀"，里面迟疑"睡定又还起，无风门自开"。那一整套身段、唱腔、锣鼓、曲牌，可否古为今用，继承发展其优美的艺术形式呢？

我想起当年阅读法国文豪罗曼·罗兰的《约翰·克利斯朵夫》。书中男主角隔墙热恋萨皮纳一节，余音绕梁，廿年不绝。"爱情与恐惧使他浑身发抖，手握着门钮，打不定主意。而在门的那一边，光着脚踏在地砖上，冷得直打哆嗦，萨皮纳也站在那里。他们这样的迟疑着，有多久呢？几分钟吗？几个钟点吗？他们都不知道他们都站在那儿，但心里明明知道。他们彼此伸着手臂——他给那么强烈的爱情压着，竟没有勇气进去——她叫着他，等着他，可又怕他真的进去。而当他决意进去的时候，她刚下了决心把门拴上了……"可否洋为中用，借鉴其以"门"写情的表现手法呢？

我想起曹禺改编巴金的《家》，将原著一笔交代的觉新婚礼发展成细致入微的洞房花烛夜。觉新长叹而起，"我是牛啊，为什么我变成不会说话的牲口……"与瑞珏背靠背吟出大段的内心独白，间或插以"契诃夫式"的停顿，时而传来几声杜鹃哀啼……可否学习前辈的改编胆识，吸取其诗情画意的独白韵味呢？

我想起刘秀荣 50 年代主演的京剧现代戏《四川白毛女》，其中白毛女冒险给老母送柴上门，母亲疑是女儿下山来了，女儿自知已成半人半鬼，忍痛回避母亲……可否为我所用，发展其想见亲人又不敢相见的心理刻画呢？

我想起一个电影镜头：鸣凤投湖之前，深情抚摸觉慧的窗影……

我想起一句民歌：宁隔千里远啊，不隔一层板……

触类旁通，咫尺天涯三叩门的腹稿由此产生。

移花接木发新枝

健康人食用牛羊，弃去蹄毛，留其精粹，以滋养发达新的肌体，决不会因此就变成牛羊。《三叩门》从古今中外文艺里吸收了一些营养，四姑娘不会变成古代鬼魂李慧娘，金东水也不会变成西欧个人英雄主义者克利斯朵夫。改编原著尚且不宜照画"葫芦"，借鉴其他著作岂可囫囵吞枣？我赞成"拿来主义"，让旧形式服务于新内容，而反对让新内容迁就于旧形式。只要关系摆正，运用得当，结合得好，内容不会复旧，形式可能出新。正如鲁迅所说："旧形式的采取，必有所删除，既有删除，必有所增益，这结果是新形式的出现，也就是变革。"

四姑娘这个人物，来源于现实生活，植根于深厚的历史土壤，既与70年代中国农村阶级关系自然相联，又符合中华民族世代相传的道德观念和美学标准，是小说画廊里现代农村妇女又一种新的典型。四姑娘身上集中了中国妇女善良、正直、勤劳、贤惠、温柔、朴实、坚韧……种种传统美德。她在逆境中执着地追求光明，她对故乡依依眷恋，对父亲默默孝顺，对亡姐念念不忘，对长生长秀疼如亲生骨血的伟大母爱，对金东水从同情而逐渐产生的深挚爱情；她表达爱情的含蓄方式，她判断是非的细腻思维，她的神态，她的气质，她的谈吐，她的举止……都与人民喜闻乐见的传统戏妇女形象近似，确有一定程度的内在联系。戏曲某些程式，适当用在四姑娘身上，比较自然。但她又不是旧式妇女的机械翻版，她的个人命运，和党的命运、人民的命运血肉相联，水乳交融。她具有现代妇女的风采，带着农村的泥土气息。一言蔽之，四姑娘与传统戏中的女性，妙在似与不似之间。这就是《三叩门》与传统戏也在似与不似之间的前提。

四姑娘为什么夜叩茅棚？金东水为什么忍痛拒绝？小说已有精辟分析，许多书评也有详细阐发，本文不再对此赘述，着重汇报我组织这场高潮戏的具体办法。

集中：我先把小说中有关金东水拒绝四姑娘的场面集中起来。一处是路上相遇，二处是夜送棉衣，三处是街头同行弃于中途，四处是龙庆说媒，四姑娘门外闻之，绝望投江。以上分散情节放在小说里妥当，改上舞台则是零珠碎玉。我收缀集中，串为一场戏——《三叩门》。

放大：戏曲善于改变时空观念，四姑娘夜叩茅棚，在生活中只是短暂时刻,初叩与再叩之间,更是俄顷,两人的思绪,仅仅闪念而已。我通通放大,俄顷变悠久,闪念变出千言万语。

炼意:古典诗词讲究炼意,上乘的传统折子戏意境亦高。拙作学步,意在咫尺天涯,境在供"门"托"月"。门,是谁设置,寓有深意。是金东水吗?当然不是,是郑百如吗?也不全是。门是"文化大革命"的象征,是十年内乱强加在人与人之间的罪恶鸿沟。人有悲欢离合,月有阴晴圆缺,今夕何夕?国家多事之秋,未圆的月亮衬托隔墙人儿。他俩盼望明月团圆,普照幸福农家,而美梦醒来,天上依旧一弯残月,团圆为时尚远。只有期待国家安定,人民才有幸福可言。这里的月,是人物内心的写照,也是时代特征的投影。

拖延:拖延悬念,或称抑制悬念,是制造戏剧危机的重要元素。叩门增为三个层次,金东水几度欲开又止,悬念拖延,吊住观众胃口。这并非故弄玄虚,而是金东水独特的个性在此时此地的自然反映。倘换别人,早就开门,或干脆不开,或隔门向对方说明道理,只有金东水才会如此举棋难定。他的处境,他的性格,他和叩门人的特殊关系,他对叩门人貌似冷漠而储存心底的深情,他敢于反抗极"左"路线,却不敢触犯封建伦理,他预计开门将会造成授人以柄,干扰整顿,连累四妹的严重后果……这就决定了他必须在感情和理智之间痛苦徘徊,使悬念得以合情合理地拖延。这种悬念的类型,不属于"吃惊式",其结果并不全在观众意料之外,台下已预测台上事态发展趋向。作者只对剧中人保守秘密,而与观众分享秘密。开不开门?四姑娘不知,金东水本人亦不知,观众半知,作者全知。作者在拖延悬念的同时，灌注了自己对四姑娘、金东水的深切同情，视角色如亲人，视观众也如亲人，带着切肤之痛，把台上亲人的不幸征兆半吞半吐地向台下亲人预告。观众虽已半知端倪，依然会关切地、紧张地、痛楚地观察四姑娘与金东水究竟如何？作者也沉痛地欲言又忍，继续拖延，契机一到，再快速结束悬念。

张弛：三次叩门，有张有弛，节奏不能一个劲地紧迫，笔墨不能平均使用。初叩崛起，二叩急促，然后有意荡开一笔，四姑娘怅望夜空，帮腔如怨如泣："啊！月亮弯弯……"绷得够紧的节奏松弛下来，转入抒情独唱。枯树、夜雾、竹叶、露珠，类似电影空镜头、长镜头、慢镜头，舒缓地推、拉、叠、化。舞台节奏从容不迫，渐转中速。三叩门时，紧锣密鼓、急管繁弦，猛烈趋向高潮。剧本结构，学习前人"豹头、熊腰、凤尾"之法，力图崛起于前，饱满于中，挺拔于后，主要笔墨放在二叩与三叩之间。舞台表演节奏，应如双峰对峙，中有一马平川，时而缓辔徐行，时而加鞭猛进，以求张弛合度。

背供：这场戏规定情景十分沉默，三次叩门，九转回肠，二人却始终没有交言，照实写来，可成哑剧。我根据这一特定内容，运用发挥戏曲的背供形式，通篇全用唱段表达。传统戏中，背供一般不长，或由背供转交言，或先交言后背供，或交言与背供交替进行。整场戏全用背供，唱词多至百句而不交言者，似乎还没见过。新的内容需要，只好尝试一番。不唱则已，要唱就唱个够，采用多种多样唱法：对唱、独唱、轮唱、伴唱、合唱。以对唱为主，独唱不得超过八句，免使另一人冷落。句式七字、十字、五字、三字，长长短短，直到二人各唱一个字。辙口全用"姑苏辙",坚持一韵到底。此韵太险,险有险的好处,迫使我不敢信手拈来"水词儿",只好动脑子,寻思合乎剧情,合乎人物的语汇。唱词多从生活口语中提炼,兼取山歌、民谣、竹枝词的韵味。力求准确、生动、鲜明,避免平庸、呆板、晦涩。少量略带文雅的词句,如"幼女盼慈母,冷月照鳏夫";"害多少有情人难成眷属",那不是出自剧中人之口,而是由帮腔代替作者描述剧情,是"画外音",文一点不妨事。所有唱段,宣叙与咏叹不作截然分割,在宣叙中咏叹,在咏叹中宣叙。两人的对唱,分开来听,都是彼此的内心独白,连接起来,就产生了"蒙太奇"作用。古人云"长歌当哭""长袖善舞"。四姑娘身穿父母衣,金东水肩披破棉袄,两人袖子何其短也,不太容易舞得起来。所以这场戏舞蹈身段只是辅助,主要表现手段是"长歌当哭"。生活真实,二人一言未发;艺术真实,他俩大唱特唱。这也许就是《三叩门》的一点特色吧?

绘声:"鸟宿池边树,僧敲月下门。"唐诗中这位和尚心情悠闲,敲门之声,铿锵悦耳。四姑娘忐忑不安,叩起门来,决没有和尚那样随便。敲门、叩门,虽属同义词,但敲是阴平,叩是仄声,比前者低沉,更符合这场戏的抑郁风格,故而选用叩字。剧本提示,三次叩门,轻重缓急不同,音响效果要反映人物的内心世界。在金东水听来,初叩是"一阵轻声敲门户,一股暖流涌冷屋"。此刻,金东水还未及细思,一听亲人叩门,其声有亲切感。当他欲开又止,预感后果严重,二叩之声传来,在金东水耳中,其声与初叩判若两样,"咚、咚、咚,心中打鼓"!三叩门时,声音更为急促,再加上惊醒两个孩子，啼哭、呼唤，"五音齐发"。金东水内心复杂已极，忍痛吹灯割爱……在四姑娘听来，初叩时，屋内"脚步有声不见出"。二叩时，"茅棚内声响俱无"！三叩时，传出孩子啼哭之声，接着，只听屋内"噗"的一声吹灭油灯，听觉再加视觉，四姑娘眼前发黑，绝望晕眩。吹灯之声虽微，传入四姑娘耳中，有如快刀斩断乱麻，"咔嚓"一声，砍在自己心上……成语有云"绘声绘色"，绘声两字引人深思，用视觉去形容听觉，艺术的辩证法也。

收煞：四姑娘三叩不开，悲痛欲绝，"罢罢罢，我走我的羊肠路"，愤然扭头奔下。须臾之间，给观众以"戏终人去"之错觉，作者使用"添酒回灯重开筵"笔法，让四姑娘欲进耳幕之时，忽然停步，徐徐转过身来，一步一顿返回门前，眼含热泪，轻轻蹲下，把装有棉鞋的小包袱留给亲人，帮腔声起："祝你幸福！"然后捂面疾步而去。如此收煞，把四姑娘对金东水一家始终不渝的感情，把这个普通农村妇女的许多美德比较有力地表现出来了。当金东水决意开门出来，四姑娘刚下决心一去不返。金东水拾起包袱，发现棉鞋，悔恨之情油然而生。有的同志建议，让金东水再唱一段，把后悔心情交代清楚。我觉得，收煞不可拖泥带水，再唱已是强弩之末。新稿改为轻呼一声"秀云……"，足可达意。金东水张望秀云去路，徐徐闭幕，这是"山回路转不见君，雪上空留马行处"的境界，给观众留下余味咀嚼。

归题：《三叩门》唱去唱来，除了可以给人一点美的享受之外，究竟告诉观众什么东西呢？《四姑娘》全剧有其主题，作为重场戏的三叩门，也应该有一个与全剧互相联系而独立成篇的主题,那就是作者借帮腔之口唱出的:"动乱年头造悲剧,害多少有情人难成眷属!"

《四姑娘》全剧不是悲剧,只是带着悲剧色彩,它是给人力量、给人希望的正剧。《三叩门》这一场却是悲剧,至少它符合鲁迅的悲剧观——"把有价值的人生,撕毁给人看"!

为有源头活水来

生活,是文艺创作的"源头活水"。《三叩门》曾经遇到一个难题,作者是从生活源泉中取宝,使戏更加完善的。初稿中,金东水听见三次叩门,无奈隔门回答了四姑娘几句话:

翠竹有意随东水,东水无心伴翠竹。
奈何一座大山阻,姨妹不可嫁姐夫。
我家不能连累你,各自分手奔前途!

通过演出实践,大家觉得这段话太直。金东水不开门的主客观原因非常复杂,不能单一地归结于"姨妹不可嫁姐夫"。并且直言"翠竹有意""东水无心"也不符合人物性格。我再冥思苦想,觉得金东水不应向四姑娘表露好感,而应忍痛说出违心之话断绝四姑娘的念头。于是,改写如下:

翠竹有意随东水,东水无心恋翠竹。
我家不愿收留你,各自分手奔前途!

这样一来，违心话倒说得干脆，金东水过分狠心，初稿演出，观众接受不了。我只得又去闭门苦思，觉得金东水作为共产党员，应该向四姑娘说明道理，个人幸福要服从整顿大局，暂时分手有利于重建葫芦坝。四姑娘作为新社会妇女，具有起码的政治觉悟，应该对姐夫的苦衷有所体谅。于是再改写如下：

重建家乡担子重，整顿刚刚有眉目。
郑家幕后造迷雾，开门迎妹恐受诬。
四妹应把大局顾，分手放眼看前途！

四姑娘深受启发，门外接唱：

大姐夫品格高尚，几句话语重心长。
你的苦衷我体谅，忍痛分手顾家乡！

道理说得透彻，两人形象"高大"，好则好矣，一场悲剧《三叩门》完全吹了！下面的情节怎样发展？四姑娘不会去投江，而应该找工作组去交入党申请书！这一稿再经讨论，这条路子更不对了。怎么办？金东水诉苦衷不行，说违心话也不行，讲大道理更不行，究竟该怎样答复四姑娘呢？作者陷入极大的苦恼。

后来我想起1958年在农村生活的一段往事。同队一位下放干部，是我的好友。这位老兄人到中年，光棍一条，与当地一朵"向阳花"恋爱上了。因年岁差距，姑娘的老汉不准双方来往。某夜收工，这朋友拉我帮忙，一同去找姑娘"谈判"。我先到"牛肋巴"窗下悄悄呼唤，姑娘正在哭鼻子，可能经不起老汉压力，并不回答我，"噗"的一声吹熄油灯，下了逐客令……

往事依稀，亲身体验，加以改造，可否用于《三叩门》？

我发觉，以前几稿的毛病，就出在"隔门答话"。当时当地的金东水说什么话都不妥，叫人家怎样说呢？他的复杂心情，真是所谓"一言难尽"。什么话也不说，才符合典型环境下的典型性格。于是，我把隔门答话改为金东水内心独白：

言语难把苦衷诉，含泪吹灯作答复！

经过多次演出实践检验，吹灯这个动作，确实胜过千言万语，思想内涵的深度，艺术形式的完整，都比前几稿理想多矣。

我的写戏经验之一，好戏是改出来的！

1982年2月

这一个秀才

初识庐山真面目，却话巴山夜雨时。

庐山盛会，高朋满座，诸位要我谈谈《巴山秀才》的创作心得。此剧触须较多，说来话长，难以面面俱到。暂且按下艺术形式不表，着重汇报"这一个"秀才的形象如何"受孕"，怎样产生。

冰冻三尺，非一日之寒。我从小唱戏，扮演过形形色色的秀才，大半是"小姐游花园，公子订良缘，上京中状元，回来大团圆"！我耳濡目染，"身体力行"，对秀才们的思维方式、举止风度、辞令语气……烂熟于心了。譬如我手中这把旋转的纸扇，就是从台上秀才那里继承下来，至今还能绕指玩出花样。我的老朋友南国，也是一位现代"秀才"。我俩"臭味相投"，我是书呆气含着一股鬼聪明，他是鬼聪明带着二分书呆气。迂阔与狡黠，两个极端，奇妙地组合于我俩性格之中。类似"头可断，血可流，别字不可不纠"这种执着得可悲可笑的例子，在我俩生活趣事里就能掇举二三。然而，我俩却没有计划过要写"秀才"。是抗洪救灾的契机，引出了文思灵感。

1981年秋天，四川发生特大洪灾，我邀约南国，到灾区跑了一趟，耳闻目睹了"洪水无情国有情"的感人事迹。

抚今思昔，我与南国想到四川近代史上一件因灾荒引起的大屠杀——"东乡惨案"。

清光绪二年（1876），两宫太后垂帘听政。四川东乡县（今宣汉县）旱灾严重，民不聊生。知县孙定阳趁灾打劫，吞没救济粮，加派斗米捐。灾民推选土著袁廷蛟带头，围衙请愿，要求免捐减税，开仓放粮。知县为掩盖贪污罪行，竟向上司谎报东乡"民变"。护理四川总督文格不查虚实，下札"剿办"，派提督李有恒血洗东乡，错杀三千灾民。幸存者赴省鸣冤，四川官官相护，百姓呼告无门。适逢朝廷提学使张之洞入川主持科举，一群东乡秀才趁考试机会，牺牲功名，在试卷上书写冤状，震动朝廷，迫使慈禧太后下诏追查。川督听取幕僚田子石献策，补写"抚办"札子，换回"剿办"札子，将罪责推给部下李有恒，杀一帮凶以偿三千命债。罪魁逍遥法外，冤案草草了结。

同样是巴蜀天灾，旧王朝与新时代形成强烈对照。在抗洪救灾歌声中，四川的文艺工作者纷纷拿起笔来，正面歌颂"洪水无情国有情"；电影《特急警报333》即是一例。我与南国则另辟蹊径，不写现代戏而作历史剧，取东乡惨案素材，揭封建王朝罪恶。采用"背面敷粉"之法，从一个特殊角度揭示新旧时代的不同。

文学即人学，作品内涵要靠人物体现。我们选材的意向虽好，但剧本是否成功，还要看是否塑造了典型环境下的典型性格，是否在戏剧画廊内增添了新颖独特的人物形象。

其实，这个题材并非我们"独家经营"。早在民国初年，川剧艺人就已编演过"条纲"戏《剿东乡》，秦腔也有老本《一字狱》，皆是照搬真人真事，图解而已，湮没无闻。中华人民共和国成立后，东乡惨案的发生地宣汉县，曾经多次组织力量创作《东乡义举》，近年也有其他剧团编写《辩冤记》……都因主角选择不当，人物立不起来，导致主题平庸，剧本流产。

难啦！我与南国旅舍对坐，反复商筹，选择什么人物作为东乡惨案戏中的主角呢？

沿用史料所载那位带头请愿的袁廷蛟吗？不妥。此人个性特征不显著，与舞台上常见的义民首领雷同，并且中途就被杀掉，以他为主，此剧必成断尾巴蜻蜓。

改用主考大人张之洞为主吗？也不妥。主考中途才出场，勉强让其贯串始终，私察暗访，平反冤狱，无非是清官戏的老套子。

或者像《辩冤记》那样，把本来是帮凶的李有恒改成清官，写成主角，让他开头抵制"剿办"，以后却被上司抛出来替罪。灾民不服，上堂替清官老爷辩冤……

看来，这个题材最容易写成清官戏；不是清官替灾民辩冤，便是灾民替清官辩冤。近几年清官戏屡见不鲜，"芝麻官"和"徐九经"是两个高峰，堪称优秀之作。但后续者落入窠臼，或写小清官办大贪官，或写大清官办小贪官，已成大同小异的模式。我与南国若沿此老路，即使写出别有风味的清官，也不符合我们揭露"天灾凶狠官更狠"的创作初衷，更不符合东乡惨案的历史事实。

我们学习历史唯物主义，研究东乡惨案的特殊性质：不是饥民起义，而是"顺民"请愿，蒙冤之后才逐渐不顺，但仍未逼上梁山，斗争方式是告状，盼望清官断案，朝廷平反。晚清王朝腐败，哪能真正爱民？结果只是表面惩办帮凶，实则保护罪魁，掩盖朝廷罪责。那么，此剧的主角，应是开始顺民气十足，从三千死人堆里幸存下来，在血的教训中一步一步觉醒，终于认清朝廷本来面目的东乡平民。如果塑造好"这一个"典型性格，就概括地揭示了东乡惨案的时代特征。

于是，我们把注意力转向史料中那貌似平凡，实为独特的片段——东乡秀才利用试卷书写冤状！

告状本来不奇，但在考棚中、试卷上告状者，世上罕闻，戏上未见。这个"绝招"，作者冥思苦想也难"编"出，而是生活本身提供的。考场蹦出冤单来，岂止方法巧妙，内涵尤为深刻。我们遥想当年，秀才们是"吕蒙正"式、"朱买臣"式、"范进"式……反正当时的读书人，多是把金榜题名当作奋斗目标，把科举应试当作入仕阶梯。要使这群书呆迂夫主动抛弃梦寐追求的"高中"机会，拿着现成的试卷，不写遵命八股，却写民间冤状，需要经历多么痛苦的矛盾斗争，付出多么巨大的牺牲啊！然而，历史记下一笔事实：东乡秀才们毕竟被三千父老的鲜血擦亮了眼睛，觉醒了，从《儒林外史》中走了出来，为庶民百姓大声呼吁，向贪官酷吏当头一棒。这在当时的历史条件下，确实是可歌可泣的壮举。

一旦选中秀才，思路豁然开朗，这个题材不再像笨重的石头，变成手中运用自如的纸扇。作者长期积累的秀才知识，包括我俩自身的"秀才"生活，泉涌而出，水到渠成。一盘死棋,就从这一着走活了。

描绘"酸"秀才,是戏曲,尤其是川剧的看家本领。如今再写,必须出新,既要继承共有之"酸",更应创造特有之"酸"。我们为"这一个"秀才设计了性格发展的若干层次:拒告、想告、迁告、智告、怒告,循序渐进,最后大转折为悔告。每个层次,不只安排跌宕的情节,重在捕捉生动的细节,锤炼微妙的语言。例如——

未见其人,先闻其声,脸儿埋在八股书本里,吟哦而出,走向台口,一脚踩虚,惊叫"亮相"!

从一唱到十,迂阔数落拒告之理,婉言表述中庸之道!

血泊里爬出,竟高吟"子曰",以此测验是否死矣!

与娘子难舍难分,抱头痛哭,却忘了可以结伴同行。经帮腔者提醒,恍然大悟,破涕为笑,夸赞"这一腔帮得好"!

初步觉醒,口占祭文,以自己特有的方式表达悔恨!

向着总督告总督,与虎谋皮,死到临头,依然坚持《康熙字典》,纠正总督的别字!

逼出焚毁八股之勇,炼出考场告状之智,但眼睁睁看着娘子上吊,却不知顺手解下!

自改孟登科为"柯登梦",换五十一岁为一十五岁,书呆子学会鬼聪明!

从十唱到一,装作傻相,麻痹官府,老迂夫渐变"老滑头"!……

诸如此类，构成"这一个"巴山秀才形象。他有些像乔老爷，但又不太像；乔老爷一出场就打抱不平，巴山秀才"亮相"时却是两耳不闻窗外事，一心只读圣贤书。他像范进吧？也不太像；范进中举，终身名缰利锁，至死不悟，巴山秀才却是老来觉醒，抛弃功名。那么，他像《祭头巾》的老秀才石灏吧？非也；石灏祭头巾是为自己悲哀，巴山秀才掌灯焚书却是着意民间疾苦，想为老百姓说话。那么，他像李明璋的川剧《夫妻桥》中为百姓办好事的何秀才吧？又非也；何秀才正襟危坐，不苟言笑，巴山秀才却在钦差面前学其京腔，嬉笑怒骂，临死还打哈哈。那么，他像嬉皮笑脸的文人祝枝山吧？更非也；祝枝山玩世不恭，近于无聊打闹，巴山秀才却是直面惨淡的人生，正视淋漓的鲜血，笑着向昨天告别……

总之，他就是他，既非天生英雄，也非终身庸人，既平凡又不平凡，起点是腐儒，终点是豪杰，从埋头读书到焚毁八股，从明哲保身到为民请命，从迂酸到明智，从胆小到胆大，从顺民到"刁民"，一步一步觉醒，一次一次升华。大彻大悟在最后一"招"：剧终前几分钟，他接过三杯御酒，拜谢皇恩浩荡，皆大欢喜，观众离座，我们的笔锋突然来了一个巨大转折，喜剧结尾须臾之间变为悲剧收场！御酒是毒酒，出乎观众意料之外，在乎本剧情理之中。作者费了大大的功夫，磨出短短几句尾声——

　　　　三杯酒，三杯酒，杯杯催命！
　　　　大清朝，大清朝，大大不清！
　　　　孟登科，柯登梦，南柯梦醒！

醒时死，死时醒，苦笑几声……

哪一天，执法无私民有幸？
哪一天，灾荒无情国有情？

巴山秀才饮恨倒下了，"这一个"艺术形象却立起来了。

1983 年 9 月

再创造是改编的关键
——《岁岁重阳》写作概述

橘种江南不逾淮

张弦力作《被爱情遗忘的角落》名传遐迩，公认其生活基础厚实，思想内涵深邃，艺术风格独特。橘种江南不逾淮，这一株在小说和电影特定土壤上盛开的奇葩，并不适宜移栽到俗称"一亩三分地"的舞台上。假如它具备充分的戏剧条件，类似《高山下的花环》《山道弯弯》《芙蓉镇》《人生》《太阳》等当代小说那样，早就被剧坛同人争相改编成戏了。迄今为止，把这部小说搬上舞台者，全国只有我们一家。为什么单挑这样难啃的"硬骨头"？

是否以专改名著，专攻难题为癖好呢？其实笔者另有隐衷，乃不得已而为之。三年前，中国音乐学院立志振兴歌剧，由副院长严正出面，特邀我替学院编写一出大型歌剧。盛情难却，答应下来，囿于本职任务繁忙，只能抽时选一现成题材速写以酬学院重托。踏破铁鞋无觅处，忽闻朱明瑛歌喉婉转"谁知道角落这个地方……"！得来全不费功夫，立即选中这出戏。一是取其现成,二是爱其深厚,三是只见表面有利条件:爱情故事,女角为主,大约适宜歌剧演出。脑壳一热,取得学院同意,便匆匆拍板成交。为抢时间,速返四川约老友南国、诗人李加建共打"歼灭战"。不写不知道,一写吓一跳:这貌似现成的题材,竟比创作加倍困难,单说原著结构方式就没法在"一亩三分地"上再现。难题未破,胚胎未成,李加建调离自贡,留下我和南国势成骑虎,硬着头皮搞下去,活活折腾两年有余。学院久候剧本没完没了,时过境迁,也就冷却。我俩废稿成堆,作品几度濒于流产。

天无绝人之路,此剧终于登上川剧舞台,演到北京,幸获好评:除借助诸多社会力量之外,就戏论戏,主要是改编者逐渐掌握了起死回生的关键——大胆再创造!

艺术构思再创造

凡是改编,都得再创造,但再创造的幅度或大或小,效果或好或坏,就要看原著情况怎样,改编者胆识如何了。无胆无识的改编,必是照搬原著,搬又搬不完,流汤滴水,反而遗漏精华。有胆无识的改编,不吃透原著精神,为改而改,横涂竖抹,增删皆误。有识无胆的改编,明知因地制宜道理,刚举大刀阔斧,复又慑于名著声望,不敢越过雷池。有胆有识的改编,熟悉原著得失,深知体裁之别,调动自家生活积累丰富原著,敢于再创造,善于再创造,如曹禺改巴金之《家》,那才是我们学习的楷模。

从艺术构思看,电影基本上是以荒妹为轴心,穿插姐姐、母亲、父亲三条副线：由荒妹断续反思姐姐生前的爱情悲剧，由母亲分散回忆青年时代的婚姻纠纷，由父亲交叉追溯三十年来的政治坎坷。荒妹在三条副线环绕中进行自己潜在的恋爱，母女二人在终局前爆发正面冲突。四线归一，众星拱月，旨在着重塑造荒妹典型性格，着力揭示角落悲剧"根子在于穷"的主题思想。这个艺术构思，妙在三条副线都是历史，主线荒妹立足现实，历史现实经纬纵横，错综复杂，被时空极为自由的电影手段交织成无缝天衣。电影之长，正是"一亩三分地"之短，改成戏曲，实在没法让死者存妮、青年菱花、壮年山旺断断续续地与现实中的荒妹、老菱花、老山旺颠三倒四各演各戏。勉强借用分割表演区之类办法，东施效颦，相形见绌。从电影到戏曲，题材没变，体裁变了，我们不得不扬长避短，另辟蹊径，将艺术构思连同剧名改为《岁岁重阳》。

还是原来那些人物基调，那些故事大略，我们移花接木，先把人和事集中在重阳节，再分成几个不同历史阶段的重阳节，实写两个重阳，虚写两个重阳，先演姐姐的九月九，后演妹妹的九月九。无巧不成戏，存妮生在重阳，死在重阳，荒妹怕听重阳，却又醒在重阳，最后引出母亲追忆解放初期抗婚那个重阳。原著立意于突出荒妹——性格扭曲，终于复苏；改编立意于姐妹并重——遭遇相似，结果不同。前度重阳山重水尽，同唱一曲悲歌；今天重阳柳暗花明，却非皆大欢喜。由此发展原著主题：角落悲剧总根不仅是穷，其复杂在封建与贫穷盘根错节，互为因果！

原著成书于70年代末期，在当时条件下，张弦同志就敏感到爱情悲剧与物质贫困的内在联系，开掘出"根子在于穷"

的主题思想，慧眼早具，难能可贵。遗憾的是，作家对贫穷与封建互为因果的复杂关系虽然有所表现，但还来不及缜密思索，就急于直奔主题，速下结论，给影片加了个光明的尾巴，艺术落入俗套，思想留下缺陷。或许作家自有苦衷，当时若不对三中全会图解一点儿，来一个大团圆结局，影片怎么通得过重重关卡呢？

五年过去了，我们改编这出戏，可以更为冷静地站在今天的时代高度对"根子在于穷"的主题进一步补充完善了。纵观现实，农民已经普遍富起来，角落式的悲剧似应一去不返了吧？不然，在富裕的农村里，在万元户的家庭里，包办婚姻、买卖婚姻依然不断进行。存妮式的噩耗、荒妹式的呼声依然经常传来。这里无须多搬"充足理由律"，生活本身雄辩地说明了角落里的悲剧"根子在于穷"的答案至少是不全面的。时而隐藏在贫穷之后，时而交织在贫穷之中，时而抛开贫穷伴随富裕而出的，是中国根深蒂固的封建幽灵！所以，我们这次《剧本》月刊发表的修订本中，淡化了演出稿的承包风波，深化了"伦理"矛盾，在挖掘穷根的同时，锋芒直指封建老巢。上篇菱花劝存妮出嫁抵债，主要是穷困所迫，封建意识夹杂其中，特征是买卖婚姻。下篇菱花逼荒妹出嫁避嫌，更多是封建意识作祟，穷困因素掺杂其中，特征是包办婚姻。我们认为，封建从古至今都是爱情的死敌，也是当前一切改革的阻力。中国在由穷变富的道路上，反封建的历史任务远远没有结束。本剧不用团圆而用问号告终，希望引起观众多方面的思考。

结构方式再创造

内容决定形式,原著的艺术构思派生出相应的篱笆式结构——以主角荒妹为一方,以三条副线为一方,交错编织,状如篱笆。我们的艺术构思派生出相应的双连环结构——戏分上下篇,上篇写姐姐和哥哥,下篇写妹妹和弟弟,上下各占三场,场景大同小异,平分秋色,对比发展。由一位女演员兼饰姐妹俩,一位男演员兼饰哥儿俩,将前后独立成章的两个故事衔接为连环状,自然产生"蒙太奇"效果。这种结构,戏曲现代戏尚无先例,算是我们的粗浅尝试。

从17世纪以来,中国戏曲将李渔"一人一事、一线到底"的结构主张奉为圭臬。经长期实践检验,确是一种行之有效,好处甚多的结构方式,至今仍被绝大多数戏曲剧本秉承。我的旧作《四姑娘》,顾名思义,亦是采用"一人一事"结构,该剧内容适应这种形式。《岁岁重阳》情况特殊,则不宜把《李笠翁曲话》当作唯一法规。时代在前进,理应探求更新更多的结构方式,促进古老戏曲大力改革。

凡是创新,总会招来非议。不说别人,就是我们自己也是一步三回头。

尽管早就定了姐妹各占一半的结构方案,但在写作过程中,那"一人一事"的传统观念老是召唤我们纳入"正轨"。作茧自缚,举棋不定,自怨本剧最大毛病在于新结构,是若即若离的两节戏。进而把后半部不够精彩也归咎于结构,误认为荒妹立不起来是因戏演一半重新开篇所造成。后来,我们逐渐从传统折子戏中受到启发：一台几折戏，岂止若即若离，简直毫无关联，都是重新开篇，为何看起来也很精彩呢？因为折子戏折折都过硬，各有各的绝招儿，每折重新开篇又何妨。而我们当时的稿子，前面存妮有绝活儿，后面荒妹没有高招儿，那是我们对后者生活不熟所导致，与新结构何关？生意不正怪柜台歪，找错了因果关系。于是苦心锤炼荒妹本身之戏，终于立起来与前半部双峰对峙。我们此时才证实，这种新结构没错，正是本剧赖以生存的艺术特色。索性正式名为"双连环结构"，说破的鬼不吓人——分开确是两节戏，合起来又是一个戏！怎么看，怎么想，怎么说都可以。聊备一格，以供戏曲观众换换胃口。

人物语言再创造

这个戏的人物语言，是我们搞戏以来十分罕见的难题！原小说大量是作者客观描述。搬上银幕，画外常传作者旁白，画中人物语言稀少，如荒妹默默插花，存妮吞声自杀，菱花呜咽哭尸，豹子号啕扑坟……若干重要情节，多是只见其行不闻其声，或是只闻其声不闻其语。深情尽在不言中。这符合电影的要求，形成《被爱情遗忘的角落》的特色。

于电影则可，于戏曲则不可。众所周知，戏曲剧本不靠剧作者提示，要靠剧中人自己说话。不仅要说，还要大唱特唱。唱出文采，唱成剧诗。可是这出戏不似一般题材，极为特殊，这里除了姗姗来迟的虎子略有文化之外，其余都是清一色的文盲，只求认得"男女"二字，弄不清火车、海洋是何模样，愚昧无知，语言贫乏。要求他们唱出的词儿既合乎他们的语气，又达到剧诗要求，真是难上加难。我们煞费苦心再创造，尽力深入到剧中人内心世界，把文盲们似乎不可言喻的复杂感情挖掘出来。如存妮自杀前是何心情？菱花闻讯后是何心境？豹子哭尸时是何心声？……力求挖透挖准，再用白描手法表达。从民歌、山歌、儿歌、清音、信天游、竹枝词中汲取养料，从俚语俗词中提炼诗情画意。例如存妮主要唱段"对门山上豹子哥……"，严格按照诗词布局，开拓意境、托物抒情，门外阳雀声声，门内一唱三叹。拆开来都是俗语，合起来听像首小诗。此剧在语言方面用的功夫，实不下于《巴山秀才》，总算把文盲与剧诗的尖锐矛盾初步解决了。

再创造是改编的关键，生活是再创造的源泉。

1985 年 7 月

我做着非常 "荒诞" 的梦

——《潘金莲》遐想录

大忙时节,排戏丝竹乱耳,改稿案牍劳形……

瑞雪霏霏,信件随雪花飞到小楼,其中几封来自安徽,是《戏剧界》频频约稿,嘱我笔谈拙作荒诞川剧《潘金莲》的概况。啊!淮河水,逍遥津,我曾应邀而去,以文会友,从前辈那沙,到新秀马兰,人杰地灵,给我留下良好的印象。朋友们,久违了,目前尽管百忙,我也得挤出时间酬答安徽盛情。熬夜赶写吧,怎样开篇呢?此剧内容形式皆是野狐禅,笔者并非理论家,只知干实活儿,不会讲大道理。此刻,特别羡慕《中国长城建造时》的作者卡夫卡,他能"传播某种不能言传的东西,解释某种难以解释的事情"。我也学学新招吧,选用一种什么文体,才能活跃地表达自己复杂的思绪呢?我点上一支烟,踱出案头,倚向枕头,窗外夜风习习,催人昏昏入梦……

忽然,大作家施耐庵奔来眼底,随带梁山一百单五将!

我纳闷,怎么少了三员女将?

施耐庵　（抚髯而谈）今夕文人论战，武夫助威足矣，妇人不宜抛头露面。

魏明伦　（似有所悟）啊，在施先生看来，三员女将无足轻重。只因《宣和遗事》、元人杂剧、民间传说早将这三位女性列入梁山谱上，施先生才不得不点缀于《水浒传》书中。勉强笔墨，导致她们形象苍白，与先生熟知的唐赛儿、陈素真等风云女杰比较，黯然失色，令人遗憾。

施耐庵　（沉吟）后生小子，读吾巨著，倒是用了一番心思。

魏明伦　童年"拜"读，壮年"攻"读，敬佩先生为农民起义代言，为英雄好汉立传。可惜好"汉"专指男人，英"雄"皆非雌性！恕我直言：施先生轻视、歧视、仇视妇女，在您笔下，女人多数是小人、庸人、贱人、坏人。武松杀潘金莲，石秀杀潘巧云，宋江杀阎惜姣，卢俊义杀贾氏，史进杀李瑞兰，雷横打死白秀英；从刘知寨妻子到李鬼老婆，从浔阳歌女到丫鬟迎儿……真是形象地体现了孔夫子名言——"唯女子与小人难养也"！

林　冲　（插话）俺家娘子例外，她是一个好人！

魏明伦　（一笑）别忘了她名叫"贞娘"！正因其坚守贞操，从一而终，施先生才破例写为好人。反之，以潘金莲为代表的一大群妇女，多是不守三从四德、违反七出之条，酿成滔滔祸水，促使本不打算造反的男人好汉拔刀而起，将坏女人开膛剖心，尔后奔上梁山……

吴　用　（挥扇答辩）施先生笔伐女人确系太多，不过，正如

　　　　　一些权威评论家所指出："这是古代文人的历史局限！"

魏明伦　（摇头）"局限"之说，难以阐明施先生奇特的女人观。请看中外文学史，同情歌颂女性的作家成千上万，信手拈出几例——比施先生更古的白居易、李商隐；和施先生同处元朝的关汉卿、王实甫；在施先生之后的蒲松龄、曹雪芹；以及汤显祖、孔尚任、洪升、李汝珍等，都是女性知音。为什么历史不"局限"众多的古代作家，偏偏"局限"施先生一人？假如潘金莲等妇女形象换在关、王、蒲、曹笔下，定是别具风貌。

武　松　（怒目大吼）巨赖这厮，抛文论古，胆敢替淫妇潘金莲翻案！

魏明伦　不！"翻案"二字太简单化了，我是站在今天的角度，重新认识潘金莲……

施耐庵　（规劝）淫妇盖棺定论，切勿想入非非，君不见欧阳予倩之前车覆辙乎？

　　施公戟指之处，欧阳老肃然而出，手抚我的肩头，爱护后辈之情，溢于言表。

欧　阳　唉，初生之犊不畏虎啊！20世纪20年代，予倩也像你这样年轻气盛，写戏替潘金莲鸣不平，因此招来长期非议，使予倩晚年惶惶不安，深深思过……

魏明伦　老人家，我的看法与众不同，先向您致敬，佩服您早

|||||年的勇气，思索您晚年的忏悔……

欧　阳　别提这戏了，几部《中国现代文学史》已经给我结论，予倩也"自我否定"了！

魏明伦　大文豪郭沫若"自我否定"比您"彻底"，晚年声言焚毁全部旧作！这是违心之谈，扭曲之态。如今时代不同了，我们不再是盲从的子孙，是独立思考的小字辈。既然剧坛可以据理甄别被鲁迅否定了的《赛金花》，那么，几部《中国现代文学史》一笔"定性"的《潘金莲》，我们又何尝不可重新评价呢？

欧　阳　（苦笑）予倩功过，后人评说吧。

魏明伦　五四运动吹响号角，妇女解放问题列入议事日程。反对三从四德，争取婚姻自由的呼声四起，您的《潘金莲》应运而生。以宏观的眼光看，这是顺应时代潮流之剧，而非逆流之作。您回溯古代妇女的命运，并没有停留于祝英台之类艺术典型，那是"千秋美谈"，古今认识出奇地一致。为什么祝英台之类的反封建女性，竟连历朝最封建的卫道士们也跟着叫好呢？这至少说明祝英台式的反抗行动还没有触犯封建婚姻制的根基，还不是"洪水猛兽"吧？在封建社会容许的范围内，人们同情这种单纯而完美的悲剧主角，祝福她们化蝶化仙。然而，却很少有人思索另一幅血淋淋的图景——"旧社会把人变成鬼！"潘金莲式的妇女命运比前者更复杂，更不幸，更值得深思。她们被封建婚姻戕害，被畸形社会扭曲，在苦海中挣扎，在漩涡中沉沦……是罪归"淫妇祸水"，还是罪归吃人的社会？这个问题，欧阳老大胆提出，您提得及时，提得好啊！

欧　阳　啊，你竟一反众议，充分肯定《潘金莲》问世的特殊意义！

魏明伦　对，您所提出的，不仅是古典小说中一个人物形象的评价问题，乃是生活中一大群潘金莲式妇女命运的社会问题，振聋发聩，难能可贵。老前辈，遗憾的是您的答案不够准确，开掘出了岔子。囿于历史条件，您没有，也不可能用历史唯物主义和辩证唯物主义的观点去重新认识潘金莲，而是像当时文艺作品的通病一样，站在布尔乔亚个性解放的立场反封建，带着弗洛伊德性欲至上的色彩去为潘金莲翻案。您过度赞扬潘金莲对武松的单恋，把她塑造为东方莎乐美，甚至给人以"妇女解放前驱者"之感了！

欧　阳　嗯，予倩当初写作《潘金莲》，确是始于同情，终于歌颂！

魏明伦　后辈今日再写《潘金莲》，则是始于同情，终于惋惜！打个譬喻：同样一个潘金莲，同样的遭遇，施耐庵是全用俯拍镜头，鄙视淫妇之恶；欧阳老是全用仰拍镜头，抬高叛逆之美；后辈我是在俯仰之间，把人物置于光怪陆离的社会背景下，视其性格发展的不同阶段，该仰时则仰，该俯时则俯，该同情就同情，该赞扬处也赞扬，该惋惜时就惋惜，该谴责时亦谴责。反思"这一个"古代贫家女儿是怎样走上谋杀亲夫的道路，引出了一系列联想⋯⋯

欧　阳　联想到什么？

魏明伦　当代婚姻家庭问题！

蓦回首，一卷歌星影星大挂历飘然出现。最后一页是伏案写自述的电影女星，标题《我的路》。啊，这是四川老乡刘晓庆！

魏明伦　（揉揉惺忪睡眼，和老乡摆起"龙门阵"来）喂，成都姑娘，美不美，乡中水，亲不亲，故乡人……

刘晓庆　（用四川话回答）故乡人硬是"麻辣烫"呢！我没有得罪过老乡们，咋个那些关于我婚姻的流言蜚语，多是从四川人嘴巴里加油添醋传出来呢？

魏明伦　世俗偏见，由它说去，绝大多数四川老乡是引您为自豪的。天府之国出了您这位有个性、有思想、有才华、有成就的女强人，使蓉城增光，为巴蜀添彩。我们不仅夸赞您艺术上的追求，也祝贺您生活上的幸运。

刘晓庆　幸运？你是指我挣脱了不幸的婚姻吗？

魏明伦　是的。您幸运，这是一代妇女的幸运。进步的时代，保障了妇女婚姻自由。你们没有重复阮玲玉、艾霞式的自杀悲剧，更不会陷入潘金莲、花金子式的杀人悲剧。她们的痛苦对比出你们的甜蜜，封建婚姻制的万恶反衬出共和国《婚姻法》的宝贵。这是金子和仇虎在"原野"上引颈而望，望之不见的"金子"国土；是潘金莲式妇女在三从四德桎梏下梦寐以求，求之不得的自由天地。一首民歌明了妇女心声："旧社会好比是黑咕隆咚的枯井万丈深，井底下压着咱们老百姓，妇女在最底层！多少年啦多少代，盼着那个铁树把花开……"是啊，铁树开花了，随着政治、经济的巨变，中国产生了新的《婚姻法》，宣判了"嫁鸡随鸡，嫁狗随狗，鸡犬也要共白头"之类封建信条的死刑，写上了"男女平等，婚姻自由"的闪光大字，于生活中确有一些非常不幸的婚姻，存在这一铁的事实，法律制定了克服不幸、解除痛苦的离婚条款。先进的法治社会为你们签发了通行证，同时，你们却遭到了人们"道义"上的谴责和谩骂。登高一望，这种"道义"表面冲着你们，实质是冲着为你们撑腰的"后台"——《婚姻法》！

刘晓庆 老乡，你这一家之言尖锐！

魏明伦 旧道义披上新外衣，特征是：不对具体情况作具体分析，把妇女解放视为"性解放"！把变相的嫁鸡随鸡论视为"美德"！把合法离婚和违法重婚一锅煮！把多数自愿白头偕老的佳偶和少数不愿白头同苦的"错偶"一刀切！把正确的一夫一妻制曲解为极端的"一夫一妻终身制"！要求妇女恪守分明非常不幸的婚姻，竭尽愚贞愚节，不惜以这些妇女终身痛苦为代价，去保持五千年古国的"优良"传统！……

刘晓庆 等等！有意思，我去叫姊妹们来。(遁入大挂历)

魏明伦 (话兴正浓)你们这些女强人尚且遭受舆论压力，何况一般妇女，更何况农村妇女。在山区，在角落，封建观念依然根深蒂固，违背《婚姻法》的怪事多着呢。包办婚姻、买卖婚姻造成了多少武大郎和潘金莲式的不幸配偶？残害了多少姑娘？又扭曲了多少弱女啊？妇女解放问题，仍应列入80年代议事日程。基于此，我的荒诞川剧《潘金莲》破土而出……

一串笑声打断我的独白，掉头观看，并非四川老乡，却是异国同行，手捧剧本《秃头歌女》。啊，是法国荒诞派戏剧代表人物欧仁·尤奈斯库！

欧　　仁　哈哈，荒诞川剧引起我的兴趣。亲爱的中国朋友，告诉我，你的戏是怎样"荒诞"？
魏明伦　先生，拙作是由于内容极其特殊，需要一个荒诞不经的形式，否则很难表达主角的是非。潘金莲是家喻户晓，古有定评，今有异议的艺术形象。在我笔下，她从单纯到复杂，从挣扎到沉沦，从无辜到有罪，变化甚大，首尾判若两人。何处该赞扬？何处该同情？何处该惋惜？何处该谴责？站在不同角度的观众，各有不同的认识。许多观众对她成见太深，如照通常写戏那样，单靠角色自己的言行，实难消除观众偏见，做出公正裁判。"特例"之戏，需要画外音补充，局外人辅助，既配合剧中角色行动，又转述各种观众心声，将台下观众的窃窃私议转化到台上来公开争论。于是，古今中外众多人物集于一台，形成荒诞奇观！
欧　　仁　有趣，你搬来了哪些女士、先生？

魏明伦 武则天跨朝越代而来，安娜·卡列尼娜跨国越洲而至，贾宝玉从《红楼》奔来，小红娘从《西厢》飞出，《水浒传》作者现身说法，《花园街五号》女记者莎莎代鸣不平，现代阿飞哥们趁势起哄，七品芝麻官束手无策，人民法院女庭长评说古案……各路来客，不止是站在戏外叙事抒情，并且跳进戏中，和剧中人交流感情，比较命运，展开冲突。例如：现代阿飞与西门庆合伙，红娘与景阳冈老虎对话，莎莎偕潘金莲游街，施耐庵指挥武松杀嫂，潘金莲求武则天做主，安娜携潘金莲卧轨自杀……如此荒诞无稽之戏，中国戏曲史上似无先例。形式出格，所以标名荒诞川剧。

欧　仁 明白了，中国朋友这出"荒诞川剧"，与我们西方"荒诞派戏剧"的本源宗旨不同。

魏明伦 你们的"荒诞派戏剧"是以存在主义哲学为思想基础，以荒诞形式表现荒诞人生，得出荒诞结论——人与客观世界脱节，人与人不能沟通，人对世界无法理解，无能为力，无所适从；过去、现实、未来，总而言之，荒诞万岁！对不起，拙作的"荒诞"宗旨与你们相反。我是运用"满纸荒唐言，一把辛酸泪"的艺术辩证法写戏，以跨朝越国的"荒诞"形式，去揭示人与社会的密切关系，历史与现实的内在联系，现实与未来的必由之路。结论是——历史悲剧不可重演，妇女要解放，人类要进步，社会要发展！尊敬的外国朋友，您有您的"荒诞"宗旨，我有我的

"荒诞"内涵，反正"荒诞"二字并非西方专利品，咱们各施各教吧。

欧　仁　那么，你这出荒诞川剧，难道与我们的荒诞派戏剧、现代派文学无关吗？

魏明伦　不然，有关系。宗旨虽然不同，但你们的某些艺术手段不妨借鉴，我坚信鲁迅的拿来主义，拙作除了大量汲取布莱希特的"间离效果"之外，也"拿来"了一些现代派手法。比如"自由联想法"，我赋予潘金莲潜意识的跳动性和随意性，以多层次结构，多角度叙述，联想，对比，意识狂流，瞬息万变，来表现潘金莲这个非英雄人物的变态心理。在塑造典型形象的同时，加强思辨色彩，作者不再隐蔽自己观点，有意通过许多"代言人"来表现作者自我。力求思想与形象同步，达到欣赏与思考并举的审美目的。请您细看拙作，对照一下艾略特的长诗《荒原》，诗中古代圣杯的传说和当代生活画面互相穿插，贯串全篇。我这古今交错的川剧，是否与《荒原》有点移花接木的关系呢？请您再分析《潘金莲》的总体艺术构思，这里边是否还有一点魔幻现实主义的影子呢？

欧　仁　（恍然）魔幻现实主义，我艺术上的邻居。怪异的《百年孤独》！荒诞的《佩德罗·帕拉莫》！

魏明伦　对，它既是荒诞派的邻居，又离现实主义不远，它是现代派文学中比较面向人生的派别。啊，我班门弄斧了，请您检验一下我的学习心得吧——魔幻现实主义根植于拉丁美洲民间文学的土壤中，又吸收了欧洲文学的营养,把现实主义传统和现代派创新结合起来,惯用荒诞手法去反映重大的社会问题,揭露尖锐的社会矛盾。完全打破生与死,时与空,现实与梦幻的界限,妙在"变现实为梦幻而不失其真"。他山之石,可以攻玉,《潘金莲》从总体上打破时空、生死、古今界限的"狂想曲",正是"拿来"了魔幻现实主义的一些表现手法。如果说,魔幻现实主义是在现代派与现实主义之间架了一座桥梁,那么,我想在魔幻现实主义与中国戏曲之间搭上一块小小的跳板!

欧　仁　好!戏剧的"丝绸之路",需要成百上千的骆驼。祝愿驼队穿梭,驼铃交响……

魏明伦　那就可能实现梅耶荷德的预想——东方戏剧和西方戏剧的巧妙结合!

欧　仁　我希望看到更多的中国式"荒诞"剧!

魏明伦　本人是一戏一招,此戏"荒诞",下个戏也许一本正经,更无意号召他人也写跨朝越国之戏。拙作探索而已,若精神尚有可取之处,敬请同行举一反三。唉,中国戏曲不景气,使人忧心忡忡。如何振兴?理论上有待百家争鸣,实践上更须百花齐放。

欧　仁　贵国观众将会怎样评价你这一朵野花呢?

魏明伦　请尤奈斯库先生到剧场看看……

欧　仁　哈哈,连场爆满,观众踊跃,青年特别欢迎……谁在皱眉?啊,批评家说话了——

人　声　这算什么戏?内容为偷人养汉辩护,鼓动女人都回家杀丈夫!形式嘛,不是标准的荒诞派戏剧,糟!倘若

191

标准了就更糟——那是反马克思主义的戏剧流派呀!盲目追求时尚,搞生意经,没有一点"艺术"。我们要的是精品,是杰作,是永垂不朽的保留剧目!大家都像《潘金莲》这样搞"荒诞",无助于戏曲革新,反会加速戏曲衰落!

……

魏明伦 好险!加速戏曲衰落的责任,将由我辈承担,闻言丧胆,梦中惊醒,不知东方既白!

1986年5月

两个中国公主

（一）深井困卧《杜兰朵》
——西洋歌剧信息引起的感慨

蜗居偏僻川南，偶读《南方周末》。9月13日"艺林"副刊报道张艺谋应佛罗伦萨歌剧院邀请，执导意大利歌剧《中国公主杜兰朵》。当地政府为此投入几百万美元巨资，确信中国导演张艺谋能够促使古老的西洋歌剧《中国公主杜兰朵》获得新的成功。并认为"中国故事中国人来导，也算是《杜兰朵》回到故乡中国了"。

读罢不禁望洋兴叹。其实，《杜兰朵》早就回了中国故乡。拙作戏曲文学剧本《中国公主杜兰朵》，去年已在台湾出版。新书前言简介中外两个《杜兰朵》的异同。援引于下，供读者了解梗概：

> 外国人臆想的中国故事。
> 中国人再创的外国传说。

洋人将这个来自东方的题材西方化,音乐化,歌剧化。

川人将这个流传西方的题材中国化,戏曲化,川剧化。

在普契尼的五线谱里,在卡拉扬的指挥棒下,在帕瓦罗蒂与多明戈的歌声中,朝代不明的中国公主杜兰朵,尊贵而孤僻,美貌而冷酷。她向求婚的各国王子出了三道文字谜,猜中则成婚,不中则杀头。情场败将纷纷押赴刑场之后,闯来一个不知名、不怕死的流浪汉。以爱心,以长吻,唤醒公主的人性人情人欲。杜兰朵终于狂恋地投入丈夫的怀抱。

在写意传神,亦庄亦谐的戏曲舞台上,在唱做念打舞并重,昆高胡弹灯并用,文学性与戏剧性并行,可视性与可思性并举的川味《杜兰朵》里,故事情节大体与国际通行的歌剧接轨,但人物性格发展更为多彩,主题内涵开拓更为多义——爱美之心,人皆有之。雌雄之配,人皆共之。沉鱼落雁,外貌之美也。龙楼凤阁,权势之美也。然而,仁爱万物,情重千秋,心灵之美也。高山流水,清风明月,自然之美也。世人往往好高骛远,奢望蜃楼,其实最美者早在身旁!痴男骄女一旦彻悟,从外貌美透心灵,弃权势回归自然,升入至善至美境界。

经过在成都举行的第四届中国戏剧节实践检验,证明上述简介不妄。

由四川省自贡市川剧团演出的《杜兰朵》,波撼戏剧节,花重锦官城。无须作者赘述,当时演出的客观效果摆在那里,成都观众有目共睹。宣传报道更注重《杜兰朵》在中国戏剧节上获奖排名最前,单项奖励最多;我则更注重各方面观众的口碑,尤其注重青年观众的反映。年轻的记者们向我转达信息:"观众都说这是你写得最好的戏!"我据实回答:"只能这样说:这是我所写的一大堆剧本中排演得最好的戏!"另一些熟悉原歌剧、看过外国演出录像的行家里手,评说这一个完全由中国人再创造的《杜兰朵》,并不比洋人歌剧逊色。进而提出"磨合"现象:论证杜兰朵东归不是一般的改编,是中国戏曲与西方戏剧之间一次创造性的"磨合"成果。

然而,咱们土产的《杜兰朵》,远远不及洋人财大气粗。她生在内地贫困小城剧团,没有钱就没有门路,只能走到成都为止,跨不出盆地四川,上不了首都北京。

如今中国戏剧界已形成惯例:地方搞出好戏,必须争取上北京演出。否则,你的戏再好,也得不到全国政治、经济、文化中心的注目。首都高深层次和广大范围的观众、专家、传媒、舆论界对你的戏缺乏了解,没有现场看戏的交流热感,就说不上公正评价,排不上重点宣传。试看官方颁布的全国性戏剧大奖名单,有几个戏没到北京演出过呢?所以,古人说:献宝于金阙之下,考试于首善之区。时下相声小品演员说得更白:要演戏么?是条狗,都得上北京叫两声才行!

我所处地区,是盆地内的"深井"。离成都五百华里,离北京万水千山。这里交通近似盲肠,经济特别吃紧。去年中国戏剧节幸好是在成都举行,我们勉强能够承受参赛费用。地方政府想尽办法拨款,才将《杜兰朵》送上成都。剧团不辜负本地人民血汗钱，中了个"头彩"回来报捷。按通常规律，正应乘胜挺进，送上北京，扩大影响。但剧团上京少说也得花个三十几万元人民币！哪里有钱？地方财政再也挤不出来了。省里虽然表示支援，也不过补助一点，无济于事。《杜兰朵》只好到此为止。一年过去了，这一个可与西洋歌剧抗衡的"中国公主"依然困卧盆地深井，鲜为国人所知。

由此我联想到戏剧界一些带普遍性的问题。

现在中国搞戏本来就难，地方上搞戏更加困难。要搞出好戏甚难，搞出了好戏也难。上面号召加强所谓"精品意识"，但越是戏剧"精品"，越须送上北京演出：只有上京演出之后，才可能获大奖而取得"合格精品"证书。这样，坐在北京的剧团与远离北京的剧团搞起戏来经济投入差距太大。北京剧团只须投入排演制作费用例如三十万；成都剧团就得加倍投入到五六十万；自贡剧团还得加番投入到七八十万！因为成都剧团除了排演制作费用与北京剧团相等之外，还要多付一笔上京的巨额旅费；而自贡剧团除了上京旅费与成都剧团相等之外，还要先付一笔很大的上省演出旅费！换句话说，搞戏参赛夺奖，越是大地方越富裕，出钱越少；越是小地方越穷困，出钱越多！北京赛场八字开，有戏无钱莫进来！从某种角度讲，搞戏的较量是经济的较量！

贫困的《杜兰朵》，她假如有张艺谋执导那一出同名西洋歌剧投资金额的零数，只要有几百万美金的2%，便能走出深井，走出盆地，上京打点，庶几可与聚集首都的老大哥剧团之优秀剧目来个平等竞赛，斗胆敢与国外佛罗伦萨歌剧院隔洋同唱对台戏。

得了，结束盆地内的遐想与假说吧。

80年代，电影界爆发"张艺谋现象"之前，戏剧界早就提出研究"魏明伦现象"。惭愧！鄙人凭借什么客观条件？与张艺谋优势相差之远，岂可用里程计算？我从1950年刚刚九岁参加四川省自贡市川剧团唱戏谋生，至今整整四十六年未换供职单位！这个"特异"现象，在中国作家之中肯定是个孤例。北京、成都的编剧同行，近水楼台先得月。人家搞戏具备的地域条件、经济基础、文化环境、政治信息、人际关系、合作力量、办事机遇……种种客观优势，样样胜过鄙人井底之蛙。我一生在基层惨淡经营，苦吟成戏，每结一次果实，都要比大都会的同行们多付出加倍的血汗。本欲为振兴戏曲鞠躬尽瘁，死而后已，但从拙作《潘金莲》的坎坷遭遇到《杜兰朵》的困卧命运，多次使我有所省悟：写戏这活儿，依附性太大了！首先必须依附于权与钱两座大山。在"初级阶段"，凡是从事依附性很大的行当，就不得不牺牲一点独立思考和独立人格。相对而言，搞文学更单纯，写随笔更干脆。学鲁迅、试杂文，独来独往，文责自负，对权与钱的依附显然更少，对社会人生的奉献似乎更多。

深井土产《杜兰朵》，我替你洗尽铅华，你随我望洋举杯，预祝人家张艺谋与友邦合作成功吧。

1996年9月

（二）东西同唱《图兰多》
——与张艺谋会谈备忘录

　　山重水复疑无路，柳暗花明又一村。因为贫穷而困卧深井的川剧《中国公主杜兰朵》，终于在1998年春风送暖之时有了赴京献演的转机。

　　难得的机遇来自第九届全国政协第一次会议。

　　我忝列第七届、第八届全国政协委员。这次换届，继续担任。赴京出席会议前夕，已风闻第九届全国政协文艺组人事变动："下刘晓庆，保巩俐，上张艺谋。"开幕之后，文艺组聚会，果然传闻属实。刘晓庆不见，巩俐仍在，张艺谋上来了。

　　传媒报道新委员近况：张艺谋将在秋季率意大利佛罗伦萨歌剧院到北京故宫太庙实地演出《图兰多》。

　　这次活动是中国对外演出公司主办。这家公司的国内演出部主任是王洪波。他曾经到成都看过川剧《中国公主杜兰朵》的演出，对川剧版的特色心中有数。王洪波向中国对外演出公司总经理张宇推荐，安排川剧《中国公主杜兰朵》配合歌剧《图兰多》在北京同时上演。张宇很感兴趣：若能撮合东西两个"公主"相逢北京，必是戏剧史上的文化交流佳话。

　　要牵引"两个公主"对演，首先得促成张艺谋与我对话。

　　恰好这次我俩同住京丰宾馆开会，近在咫尺，容易沟通。热心的王洪波从中牵线搭桥，很快见效。

　　先是张艺谋到我的住房拜访，由电影导演冯小宁引来。彼此谈了一下意向，我将台湾出版的载有川剧《中国公主社兰朵》剧本的《魏明伦剧作三部曲》赠送张艺谋,请他过目,了解川剧版"公主"的情况。

3月14日中午,王洪波安排双方正式会谈。地点在京丰宾馆全国政协文艺组住地会议室。《文汇报》驻京办事处唐斯复、新华社和中新社记者参加会谈。大约谈了两个小时。

会谈记录,迅速见报。《北京青年报》全文登载,占了一版。

这里,我补充一些实况,存留备忘。

据我当时印象:张艺谋也想借助全国政协会议期间媒体集中的优势,及时向海内外预告他导演的意大利歌剧将在秋季到北京故宫太庙大殿广场演出,促进他筹集还未完全到位的巨额经费。而中国对外演出公司安排川剧配合歌剧同题同地演出,对张艺谋的筹款目标能起绿叶衬托红花的作用。所以他顺应演出公司总经理张宇的提议,乐于与我会谈。

开初,张艺谋向我介绍歌剧的演出预算:主要突出在太庙登场的强大阵容,豪华规模。演员600余人,乐团除外,合唱队增到200人。印度籍的国际音乐大师祖宾·梅塔指挥演出。意大利、美国、法国、俄罗斯及华裔大腕演员组成"多国部队"分担主要角色。庞大的群众演员队伍,则由中国人包干。总投资预计2000万美金!仅服装制作费就预算几百万人民币!

每套服装平均3000元人民币!大约演出8场,每场可容纳3000以上观众。演出售票主要是外销,世界各地的观众乘坐飞机来看戏,票价高达1500美金到2000美金!另设专场照顾国内观众,票价降到1000元人民币左右。但只售个人,不售团体,凭身份证购票,持身份证对号入场。入场要像通过机场检查口那样严格，防止失火之类事故损害太庙建筑。首演将向全世界直播现场盛况，其经济回收之大，无法计算，令人闻之咋舌！

但他很少谈到《图兰多》这个外国人臆想的中国故事之历史渊源与嬗变。看来，张艺谋似乎对此所知不多，钻研不深。

我向张艺谋介绍拙作《中国公主杜兰朵》从京剧到川剧的过程。1992年，北京艺术创作中心主任徐恒进访问罗马，当地一家名为阿根廷剧院的经理提出，如能用京剧演出《图兰朵》，他愿投入一切经费。徐恒进把这个信息转告北京京剧院。京剧院很快与罗马达成协议。北京市文化局副局长金和曾分管此事，请北京人艺林兆华出任导演。但难度最大是请谁来写剧本？考虑两个人选，一是汪曾祺，二是本人。最后决定邀请我出任编剧。我婉辞几次，终于答应。我从被动到主动，仔细研究"图兰多"这个特殊题材的各种版本，苦吟成戏，另辟蹊径，把"外国人臆想的中国故事"变为"中国人再创的外国传说"。北京京剧院两次带"中国公主"到意大利献演，我也随团去了。演出收入颇丰，老外反映也好。憾在京剧院过分迁就外商的审美标准，把我剧本的内容与台词大量删削，硬塞进讨好外商的许多武打与杂耍，从总体上扰乱了剧本情节逻辑，割断了人物心理流程，只顾打闹，不知所云。京剧《图兰多》外演，经济成功，艺术失败。回国后，我改为川剧，由自贡排练，这回是忠实于剧本的演出，艺术效果与京剧大不相同。先在浙江小百花艺术节上初捷，继在成都举行的第四届中国戏剧节上奏凯。轰动蓉城，名列前茅，共获13项奖励，被称为这届戏剧节的"状元戏"。按照惯例,此剧应该马上进京献演。在中国的现阶段搞戏,出了佳作必须送到首都亮相才会有全国影响。古代称为"献宝于金阙之下,考试于首善之区"。如今那帮说相声的更损:要演戏吗?是条狗也得到北京叫几声才行!可悲的是自贡川剧《杜兰朵》艺术成功,经济拮据。那个地方特别贫困,拿不出钱进京演出,致使"中国公主"困卧深井。我在《南方周末》看到意大利请你张艺谋导演歌剧《图兰多》,当时佛罗伦萨歌剧院投资是几百万美金。我感叹川剧只要有歌剧投资的2%,就可以走出深井,上京演出,与远隔万里的西洋歌剧应和了。我即兴写了一篇短文,在《南方周末》发表。原标题是《深井困卧杜兰朵》,编辑部未经我同意,就将标题改为《羡慕张艺谋》!

谈到这里,张艺谋拱手插话:不敢当,不敢当。那是意大利有钱,我算是运气好,碰上了。

一时谈笑风生,我继续介绍趣话:《南方周末》接着又发表一篇四川来稿,标题是《羡慕魏明伦》!你看逗不逗?那篇文章说:你魏先生还在争取进京演戏,我们这些剧团在本地都没法演戏了,剧场卖掉了,剧团散伙了。你羡慕张艺谋,我们还羡慕你呢!

在座者闻言,哈哈大笑。

我对张艺谋说:我羡慕你,但决不嫉妒你;四川某些同行说羡慕我,很可能转化为嫉妒!我在自贡小地方搞出七台大戏,因此剧团散不了,也因此引得散了伙的同行说三道四。我是艰苦创业,逆境搞戏。《杜兰朵》的艺术质量不弱,我有信心;面临的困难,仍然是筹集进京的经费。

张艺谋鲜明表态道：我非常希望你的川剧"公主"能与我们歌剧"公主"同时在京演出。并且，最好是能让意大利的艺术家来看看川剧的《杜兰朵》。我在排导歌剧里，已经加进了例如"变脸"等等川剧技巧。我计划7月底开始在北京排练，合唱队8月中旬到位，那些大腕主角8月下旬到北京了。你们川剧最好在那段时间到首都公演。

会谈融洽，话题转入艺术交流。

我介绍川剧《杜兰朵》的提法是取材于意大利歌剧，内容和形式都作了大幅度的再创造。主题有所升华，人物大有发展。删掉了原题材中的流亡瞎眼老父，加重了柳儿的分量。是柳儿之死震撼了杜兰朵，改变了杜兰朵。最后让柳儿与公主合二而一，公主仿效柳儿，抛弃皇宫，回归自然。

张艺谋赞同地说：你这样写，或许更符合普契尼的原意。据说，普契尼有一个柳儿式的女佣，与普契尼暗恋。普契尼的妻子很像杜兰朵的骄横，她虐待女佣，致使女佣自杀。普契尼怀念女佣，将她的遗体埋在钢琴背后的墙壁里。普契尼一面弹琴悼念女佣，一面为歌剧《图兰多》作曲。写到柳儿自杀这一场，普契尼逝世了。结尾那一场，是另一位作曲家续完。如果由普契尼写下去，结局可能变异。

我说川剧已经突破歌剧的框架，把原著"爱能化除仇恨"的主题延伸为"最美的人，最纯的爱就在身边"。公主是外貌美、权势美，柳儿是心灵美，自然美。而男主角流浪王子卡拉夫，在川剧里则是没落王孙，孤岛隐士。歌剧里杜兰朵出的是三个谜语，川剧里则是三道考题：举鼎、斗智、比武。总之，内容变异极大，形式更是尽量发挥中国戏曲的特长。洋人将这个取自东方的题材西欧化、音乐化、歌剧化;我们川人将这个流传西方的题材中国化、戏曲化、川剧化。

张艺谋听到这里,不禁流露苦衷:我应该羡慕你魏明伦了。你有尽情发挥的自由,我发挥的余地有限。我导演意大利经典歌剧,不能改动内容,更不能变动音乐。我只能在场面调度上出新招:只能在美术、服装、灯光、道具这些方面作包装。西洋歌剧的灵魂是音乐,音乐指挥是西洋歌剧的统帅。即使是删减一两个音符,也由祖宾·梅塔决定,不是导演说了算。

我问道:指挥家卡拉扬有个遗愿,你知道吧?他想在中国紫禁城指挥演出《图兰多》。

张艺谋说:是啊,帕瓦罗蒂也想到天安门演唱《图兰多》。

我问:这次你为什么不请帕瓦罗蒂出山?

张艺谋答道:帕瓦罗蒂最近已经走不动了。多明戈也想参加这次盛会,但因身体缘故,唱不下大型歌剧了。这次担任男女主角的,也是世界一流的歌唱家。只是中国观众还不熟悉这些大腕。我相信,祖宾·梅塔的指挥魅力,佛罗伦萨歌剧院到中国太庙演出,《图兰多》东归,"中国公主"回娘家,将会引起国际注目。

我问:现在你是万事皆备了么?

张艺谋说:经费问题还没有完全解决。

我笑道:我没想到你也是经费不够!

张艺谋直言不讳:希望通过传媒,能有人帮帮我们。

会谈圆满结束,我的思绪未断。估计这次会谈见报,能推动四川下决心筹款送《杜兰朵》进京与《图兰多》呼应。此事若成，意义深远，将会在戏剧史上记下一笔。地处偏僻的中等城市川剧团，能与"多国部队"组成的歌剧院共襄盛举，真是小鬼弄大潮，四两拨千斤了。

我忽然想起佛罗伦萨以前译作"翡冷翠"。诗人徐志摩有篇美文《翡冷翠之夜》。鄙人诗兴来潮，信笔撰了一副对联。王洪波凑兴，拿去请书法家沈鹏与作家冯骥才分别书写——

　　天涯若比邻，巴蜀遥通翡冷翠；
　　公主回中国，东西同唱图兰多。

1998年3月

美哉，丑贼

题　解

　　丑字加上贼字，分明带着双重贬义，本文标题却褒为"美哉"，乍一听来，岂非水火不相容？然而，我谈的是戏。丑贼者，由丑角扮演的贼人也。

　　从美学的角度，辩证地看来，美与丑互相对立，互相依存，又可以互相转化。暴君的堂皇冠冕，豪门的玉砌雕栏，浪子的轻裘肥马，荡妇的浓妆艳抹……仪表堂堂，风度翩翩，未尝不美。高明的艺术家，决不因其内幕丑恶而作简单丑化，往往欲抑先扬，有意渲染灯红酒绿，声色狗马，从而更有力地揭示金玉其外，败絮其中，美就转化为丑。反之，寒士的破衣，女鬼的乱发，晏婴的矮体，钟馗的尊容，徐九经的歪脖，芝麻官的小辫……艺术家既不回避他们外表丑陋，又不自然主义地照搬生活，巧妙运用艺术手段，创造了寒士的"富贵衣"，女鬼的"绫子功"，晏婴的矮子身段，钟馗的伏魔脸谱；让徐九经的脖子歪得有趣，芝麻官的辫子翘得好玩……丑中寓美，别有风味，酷似郑板桥笔下的丑石，丑而秀，丑而雄，"一丑字，则石之千姿万状，皆从此出"。至于另一种由表及里均属丑恶不堪的坏事，爱美的艺术家却又敢于燃犀烛怪，夸张其丑，突出其恶，让皱眉的假道学先生眉头皱得更紧，让拜佛的洋场恶少屁股翘得更高，丑类更丑矣，美在哪里呢？美在艺术家燃犀的胆识、烛怪的本领。鲁迅著名杂文《二丑艺术》所描绘的对象是丑的，遗臭万年，但这篇杂文本身是美的，流芳千古。正如奇臭无比的鲸粪可以提炼为最名贵的龙涎香一样，生活中的假、恶、丑，一经大手笔提炼，也就升华为具备美学价值的珍品。在化丑为美的巨匠行列里，有法国雕塑家罗丹、英国作家萧伯纳、美国电影明星卓别林……也有咱们中国戏曲舞台上那些小丑大师。其中，以"麻、辣、烫"著称的川丑艺术，独树一帜，蜚声海外。

也许由于四川人天性诙谐，地灵人杰，导使川丑艺术特别发达，名剧纷纷，名丑辈出，与小生、小旦鼎足而三，无分主次，显然比京丑在京剧中的地位更为重要。川丑的特征，一在深度，二在广度，无丑不成大幕戏，举凡喜剧、闹剧、正剧、悲剧、江湖戏、公份戏、连台戏……总有一两折丑角的好戏穿插于整本之中。它能上能下，上——敢把白粉抹向最高统治者的鼻梁，并且抹了几十个皇帝，形成独特的"帝王丑"，这在其他剧种中实为罕见！下——贩夫走卒、盗贼姐妹、三教九流，无所不能。不仅塑造了一大批内外皆丑的坏人典型，及一大批外丑内美的好人典型，还刻画了一些不好不坏，亦好亦坏，中不溜儿，简单而又复杂的小人物形象。前两种典型，评论界赞誉已多，后一种，惜乎少有触及。

本文分析三个丑贼，涉及三种类型，以管窥豹，可见川丑之美，美在"丑"态百出，"丑"不胜收！

第一个丑贼

此贼乃传统戏《芙蓉画》里的水贼苏豹，小名苏老四，由武丑扮演。本剧取材于话本《崔俊臣重会芙蓉屏》，原著没有苏豹这个人物，只是笼统地写了一伙水贼，人人一个面孔，索然寡味。川剧佚名作者和无名丑角，根据他们自己的生活见闻，从四川浑水袍哥九排、老幺一类亡命徒身上汲取养料，再创造了"这一个"反面形象，尽管只是配角，但配得极佳，活灵活现。

首先，作者安排了一个特殊的典型环境——水贼世家：上有老贼苏阿秀，中有龙、虎、彪三个贼兄，下有小兄弟苏生，丑角苏豹排行第四，穿插其间。典型环境产生典型性格，一父五子，同中有异，同得合理，异得合情。老贼苏阿秀像一头老虎，俗话说"虎毒不食儿"，他一生行劫，杀人如麻，晚年丧偶，对幼子十分慈爱，以抢来的钱财供幼子入塾读书，似有让后代改行之意，天良尚未昧尽。老大、老二、老三像三头狗熊，目不识丁，贪财嗜杀，四肢发达，头脑简单。小兄弟苏生则以善良的心地、高尚的情操写出工整的"人"字，他受诗书陶冶，出污泥而不染。瞧这一家子：虎、熊、人之间，还伏着一头阴森森的恶狼——苏老四！

狼：残忍、凶悍、狡黠，昼伏夜行，成群觅食，遇麋鹿，群起追之，鹿善跑，狼不及，疲于奔命，一狼累昏倒卧，狼群必舍奔鹿而餐卧狼，残食同类骨肉复又仰天长嗥，可悲可怖！此物即使奄奄一息，只要嗅到人的气味，立即挣扎跃起伤人，同归于尽方休，真是与人不共戴天。杰克·伦敦的短篇小说《热爱生命》对狼有过精彩的描写。丑贼苏老四也充分具备狼的特征，是狼的拟人化。

我们且看这头狼的几个行动。

水贼"家庭会议"，筹划抢劫，小兄弟跪地哀求老贼改恶向善，唱道："劝爹爹屠刀快放下，立地成南海活菩萨！"老贼产生动摇，三个狗熊哥哥气得暴跳如雷，却又说不出个道理。老四开始袖手旁观，不露声色，见哥欲打弟弟，他忽然跳了出来，痛骂哥哥几句，安慰弟弟一番："幺弟，他三个都恨你，只有四哥我爱你。"哈哈一笑，缓缓唱道："哥子们不抢人你吃啥穿啥？学菩萨吗？我送你先去见地藏菩萨！"声调一变，恶狠狠一掌打翻弟弟。老贼扶起幼子，怒斥老四。老四眼一翻，吐出一串连珠炮似的黑话来：

老杂毛，你我几爷子，好比那灶孔头烧焦的柴火，抽出来也是黑的，干脆黑到底！你要听"金包卵"幺儿的劝世文，听迟了，庙子修起，菩萨老了。好好好，你想洗手，我就投官，你挨头刀，我走"尾旗"，走嘛！

听，狼有狼的吃人道理，贼有贼的江湖规矩，语言生动，咄咄逼人。老贼刚被幼子的人性打动，又被老四的狼性慑服。

黑船载客，深夜打劫，同是杀人越货，各有各的杀法。老贼如猛虎扑羊，三兄如巨熊抓兔。老四呢？悄悄靠近客舱，刀背轻敲甲板，客人闻声，掌灯出门探望，丑贼闪开尾随，笑眯眯地往客人肩上一拍，客人回过头来，丑贼一刀断其咽喉，声响俱无。这正是深山老林中狼子吃人之法。不知前辈艺人是否有意仿之？而我却正是从这个细节里看出苏老四狼气十足，与娄阿鼠的"鼠"态异曲同工，各有特色。

剧情往下发展，小兄弟苏生冒险救人，私下放走女客，不幸被起床夜渡的老四发觉。老四先不声张，叫醒三个哥哥，窃窃私议。下面一段对话，语汇丰富，川味甚浓，活画出丑贼之狡黠：

老　大　这娃娃可恶，老汉知道，要他的小命！
老　四　皇帝爱长子，百姓爱幺儿。老杂毛顶多打这娃娃几下，打了还不是又揉"包包散"！（仿哄孩子状）啊、啊，包包散，吃果果！
老　二　一不做，二不休，咱们弟兄先把娃娃"毛"了！
老　四　几个雷公几个闪？几个腰子几个胆？你们毛脚毛手，今夜挖老汉的心肝宝贝，明天早晨，三个草包找不到脑壳洗脸！
老　三　这样说来，难道罢了不成？
老　四　罢？你罢我不罢。俗话说得好：外贼易防，家贼难防，从小偷针，长大偷金。这娃娃不除，咱们必定倾家荡产，家破人亡！

妙极了！以上俗话放在别人口中，一般而已，由祖传贼人自己说出，贼喊防贼，潜台词无穷，使人拍案叫绝。接着，丑贼骗出小兄弟，假言上游漂来一具女尸，小娃娃以为女客投江，急往船头俯视，老四趁其不备，一掌将兄弟打下江心。孩子生长于水贼之家，熟悉水性，浮起抓住船头，老四夺过篙竿，狠命往下扎去，见兄弟沉没，再呼醒老贼，痛哭流涕地编出一套绕口令：

  哎呀，老汉！上流头漂来一个娃娃鱼，娃娃想捉娃娃鱼，娃娃往下一跳，娃娃鱼往上一蹦，娃娃鱼咬住娃娃，娃娃被娃娃鱼咬了，娃娃鱼走了，娃娃沉了。苏生，我的亲兄弟呀！（做扑河状）

  绕口令本来不奇，丑戏常见，有的只是单纯卖弄口技，与剧情关系不大，可有可无。请听苏老四此时的绕口令，异峰突起，情景交融，出于观众意料之外，在于丑贼性格的情理之中。他为了掩盖真相，故意利用江湖语言习惯，巧妙地把娃娃和娃娃鱼联系起来，快速交织，混淆视听，使老贼应接不暇，昏头障眼，顿时气倒船头，被凶手蒙混了过去。哪位写戏的同行，不信换个法子试试，恐难收到上述奇效。让我也学着绕一下：这是典型环境下的典型性格的典型语言！

  说到这里，不禁想起狄更斯的《雾都孤儿》之中有个类似的情节：匪徒皮尔察觉同伙女贼准备弃暗投明，赶回巢穴，将女贼活活捂死床上，吓得床下一条恶犬狂吠而逃。高鼻子洋贼可算歹毒矣，但比起咱们这个鼻子不高，只在鼻梁上抹了一笔白粉的丑贼来，却逊色多了。洋贼谋害的只是玩腻了的情妇，丑贼谋害的是亲生兄弟。洋贼害人直来直去，丑贼害人绕去绕来,且又大放悲声,与豺狼残食同胞骨肉,仰天长嗥,何其相似乃尔。

好戏还在后头——小兄弟死里逃生,经历千灾百难,漂泊行乞。时值水贼全家落网,绑赴法场处决,小兄弟百感交集,用乞来之钱买了五个饼子,赶往刑场生祭父兄。老贼一见幼子,追悔莫及,老泪纵横。三个哥哥,死时才领悟兄弟善良,垂头不语。孩子童声稚语,历数往事,谴责父兄罪行,遗恨一家下场。观者如堵,无不被赤子之心感动。就在这场特殊的悲剧结尾时,五花大绑的老四突然伸出嘴来索食:"兄弟,给我一个大饼子!"孩子不记前仇,揩揩泪水,把饼子送到四哥嘴边,说时迟,那时快,丑贼猛扑过来,险些咬断兄弟手指,破口大骂道:

吃家饭,屙野屎,跑到这儿来"拉稀"(流泪),只恨当初没有把你一篙扎死!

最后这一笔,入木三分,画出了狼的完整形象。

遗憾的是,《芙蓉画》现已久别川剧舞台,偶有演出者,各河道路子不同,师承不一,仅得皮毛,失去真传。笔者童年时代,扮演小兄弟苏生,出自我的父亲鼓师魏楷儒口授身传,常与川南名净张新伟、名丑王二麻子等合演。老一辈相继去世,广陵散绝,备感戏曲遗产宝贵;抢救、整理、研究工作之急迫。

第二个丑贼

此人乃传统折子戏《黄沙渡》的主角万安,由襟襟丑应工。我曾有幸面聆资阳河丑角元老蒲松年扮演万安,我的父亲与蒲老至交,为蒲的演出本作过修饰,并替蒲司鼓,合作甚谐。欣闻川剧表演艺术家陈全波最近正在整理此剧,想必会更上一层楼。

美学界有句名言:"人应该一切都美,从心灵直到服饰。"愿望非常良好,不过,世上往往是好人多难,戏上也就有衣着寒伧、其貌不扬的正面人物。《黄沙波》的主角,出场就"亮"了一副可怜"相"——风雨声中卷出一个"三花脸",头顶斗笠,身着鹑衣,脚穿芒鞋。斗笠随风旋转,人似落叶飘荡,若非台柱挡着,险些吹下戏台。丑角倚台柱而长叹曰:"天呀,你吹风就不要落雨嘛,落雨就不要吹风啊!"

此人弱不禁风,是个乞儿吗?不然,据他的开场白透露身份,原来他是"白天风都吹得倒,夜晚狗都撵不倒"的神偷万安!这就越发奇怪了,既称神偷,纵使带病,顺手牵羊的生意岂不易如反掌,何以穷到这般模样?且听他慢慢道来:

想我万安,天涯寻访兄长万庆,半路上疴秋痢,打摆子,一场毛病,把盘川用得精光。心想到哪里打点起发,又找不到"肥猪儿"下手。这一带幺花店子,尽是挑葱卖蒜、补锅剃头的穷朋友。我万安只撬有钱人的柜子,不打下力人的起发,自家勒紧裤腰带上路吧,穷得志气,饿得新鲜！（正得意，风起，畏缩）唉，癞格宝带烟荷包——拖起走啊！

寥寥几句开场白，淡淡几个小动作，这位外丑内美的义贼形象，就初露头角于台上。

转弯到了黄沙渡，迎面一家客店，抬头一看招牌："未晚先投二十八，鸡鸣早看三十三。"怪！什么意思？万安低头一想：二十八——宿！三十三——天！未晚先投宿，鸡鸣早看天。招牌与众不同，意在吸引过路客商，此店颇有怪气。店主尚未出场，闻鼙鼓而知将帅，店主亮相，果然不凡，彪形大汉，面目狰狞，正如他的绰号一样——黄斑虎！

呀！钩钩鼻鹞子眼——
不是黑店挖我的眼！

星卜相学，本不足信，但用在这里却很合情。神偷久闯江湖，熟悉三教九流，长于察言观色。一般旅客辨别不出，"这一个"旅客看出黑店苗头，警觉地盘算："正愁找不到肥猪儿下手，他若取我，我先取他！"想罢往内一钻，店主左拦右挡，一把抓住万安手腕，痛得神偷直叫："好大的蛮力！"为什么强调店主力大？后文补叙。万安只好低三下四，委曲求全，费了不少周折，才被店主引到猪圈楼上栖身。斜场一张桌子假定为楼，椅帖就是被盖，店主虚拟抽楼梯状，万安以特有的睡姿躺在桌上，貌似入梦，实则清醒，窥测店主行动。少顷，来了旅客周魁，身带二百银子，上京赶考，到此投宿。店主见财起意，万安见状判断；一在楼下，一在楼上，各自内心独白；二人思维逻辑不谋而合，产生"蒙太奇"作用：

店　主　这位相公身带二百纹银，白花花的，重腾腾的，煞是爱人，待老子与他借？

万　安　人生面不熟，他肯借给你？

店　主　是话呀！我索性手执一把钢刀，把他杀了！

万　安　杀人要填命喽！

店　主　是话呀！店内杀人，相公吼叫起来，我才大有不便！

万　安　莫要乱想汤圆，算喽。

店　主　到手财喜，岂有算了之理？待我用麻枯药酒，将他麻了，背到黄沙渡，甩下江心。漫说是人，就是神仙也不知道！

万　安　嗨，我就晓得！

店　主　扯了"葱葱"再扯"蒜苗"！

万　安　哎呀！（急用被盖蒙头）

　　上述表现手法，实在高明，为川剧独有。二人背靠背的思维活动，竟变成面对面的语言交锋，夸张到了不可想象的地步，而观众又完全信服。形式奇特，对话紧凑，衔接自然，从周魁流畅地过渡到万安本人身上。店主不仅要扯"葱葱"，而且要扯"蒜苗"，万安自身难保，还不快逃？若换别人，早就溜之大吉，义贼外丑内美，美在关心他人生命，不顾自己危险，留下来设法救人。他眼看周魁上当，欲饮麻枯药酒，急得连连摆手。楼上楼下，三人两处，又是高度的艺术夸张：

214

店　　主　一杯美酒，相公请。

周　　魁　店主请……

万　　安　（内心提醒）麻！

周　　魁　（似有遥感）麻？

店　　主　（掩盖）麻鸡胡豆下烧酒！

万　　安　麻！

周　　魁　麻？

店　　主　麻布帐子花铺盖，吃了酒好睡觉，请啊。

　　人们也许要问：义贼既然神通广大，何不下楼制止店主害人？大家只须回想前面试斗腕力的伏笔，万安这时爱莫能助，也就通情达理。神偷不一定善打，偷与打是两回事。万安打不过黄斑虎，黄斑虎偷不如万安，二人各有长短，相互制约，才构成微妙的好戏。否则，万安一声大叫，飞身下楼，斗店主，救旅客，一场"功夫片"，那就不是丑戏《黄沙渡》了。店主扯了"葱葱"，从周魁身上取出银两，害人全为阿堵物，岂能掉以轻心？何况楼上还有"蒜苗"，更须妥为收藏。只见他精细地收银入箱，箱上加锁，收箱入柜，柜上扣锁，钥匙揣进怀内，自以为保险，放心地背着周魁下河去了。他做梦也猜不到楼上那个小小"蒜苗"竟是盖天下之神偷！

　　万安身裹被盖，滚下楼来，亮出神偷绝技，先取赃证。蒲松年演到这里，有一套掩锁开柜，翻箱盗银的舞蹈身段，紧迫又从容，敏捷又细致，身手矫健，姿态优美……且慢！他这样演戏，我这样评戏，岂不成了美化偷窃？石达开诗云："大盗亦有道。"文艺作品，从不笼统讳言"偷"字，要看偷的什

215

么？偷来干啥？最大的偷窃行为，要算普罗米修斯，从宙斯那里偷取火种，为人间送来光明，此乃神圣之偷也！苏联早期影片《永远的秘密》，共产党人费尔道夫从敌巢盗取德寇作战计划，此乃革命之偷也！京剧《四进士》，宋士杰从公差手中盗取赃官行贿信件，一整套偷信、拆信、抄信、封信的舞蹈身段，历来受人称赞，此乃仗义之偷也！现代戏《六斤县长》，牛六斤关心农民疾苦，主动归还被"夫人"低价购买的良种鸡，由于自己患有"妻管炎"，不便向夫人正面索取，堂堂县长，只好回家做起偷鸡贼来，此乃爱民之偷也！宁肯勒紧自家裤带，也不取穷人钱财的义贼万安，此时揉锁开柜，分明不是趁火打劫，塞入私囊，而是获取店主罪证，便于仗义呼吁，替周魁说话，使店主落网，让观众解恨。（据说：陈全波的整理本，增加了万安赶到江边巧救周魁，这就更为此剧锦上添花了。）万安行动属于正义，盗银舞姿优美，灵如脱兔，敏似猱猿。观众会意微笑，衷心喝采：丑贼，偷得好啊，丑得美哉！

第三个丑贼

此人是谁？暂且按下不表。近来常看电视剧，我那刚满十岁的儿子，总爱稚气地提问："这个是好人么？那个是坏人么？"一般情况，都能得到我的明确回答。某夜，看蒋子龙的《赤橙黄绿青蓝紫》第一集，孩子又提问了："刘思佳是好人还是坏人？"我却一下子回答不上。再看第二集，仍然不容易解释清楚。待到第三集，刘思佳自己在屏幕上解答了："我既不像你们想的那么坏，也不像油库领导说的那么好！我就是我,不好不坏,有好有坏。"按照孩子的天真逻辑,生活中只有两种人,好人与坏人,就像红棋与黑棋一样一目了然。童心不懂大千世界。人,丰富多彩,千差万别!本文分析的第三个丑贼,正是不好不坏,有好有坏的特殊角色。

他叫刘子堂,是川剧《樵子口》的配角。《樵子口》又名《大祭桩》,说的是书生林兆德被嫌贫爱富的岳父陷害,蒙冤处斩,未婚妻王春艾忠于爱情,赶到法场祭奠。许多剧种都有这个戏,大家早已熟知。其他《大祭桩》均属悲剧风格,川剧《樵子口》却是集悲剧、喜剧、闹剧于一折戏里。四川人天性达观,即使生离死别之际,亦不改风趣本色。照四川人的欣赏习惯,王春艾祭桩,光是哭哭啼啼,略嫌单调,总不够味。"若要咸,加点甜。"川剧艺人别具匠心,敢往苦涩的泪水里配进蜜糖,哀乐同台,啼笑交错。以喜剧反衬悲剧,悲剧更深沉。因此,同是《大祭桩》,川剧就冒出一个与众不同的丑贼刘子堂。刘子堂是正面人物吗?不像!一身土匪气,一口袍哥话,江洋大盗,血盆头抓饭吃,抢过皇杠,也抢过良民,决不是罗宾汉那种专门打富济贫的草莽英雄。樵子口处决一批死囚,冤案甚多,而刘子堂不算冤枉,该砍脑袋。那么,他是反面人物吧?也不像!此人优点颇多,爱管闲事,爱说实话,善于嘲弄酷吏滥刑,敢于藐视封建王法。他在剧中的作用,岂止增添色彩,妙在点染主题。此剧的宗旨不同于《芙蓉画》,那出戏里,绑赴刑场的水贼代表邪恶势力,惩办水贼的王法代表人民意愿。《樵子口》相反,主线林兆德血手拍门一案已属千古奇冤,推论七十二桩上所绑的死囚们,不知还有多少冤、假、错案?王法在这出戏里并不具备正义性质,刑场、屠刀、法鼓，都代表封建暴力。法鼓声中，蒙冤的好人林兆德绑上来了，七十名是否有罪的死囚绑上来了，不好不坏的丑贼刘子堂也押上来了：

刘子堂　哎哟，是哪个在打鼓嘛？把老子的心都打烂了，刘大伯听不得你这个咚咚呛。来来来，动手快杀！
刽子手　还早。
刘子堂　咦，当官的说了在樵子口砍嘛，这里就是樵子口啊。
刽子手　不忙，要等午时三刻，三炮响了才开刀。
刘子堂　嘿，你们这个污场合，杀人还兴那么多污规矩！

　　有人或许疑问，杀场重地，岂容死囚信口开河？其实不然，旧社会无奇不有，刘子堂临刑还能胡搅蛮缠，有着一定的生活依据。例如：四川军阀刘湘统治时期，宜宾土匪肖某私贩军火，当地驻军坐地分赃，暗中纵容。后来事发，刘湘追查，驻军只好丢车保帅，用袍哥义气挟制肖某，由肖某承担罪责，不攀扯"拜兄"，由"拜兄"厚礼安葬，抚恤家属。肖某临刑之前，提出一个相当奇怪的条件：不上绑，要坐车，先到戏班化装，扮成川剧《肖方杀船》的武生模样，游街说唱，表示死得漂亮，二十年后又是一条好汉。驻军只盼肖某顶死结案，居然破例同意了这种滑稽要求。于是，黄包车上拉着一位面涂脂粉，身穿戏装，手摇折扇的死囚，沿途大唱川戏，与刑警队开玩笑，向人们行袍哥礼："忠义几社、仁义几堂的兄弟伙，我兄弟肖某道谢了！"真人真事，今古奇观。

　　生活中的肖某，也许正是受了戏台上刘子堂的影响？反过来，川剧艺人也许正是从肖某之类真人身上获取材料，继续塑造刘子堂的形象。总之，台上的樵子口是个"污场合"，许多"污规矩"，官府草菅人命，百姓有口难言。受害人林兆德已被打上"禁口符"，一腔冤屈，不能诉说。受害人的父亲林佑安，几番哀求才能进入刑场与儿子诀别，呜咽而已，不敢说。受害人的未婚妻王春艾，冲破阻力，赶来祭奠，已算难能可贵，但她的身份毕竟是宦门小姐，越轨之言，不宜多说。满台压抑着的怨气，却由另一条特殊的渠道——刘子堂之口倾泻出来。嬉笑怒骂，旁敲侧击，把封建社会神圣不可侵犯的法场，闹成了荒诞可笑的扯谎坝！

当刽子手刁难林佑安，踢倒老汉之时，刘子堂当场打起抱不平来：

刘子堂　（拦住刽子手）你做啥？

刽子手　（指老汉）他劫杀场！

刘子堂　你是蚂蟥死了变蛆，蛆死了变曲鳝——三代没有长眼睛，这老头胡子都那么白了，还能劫杀场吗？

刽子手　黄忠的胡子白完了，还取定军山呢！

刘子堂　你半夜吃桃子——逮倒炕的捏。算了，让老头进来吧！

瞧，刘子堂有些可爱！如果按照某些公式，可爱的人儿必须可爱到底，刘子堂就不够"完美"。这丑贼脾气古怪，刚刚帮助了老汉，一当老汉好心劝他"是非场中少开口，打架场中休添拳"时，丑贼马上翻脸，反唇相讥。

219

刘子堂　老伯,你又到杀场来做啥?

林老汉　我儿问斩,老汉前来祭奠。

刘子堂　嗨,会劝去劝你的儿,不会劝跑来劝老子。杀场上卖劝世文,我不念你胡子白了,老子倒想给你几下,滚喽!

　　瞧,刘子堂又有些可恶!倘若按照另一种公式,恶人必须一无是处,刘子堂又不够格了。当王春艾三祭未婚夫后,林兆德醒来,因愤恨春艾之父,迁怒于女,竟向未婚妻一脚踢去。丑贼在旁勃然大怒,跳下桩来,保护王春艾,痛斥林兆德:"莫良心的,这位小姐好心好意来祭你,你反而打她,太不公平了。刽子手不要挡着我,待刘大伯教训他一顿!"

　　好一副慷慨激昂姿态!然而,待到三炮一响,众死囚处决,轮到刘子堂和林兆德挨刀时,慷慨的"刘大伯"忽然耍起赖来,一会儿恳求刽子手刀下留情,一会儿托人捎信叫家里收尸,磨蹭了许久。这一笔,貌似插科打诨,实为全剧的有机组成部分。由于刘子堂耍赖,才推迟了林兆德挨刀的时间,在旁引颈等候,终于等来了包公的旗牌官飞马传令:血手拍门一案,提回开封府重审重问!千钧一发之际,刘子堂无意中救了一条好人性命,能说这丑贼没做好事么?

　　好坏兼备,喜怒无常,不符合一般人的规律,却符合此人、此戏、此时、此地的特殊规律。刘子堂就是刘子堂,用正面人物或反面人物的套子套不住他;甚至搬用中间人物、落后人物、边缘人物、转变人物、成长人物……种种定义也"定"不准他的"性"!生活本身浩瀚无涯,人的错综复杂,决非几个定义所能包括。刘子堂的独特形象,他在《樵子口》中的微妙作用,聊备一格,值得搞戏的同行仔细研究。

第四个是……

记得有一部阿尔巴尼亚的电影,前面描绘了七个游击队员,第八个呢?《第八个是铜像》。我这篇文章,列举三个不同类型的丑贼,第四个是谁呢?是大写的金字——生活!

说千道万,生活是文艺创作的泉源,一切技巧都必须植根于生活沃土。

川剧佚名作者,无名艺人,生活在旧社会,浪迹湖海,见多识广,与当时各种各样的贼人打过交道,或者吃过恶贼的苦头,或者受过义贼的恩惠,或者自己就被迫当过几天贼人,也未可知。烂熟于心,游刃有余,才会塑造出形形色色、栩栩如生的丑贼形象。这和现在某些闭门造车的电影戏剧相比,自有高下之分。由于缺乏旧社会的生活知识,在整理传统戏时,个别作者不识精华,把原剧的特点一笔勾销。也由于缺乏旧社会的生活知识,将戏曲故事搬上银幕时,有的只顾迎合时髦趣味,不顾当时历史环境,不合古人情理,给人以胡编瞎造之感。重视戏曲遗产,研究前辈经验,有助于当前戏剧创作。遥想前辈艰苦创业,后继者更应奋发图强。

1982 年 11 月

美丽的戏曲

吴祖光先生为大儿子吴钢的舞台摄影作品选集所写序言，未满两页，可惜中断。斯人跨鹤西游，广陵散绝。如今，吴钢老弟寄来这篇没有完成的文章，委托我挥毫续写。

我与吴门有缘，早在二十六年前，我刚刚成名，就同祖光先生一道参加中国戏剧家代表团访问东海舰队。吴钢以《戏剧报》摄影记者身份随行，他用照相机真实地记录了代表团从海上到上海的半月生活，他的父亲祖光先生，在改革开放二十余年里老当益壮，坚持秉笔直书。老人目光炯炯，如同镜头快门，"拍"下许多历史沧桑，现实风云。好在不加粉饰，全是"本来面目"。正由于这种敢说真话的精神，激励我尊之为师，敬之如父。祖光先生的老友黄苗子、郁风、丁聪、黄宗江，说我身上留有"祖光的影子"。吴家小字辈欢欢，霜霜，戏称我为老大，这样排行，小名"大牛"的吴钢反而成了"老二"。不敢当，既然认了昆仲，由我续写序言，比较顺理成章。

戏曲的博大精深，祖光先生已作简介，拙文不再赘述。原序言的末句是"一个伟大的戏曲演员首先是一名歌唱家"。我估计下文应该是介绍"以歌舞演故事"之"舞"。歌唱，固然在戏曲中占有最重要的地位，但是，吴钢的照相机，没有录音机功能。无法反映演员优美的唱腔，只能拍摄演员做歌唱状。吴钢的业务专长，是选择演员台上一举一动，一招一式，一颦一笑，将精彩的刹那，定格为永久的形象。这一类型摄影作品有个专称，叫作"剧照"。

不妨对比一下老戏迷熟悉的老剧照。从谭鑫培到梅兰芳，从四大名旦到八个样板戏，从黑白到彩色，从中景到特写；剧照汗牛充栋，数以千万计。再看吴钢拍摄的剧照，已经超越了传统模式，拓展了表现空间。他不仅熟悉剧情，熟悉演艺，还熟悉当代先进的照相器材，高明的拍摄技巧，崭新的造型观念。他的手段多元化，或者"缩小光圈，放慢速度"，或者"打散构成，重新组合"。借鉴西方"立体派"和"组合派"的方法，重新"塑造"东方表演艺术家的神态风采。《陆文龙》的手、眼、身、法、步；《霸王别姬》的眉、目、指、腕、裙；《闹龙宫》波涛滚滚的水舞；《闹天宫》金光闪闪的棍影；《挑滑车》猎猎生风的靠旗；《太白醉写》飘飘欲仙的水袖；《春草闯堂》转如车轮的花伞；《夜审陶大》狂似雪崩的白髯；还有，武行的跟斗停留在半空；阎王的脸谱奇妙地放射……吴钢这种创造性的拍摄，被曹禺大师誉为"美在流动中"。的确，摄影家的巧手能使静止的剧照流动，在流动的画面中展示京剧之美。

此书内容多数是京剧的剧照，也有一部分拍的是地方戏。中国的剧种丰富多彩，约有三百四十余种，现存二百几十种。

昆曲为百戏之祖。越剧、豫剧、川剧、粤剧，在20世纪中叶曾有"四大地方戏"之称。古老的梨园戏、秦腔、赣剧、徽剧、晋剧、湘剧……新兴的黄梅戏、评剧、沪剧、曲剧、吉剧、龙江戏……星罗棋布，各有特色。吴钢精选了潮剧、黎剧、河北梆子、河南曲剧等八个地方戏的剧照。他尤其对川剧丑角情有独钟，一举收进周企何、周裕祥、陈全波三位川剧名丑的四出喜剧。仅是《迎贤店》一折，他就破例用了六张系列剧照细致表现"店婆"的各种嘴脸姿态。四川人天性诙谐，语言生动幽默。川剧素以喜剧见长，常由丑角担纲，俗中寓雅，丑中寓美。当年川剧四大名丑，造诣与声誉皆在川剧四大名旦之上。"文革"之后，改革之初，四川首倡"振兴川剧"，全国随即响应。我记得，吴钢就是在那段时间入川观摩，把老艺人拿手好戏的最后肖像保留在胶卷上。例如陈全波的《做文章》，老艺人年近古稀，扮演纨绔子弟。京剧称谓"方巾丑"，川剧称谓"红衫丑"。阔少爷不学无术，握笔发愁长叹："做文章比生孩子还痛苦。女人生孩子，肚子里有，本人做文章，肚子里没有！"无奈，只好命令卖身为奴的书童充当"枪手"，代替主人作文交卷。此剧的故事、台词、动作，一般摄影师少见罕闻。但出身梨园世家的吴钢，受父母影响，与川剧名家有交道。他对《做文章》大抵了如指掌，才会胸有成竹，十分准确地捕捉住剧中人对称而反差的一瞬间。一人正面，一人侧身；一人歪嘴，一人静观；一丑一俊，一愚一智。构图均匀而略有倾斜，对比鲜明而含有褒贬，真是一幅难得的传神剧照。

如此珍贵的剧照不止一幅，现已聚成一集了。

人生如戏，岁月如梭。摄影家吴钢已过中年，影中人何在？几人犹存？几人作古？几多绝唱？几许知音？新新人类抛弃古典，对祖国戏曲瑰宝无知无情。倒是定居国外的吴钢未忘使命，推出这一集文史价值与艺术水平俱高的舞台摄影珍品。祖光先生灵魂不昧，当与泉下老友，诸位戏曲名家，含笑共赏生前留影。

他们的大名是：俞振飞、袁世海、李万春、侯玉山、历慧良、新凤霞、关肃霜、童芷苓、赵荣琛、周企何、周裕祥、陈全波、王传淞……

2007年清明时节雨中题记

粉墨丹青

粉墨喻戏曲，丹青喻国画。我是门外谈画，案头写戏；深知戏曲，浅识美术。

昔年与戏画大师关良、马得、韩羽有缘。拙作川剧《潘金莲》到上海、南京公演，关良、马得二老分别观剧，现场挥笔作画。韩羽仁兄更是垂青，把笔者本人画进戏里，阻拦武松杀人，保护躲到我身边的潘金莲！

在四川，我认识爱画川剧的张鸿逵、王双才、叶久明等画家。当流行歌坛狂热，快餐文娱暴涨，戏曲门庭冷落之际，老友黄光新和画家王双才退休之后，笔耕不停，自费出版画册《观图说戏》。我曾作一副长联咏叹此事。

电脑王朝，荧屏世界，取代戏曲鼎盛春秋。无数红男绿女，疏远梨园，都不知唐三千，宋八百，生旦净末丑。潮流所趋，且随他潇潇洒洒玩时髦，追的是青春偶像，迷的是碧草球场，疯的是金牛股市。狂狂狂，彩票狂今宵彩梦；

茶馆天地，家庭生活，迎来麻将复兴岁月。几个皓首白丁，懒修方城。却偏爱慢一字，快二流，昆高胡弹灯。初衷不改，亏得你认认真真爬格子，写出了锦绣文章，绘出了霓虹脸谱，赔出了夕照工资。恋恋恋，黄昏恋昨日黄花。

如今，老友已逝，黄花依旧。我取长联的主要意蕴，转赠给大洋彼岸热爱戏曲，勤绘戏画，丰收硕果的画家段昭南。

中国戏曲式微，令人三叹有余哀。马得先生临终时，最大的遗憾，就是他这戏画艺术没有继承人。"现在喜欢看戏的人实在太少了。不喜欢戏，又怎能画出戏来呢？"

千禧年后，我在湖南岳麓书院、香港凤凰卫视世纪大讲堂两处演讲《当代中国戏剧之命运》，侧重忧患中国戏曲的前途，引起全国戏剧界一场大讨论，促进同人直面严酷的现实，推动吾辈寻求可行的途径。苍天不负苦心人，近年国内戏曲状况有所改善；一些剧种，一些剧团的上座率有所回升。当此戏曲乍暖还寒时节，出现旅美画家段昭南在海内外举办戏曲人物画展。一次又一次，一浪高一浪。真是可喜现象，具有特殊意义。

段昭南：白族，云南段氏贵胄后裔。祖籍大理蝴蝶泉边，出生蜀川锦官城内。曾供职金陵石头城中，现侨居美国旧金山侧。在大陆写过戏，出版过剧作集。在硅谷办过小红花美术学校，门前桃李成材。原任南湾艺术学院院长，现任硅谷美术馆馆长。

与我等偏居一隅的梨园子弟相对而言，昭南已是一派洋气了。

难能可贵者，身在美利坚，魂系红氍毹。遥遥远离故土十万八千里，念念不忘中国戏曲舞台一亩三分地。恋京剧，梦昆曲，爱川戏，想柳琴……达到痴迷程度，一日不可无此君。用他的习惯语言说：日常的"作业"，就是画戏曲。十几年来，他这"作业"，聚沙成塔矣！

我与昭南十年前建交，但昭南对我神交已久。据他说：早在20世纪80年代初期，拙作《巴山秀才》到南京巡演，他就把作者与剧中秀才合为一体，视为"偶像"了。不敢当，时髦流行"偶像"一词，我向来不愿苟同。按照我的语汇，段昭南很早就是《巴山秀才》的知音。一曲高山流水，琴声缭绕多年。恰巧，他的表兄龚焰祥也是我的知音，在成都与我过从甚密。乙酉年仲秋，经焰祥先生牵线，趁我赴旧金山开会之机，昭南接我到他硅谷家中小憩。一见如故，彻夜长谈。话题一涉戏曲，昭南眉开眼笑，手舞足蹈，状如顽童，给我留下深刻印象。

癸巳蛇年盛夏，无锡市举办"段昭南百出国剧戏画展"。我应邀专程去太湖观画，也是我初次系统地欣赏昭南水墨作品。满墙京剧，满目琳琅。其中，两幅长卷《龙凤呈祥》《群英会》画如其名，人物众多，英姿荟萃，场景恢宏，特别引人注目。借用一句企业豪言：段昭南立志要把戏画这个项目"做强做大"！

果然，壮志落实于行动。他以井喷式的创作激情，波浪式的推进举措，连续在旧金山、北京、广州、宜兴、淮安等地举办"段昭南梅兰芳戏画展""段昭南红豆墨韵戏画展""段昭南60出柳琴戏画展""段昭南淮安三杰戏画展"……这波浪推到巴山蜀水，涌到盐都灯城。丙申猴年春节前后，昭南在硅谷家中闭门挥毫。三十余天，绘成百幅"魏明伦剧作"戏画，同年仲夏在四川自贡展出。这次画展的内容，囊括我所写的十部大戏，还延伸到我少年时代演过的一批小戏。由于我是"画中人"，促使我比所有观众更加细致地欣赏昭南戏画，进一步加深了对他作品特色的理解。

我认为，段昭南戏画特色之一，是把传统戏画的小件扩为大件。传统戏画，多是斗方、小品、插图、速写。昭南破格，扩为大幅长卷。我见到的起码四尺，甚至大到11张宣纸。一幅戏画贴满一堵墙，蔚成壮观。写到这里，不禁联想一件往事。20世纪80年代末期，我在香山，曾听叶浅予先生评价一位著名人物画家的作品是"连环画放大"。当场我就独立思考：连环画放大，不就是一种探索创造吗？

昭南戏画特点之二，是数量巨大，量中求质，高产丰收。从1986年起至今，他在中美多家报刊开辟二十几个"段昭南戏画专栏"，发表上千幅戏曲人物画。近年更加勤奋笔耕，屡办画展。新作动辄百幅，累集多少，不计其数。

昭南戏画特色之三，是画中有"我"！前辈戏画家马得自白："我的戏画，是要画唱戏人的想法和感受。"段昭南的戏画，却是要画他自己的想法和感受。这种画风近似关良、韩羽，是以画家的主观印象和想象，去"改造"客观人物的形象。夸张、变形、抽象。正如我旧作咏画对联："绘成抽象超形象，画到昏时是醒时！"

昭南戏画特色之四，是"画"戏曲而"化"戏曲。戏曲的艺术本质是假定性，写意性。国画的艺术本质亦是如此。昭南以简代繁，以虚拟实，以神似胜形似，以水墨趣味传人物神韵。把国画和戏曲，粉墨和丹青这两种"国粹"的假定性，写意性结合起来，这便是"画"戏曲而"化"戏曲。

话说回来，丹青与粉墨，从前各有千秋，当今却炎凉变迁，处境悬殊。国画是热门，戏曲是冷门。丹青飘红，粉墨褪色。经济效应，更是云泥反差。我曾戏言，美术家协会是富翁协会，戏剧家协会是贫农协会。锦上添花，到热门里沸腾；雪中送炭，到冷门里加温。

痴迷戏画的段昭南，正是从热门奔向冷门的送炭人！

寻找关汉卿　呼唤成兆才
——记两首没有上市流行的歌词

一

我曾经向几位荣获戏剧"梅花奖"的青年试问点滴文艺知识,回答使我颇感悲哀。几朵"梅花"都只知关之琳,不知关汉卿;只知成方圆,不知成兆才。

此文开篇,先得向一些年轻朋友作一番 ABC 似的介绍。

关汉卿:元代杂剧作家,中国古代戏曲创作最杰出的代表人物。大都(今北京)人。早年曾做太医,一生未当官。寄身梨园,浪迹青楼,嬉笑怒骂皆成戏文。写作《窦娥冤》《救风尘》《智斩鲁斋郎》等六十余种剧本。揭露封建社会黑暗腐败,矛头直指皇亲国戚、贪官污吏、衙内公子、地痞流氓。敢为受害平民百姓鸣冤雪恨,尤其是同情民间妇女的苦难遭遇,歌颂她们的斗争精神。早被元代野史《录鬼簿》列为"梨园领袖,杂剧班头"。1958 年被世界和平理事会定为"世界文化名人"。

90年代初,天津电视台筹拍电视系列片《寻找关汉卿》,特邀我撰写主题歌词。那时我手头正忙,推托不谙影视高深,岂敢班门弄斧。自谦婉辞之后不久,我为电视连续剧《淮阴侯韩信》所作主题歌词《十面埋伏》播出,反响极为强烈。引得天津电视台导演俞炜再下决心,不惜多次函电敦请曰:"《寻找关汉卿》主题歌词非君莫属。"

盛情难却,使我想起田汉先生力作话剧《关汉卿》里一个动人的"约稿"情节。女伶朱帘秀鼓励关汉卿大胆写作杂剧《窦娥冤》,甘愿与剧作家风雨同舟:"你敢写,我就敢演!"关汉卿回答红粉知己:"你敢演,我就敢写!"

催我动笔的俞导演,却是一位早生华发的老大哥。我拨通长途电话,慎重告诉他:"古称《史记》是无韵之《离骚》,我争取把歌词写成有韵之杂文。很可能是'麻辣烫'啊!你会不会是叶公好龙呢?"

俞炜慷慨陈词:"你敢写,我就敢用!"

我拍案应诺:"好,你敢用,我就敢写!"

于是,我挥笔蘸满激情,苦吟出歌词《寻找关汉卿》:

忧患出杰作
愤怒出诗人
世上波澜涌笔底
民间疾苦入戏文

一曲窦娥冤
千古关汉卿

升官图上无踪影
录鬼簿里占头名
问少年朋友追星族
可知这中华英才
梨园巨星

江山换年代
美丑贯古今
贪官污吏没绝种
土豪地痞又横行
再斩鲁斋郎
重演救风尘
阳光之下有阴影
浮世更需秉笔人

向众里寻他千百度
何处有前辈灵魂
当代汉卿

二

　　无独有偶，去岁正当纪念成兆才诞辰一百二十周年。某地方电视台为此筹拍电视连续剧，也邀我撰写主题歌词。
　　成兆才：近代杰出的戏曲作家，评剧的主要奠基人。原籍直隶涞州（今河北滦南）。出身贫苦农家，曾为地主佣工。初以"东来顺"的艺名搭班,走乡串镇演唱"彩扮莲花落";后带班子进城,逐渐创始评剧。他创作改编剧本一百余种,培养大批优秀演员。其代表作《杨三姐告状》《花为媒》等,反映人民心声,抨击邪恶权势,具有激进的民主思想和浓郁的乡土特色,被誉为"民间戏圣"。

成兆才与关汉卿类型相似,题材略同。以我一支秃笔,刚作歌词吟罢"杂剧班头",再用歌词形式重唱"民间戏圣",这就犯难了。弄得好是姊妹篇,弄不好是一道汤。接不接这个活儿呢?我把犹豫心情摊给约稿人。

他是我神交已久,却未谋面的剧界同人。这次受电视导演委托,约我加盟写词,遥隔千里打电话,特快专递寄剧本……迫切之意与天津俞炜导演催稿相仿。也是从《十面埋伏》谈起,又是以"非君莫属"定局。又一次盛情难却,我只好潜心钻研剧本,领会"戏圣"精神。十集电视剧内容丰富,线索纵横。我理顺思路,调准视角,发觉贯串全剧的主线和主脑是民间戏圣与其代表作《杨三姐告状》的成因。成兆才逆境创业,苦海弄潮,岂止一颗敬业心,更有满腔正义感。他长期积累素材,一朝瓜熟蒂落,敢于将生活中轰动社会的命案新闻搬上评剧舞台,加以艺术再创造。为屈死亡魂喊冤,替告状民女壮胆,因此触犯盘根错节的邪恶势力网,迫使黑暗的统治当局下令禁演《杨三姐告状》。屡演屡禁,屡禁屡演。成兆才为《杨三姐告状》及整个评剧艺术牺牲了家庭幸福,付出了血泪代价,终使好戏流传至今,依然震撼人心。

我如闻其声,如见其人。我呼唤成兆才,成兆才呼唤我。回音交响,灵感奔腾,快笔挥洒,细心锤炼,拨通长途电话,

向约稿人口述歌词《民间戏圣》:

莲花落　戏摇篮
根子深深扎民间
真话来自老百姓
戏圣出在草台班

老百姓　草台班
好人一生不平安
看戏娱乐唱戏苦
禁戏横蛮写戏难

唱戏苦　写戏难
知难而上又开篇
倾诉民间血和泪
揭露官场骗与瞒

哪怕是砸了笔砚
摔了琴弦
割了喉管
断了舌尖
禁不了好戏流传
防民之口如防川
禁不了好戏流传
余音绕梁到今天

三

两首歌词分别交卷，两地约稿人都表示满意。这里不去赘述验收歌词时那些赞语和诺言，总之君子协定，我没设防。

殊不料从此杳如黄鹤，后果茫茫……

最近获悉：电视系列剧《寻找关汉卿》经费告急，筹款无效，早已停拍散伙。皮之不存，毛将附焉？我那歌词，当然伴随剧组搁浅。

经济制约文艺，巧妇难为无米之炊。俞炜老大哥有苦衷，我可以宽容，并替他痛惜前功尽弃。

"关汉卿"夭折，"成兆才"怎么了？那部电视剧现已播映，但特约的拙作歌词早在开拍之前就被剧组一笔勾销了。不给词作者商量一下，至今也没打任何招呼，作风真够霸道矣！那么，换了一首什么高明的主题歌词配给民间戏圣呢？且看荧屏片头推出导演自作通用于一切言情套子的歌词：

你允许不允许，我这样倾心爱着你。
你允许不允许，我用一生来伴着你。
你给了我一个梦，一个亘古不变的话题。
你给了我一个梦，牵着我走回青春的故里。
三千百度风霜雪雨，挡不住我一步步走近你，
千万里险滩浊浪，捧给你一个挚爱的奇迹。
谱写一首生命长歌，掏一颗心告诉你。
日里梦里想你念你，你允许不允许。

敬请略有文化的观众将两首歌词对照比较，客观评说哪一种笔墨才是体现了民间戏圣成兆才的主题特征。

可悲的是，如今以成兆才为题者，未必真正理解民间戏圣的精髓，更难在作者自身敢于继承发扬关汉卿、成兆才不畏权势的铮铮风骨！文坛艺苑面临世纪交替，虽然喜看升平歌舞，亦应有任重道远之严峻忧患。既需要"小妹妹坐船头"式的晓风残月，更需要"前辈灵魂，当代汉卿"式的大江东去。可叹黄钟毁弃，瓦釜雷鸣之倾向遍及文化领域，岂止两首电视剧歌词乎？

1996 年 2 月 23 日

文思·艺绪

思辨的艺术

一

军人以服从为天职。上级指向哪里，下级奔向哪里，必须保持高度一致。

杂文家却最不宜搞"军事化"。杂文家的天职，正在于必须不盲从。

优秀的杂文家以思辨为己任。凡事问个为什么。请注意"凡事"——没有任何例外讳言之事。

杂文家应如科学家。科学家头脑里乃是"三无世界"：无禁区，无偶像，无顶峰。

我习作杂文，还自求"三独精神"：独立思辨，独家发现，独特表述。杂文的艺术形式至关重要。如果缺乏独特精彩的表述方法，纵然经过独立思辨而有了独家发现，也说不清，道不明，绘不出声，描不出色。如同茶壶里装汤圆——徒有精华美味在内，从壶嘴倒出来的只是白水。

二

人人必需用商品，文人必须有作品。

世人对商品的要求是"含金量"多少。

本人对作品的要求是"含真量"如何。

写戏文需要真情实感；无真，即无善无美。写杂文的要求就更严了，写杂文应该是说真话的同义语。

那么，首先要弄清楚何为真话？何为假话？

妇姑勃豀，骂街操娘，互揭隐私于光天化日之下——这算是讲真话吗？

纪晓岚无聊，陪乾隆皇帝解闷，自我坦白昨夜与老妻"敦伦"一次，即做爱一回——这算是讲真话吗？

教师英年暴病，确诊癌症。医生嘱其亲友勿将真相告诉患者，而患者早已自知，反向亲友佯装轻松。彼此隐瞒，互相安慰。如果有人唯恐患者不死，恶意当面揭穿绝症——这算是讲真话吗？

小贩兜售盒饭，顾客掏钱购买；插问小贩，为何叫卖之声有气无力？小贩不瞒顾客，实说已饥饿三天。顾客再问为何不用所卖盒饭充饥？小贩四望无人，向顾客耳语：饭是馊的——这算是讲真话吗？

以上一地鸡毛蒜皮，不属于我所检验的真话假话范畴。

所谓"含真量"如何，是指历史风云，社会波涛。近者，例如某些地区性的腐败黑幕，反贪过场，法治表演；远者，例如某个星球上的"反右"冤狱，"谎祸"闹剧，"文革"血泪……

三

　　说来令人难以置信,当代日本大多数青少年竟不知其上辈"皇军"还有一部侵略中国的血腥兽行史!更不知道那场罪恶战争的发动者和指挥者,正是他们至今仍在崇拜的神圣偶像——天皇万岁!

　　这得归"功"于日本政府战后五十几年从小学教科书到国家宣传导向都用"淡化"的手段隐瞒侵华真相。日本人真是向前看,决不纠缠历史旧账。在高速发展经济,振兴大和民族的同时,完整保持军国主义天皇万岁偶像。一旦时机成熟,太阳旗下的疯狂浩劫将会重演。凡是对血浇泪铸的历史悲剧讳莫如深,那就意味着将来还有"好戏"看!

　　无论是隐瞒侵华战争,或是掩饰"文革"罪行,都是对人类说假话!都在预告死灰可能复燃!

　　罢了!打住!鄙人酒后失言,还是不说为好。

四

　　有时候,"不说为好"比"实话实说"更加耐人寻味。

　　有一出古装戏曲,名叫《颠倒乾坤》。主角是一位敢于直谏的铁笔御史,欲向皇帝万岁实奏国家危机。御史夫人阻挡,预言老公此举必遭倒悬之灾。御史坚信万岁爷英明,必会听取真话。两口子抬杠,打赌:后果真印证老婆预言,老公头脚倒置回家认输。

喜剧演下去，说真话的下场果然是砍脑袋。临刑之前，御史不忘打赌诺言，恳求万岁准许他头脚倒置，遥向贤妻认输。仁慈的万岁满足死囚愿望。死囚谢恩，头脚倒立，往外一看——

万岁爷与刽子手问他倒着看见了什么？

这时，观众料定这位坚持讲真话的铁笔御史必会最后点出剧名，说他看见的是"颠倒乾坤"！

不料此公一反其常，摇头几下，苦笑几声："哈哈，还是不说为好！"那一出戏就这么结束，我这本书就这么开头。

2000 年 12 月

文学与自我

这个圆溜溜的星球上，人类堆积太多，只好用几何板块划分人的脑袋。矮子们往往把自己弄丢了，又常常不甘示弱，像拿破仑一样踮起脚，躁动着，呼喊着，想把自己寻找回来。

我比拿破仑的个子还矮，只与鲁迅、曹禺身材相当。反复衡量，没力气玩枪，有条件摸笔，于是便操了文学。

文学就是我，七情六欲皆有，强烈度超过一般人。多梦，神驰八极，喜欢自由自在，第六感觉特别敏锐：风吹竹，雨打萍，疑是民间疾苦声。联想无边无际，没完没了，越是讳莫如深之事，越想弄个水清石现。

文学应似我，不搞现代迷信。文学使人陶醉，迷信使人麻醉，两者都能引得芸芸众生着迷，但迷的后果大不相同。低档的文学也比高档的迷信更好，出一大群金庸迷、琼瑶热有什么要紧？

文学是狡黠的情人，话不说透，让你自个儿猜测。她用遮掩来突出，用省略来增添，用一支鹅羽在你心尖上轻轻撩拨，撩得妙不可言，撩得人用呻吟来表达快感。

文学是调皮的小孩子，不踱方步，爱跳，爱跑，有时跑出格去，被人揪着耳朵抓回来，挨一记耳光仍不老老实实，一眨眼，一溜烟，又跳出了跑道的白线。

文学是唠叨的老奶奶，成天发牢骚，看不惯的事儿可多呢。她嘴上骂着，心里疼着，不断数落，不断干活。

文学不是50年代人人皆适的干部服，是80年代时装展览会的模特儿。专门从事"喜新厌旧"，比陈世美勇敢，毫无内疚地遗弃布衣荆钗，并且不满足金枝玉叶，一夜之间轮换三千粉黛，公开反对"从一而终"。

文学不是老少咸宜的白水饮料，是我家乡土产的五粮液，文明者喝了更加文明，不文明者喝了也许更不文明，难免有"副作用"。有人借酒装疯，有人酗酒误事，罪过不在酒厂酒家。

诚然，国家兴亡，文学有责，然而能力有限。抒情咏志，顶多几句逆耳之言，信不信由你。文学不是武学，绝没有铁腕陷铜驼于荆棘，更没有巨手挽狂澜于既倒，做不了救世菩萨，当不了乱世奸雄。吾国十年取缔文学无伤宏旨，吾民十天不吃饭就得饿死。世间没有文学，没有我辈书生，人类照样吵架、斗殴、杀人、打仗；也照样邦交、社交、性交、繁衍子孙……只不过少了一些情趣，多了一点枯燥而已。

啊！我从文学中寻找到自己。

在千姿百态的文学"瞳仁"里，反映出一个风格独特、性格模糊、资格浅薄、有为而无能、可爱而可恶、瑕瑜互见、美丑混杂的"我"！

1988年6月

我 "错" 在独立思考

近年一些介绍我的文章，往往出于好心，隐去鄙人"阴暗面"，专讲幸运儿。仿佛是头沐春光，脚踏锦绣，一帆风顺走上剧坛。有的评论者，说我能写戏是由于自幼唱戏，熟悉舞台；比较了解我者，则说是由于从小自修，熟悉诗文；更具眼光者，发现我是个"杂种"——艺人和书生集于一身，兼备两种"童子功"……以上各有道理，本人甘苦自知，补充"交代"：我之所以现在勉强能写几个剧本，原因是很早以前就开始对戏剧，不！对人生保持了那么一点"独立思考"。

这个词儿，近年已无贬义；可在三中全会之前，在"十年浩劫"之中，在批判《武训传》之后，"独立思考"似乎是"脑后生了三根反骨"的近义词，谁沾上谁倒霉！我就因此铸成大错，误了前半生。

中华人民共和国成立初期，我刚十岁，早已粉墨登场，小乖而已，决非天才。只有两个优点：一是唱戏之余总想看书，二是看书之间总爱联想。例如演出《潘金莲》，我扮郓哥，台前卖梨儿，台后捧着郭老的《少年时代》，读到少年沫若单恋嫂嫂,不禁与台前潘金莲单恋小叔子挂上钩来。异想天开,便去问我那搞编剧兼司鼓的父亲:"潘金莲如果遇上郭沫若,叔嫂关系又会怎么样?"这问题涉及政府伟人,吓得谨小慎微的家父连忙制止。一顿臭骂使我没法再问,只好去"独立"思考。据老师们说,我过早倒嗓,尖音一去不返,正是对这类问题"醒"得太早、想得太多的缘故。

性早熟无伤大雅,过早思索社会人生就危乎险哉。记得斯大林逝世,剧团召开追悼会,奏起《国际歌》:"从来就没有什么救世主,也不信神仙皇帝……"我的童心略感悲怆,跟着老师们默哀。忽然,有人放声干嚎,像麻五娘哭丧的"调门"!有人当场昏倒,像皇帝驾崩,臣民昏厥的"身段"!有人跪地呼"斯大林万岁",竟与《国际歌》词发生尖锐矛盾!我的小脑瓜里迅速闪过一丝"独立"思考——这不是做戏吗?是表演啊!当时,肯定也有人和我一样反感,但都比我世故,不像孩子有感必发。我忍不住破涕为笑,两声哈哈,大逆不道!一位身穿黄军装的导演厉声斥责:"这娃娃没有无产阶级感情!"家父吓坏了,当时挥拳便打,我拔腿就逃,父亲穷追不舍,爷俩沿着剧场椅子兜圈儿……

现在回忆起来,我当时真不该笑,是错了。可有些老师同志们那种"感情"是否属于无产阶级也须待考。中国的文盲艺人,对外国的斯大林缺乏深透了解,真情实感不多,悲戚则合度,昏倒则矫情。那情景,与周总理逝世时,国遭大难,党处危急,人民切肤之痛,由衷之悲大不相同!后者真实,前者虚假。几千年遗留下来的封建观念,新中国成立初期变相继承,一些老师把马列主义视为宗教,把苏联领袖供为佛祖,把追悼会开成近似迷信葬仪。不客气地说，更有人趁机"表演"以示信徒虔诚，意在给领导留下可靠印象，为入党入团创造阶梯！难怪咱们后来大跳"忠字舞"，盲从的根子早在50年代初期就培植了。

本人正因从小反感迷信，成年越发"思考"，所以屡罹文祸。1957年饱受批判，已够右派分子水平，幸而未到公民年龄，戴不上帽子，罚往农村劳动三年。"四清"运动划为四类，"十年浩劫"打入牛棚。棚内同犯此去彼来，时而"走资派"，时而"造反派"，反复变换阶下囚和座上宾的位置。我则一派不沾，长期受审，各派统一定性曰："魏明伦是死硬了的牛鬼蛇神！"

我自身充满矛盾——思想非常敏锐，但感情脆弱，行动怯懦，见手铐变色，闻死刑丧胆，经不起专案组文攻加武斗，只得老老实实交代历年来的"独立思考"。苟全性命于乱世，那副窝囊相，真是不堪回首……俱往矣，幸赖三中全会的政策逐步落实，书生报国有门，辛勤笔耕，力争一年一戏，一戏一招。去岁赴蓉公演新作荒诞川剧《潘金莲》，又遇见那位知道我老底的导演。阔别多年，从他眼神中，我看出一句潜台词："这娃娃'洋起来了'！"是啊，时代变了，我能不变吗？性格从脆变韧，行动从怯变勇，但有一条没变，依然坚持"独立思考"的习惯。

譬如《潘金莲》，四川一些同行刚听题材就摇头，严肃地告诉我：周总理早在60年代就批评了欧阳予倩20年代旧作《潘金莲》，盖棺定论，这人物不值得写，别去碰枪口！我一面恭听,一面思考:不是刚宣布"上下五千年,纵横几万里"都可以写吗?怎么又划禁区了呢?潘金莲比西太后的罪大么?连西太后都可以写成初具良知、渐变万恶的女主角,又未尝不可以揭示潘金莲由单纯到复杂、由挣扎到沉沦、由无辜到有罪的悲剧主题呢?关键不在写什么,而在怎么写吧!欧阳老对潘金莲始于同情没错,如果有错,是错在终于歌颂。我取舍欧阳老的得失,站在80年代新角度重写《潘金莲》,始于同情,终于惋惜,大约不会违背历史唯物主义和辩证唯物主义的基本观点吧?可是,成都几位批评家视而不见两个《潘金莲》主题的区别,断言凡是周总理否定了的题材都不宜搞,再搞就是与总理指示唱"对台戏"!这顶帽子够大了!

曾经沧海难为水,当头棒喝不但没有轰退"老运动员",反倒敲出了我又一条独立思考:这不是在搞第三个"凡是"么?

我尊敬周公,但周公也是人……下一代当然要继承他的美德,但再也不能延续他的悲剧了!

我辈既称"探索者",就得冒险走向前人没有走过,或走了几步又被唬回来了的不毛之地。所谓"改革",就得首先改革我们民族的盲从性。戏剧观念的更新,必须附丽于人生观念的更新。雕虫小技,消除不了戏曲与青年的"代沟"矛盾。历史观、道德观、权威观、价值观、未来观……总而言之,人生观依旧是老一套,戏剧观安得不随之老矣?

说来惭愧,我是个拿不出小学文凭的习作者,安敢妄称剧作家?我知道,出色的剧作家应是出色的思想家,没有惊世骇俗的思想就写不出惊世骇俗的作品!本人离此标准尚差十万八千里，但是我不望而却步。千里之行，始于足下，在良师益友的前引后扶之中，在红眼小人的明枪暗箭之间，攀登、摔倒、起来、攀登……首都一家出版社给我寄来一张表格，其中一栏是"你的格言是什么？"遵嘱填上，我的格言是——

我不迷信一切格言！

1986 年 3 月

仿姚雪垠法　致姚雪垠书

姚雪垠先生：

　　阳春三月，有幸识荆，于全国政协会上同一小组参政。窗外万木复苏，室内众议成林，唯先生沉默寡言，似有隐衷？出入则超然独行，小憩则大厅孤坐，野鹤闲云，做哲人沉思状。在下揣度：哲人大辩若讷，必有古道热肠。所思所虑者，大抵是物价涨落、教育兴衰、人口增减等为民造福、为国分忧之公事。民间疾苦，必将化为姚老笔底波澜。后生小子忝列新委员，理应仿效老前辈大公无私楷模，十分珍惜会议黄金时间，围绕老百姓迫切关心的议题多添砖瓦。否则尸位素餐，开会不为民做主，不如回家卖红薯。

　　今日偶翻《文汇月刊》第六期，拜读姚老致该刊洋洋一万五千言尺牍。据先生自称，此系"利用"全国政协会议黄金时间精心制作。原来姚老当时所思所虑与众多委员所作所为不尽相同，乃是谋算如何找刘某某打私人官司。

　　刘某某何许人也？我素昧平生，不是他的"哥儿们"。《文汇月刊》何许刊物？我粗知梗概，却无来往，不是该刊

"老作者"。姚老则与我略有缘分，牵着一点瓜葛——曾记否？远在刘再复"诽谤"大作《李自成》之前，姚老早就对鄙人拙作《潘金莲》公开"诽谤"！我付之一笑，未曾介意。原以为区区文艺作品，并非巍巍宪法，读者论者或褒或贬，悉听尊便。即使贬得一钱不值，也属于见仁见智，乐山乐水，百家争鸣范畴。今读先生奇文，大彻大悟，始知文艺竟有"老王卖瓜，自卖自夸，谁敢贬瓜，谁就犯法"之诉讼条款！多承指教，愿附骥尾，照着葫芦画瓢，仿姚老法，致姚老书，青出于蓝，不知胜于蓝否？

1987年4月，香港影视剧艺社移演拙作《潘金莲》，本人应邀访港观剧。新华社香港分社为此举办记者招待会后，是夜华灯初上，亚洲电视台突然播映姚雪垠先生在北京的演讲实况。荧屏辉煌，姚老"亮相"，声色俱厉，横扫千军。其中，点名"诽谤"本人著作之处，极少学术分析，多是霸道判词，甚至辱骂本人剧作"胡闹台"！港人闻之哗然，港报传为笑柄；可笑者不是巴山小秀才，皆笑堂堂老作家，嘴巴不干净，有失大将风度。对照刘再复评论阁下的所谓"谤"语，大巫在前，小巫逊色矣。

抚今思昔，岂能只许州官放火，不许百姓点灯。时代不同了，两个"凡是"一去不返，纵是伟大领袖特别优待的人物，也应"法律面前人人平等"。阁下自视特殊，欲以刀笔代文笔，以讼案代争鸣，不惜自举词条，自搬语录，自诩杰作，自拟法规……此理若能胜诉，我亦不妨佯狂效法——夫《潘金莲》者，何等轰动之戏曲也！业经若干文坛权威赞赏，又经某某中央首长点头，唱进中南海，蜚声太平洋，伦敦翻译，中国台湾也出版,"小百科全书"如此如此,"魏明伦词条"这般这般。谁敢贬我"胡闹台",谁就犯我著作权、荣誉权、名誉权、这样权、那样权……等因奉此,起诉备案。姚老面对刘某是"原告",面对魏某便是"被告"。前案君若胜诉,后案请君入瓮;反之,后案君若有道,前案还治其身。姚老岂不陷入悖论,搅成一锅粥耶?顺带提醒:近年被先生贬过、"诽"过的作者、作品似乎不少吧?倘成群结队而至,先生官司应接不暇。

以上戏言耳!彼此都不会动真格的,神圣法庭怎会受理这笔糊涂账。先生博学广闻,遥想当年顾颉刚教授控告周树人,徒具词状,终未开庭。迂夫子文笔技穷,乱搬刀笔恫吓对手,貌似强硬,实为虚弱。文人妄充法人,口中越是念念有"法",内囊越是没有"法子"了。往事如烟,已成后人消夏谈资,姚老何苦再添笑林佐料。别筹划打什么官司,还是回到文论轨道上来。据我愚见,《李自成》仍不失为当代文学史上较有价值的佳作。凡写崇祯、洪承畴、张献忠等篇章不愧精彩笔墨,但主角李自成确有"高大全"之弊,老八队亦近似"老八路"矣!姚老若能让人臧否,总结得失,于完成续篇,更上层楼不无裨益。夏夜烦闷,何不推开书斋窗户,透透新鲜空气,看看新时期新人新作,听听海内外反响共鸣……中华民族几千年痼疾,社会主义几十年坎坷,马克思的局限,毛泽东的过失,尚且容许这一代老百姓反思,难道阁下三卷小说竟比五卷雄文更加完美无缺乎?

大江流日夜,代谢成古今,后辈固然应当敬老,老人亦当自爱。高山仰止,瞻望巴金、叶圣陶、沈从文、钱锺书、冰心、夏衍、艾青、萧乾、吴祖光、聂绀弩……皆姚老昔日师友，风雨故人。衮衮诸公之所以令人肃然起敬，不仅在著作等身，更在人品高贵，对世则忧患元元，对己则虚怀若谷。敬请扪心自问：当巴老病榻校阅《随想录》，担忧春寒料峭，"横扫"又来之时刻，姚老先生您正在做何事欤？幸喜江山无恙，暖和至今。晴方好，惜二三老人辞世。近读沈从文归真返璞寥寥数语遗嘱，不禁涕泪纵横，更悟桃李不言，下自成蹊也！

1988 年 7 月于巴蜀遥拜

帅才不及帝王术

——附电视连续剧《淮阴侯韩信》主题歌词

《淮阴侯韩信》摄制组：

遵约，呈上电视连续剧《淮阴侯韩信》主题歌词。

你们来信中对韩信悲剧的评价基本符合史实。未央宫冤狱，与风波亭冤狱不尽相同。韩信之死因，与岳飞、袁崇焕类型有所区别。韩信是天才的军事家，但不是成熟的政治家，更不是伟人典范。韩信好名，登坛接受刘邦拜帅，近似杨秀清接受洪秀全参拜。未央宫诛韩信虽是冤案，但也不乏韩信自身的致命弱点。后人同情他，却并不十分敬仰他。人们惋惜的是韩信的佼佼帅才和赫赫战功竟落得个"兔死狗烹，鸟尽弓藏"的下场。以历史唯物主义观点看：韩信与刘邦、吕后的矛盾，反映了中国封建王朝更替之间，开国帝王与开国元勋始而互相依存，继而互相戒备，终于无情屠杀功臣的普遍规律！

历代咏叹韩信的诗词歌赋多矣。如今为电视连续剧《淮阴侯韩信》作主题歌词，难在突破古人诗词境界，开拓崭新意蕴。

我试图以子之矛，攻子之盾，用韩信著名战术"十面埋伏"为歌词主语，反溯这一战术发明人自身的命运。韩信每打一次胜仗，即为自己的下场预设了一次埋伏。拜将台埋伏着断头台，封侯路埋伏着葬身路。"十面埋伏"扩大成百面埋伏；而埋伏何止在战场？埋伏贯串于旧中国封建王朝二十四史！

如此命意，是否比古诗咏叹更为宏观？

另嘱：拙词敝帚自珍，电视剧用则勿改，改则勿用！

1991 年春初

附电视连续剧《淮阴侯韩信》主题歌词

十面埋伏

亮煌煌几页史书，
乱纷纷万马逐鹿。
雄赳赳一代名将，
野茫茫十面埋伏。
山埋伏，水埋伏；
将军战术传千古。
云埋伏，雾埋伏；
功臣末路断头颅！

疑兵疑阵在何处
战场埋伏、
官场埋伏、

朝廷埋伏、

宫廷埋伏……

帅才不及帝王术!

兵书不如圣诏书!

空留下《十面埋伏》古琴谱;

让后人评述,功过何如?

也说《水浒传》主题歌

电视剧风风火火之年，戏曲郁郁闷闷之时，"该出手时就出手"之歌流行，"你有我有全都有"之词普及。巴山小鬼复发杂文瘾，梨园小妖重做荒诞梦。谨以两首《水浒传》主题歌词并呈于冥冥之中。施耐庵、金圣叹二公泉下有知，宋江、林冲等梁山好汉英灵不昧，敬请穿越时间隧道，与当代读者一起评赏歌词。

第一首，是电视连续剧《水浒传》主题歌：

大河向东流，
天上星星参北斗，
生死之交一碗酒。
说走咱就走，
你有我有全都有，
水里火里不回头。
路见不平一声吼，
该出手时就出手！

风风火火闯九州。

这首歌,作曲与演唱特别精彩;作词虽然有些粗糙,内容虽然有些空泛,但附丽于优秀电视剧、优秀音乐、优秀演唱"三优"之中,水涨船高,综合成器。再经中央电视台第一套黄金时段传播,歌词警句"该出手时就出手"引起全社会共吼,适应各种人心态,龙蛇通用,善恶咸宜。贪官出手索贿,酷吏出手整人,小偷出手探囊,大盗出手劫车,暴徒出手打架,色狼出手采花,奸商出手宰客,奴才出手拍马,"公仆"出手争权,"公安"出手捞钱……都可以各取所需,心安理得歌唱"该出手时就出手"!哈哈,这种"黑色幽默"效应,大约不是歌词作者始料所及吧?

另有一首,是1998年间中央电视台文艺部举办《水浒传》戏曲晚会主题歌。播放时段较差,播放次数甚少,传播范围不广,鲜为大众所知。补录于下,以飨读者诸君,以祭梁山好汉。

　　水浒惊涛卷,
　　英雄怒火燃。
　　民间血和泪,
　　朝廷骗与瞒。
　　普天下百姓都有苦,
　　大宋朝官员多姓贪!

　　苛政猛于虎,
　　冤案堆如山。

效忠无门路,
仗义受刁难。
忠也难,义也难。
好人一生不平安。

悲歌慷慨啊,悲无用,
借酒浇愁啊,愁更添。
反也难,顺也难,
委曲求全也枉然。
忍忍忍,忍无可忍,
逼逼逼,逼上梁山!

请读者朋友平心而论,这首戏曲晚会歌词,是否比电视剧歌词更符合《水浒传》主题?是否更切中梁山好汉特征?是否更体现北宋时代的社会矛盾?是否更概括中国封建王朝官逼民反的历史因果?是否更揭示梁山造反始于被迫无奈,终于接受招安的必然趋势?是否更配合《水浒传》史诗的悲壮氛围?是否更有文学性,更有韵律感?是否更有美学厚度,更有典型意义?

正当我叹惜这首歌词未与电视剧结合而流行民间,只与戏曲做伴而难于传播;吾友A君以金圣叹逆向思维评说道:"假定这首歌词与电视剧结合而流行民间,被大众传唱,是否会引起更大的'黑色幽默'效应呢?"这话耐人寻味,应考虑修改歌词。例如:把"官员多姓贪"改为"官员少数姓贪"就行了吧?

1999年12月

考场思考

2002年全国高考之日，央视"实话实说"栏目主持人崔永元别出心裁，邀请三位特殊"考生"——科学家何祚庥、棋圣聂卫平以及在下魏明伦，于7月7日与全国考生同时应考。当天公布作文试卷题目《心灵的选择》，限时交卷。我灵机一动，以普通考生的语气，快速作出"心灵的选择"。

考试争分夺秒。考生我面对这么一道开卷才知的作文考题，心灵激荡，心绪矛盾，必须迅速作出选择。

考场鸦雀无声，我仿佛听见手表秒针嘀嘀嗒嗒催促。两分钟过去了，一个平日思考已久的质疑，这时突然可恶地跳了出来——作文的快慢，因人而异。同样是骚人墨客，学士文豪，有的擅长敏捷，出口成章，七步成诗，日试万言，倚马可待；有的擅长锤炼，袖手于前，挥毫于后，呕心沥血，琢玉淘金。敏捷如李白，锤炼如杜甫。快手有平凹，苦吟有路遥。皆一时瑜亮，无分轩轾。快刀斩乱麻，慢工出细活，互有佳篇，各有用途。作文临时公布考题，限定短时交卷，只能考核人的捷才，而捷才只是文才中的一种。文才，是个奇妙的综合体。

有的旋风快笔，半天所写与他半月所写作品的质量相差不大；而"久坐必有禅"的老辣手笔，半天与半月所写作品的水平竟有霄壤之别；一些胸藏真才实学之士，未必善于俄顷之间喷涌，展露本事！因此，前朝许多未得云雨的蛟龙，往往在科试场中名落孙山……

邻座女生一声轻轻叹息，寂静的考场更加紧张。别停笔，赶快写。

前天与同学争议的话语，此刻自然流泻笔下——

如果高考作文不是临场公布考题，如果不是限定短时交卷，那将成何体统？岂不乱套，弊端更多么？平心而论，相对而言，当代高考体制，不失为比较民主，比较科学，比较接近"德先生"与"赛先生"。凡事有利有弊，要看利弊多少。然而……（可恶的"然而"）我国能否再向德赛二先生靠近几步取经？有没有更加完善的考核方法？至少在文科，能否改进单以捷才取人，避免大量遗珠之憾？由此推论，体制改革应该与时俱进，更上层楼。这就需要成千上万独立思考之人群起献策，更需要决策者海纳百川……

啊！手表嘀嗒，越催越急。前座那位男生好像已顺利完稿，掩卷如释重负。我怎么办？难道真把自己独立思考的结果化为试卷交上去吗？涉及高考体制本身，作文破例，考卷带刺，以子之矛，攻子之盾。似乎不是上面出难题考我，而是我出难题考上面！啊呀，太险了。鬼聪明误我，我误爹娘，很可能扣分落榜！

矛兮、盾兮，自相矛盾，如何抉择？我忽然后悔，何不作文写一篇英模大话？何不动笔编一则时尚传奇？悔之晚矣，时间到矣。横下心肠，硬着头皮，向上交去本人一腔真话。

2002 年 7 月 7 日

抓　周
——再谈"心灵的选择"

从婴儿伊始，鄙人就面临选择。

吾家与梨园一贯有缘。有饶舌者传言，我一岁"抓周"，先抓着彩色蜡笔，忽又扔掉。拾起唱戏的纸人儿，小手抓紧不放。

这传闻纯属无中生有，奶娃娃"没心没肺"，只是"跟着感觉走"，哪有什么"心灵选择"。

父亲预测我是天生的戏剧坯子，替我安排命运。我只读了三年小学，没毕业就"下海"唱戏，挣钱养家，年方九岁。这一次我有"心灵"了，但择不由心，由父亲做主：父亲也择不由心，为生计所迫，只好违心让孩子失学。

如果说，早熟的我也有心灵选择的话，那是在潜意识里不知不觉渐渐倾斜。台上扮演生净末丑，台下自修诗词歌赋。淡化粉墨，偏爱笔墨，从"三尺戏子"兼作"一介书生"。父母担忧，甚至担惊。

那年头，笔是惹祸根芽。我一面写剧本，一面写检查。阶级斗争稍缓时,剧团需要我写剧本;政治运动激烈时,领导需要我写检查。我成了年龄最小的老"运动员"。前半生写的检查比剧本还多!按照我的心灵选择,当然愿意写剧本,决不愿写检查。可是老天爷,我能够只写剧本,不写检查吗?

俱往矣,看今朝。终于熬出头来,写剧本不写检查了。作家作品,随笔随心,大抵可以自作心灵选择了吧?信手举个例子:报刊殷勤约稿,在下苦吟成文,慎重呈上。但发表出来,往往已被编者删改。每遇这种需要我用"心灵"选择之时,我选择的结果总是宁可不发,不愿删改。于是,特别督促编者八个大字:"改则勿用,用则勿改!"然而,结果往往也是八个大字:用也用了,改也改了!唉,作者无奈,自叹择不由心。回头一想,编者同样择不由心,其苦衷可以理解。当今的特色是作者不写检查了,编者呢?……

可见某些事物的结果,不由当事人"心灵"选择。

假定我是考生,面临高考现场,虽非"生死关头",却是决定自己命运的头等大事。敬请注意:是决定自己命运,不是自己决定命运!主观努力在我,客观决定在谁?不妨对比这次作文考题虚构的登山救人故事。登山者发现遇难者,救不救人,完全取决于登山者自己。而高考呢?第一志愿,第二志愿,是由考生自己心灵选择。如不如愿?录不录取?取人的标准如何?评卷的观念怎样?……岂能由考生我的心灵抉择,小命儿掌握在"考官"与"考制"那里!

推论古今中外,有些事物的结果,是当事人心灵选择所定。有些事物无可选择,择不由心,心不由己。冥冥之中,另有无形的巨手在左右人们何去何从!

啊！熙熙攘攘的世界，忙忙碌碌的人类。有时看见某人抓紧某事，以为是他心灵选择的结果。其实也如"跟着感觉走"的婴孩，抓则抓矣，那是"抓周"！

2002年7月7日下午，写到大半，
中断思路，次日补续结尾。

《巴山鬼话》序言

一

蛰居巴蜀小城,半生从事戏文。敝姓魏,这个字不能简化,一半委,一半鬼。姓氏注定委身于鬼,写起戏来便有些鬼聪明、鬼点子、鬼狐禅,总爱离经叛道,闯关探险。于是招来褒贬不明的绰号——戏鬼!

褒之可上《录鬼簿》,在元人杂剧前辈诸公之后叨陪末座;贬之则用铁扫帚打入另册,与牛鬼蛇神为伍。

二

前几年编剧之余,洒了些剩墨,凑成些闲文。写戏是有心栽花,作文是无意插柳。偶尔到文学界客串几场,数量甚微,就那么几板斧。只求少而不粗,短而不浅,从内涵到形式皆斗胆独树一面鬼帜。虽是江山易改,鬼性难移,但鬼话不离人间烟火;鬼眼儿盯住多灾多难的中国;鬼胎里怀着一片责任心,几分使命感；鬼头鬼脑思考人的价值，神的奥秘，官的沉浮，民的忧乐，会不会七八年又来一次不大不小的"节日"……

现将连篇鬼话收为一集，杂文与散文拼盘，白话与文言骈俪，思辨与抒情对照，麻辣与清淡兼容。打个好吃鬼的比喻：川菜特产，鸳鸯火锅。

三

古代杂文、散文、论文没有明确分门别类，统称文章。"五四"新文化运动逐渐演变界定为杂文、散文、论文几种体裁。杂文领袖鲁迅，散文大师朱自清、林语堂、周作人、谢冰心等等。当年杂文、散文一时瑜亮，各有千秋。据我偏爱愚见，诸家散文精品再美，也不及鲁迅杂文解剖人生，震撼灵魂，推动时代，彪炳史册。可惜鲁迅风骨后继无人，谁继承谁倒霉。锋利的杂文，带刺的玫瑰，开始凋零于50年代中期那个寒冷的夏天，后又全军覆没于那场说来众所周知，其实众所不知的滔滔"浩劫"，重重黑幕里……

得了，"历史问题宜粗不宜细"，伤心往事宜忘不宜记。咱们都去购买一种名传电视的妙药"洁尔阴"——难言之隐，一洗了之吧！

四

杂文是个奇特品种，太黑暗或太光明的时代都没有她用"文"之地。

天下太无道，不准庶民非议，庶民不敢公开非议。

天下太有道，放手让庶民非议，庶民则无可非议。

当天下进入新旧更替，美丑交织，光明与黑暗周旋，真理与假话角逐，改革与保守碰撞，开放与封闭拉锯，分娩伴生阵痛，裂变引出奇观，法制虽不健全却又保持相对的民主……这时代，杂文应运而生。

别说其他，单揭官场腐败，就足够杂文家嬉笑怒骂：追问这种被老百姓深恶痛绝的所谓"现象"是否已渗入本质？为何其生命力如此顽强，繁殖力如此普遍，应变力如此灵活？反腐败号令久矣，为何老是雷声大，雨点小？反来反去，腐败现象反而每况愈"上"！真奇怪，为什么腐而不"败"呢？！

好在有一定程度的民主，杂文可以揭示；同时又有一定范围的禁忌，揭示便受局限。而局限，正好因势利导，构成杂文艺术特征之一：曲笔。回廊九转，曲径通幽，味道就在伊人曲线美啊……

如果生活中出现倚仗权势，指鹿为马，杂文家无权无势，只好运用曲笔，指桑骂槐。

指鹿为马是严肃认真的假话！

指桑骂槐是佯狂假痴的真话！

五

深夜苦思，真话与真理是个什么关系。

可否这样说：真话是真理的基础，真理是真话的升华。真话不等于是真理，但真理起码必须是真话。

当代提倡讲真话的代表人物巴老，在历经多年谎祸之后大彻大悟，归真返璞，叩响真理之门。

吾乡四川地灵人杰，出了这么一位文坛泰斗。写到此，自然联想起另一位川籍文豪——从大佛脚下沫水若江走遍天下，成名于高唱《女神》，鼎盛于疾呼《雷电颂》，终结于瞎说《李白与杜甫》！

从前我喜欢郭沫若青春灿烂，如今我敬仰巴金晚霞辉煌。若论学识渊博，才华横溢，巴老比郭老逊色。若论道德风骨、人格力量呢……

恕我直言，暮年的郭老有些可悲，他用违心的假话否定自己黄金时代说过的大量真话。

晚年的巴老确实可贵，他用掏心的真话忏悔自己灰暗时期说过的少量假话。

后生小子鄙人则可恶，竟用痛心的鬼话议论大人物。我沉重地叹息自己曾经那么倾倒的文豪，临终时留下一个拍马屁的遗嘱——骨灰不埋在生他养他的桑梓乐山，硬要撒到与他自己毫不相干，已经摇摇欲坠的大寨旗杆之下……

六

杂文别多写，这劳什子惹祸。若从个人眼前安危着想，远不及挥洒散文保险。

杂文多辛辣，散文多恬淡。杂文如烈火，散文似清泉。写杂文非刺不可，写散文没刺无妨。杂文如诤友，散文似情侣。杂文是怒目金刚，散文是低眉菩萨。杂文逆耳，散文开心。写杂文风涛涉险，写散文安步当车。所以，人们趋利避害，形成现阶段散文热，杂文温，两种姊妹文体发展不平衡。像我这种酷爱并擅长杂文的角色，刚露两手独门活儿，就给自己惹出一身麻烦，吃了许多大亏。换招吧，与其降格减锐去弄那种人云亦云，不痒不痛的杂文，倒不如索性改写散文，玩玩美文，从兹只谈风月，彼此相安无事。

1994 年 1 月

变"文学恐龙"为"艺术孔雀"

熟悉我的读者,可能知道巴蜀小鬼的两句自白:我是生活中的守法户,艺术上的违法户!

我9岁粉墨登台,演戏之余,自修文学。12岁习作写戏,至今从艺62年,第一职业主攻戏剧。1988年后,第二职业兼写杂文。从1994年开始鬼迷心窍,投入"第三产业"——撰写骈体文言碑铭。

在19世纪尾期,中国文坛遵守三千年传统而通行文言之时,谁敢首倡白话,就是离经叛道的"违法户"。在20世纪尾期,中国文坛继百年新文化传统而通行白话之时,谁敢带头试作文言碑铭,也是离经叛道的"违法户"。

假若我早生半个世纪,处于"五四"晨曦,我也会离当时之经,叛当时之道,反传统推广白话,走极端根绝文言。奈何余生也晚,处于文言总体式微时期。文言诗词、文言楹联虽未绝迹,还有传人;但文言辞赋,文言碑铭,物种湮灭,已成"文学恐龙"矣!20世纪90年代初,大白话快餐文娱盛行之际,鄙人偏不与时俱进,居然背道而驰,为断裂了的文言碑铭惋惜，为愈合这种文学体裁而带头试笔。

中国古典文言碑铭，杰作叠出，光耀史册。中国古典建筑，多有碑铭相配。岳阳楼有《岳阳楼记》，醉翁亭有《醉翁亭记》，滕王阁有《滕王阁序》，兰亭有《兰亭集序》。小小陋室也有《陋室铭》，凄凄野庙也有《野庙碑》。这是中国特有的文化现象，卓立于世界文化之林，属于国学中的优良传统。建筑物是碑铭的由头背景，碑铭的价值大于建筑物。历经战争焚毁，灾荒摧残，改朝换代，沧桑巨变。建筑物早已荡然无存，但碑铭传世，永垂不朽。建筑物因碑铭而重修，靠碑铭而复活。碑铭精品，列入文科教材。碑铭中的佳词警句，衍变为通行的成语格言，仍活用于当代人的口头笔下。典型的例证是："先天下之忧而忧，后天下之乐而乐。"正如我在《岳阳楼新景区记》中所赞："蒙童学子，无不诵其警句；志士仁人，大多受其熏陶。"碑铭中的话语在流传，但碑铭这种文学体裁却断裂了。

寻根探迹，文言碑铭在民国后减少，在中华人民共和国成立后泯灭，被通俗的白话题词取代。从社会发展宏观瞰视，"五四"新文化运动倡导白话，冲击文言，是语言大解放，历史大进步。白话文经受时代检验，理所当然成为现当代甚至后代的文学主流。但是，主流不等于垄断一切，文言并非毫无可取之处。当代某些场合，某些事物，用文言表述还有奇效。例如碑铭，文言确有白话不可取代的特殊表现力。请浏览首长们在大场合内，在建筑物上的各种"题词"，恕我不敢恭维，多数"题词"是用大白话写成的标语、口号、套话。对比古典文言碑铭的隽词佳句，文学价值不可同日而语。当前历史进入高科技、低人文阶段。文艺庸俗化,文字粗鄙化。糟蹋汉语,扭曲华文。把白话写成"黑话",把口语念成"咒语"。历史真吊诡,晦涩的白话口语,反不如畅达的文言好懂了!

拙作骈体文言碑铭,就是在如此背景下产生。催生之地是深圳特区,催生之人是吾友韩美林。

1993年10月,深圳举办首届优秀文稿竞价会。主办方将我在海内外报刊分散登载的杂文搜为一集,取名《巴山鬼话》。在竞价会上拍卖成功,传为新闻热点。趁热打铁,我与深圳再结文字之缘。1994年夏天,深圳蛇口四海公园塑立巨牛铜雕,高28米,长30米,重100余吨。由北京韩美林工作室设计施工。此前,韩美林曾在山东济南设计建造一座高15米,长7米,由启功题字的铜牛,冠名"天下第一牛"。紧接深圳之牛后来居上,比济南之牛体积更大几倍。美林取名为难,遂电请本人为巨牛命名,并撰写碑文。美林之盛情难却,我心血来潮,写成以骈为主、骈散结合的文言碑铭《盖世金牛赋》。当即引起袁庚、厉有为等深圳特区开拓者的共鸣。人们对文言碑铭阔别久矣,一读拙文,如重逢故友,倍感亲切。皆认同此文形式不凡,内涵不浅。特别垂青其中一段:

纵观天下无数耕牛与人为善,奉献甚巨而需求甚微。人有主人者,更有"人主"者,视宝犊良材为牛鬼蛇神,驱遣其埋着脑袋干活,呵叱其夹着尾巴做奴。割尾之灾惨痛,群牛不堪回首。

这篇被知音者称为"敢揭龙鳞,敢捻虎须"的《盖世金牛赋》,由康雍书丹,镌刻成碑,报刊争载,影响颇大。从此,我连续创作骈体文言碑铭,至今已累积50余篇。我这个剧作家、杂文家,又添了一个头衔:辞赋家。

我的碑文,具有几个特点。

第一,拙作确实是刻在"碑"上之"文"。50余篇,绝大多数已在当地勒石成碑。碑体最大是《金川赋》,位于甘肃镍都。碑文带标点1200字,碑体花岗岩,碑高6米,碑长60米,估计是海内外体积最大的一座骈体辞赋碑。

第二,拙作50余篇碑文,没有一篇是自我选材,全是应邀照题作文。五家邀请,我选择一家。写戏是自我选材,写杂文更是随心所欲。写碑文则不自由了,全是被动。但是,我只要一接招,就会变被动为主动。题目由邀请方定,文章怎么写,则由我的意志支配。小节可商榷,大节由我定夺,否则拉倒,另请高明。不过,某些邀请方也有"对策"。口头承诺全文镌刻,但工程实施之中删去几句尖锐词语。待到作者后来发觉,石已成碑,只好望碑兴叹。

第三,我写的碑文是骈文,是辞赋大类中的骈文。早期我以骈为主、骈散结合;不久就扩展为通篇皆是对仗骈俪。形式比较接近王勃《滕王阁序》。拙作不是骚体大赋,也不是律赋、文赋、骈赋。以上体裁,一般说来,常押韵脚。或一篇一韵,或一段一韵,或一段中转几韵,或某段无韵,某段有韵。分析骚赋、律赋、骈赋,多半属于韵文范畴。然而,有一类经典骈文,满纸对仗,却通篇不押韵脚。王勃《滕王阁序》,骆宾王《讨武曌檄》,庾信《哀江南赋序》,李白《春夜宴桃李园序》，昭明太子《姑洗三月启》，李清照《投綦翰林启》，欧阳炯《花间集叙》，李香君《寄侯公子书》，柳儿《遗文郎书》，夏完淳《大哀赋序》，蒲松龄《聊斋自志》，曹雪芹《芙蓉女儿诔序》；以及冯梦龙《乱点鸳鸯谱判词》，唐伯虎《祭牝鸡文》，谭嗣同《报刘淞英书》，王闿运《采芬女子墓志铭》，章太炎《婚书》……都是刻意于对仗，而有意不押韵脚。以不押韵脚为特征，以不押韵脚为美！中国骈文，世界奇观。

各国文学皆分散文韵文两大类。唯独中国，于两大类之外还有自成一体的骈文。她具有严格的偶句规则，所以不是散文；但她妙在不押韵脚，所以不是韵文。她是散文与韵文之间的独秀峰，她是方块字的副产品。骈文，是对仗的集锦；对仗，是中文的嫡传。汉语单音只义，易于搭配成偶，天然趋向骈俪。妙语成双，产生"蒙太奇"作用，吻合事物对立统一规律。拙作碑文体裁，继承的正是辞赋大类中专工对仗而不押韵脚的骈文。平心而论，押韵脚并不难，通篇除虚词之外全要做成对仗偶句，那才难啊！鄙人幼习《佩文韵府》，声韵学，格律诗，平仄，粘连，早就练成童子功，对"平水韵"已形成潜意识了。押韵脚之小技，非不会也，实不必也，骈文是以不押韵脚为美也！

历代骈文，没有一例是以"骈"作标题的。文体是骈文，标题另说。记、序、碑、铭、赋、表、赞、志、启、书、诔……形形色色标题，分见于骈文之上。拙作碑文，有的冠以"记""铭""碑""诔"，有的也冠以"赋"。各种古典文学史，辞赋史，都把骈文归属在辞赋大类之中。文体是骈，标题称赋,未尝不可。况且,文体与标题不一定画等号。《木兰辞》是辞赋吗?《圆圆曲》是散曲吗?《连昌宫词》是词吗?《娬媚词》是词吗?《婉容词》是词吗?其体裁,都是长篇叙事诗。《明妃曲》不是曲是诗体,《金缕曲》不是曲是词牌。史湘云偶填"柳絮词",这的确是填词,调寄《如梦令》。林黛玉闷制"风雨词",那就不是词了,是拟"春江花月夜"之诗。拙作骈体碑文,邀请方要求冠名为赋。我给他解释:辞赋是大类,譬如四川省;骈文是其中一派,譬如内江市。他说:"好啊,你这个内江市人,完全可以通称四川人嘛!"哈哈,此言有理,骈文称赋亦可。

第四,我的碑文是现代骈文,对古代骈文有所变革。古代骈文,骈四俪六,主要是四字、六字句式组成。如今,仅用四言、六言反映现代生活,表现手段确有局限。我在骈四俪六基础上,大量吸收楹联的七字句式。交替使用顺七字(前四后三),倒七字(前三后四)。又引进小令的两种五字句式(或前二后三,或前一后四),再延伸到散曲的十字以上句式。虽容纳各种长短句,但无论长短,出句必须对仗,对仗构成骈文。

我每一篇骈文,都是几十副楹联的集结。楹联,是上下两联对偶合成的二元结构;骈文,是一组又一组系列合成的多元结构。楹联与骈文,都要求上下两联的词性、词组相对;偏正结构对偏正结构,联合结构对联合结构。但楹联还要求上下两联的声韵相反,其平仄如律诗绝句,一三五不论,二四六分明。我撰写楹联时,两头一丝不苟。词性词组,平仄声韵,皆严格求工。而我撰写骈文时,只严于词性,对声韵就放宽了。

既然骈文历来不押韵脚，又何必在读者不易觉察的"韵腰"之间作茧自缚呢？声律可以放宽，太严难写长赋；对仗必须讲究，不对不成骈文。对仗，才是骈文本体；声律，只是骈文附属。我发扬其本体，淡化其附属。活用对仗而放宽声律，驱遣形式而服从内容。学习高明骑手的驾驭术，牵着骈俪双马的鼻子走，尽量不让双马的缰绳倒束骑手。不用怪字，少用僻典。切忌佶屈聱牙，追求行云流水。适当引进时尚词汇，甚至化用网络语言。例如："空调流动负离子"对"网络传递伊妹儿"；"禅宗已开博客"对"菩提也有粉丝"；"游龙曾经沧海"对"神马岂是浮云"。变用一个"岂"字，以子之矛，攻子之盾，反驳网络谚语"神马都是浮云"。借鉴戏剧性结构，获取蒙太奇效果。起凤头，壮熊腰，收豹尾；炼警句，设悬念，掀高潮。在咏叹中宣叙，在抒情中说理。力图引人入胜，动人心弦，发人深省。总而言之，古为今用。把早已断裂、被人遗忘的古代骈文继承下来，变革为文彩焕发而畅达易懂，格调高尚而雅俗共赏的"现代骈文"。

　　第五，我的现代骈文注重内容。努力实践我独家表述的"二民主义"，即形式与内容的"二民主义"。艺术形式，体现民族风格；思想内涵，追求民主风骨。"二民主义"，就是把民族形式与民主内涵从难以统一到努力设法统一起来。请注意："二民"之间，"民族"与"民主"之间是有矛盾的。我们的民族，优点多多，但毋庸讳言其重大弱点——拥有根深蒂固的"中华帝制磨盘效应"，缺乏的正是根深叶茂的民主传统！所以，拙作碑文中，反复出现"对包大人、海大人深深拜倒；惜德先生、赛先生姗姗来迟"等内容。拙作忧患意识颇深，思辨色彩甚浓，讽喻手法较多，批判锋芒较锐。歌颂真善美，谴责假恶丑。赞美不溢美，报喜更报忧。例如《岳阳楼新景区记》——

  登斯楼也：喜巴陵纯净，青螺碧水；忧海域污染，酸雨赤潮。炎炎地球变暖，冷冷人心变寒。丛林法则，弱肉强食；染缸效应，尔黑我污。斗争哲学，妄想人定胜天；钞票图腾，深信钱可通神。登斯楼也：喜经济飙升，忧道德沦丧；盼城乡平衡，哀贫富悬殊。最恨硕鼠害人，更忧人变硕鼠；牢记方舟靠水，警惕水覆方舟。登斯楼也：微观细细潇湘雨，宏观莽莽宇宙风。思考人类命运，探测时间简史。世界临近末日欤？信仰行将毁灭乎？

再如《会堂赋》《华灯咏》《灶王碑》《饭店铭》《法治铭》《纪信广场赋》等篇，反思历史，不为尊者避讳；针砭时弊，多为弱者代言。或秉笔直书，或曲笔反讽。哀叹专制走马灯，怒揭"文革"绞肉机，冷嘲官场腐蚀剂，笑骂文娱摇头丸。借宴会酒杯，浇平民块垒；托广场碑石，刻世上波涛。

  现在，人们对"赋"这种文体产生误解。以为"赋"是专用于歌功颂德，"赋"即赞美诗也。其实大谬不然。"赋"与诗、词、曲、文一样，都是形式，都是体裁，从来都是可以承载各种内容。有赞美诗、有讽刺诗，有"拍马"诗，有"屠龙"诗。历代辞赋题材多样，确有汉赋中的一大派侧重歌功颂德。即便是汉赋代表人物司马相如，在《子虚赋》《上林赋》之后，也还有忧患之作《哀秦二世赋》。许多名篇，顾名便可思义:《悲士不遇赋》《刺世疾邪赋》《恨赋》《别赋》《叹逝赋》《思旧赋》《怒雨赋》《吊轵道赋》《哀江南赋》《大哀赋》《哀山东赋》……悲、哀、怒、恨,名副其实。《洛神赋》《赤壁赋》《秋声赋》等不朽之作,皆性情中人遐想哲思,与歌功颂德无关。至于《阿房宫赋》,更与歌功颂德相反,满纸忧患,结尾警钟。可见忧患意识是辞赋的主流。陆龟蒙《野庙碑》开篇:"碑者,悲也!"妙用同音字,另解碑之本蒂。忧国忧民,悲天悯人。悲愤填膺之作,悲歌慷慨之文,悲怆之铭,悲壮之碑,当是碑中之上品!我欣然拥护《中华辞赋》杂志设立"屈原奖"。创意高明,命名准确。如果设立"司马相如奖",必然以他的代表作《子虚赋》《上林赋》为示范标杆。而"屈原奖"巍然设立,理所当然就以《离骚》《天问》《九章》《九歌》为示范标杆了。

综上所述,笔者厚积薄发,是用自成系统的继承变革理论去指导"现代骈文"创作实践;又在创作实践中,逐渐完善"现代骈文"的继承变革理论。我所身体力行的"现代骈文",大约可能形成当代辞赋创作中的一种流派。

十七年前,我率先作俑。十七年后,辞赋队伍形成,各地碑铭涌现。老将出马,新秀登场。量中求质,不乏佳作。有可喜之成就,也有可忧之弊端。实话实说吧:某些辞赋碑铭,缺乏系统扎实的理论指导。没吃透传统,没分清体裁。继承欠功底,变革无章法,导致赋不像赋,骈不成骈。艺术形式带有盲目性,思想内容倒不盲目。目标很明确,是往"青词贺表"靠近!

纵观辞赋的生物链条断后初续,为文学大观园增添一个品种，总的说来是好事，关键在如何促其良性发展。我是变革派，潜心读赋，苦吟成骈，愿与同人共勉，争取把"文学恐龙"变革为"艺术孔雀"！

佛经梵典有一说：孔雀不仅拥有华丽的羽屏，贵在华而有实。天生独立精神，拒不向上开屏献媚。被贬无间道中，放逐三界之外。孔雀困陷魔族弱势深渊，悲魔族之痛苦，哀魔族之愤怒。翘首向天呼吁，开屏庇护弱者。历尽灾难，终成正果。是毒蛇之天敌，众生之吉物。

我既然把华丽的辞赋比喻为孔雀的羽翼，那就更上一层，思考提问——

艺术孔雀，为谁开屏？！

2012 年 8 月

新诗审美嬗变说

A 形式

从古老的《舜典》开始，诗歌并称，阅读吟哦同步。唐宋元明至晚清，诗词歌曲"联邦共和"。诗兼是歌的词，词兼是曲的文，诗与歌同是韵文而连体。因此讲究平仄，重视声韵，推敲对偶骈俪，忌避蜂腰鹤膝，旨在朗朗上口，娓娓动听。诗人和读者皆形成牢固的潜意识，以听觉检验，不押韵脚则不成诗。

"五四"新文化运动翻天覆地，白话取代文言，自由不拘格律。诗的韵文体渐向散文体转移，初步划分了诗与歌的界限。

当今世界独立成风，当代社会离异猛增，诗歌随之进一步裂变分工。今日新诗的主要职能实际上已非吟哦讴唱，而是供人阅读欣赏。

正如歌舞剧分道扬镳，倘若再用歌剧的标准去衡量舞剧，当然会因满台舞者始终不引吭高歌，甚至不开口说话而感到莫名其妙。

以传统的诗歌合流观念审视当代新诗，摇头作出"根本不是诗"的酷评，这是否类似那种要求舞剧唱歌，希望哑剧说话的错位之见呢？

别轻视这个常识问题，诗坛内外某些争论往往与此有关。对新诗不上口、不悦耳的指责并未终止，有时还引申到违背民族化大众化的高度上！我的欲望广泛，胃口宽容，鱼和熊掌分别食之。我热爱铿锵入耳，抑扬上口，记得住，背得出的传统诗歌；也泛爱当代各派新诗，连同眼前这位后起之秀李自国的处女诗集。

其作品具有当代新诗的共同特征：无心押韵，有意撒野，似乎压根儿就没有打算诉诸于人的听觉。只将一行行长长短短并载感情和思辨的词组送进读者眼帘，构成总体意象美。诱使，或逼使我这样的读者改变老式一唱三叹，雕字琢句的咏诗习惯，另外调整接受频率，靠近青年朋友的感知方式。

宜默读，宜咀嚼，宜大处着眼，宜总体领会。初读不知所云，再读便逐渐发现微妙。细读几遍，别是一番诗味在心头，却又记不住，背不出那些横空硬语。好似飞起玉龙，搅得周天寒彻之后隐身遁去。不见首尾，不留躯壳，回荡人心者，乃是诗的精灵……

B 内涵

当代新诗含笑向昨天告别，不仅形式大改，更在内涵巨变。

我自幼敬佩傅仇，将其诗集《伐木声声》长期供于案头。

傅仇像一个涉世不深的热情少年，童心孩眼，只见千山翠绿，万木欣荣，造林人挥汗奉献，星作伴，云为伍，乐在其中。纵有小忧微愁，不过斜风细雨，无损铁骨红心。少年欢呼雀跃，一路高歌，一路豪言，汇成多少礼赞诗篇。其实，赞诗汇集之时，正值50年代末，60年代初。那年头，大森林几度向左倾斜，伐木与"反右"同时扩大化。乱砍滥伐，天灾人祸，大自然和大社会皆失去生态平衡。林中疾苦，岭上坎坷，树的命运，人的忧患……都没有，也不可能进入傅仇当时笔下。赞诗美则美矣，囿于历史局限，至少是美中不足吧？

C 风骚

老话流传当代，变作文坛谑语：各领风骚三五年，乃至各领风骚三五天！

"三五天"是无限夸张，"三五年"接近事实。诗界一些行家认定这是昙花现象；叹异兆，惊热流，说风骚，寄冷嘲。我不敢苟同讥讽，曾向李自国谈及一孔之见：古代诗人能领风骚长达千百年之久，与封建社会发展极其缓慢不无关系。天下归一统，诗风定一尊。皇帝必称万岁，诗人独步千古。儒家尊孔，罢黜百家。诗家尊杜，规范百家。杜圣就是一部盖帽封顶的"诗史"，盛唐以后各朝各代涌现无数英才俊杰，但谁也超不过"诗史"峰巅。诠注解释杜诗之风绵延长久，述而不作，继而少创。清人赵翼虽然已觉老杜"不新鲜"，却也没法促进大变革。形式内涵仍在老规范里小打小闹。写来写去，无非是古风、律诗、绝句三大件。老风骚一领就是千年，这现象是可喜？是可悲？我看是悲喜交集。

轰然石破天惊，五四运动催出自由体白话诗，这才冲破老风骚，各自寻找新出路。诗如野马脱缰，你追我赶，你创我造，或拓荒地，或探险坡，或辟蹊径，或分道扬镳，或殊途同归；诗派之多，诗风之异，诗赛之烈，诗变之速……在当时的人们看来，难道不正是各领风骚三五年么？

曾记否？《甲寅》派复古遗老讥刺新诗潮流变幻急速是异端走马灯，断言灯火阑珊，短命无疑。历经岁月检验，短命呜呼的偏又不是新诗，而是《甲寅》之类僵死了。

温故知新，当代社会飞速进展，诗人应运而生，新秀如林，流派纷呈，风骚竞替，紧紧追随时代节奏，三五年一次快旋风，十余载一卷创业史。从创造性的价值取向审视，胜它封建朝代铜壶滴漏慢悠悠多少春秋？这现象是耀眼繁星？是过眼烟云？是可喜？是可笑？结论不宜下得太早太死，且待21世纪臧否定评。

毋庸讳言，探索中必有闪失，亦有走火入魔，且有迷途知返。新诗的服务对象主要是青年知识分子和工农兵学商之中爱好文学的青春儿女。这范围相当广泛，在人民里占了很大比重，是人民队伍里最有朝气的生力军。新诗为他们服务，理所当然就是为人民服务。老爷子老太太看不懂或看不惯新诗，尽可去看戏曲等等，到我这一行的舞台下欣赏另一种粉墨风骚。

无独有偶，大多数老年人不爱看新诗，正如大多数青年人不爱看老戏一样！

振兴戏曲，不止于满足老年嗜好，并且提出响亮口号——努力争取青年观众！

然而，新诗本来就是青年的文化，似乎没有必要附加一项奋斗目标——努力争取老年读者。

风骚有代谢，诗酒趁年华。青年朋友们，田野上盛开的"稻子""麦子"们……我辈韶华渐逝，步入人生的秋天，你们好像早晨八九点钟的太阳，希望寄托在你们的身上。

1991 年 11 月

秉承对联规则

年近耄耋,体衰笔懒,多次婉言推辞替人作序,这回却因"伯乐"之托而破例了。武先陶兄,与我高山流水,灵犀相通。倾盖之交,文字之谊。相互切磋诗词楹联技法,良朋有识,吾道不孤。他出版楹联,谦称"小集",我乐得凑兴,配个"小序"。戏言:两"小"无猜,二老有缘。

古今对联,杰作佳句,不胜枚举。可谓中华微型文学特有的短小、精致,而又严谨的文体。篇幅力求简短,内涵力求丰富,音义力求和谐,既须惜墨如金,还要守规如铁。概言规则有二:一曰对仗,二曰平仄。

未画方圆,先行规矩。跳芭蕾必须踮起脚尖,踢足球禁止动用手臂,打篮球用手拍球投球,但不准用手抱球走路……写作对联,大抵舞文弄墨,但此"舞"妙谛,非广场舞可媲,与格律诗相类,属"戴着镣铐跳舞"。对联高手,长于奇特的"手舞足蹈",能把沉重的铁镣化作轻盈的红绸舞!如果有违对仗,不通平仄,失对失联,显然不成其为对联。"对不起!""没关系!"这两句生活里使用频率极高的客套话,也许就来源于对联规则。

  秉承扬弃,决于致用。古风、歌行、乐府、长诗,是古典诗中的自由体,不拘平仄;律诗八句,绝句四句,是古典诗中的格律体,严究平仄。对联两行,附律绝之骥尾,亦属商籁文体。此规则严苛陈旧,宜当摈弃,余则不以为然。一些敢破传统志士,却遵守律诗、绝句、对联的规则。对仗平仄助其形式齐整、声调铿锵,迄今有益于楹联审美。踩钢丝身轻若燕,平衡木健步如飞。对仗构成佳句,平仄推进华章。此道不谬,秉承有理。

  巧生于拙,贵乎入道。我曾和作者笑谈,唱京剧有一条铁律,必须学会念韵白,即古代中州音和近代湖广腔融合而成的京剧韵白。样板戏打破铁律,革了传统戏韵白的命,那十年,唱京戏全说普通话。如今,生活中普遍流行普通话,然而在特殊的艺术门类中行不通。现在的京剧舞台,将来的京剧舞台,说韵白仍然是基本功。唱京剧不学韵白不行;不想学,学不会韵白就别唱京剧,去唱流行歌吧!同理,写律诗、写对联,不学对仗平仄不行;不想学,学不会就别玩此道,去写自由自在的新诗吧!

  为人守则,行事循规。作者《楹联小集》,分列"节庆清心""书赠友朋""贺致斯文""瞻敬前贤""闲吟风物""浅悟人生"六辑。我先睹为快,每辑每副核对平仄,字斟句酌。深感其生活中的注重严谨,淋漓显现在写联时的不懈追求。正如作者自白:

    情投风雅韵;
    笔应仄平声。

我有文字洁癖，兼有诗韵洁癖，挑剔平仄，近乎苛刻，观此两百余副短联，却鲜少瑕疵。或许愚下偏见，有待高明佐证。就遵循楹联的规则的严谨程度而言，其作品无疑能入方家法眼。当今满目春联，当户门联，八方婚联，四处景联，然而上下"对不起"、相互"没关系"者，亦非少数。甚至竖幅书写之上联贴到左边，下联贴到右边，连起码的常识都乱套了。作者孜孜以求，秉承对联规则，两百余对仗靠谱、平仄合格的楹联结集付梓，荒漠芳草，难能可贵。

讲究艺术形式，不等于形式主义。内容选择形式，形式服务内容。竭力以恰切的外在形式，表现丰厚的内在价值，写联如此，做事亦然。对内容和形式之辩证关系，作者自有真知灼见，并蕴含在《楹联小集》，不再冗言。小序铺垫，且引作者一联压轴：

　　骚客吟诗，岂唯平水韵；
　　苍生创业，同伴大风歌！

庚子端午前夕苦吟成序

牛棚读板桥（十二则）

题 解

"浩劫"晚期，我仍身陷"牛棚"，精神食粮奇缺。长年只啃"小红书"，腻到反胃欲吐。忽于"牛棚"难友书法家白志云处发现一册影印《郑板桥集》，真如沙漠甘泉，渴极狂饮。借书回棚偷读入迷，梦与板桥先生摆"龙门阵"。常在拉车扫街之余暗写杂感，断断续续凑成一叠。多是谈画说艺，也夹有情不自禁的泼辣笔墨。曾私下传递二三可靠朋友邓遂夫、张云初、周禄正过目。尔后藏于箱底，尘封灰掩。

如今装修房屋，翻箱倒柜，重见残稿。鄙人不悔少年作，虽幼稚粗浅，亦不乏几分情趣，几分道理。

老窖出土，保持原汁，敬请诸君尝个"本味儿"。

1996 年 2 月追记

趣在法外

板桥题画：

　　江馆清秋，晨起看竹。烟光日影露气，皆浮动于疏枝密叶之间。胸中勃勃，遂有画意。其实胸中之竹，并不是眼中之竹也。因而磨墨展纸，落笔倏作变相。手中之竹，又不是胸中之竹也。

　　总之，意在笔先者，定则也。趣在法外者，化机也。独画云乎哉！

小魏评说：

好一个"独画云乎哉"。

趣在法外，岂止绘画，尤以文学创作为最。

相对而言，美术、音乐、舞蹈、表演、文艺理论等学科的定则都要比文学创作明显可见。据我笔耕苦吟，总觉得文学创作的定则似有若无，妙不可言，也苦不堪言。

世有专教美术、音乐、舞蹈、表演的学府，似乎还没有专教文学创作的院校？有国画系、油画系、版画系、导演系、表演系、舞蹈系、作曲系、声乐系、器乐系，甚至细到管乐系、弦乐系、钢琴系、提琴系。为什么没有小说系、诗歌系、散文系、杂感系？有"作曲技法""绘画技法"之类定则，却少见"小说作法"之类教材。有之，早被鲁迅斥为骗书，告诫青年千万勿信。"作曲技法""绘画技法"是作曲家、画家必修之课，必由之路，万丈高楼无不由此升起。但以读"小说作法"

"诗歌作法"为基础而成诗人作家者,中外罕见。前者越读越通,后者越读越迷,为什么?四海画家,五洲乐师,"斯基"也罢,"诺夫"也罢,成器者,绝大多数从画院乐府深造而出,沿定则之后巧夺化机。聪慧如冼星海,也从巴黎皇家乐府中进修获益。唯有文豪诗圣多出于江湖草泽。鲁迅、高尔基、梅里美、莎士比亚、杰克·伦敦、奥斯特洛夫斯基……或先学别科而中途改业,或遍历沧桑而握笔书愤,或献身革命而病榻记事,或仅仅识字而终生未进中学之门。他们师承谁人?定则何在?岂非务实践以求真知,藐定则以夺化机么?凡是学画、学曲、学舞、学表演者,都以进美专、音专、舞校、剧校深造为荣为幸,大多满载收获而归。唯有文学创作这一行,以进大学文科进修为苦事,载回满脑冬烘,为改行创造条件。学画者,如能临摹巨匠名作,依样画葫芦,笔笔不苟,点点肖似,虽不能称为艺术家,尚不失为难得的画师。学表演者,如能经名师亲授,将其拿手好戏照搬演出,一板一眼一招一式酷似名师,便是后起之秀。唯有文学创作生涯,如将谁家名著复写,句句照搬:非作家,亦非作者,是印刷厂排字工人!

　　文学创作,比其他姊妹艺术更无固定的规矩尺度,更需从"社会大学"寻求化机。

　　这样说来,文学创作果真没有定则吗?我看死守即无,活用就有。所谓"妙不可言""苦不堪言"都是形容词,小魏我不是正在"言"么?

无纪律而纪律自在其中

板桥题画：

　　石涛画竹，好野战，略无纪律，而纪律自在其中。樊为江君颖长作此大幅，极力仿之。横涂竖抹，要自笔笔在法中，未能一笔逾于法外。

　　甚矣石公之不可及也。功夫气候，僭差一点不得。鲁男子云："唯柳下惠则可，我则不可。将以我之不可，学柳下惠之可。"余于石公亦云。

小魏评说：

　　奇怪！此处板桥，与前面板桥判若两人。这里"未能一笔逾于法外"，与前论"趣在法外"岂不自相矛盾？

　　不然！这要看板桥极力仿效石涛什么玩意儿。是仿效他"好野战，略无纪律，而纪律自在其中"。正因为石涛本身敢破定则，板桥才有意仿效。此处暂作"笔笔在法中"，它处方能"趣在法外"。乍看矛盾，其实互为因果。相传板桥恃才自负，傲气凌人；但此处面对具有真才实学的石涛，却这样谦恭。板桥曾刻印章"石涛门下走狗郑板桥"，公开自称狗腿子！后代齐白石又崇拜石涛、朱耷、郑板桥三家，作诗自白："我愿九原为走狗，三家门下转轮来！"竟甘愿做走狗之走狗。都说"文人相轻，自古皆然"，我看不见得。

　　仰慕真才实学者，正是真才实学人！惺惺惜惺惺，英雄爱英雄。我生平谬误颇多，尚无嫉才之病。前辈剧作家如曹禺，我五体投地，恨不以为师。同行剧作者如李明璋，我心驰神交，憾不以为友。明璋中年夭折之时，我尚是少年。曾作悼诗："最恨同时不相识，明伦掩卷哭明璋。"凡有志于文学，求知心诚者，我皆平等待之，恨不能倾囊相赠，以期携手并进。但对白卷英雄，捣鬼专家，红眼病夫，自然另当别论。鲁迅既有俯首之态，又有横眉之姿。吾从鲁迅为上。

学一半，撇一半

板桥题画：

　　石涛和尚客吾扬州数十年。见其兰幅，极多亦极妙。学一半，撇一半，未尝全学。非不欲全，实不能全，亦不必全也。

小魏评说：

　　板桥虽自称石涛门下走狗，却不愿被主人牵着鼻子走。桀骜不驯的脾气，毕竟难改。唯其如此，石涛是孔雀，板桥是凤凰。否则，不与自家扮相商量，越学孔雀越丑，成了吐绶鸡！

　　我爱板桥，也不愿被板桥牵着鼻子。他学石涛，学一半撇一半；我学板桥，学一分化三分。板桥题画，题板桥之志；小魏读板桥题画，抒小魏之怀。膏药一张，各人熬炼不同。

博与专

板桥题画：

石涛善画，盖有万种，兰竹其余事也。桥板专画兰竹，五十余年，不画他物。彼务博，我务专，安见专之不如博乎？

小魏评说：

博与专，有没有高下之分？文艺复兴三杰之首达·芬奇，俄国科学之父罗蒙诺索夫，十八般武艺件件精通，可谓博矣。列维坦擅画风景，列宾擅画人物，赵子昂擅画骏马，米南宫擅画山水，齐白石擅画花草虫鱼，可谓专矣。两者谁高谁低？反正各有各的好处。但鲁迅认为："博识家多浅，专门家多悖。"还是迅哥儿厉害，一语道破两家之弊。弄得不好，各有各的坏处。

常见一些专业文艺工作者，闭关自守，孤陋寡闻，与姊妹艺术老死不相往来。绘画者只知色彩线条，作曲者只知和声对位，写诗者只知修辞造句。诗无画意，画无诗意，画里无声，声中无画。这种"专"不是真专。又有一种"多宝道人"，天上晓得一半，地下全知，一写二画三唱歌四跳舞，外加整锁配钥匙，医治小儿夜哭……可惜门门懂，样样瘟，貌似千手观音，其实一窍不通。这种"博"是假博。

且看郑板桥，诗书画三绝。如此真专真博，今世有几人？

小魏童年失学，九岁登场，少年自修，业余握笔。穷则思变，乏则求精。无论古今中外，文史哲美，民谣俗谚，山歌洋曲，皆杂学旁抄，打开眼界。但兼爱百艺，岂可兼职百行？所以，我喜看水墨丹青而不去挥毫作画，喜听丝竹管弦而不去倚声作曲，能唱戏而不愿重施粉墨，能排戏不愿妄充导演。非不能也，实不必也。只将诸家百艺之精髓融于我的专长——剧作之中，举一反三，为我所用。如此足矣，只欠天时了。若风云助我，小魏决非池中之物也！

丑　石

板桥题画：

　　米元章论石，曰瘦、曰绉、曰漏、曰透。可谓尽石之妙矣。东坡又曰，石文而丑。一丑字，则石之千态万状，皆从此出。彼元章但知好之为好，而不知陋劣之中有至好也。东坡胸次，其造化之炉冶乎！燮画此石，丑石也。丑而雄，丑而秀。弟子朱青雷索予画不得，即以是寄之。青雷袖中倘有元章之石，当弃弗顾矣。

小魏评说：

　　有道理，但有过火之偏。

　　艺术是美的学问，应以表现美取胜。怪在另有一种艺术是以表现丑夺彩。

　　鲁迅有语，大意为：悲剧是将美好事物毁灭给人看，喜剧是将丑恶事物撕破给人看。此公目光犀利，实在了不起。

　　漫画、相声、笑话、讽刺剧，都以描写丑恶见长。果戈理《钦差大臣》登场人物几十个，全是丑类。群丑集中，丑态百出,是一幅典范的《百丑图》。

生活错综复杂,有丑,有美,更有丑中含美,美中藏丑。肺病患者脸上的红晕,吸血鬼席上的八珍,淫妇的丰腴肉体,昏君的华丽外衣;反之,战士伤疤,寒士茅屋,冤鬼飘荡,益虫蠕动岂能简单以丑写丑,以美写美。大汉奸汪精卫是个美男子,窃国大盗袁世凯像个伟丈夫。但鲁迅却是一副绍兴师爷刁相。他形容易卜生是"一脸怪相",高尔基"一脸呆相",马雅可夫斯基"一脸恶相"。我看郑板桥先生的画像尊容,也不似他笔下的兰竹那样俊秀。生活中尚且不宜以貌取人,文学艺术更不可照搬生活。千姿百状的客观事物,反映于千差万别的艺术家之主观世界,就产生千奇百怪的表现手法。

莫索尔斯基所作《跳蚤之歌》,初听噪耳,有丑感。静听,却有优美旋律回荡其中。此曲反映丑恶事物,跳蚤自白,是作曲家模拟跳蚤而塑造的音乐形象,反映了作曲家对跳蚤的憎恶与讽刺(开一句国际玩笑,作曲家并非真跳蚤,而真跳蚤又岂有声乎)。倘丑而又丑,一片噪音,只会引起听众官能恶感,掩耳逃去,不复有音乐矣。作曲家把握了跳蚤的特点,谱出一种跳跃而恰然自得,虽怪异却又不失优美的旋律。从某种意义上讲,与其说丑化了跳蚤,不如说美化了跳蚤。跳蚤旋律越是夸张到悠然、飘然、得意忘形,越唤起听众愤恨跳蚤的心声。最后曲中出现人民大声呼吁消灭跳蚤的音乐形象。跳蚤者,比喻沙皇的收税官员也!《跳蚤之歌》也与普希金讽刺短诗《蝗虫》一样,用特殊手法展示了深刻的主题。

罗两峰所绘《鬼趣图》,选材、构思、手法都很怪异。顾名思义,鬼中有趣,就是丑中寓美。画中群鬼,乍看丑陋;细辨之，丑中含有美态，人情味颇足，人间烟火气甚浓，与人类共通。有理论家认定《鬼趣图》是爱世之画。罗两峰遥想群鬼应知人世之乐，所以仿效人类之趣。我有不同见解，试言《鬼趣图》是愤世之画！当时社会黑暗，人欲横流，画家拒不画人，专去画鬼。暗示人间无趣，鬼域有情，人不如鬼，鬼比人美。罗两峰以丑写美手法，反映了人鬼颠倒的社会奇观。

川剧"三小戏"中的小丑，较之京丑昆丑，确有四川风味。评论者或夸其语言生动，或夸其表演细腻。我看川丑之关键，正在于小丑不丑，寓美于丑。袍带丑的宦场气，红衫丑的书卷气，襟襟丑的泥土气，都如成都小吃，色香味形俱美。日后有机会，我拟著《川剧论》，当以"小丑不丑"为专题详加剖析，这里按下不表。

板桥之石，不就如同跳蚤、鬼趣、川丑么？

然而，万事过头则谬。板桥欲以丑石霸天下，凡画石者，必须以丑为法。竟授意门生，将米元章的俊石弃如敝屣。只此一家，别无分号之文风，似曾相识于当今……

打住！还是话说从前吧。例如传统画梅之法，曰疏，曰曲，曰斜，确实抓住了梅花的特点。疏影斜枝，也反映了士大夫的病态审美观。龚自珍《病梅馆记》，对此有所针砭。但千百年来，画梅多是沿袭疏斜传统，破格者极少。

近见关山月梅幅，满纸红梅，密如杜鹃花。艺术家希冀雪后群梅多多益善之意跃然画上。这种别具一格的密梅，绝不亚于疏梅之美。

世上有疏梅，也有密梅；有丑石，也有俊石；有小丑，也有小生。有以丑含美取胜，也有以美寓丑见长。鱼，吾所欲也；熊掌，亦吾所欲也。

板桥板桥：先生"样板石"偏激之见，恕我不敢恭维。

题画点睛

板桥题画：

文与可墨竹诗云："拟将一段鹅溪绢，扫取寒梢万尺长。"梅道人云："我亦有亭深竹里，也思归去听秋声。"皆诗意清绝，不独以画传也。不独以画传而画益传。

小魏评说：

画题是画之眼睛，现代画师多不知此。

常见一般画幅，技法尚可，题名太差。大抵就事论事，画炼钢就题"炼钢炉旁"，画插秧就题"插秧时节"，太老实了。近见四川人民出版社出版的短篇小说集《老实人》，封面题签，竟是一张白纸上只写三个端端正正的仿宋字——"老实人"。真是老实得可怜。将来有机会，可将此书绘成漫画，标明出书年代，强调不敢越出雷池半步的小心特征，题画曰："老"怕挨打，"实"在不敢创新的文化"人"！

画题与画俱佳，相得益彰。画虽平平，而题画绝妙，可使平平之画如点睛之龙，满身皆活，破壁飞去。

昔年曾见一漫画，整幅画面一片昏黑，一无所有，真是无画之画！方惊讶，视其画题为《李逵误入黑松林》！不禁会意而笑，悟出这是讽刺自然主义的表现方法。我想再修改一字，将"误入"改为"夜入"，层次增多，一团漆黑更妙。

此虽无画之画，却比四平八稳之画更有才气。"李逵夜入黑松林"无画却有画境，"炼钢炉旁"有画却无画意也。

前日参加人防运砖劳动，豁然得一画意。画中主人是一位解放军战士，背景是部队修筑防空隧道，摆开一字长蛇队形传递红砖，渐至前景渐明，隐约似蜿蜒长城状即可。前景普通一兵，汗珠闪闪，神态自豪，正将手中一砖往观众方向递去……如此构思，题画不当则平平。如题为"我是长城一块砖"，那就意味深长，满纸皆活了！

我也手持一砖抛出，哪位画家朋友拾去，或可引出玉来！

有无成竹

板桥题画：

文与可画竹，胸有成竹。郑板桥画竹，胸无成竹。浓淡疏密，短长肥瘦，随手写去，自尔成局，其神理俱足也。藐兹后学，何敢妄拟前贤？然有成竹无成竹，其实只是一个道理。

小魏评说：

道理何在？板桥道人这回念的仿佛符咒？弯弯绕绕，如同"反复旧就是复旧，反复旧必复旧"之类天书咒语，实在难懂，吾夜入黑松林矣！

揣摩板桥之意，是否如下：画竹之时，虽胸无成竹，但有多年生活积累，信手拈来，亦成章法，与胸有成竹，一个道理。

好像是这个意思，又好像似是而非？

如今提倡"三老四严",要说老实话。不懂就不懂,不要装懂。这一则题画语,我未深解,另请高明点化。

半字美学

板桥题画:
盆是半藏,花是半含,不求发泄,不畏凋残。

小魏评说:

这种半字美学,生活中常见。且看时髦女郎,学西洋派头。夏日炎炎,扎紧身乳罩于内,却不全掩,而穿半透明之"的确良"于外。本意或许是遮盖某两点,但半遮半透,效果反而更加显著了!

文艺作品亦应是半含之美,若暴露无遗,即会使人产生"不过如此"之感。

假若我辈男女,也像夏娃、亚当那样赤条条来往无牵挂,彼此习以为常,见惯不惊,不过就是那么一回事,很快索然寡味。两性之欲,反倒会因全裸而减少几分……

且慢!这是打个比方,说明艺术不宜亮底亮面,并非主张用脱衣舞代替节育措施。郑重声明,请勿上纲。

半字之美,应于深入生活、观察事物中得之。道理只能说一半,另一半在那一望无涯的天地玄黄……

触类旁通

板桥题画：

　　昔人学草书入神，或观蛇斗，或观夏云，得个入处。或观公主与担夫争道，或观公孙大娘舞西河剑器，夫岂取草书成格而规摹效法者！

　　小魏评说：

　　本人学历仅为初小，缺乏习字基本功，更不懂书法奥妙。观张旭、岳飞草书，颇惊其龙翔凤舞之势。原来书法家们写字也与"梭老二""红麻子"青蛇白蛇打架有关。或许岳元帅戎马倥偬之余，常常蹲下身来细看蚂蚁搬家吧？

　　天地广阔，生活丰富。搞创作的，大事小事都得留心观察。难不难？当然不容易。谁叫你爱上这一行，吃上这碗饭呢？

　　前日拉煤归来，中途见一群儿童"跳绳"游戏。我观之，思之，悟之："跳绳"有哲理。

　　观其绳索翻腾，迷阵如网，人若陷入，确有"动辄得咎"之险。跳绳小儿，翩若惊鸿，灵若狡兔，勇敢冲进绳阵，又巧妙摆脱绳索束缚，七进七出，百折不挠，飘然而去，傲然返顾……岂不是敢于斗争、善于斗争、因势利导、化险为夷的"运动员"么？

　　另观其余小儿，入阵之前似有几分勇量，但入阵之后，大多不经实战。

三跳两扑，失足就擒。更令人深思者，小家伙被缚之后，却又不去反省检查，而将缚己之绳接过手中，摆开绳阵，去缚别人！岂不是走向反面，从被整者转化为整人者吗？

生活细节，很有启迪。他年创作或可有用，记而存之。

可恶的"臭老九"

板桥题画：

终日作字作画，不得休息，便要骂人。三日不动笔，又想一幅纸来以舒其沉闷之气，此亦吾曹之贱相也。今日晨起无事，扫地焚香，烹茶洗砚，故人之纸忽至。欣然命笔，作数箭兰、数竿竹、数块石，颇有洒然清脱之趣。其得时得笔之候乎？索我画，偏不画，不索我画，偏要画，极是不可解处，然解人于此但笑而听之。

小魏评说：

扬州八怪之一郑板桥，名副其实——怪：

相传有富绅索板桥之画不得，托人多方斡旋，板桥才点头同意。富绅贪婪，竟送去整整一匹白绢，嘱板桥将绢画完，重金酬谢。板桥也怪，含笑接受了。取画之日，富绅展开绢左，见左下角画一小人，手挥一线游丝。富绅展开长绢往右瞧去，只见游丝袅袅，忽上忽下，横穿整匹白绢，至右上角，系着一只极小极小的风筝！富绅哭笑不得，自认晦气。

郑板桥的怪气，就是知识分子"臭老九"的臭气！

建安七子、竹林七贤、饮中八仙、初唐四杰……都各有臭气熏天。俱往矣,不说它。新文学旗手鲁迅,也有不少怪癖。第一至死不信中医,第二痛骂京剧梅兰芳,说是"男人看着扮女人,女人看着男人扮"!这与我国政府提倡中医、普及京剧大相径庭。臭气不止中国老九,苏俄知识分子也有奇臭。普希金赌钱,老婆偷人,他吃醋便搞武斗。若按白求恩大夫重于泰山的捐躯标准,普先生之死轻于鸿毛。号称革命诗人的马雅可夫斯基,写诗便写诗嘛,偏要过戏瘾,竟抬着广告牌上街卖戏票,广告大写"本剧由未来派诗人马雅可夫斯基主演"!这位马同志一辈子呼吁革命,待到革命成功,他却灰心自杀了。按说自杀即自绝于人民,为什么人民至今还是称自杀的诗人伟大?

　　为什么?"臭老九"如狗屎堆里的本人,读文件,听报告,老是心里问几个为什么。其臭之一是多识几个字,多读过几本书,"有点马列"。略知语出何处,理在谁家;是否原装货,可曾掺水。其臭之二是记性不坏,常将健忘的伟人几年前或几天前说过的话、发过的指示、做过的事情记得清清楚楚(此一时也,彼一时也,伟人哪里说哪里丢,你这小鬼还记着干啥)!其臭之三是讲究实效。一边看铅字,一边看现实,视其于国计民生如何?于老百姓是补药,是泻药,或是毒药?其臭之四是浮想联翩(这一点尤其可恶),不以读字面为满足,改用矿工式眼睛,往字里行间掘进。越是讳莫如深之文件,越想弄清天机奥妙。比如:文中越强硬处,必定是最虚弱处!文中越是大加渲染的普遍现象,必定只是个别现象!反之,文中越是轻描淡写的个别现象,必定就是普遍现象!诸如此类,掩卷彻悟,复又天真地自我否定:"恐怕不至于这样坏吧?"结果却不幸而言中，事件之真相，事物之本质，往往与本老九所估计大体不差！

老九太可怕了，怎不打进"牛棚"去？所以至今出不来，活该！

砥石图

板桥题画：

昔人画砥石图，皆居正中面，窃独以为不然。国之砥石，如公孤保傅，虽位极人臣，无居正当阳之理。今特作为偏势，且系以诗曰："一卷砥石欲擎天，体自尊崇势自偏。却拟武乡侯气象，侧身谨慎几多年。"

小魏评说：

画砥石必居中心，演英雄必占中场。古今无独有偶，早被板桥破除的清规戒律，又被谁人拾起当圣旨？

砥石是什么？是先天下之忧而忧，后天下之乐而乐，不贪人之功，不掩己之过，光明正大，甘居偏势，鞠躬尽瘁，死而后已。

谁是中流砥石？谁是头上大山？知识分子心里明白。

平安的诀窍

板桥题画：

东坡画兰，长带荆棘，见君子能容小人也。吾谓荆棘不当尽以小人目之，如国之爪牙，王之虎臣，自不可废。兰在深山，已无尘嚣之扰，而鼠将食之，鹿将啃之，豕将拱之，熊、虎、豺、鹿、兔、狐之属将啮之，又有樵人将拔之割之。若得棘刺为之护捍，其害斯远矣。秦筑长城，秦之棘篱也。汉有韩、彭、英，汉之棘卫也，三人既诛，汉高过沛，遂有"安得猛士兮守四方"之慨。然则蒺藜、铁菱角、鹿角、棘刺之设，安可少哉？予画此幅，山上山下皆兰棘相参，而兰得十之六，棘亦居十之四。画毕而叹，盖不胜幽并十六州之痛，南北宋之悲耳！以无棘刺故也。

小魏评说：

发端于兰丛棘刺之微，归结于国家兴亡。板桥不仅是画家，还具有思想家的襟怀。

但我欲反问板桥：先生既已有南北宋之悲，竟独无清兵入关，明末之恨！为何叹古不叹今，说远不说近？

板桥不答，打个哑谜让我猜。

板桥所处之世，正值文字狱、瓜蔓抄、帽子满天、棍子遍地之时。清兵入关掠夺明朝政权，如大盗成圣，讳言盗字。疑神疑鬼，怕人点穿。有士人试帖诗"清风不识字，何故乱翻书"，当局犯疑，上纲，杀头。有考官拟试题"维民所止"，当局疑为"雍正无头"上纲，凌迟。有诗人咏黑牡丹"夺朱非正色，异种也称王"，当局疑心大作，满门抄斩。其实，都非作者原意，纯属牵强附会。那些迂夫子并无民族意识，满脑袋仕途科举，不料一把粉打在后颈窝，死得冤枉。

但是真正具备民族气节的反清文人，清王朝不但不杀，反用"官票"去请他们出山为新政府服务。

例如顾炎武曾参加抗清起义，十谒明陵，追悼故国，诗文公开流露反清情绪。晚年仍纠合同道，不忘兴复明朝。又如黄宗羲招募义兵，成立"世忠营"，武装抗清。失败后，隐居著书，屡次拒绝清廷应召。当局只好干瞪眼，拿这几位"反清老手"莫奈何。还有大画家八大山人，是明朝宁王朱权后裔。所画鱼鸟皆作"白眼向人"状态。签名"八大"，又像哭字，又像笑字，以"哭笑不得"之喻，寄托亡国哀痛。他公然把草书连写成"生不拜君"，表示坚决不向清帝山呼万岁。当局对此睁只眼闭只眼，不去找顾炎武、黄宗羲、八大山人的麻烦，任其著书绘画，终老林下，却掉转矛头，专门搜集毫无反清动机的科举考官考生的问题，大办专案，又不稳，又不准，却最狠地杀一大批。

可见历史并不简单化，这种"国情"得配以"国骂"——真"他妈的"弯弯绕！

再看身为康熙秀才、雍正举人、乾隆进士，又跻身于扬州八怪的郑板桥：面带怪相，心头明亮。既不随顾炎武、黄宗羲、八大山人等终生不仕，隐没深山；又不随那些倒霉文人糊里糊涂冤死文网；而是平平安安做他的七品官儿，什么瓜蔓、什么运动也牵连不上。

板桥先生莫非是个风派人物？

我翻遍板桥全部题画之语，几乎全是为艺术而艺术。略有兴亡之叹者，只有上述这一则；且有说远不说近之明智。板桥先生一辈子平安无事的诀窍，大约正在于此！

1975 年断续暗记

杂谈·漫话

先天下之乐而乐的成都人！

蜀，獨立于天下

说到天府之国，大家都知道是四川。四川最有代表性的城市，是她的首府成都。四川自古称为蜀。繁体"獨"字的一半是"蜀"。"獨"字是由反犬偏旁加一个"蜀"字构成。反犬偏旁，含有野性、另类、非正统的意思。蜀的特点正是"獨"。蜀的个性非常独特。单说三星堆奇迹，就足以证明古蜀是"獨立于天下"的地方！我现在就试着从独特的视角来诠释"獨"字，再用"獨"字破译"蜀"的密码，开掘"蜀"的内涵，解说"蜀"之首府成都的"獨"到之处。

"天下未乱蜀先乱！"这话流行很广，似乎已经成为人们的共识。但我认为四川背黑锅！"天下未乱蜀先乱"之说，最早出于清初欧阳直公的《蜀警录》。他主要是指张献忠剿川。张献忠是先从陕北延安"乱"起。明末李自成、张献忠从延安起事，席卷中华，应该说"天下未乱秦先乱"嘛！再看秦末、唐末农民起义，以及汉末混战，宋末迁都，十王祸国，五胡乱华……没有一例是从四川首先乱起来的。相反，中原逐鹿，四川是避战、避难、避乱的好地方。综观中国历史地理，成都平原的气候、水利、土壤、植被、物产、风景、饮食、起居、自然条件、生活质量……天府之国，名副其实，是个安乐窝。套用"天下未乱蜀先乱"这个句式，我改为"天下未乐蜀先乐"！蜀川得天独厚，成都人具有"寻欢作乐"的禀赋，惯于追求生活质量，善于享受生活乐趣。成都人"先天下之乐而乐"！

这不是与经典名言"先天下之忧而忧，后天下之乐而乐"唱反调吗？非也！按照我的理解，两句经典是针对国家栋梁、社会精英，尤其是各种官吏而言。是肩负时代使命，推动历史前进的志士仁人的行动准则。岂能要求普通老百姓"先天下之忧而忧"？相反，人类的本能要求幸福。芸芸众生应该争取"先天下之乐而乐"！

成都人有此主观悟性，有此客观条件。这要感谢两千多年前成都"老市长"李冰，治水天下第一，治出了千秋长寿都江堰，治出了天府之国。为川西平原提供了"先天下之乐而乐"的自然"乐土"，天然福祉。世世代代成都人仰天之福，得水之利。乐山乐水，乐天乐观，会享乐，会找乐。及时快行乐，苦中也寻乐！津津乐道，何乐不为？

时间在成都就是生活

民以食为天，首先说吃。人类鉴别食物滋味，靠的是舌头上的味蕾。四川人的味蕾特别发达，胃口特好，天然携带

"好吃"的基因，确实达到孔夫子"食不厌精，脍不厌细"的标准。川人的美食需求，促成川菜丰富多彩，流传天下。全国大小城市，都有川菜馆子。全球多少唐人街，哪条街上没川菜？国外华人饮食城，常见餐馆打着"正宗川菜"的招牌吸引各种肤色的顾客。有的鲁菜馆子，还用川字带头，合称"川鲁菜"，更能招揽生意。各派菜系各有美食，但粤菜和川菜的知名度最大。两者伯仲之间，而川菜普及更广，价格更廉。阳春白雪和下里巴人雅俗共赏。单说四川火锅，流传天涯海角，放之四海而皆"火"！代表了川菜的普及性、变革性、包容性。传统火锅毛肚，如小河流水，川人不断变革，汇成海纳百川，有容乃大。囊括山珍海鲜，飞禽游鱼，野菜时蔬，辛辣清淡，红鸳白鸯。麻辣味是川菜总数的一半，另一半是不沾海椒花椒胡椒的美味菜品。福建海鲜山西醋，北京烤鸭广东蛇。四川人不排外，味蕾如海绵吸收。也吃海鲜也吃醋，敢吃"活麻"敢吃蛇。老四川，朱门寒门都好吃，富吃豪华宴，穷吃冷啖杯。老成都，千家万户都有自家的拿手好菜。家家都有好厨师，在家里自作泡菜、豆瓣、豆豉、豆腐乳、甜食、烧腊。成都人还会用食物作比喻，例如形容平庸而吹嘘的人是"豆芽冲上天，不过是一盘小菜"！现在流行北方谚语，形容某人某事突然走红暴发，成了"香饽饽"！成都人不理解，怎么把"饽饽"当成抢手货呢？在成都人的味蕾里，饽饽算什么东西？再香的饽饽也是一般食物嘛。本人戏言：用"饽饽"来形容高不可攀，求之不得的事物，是饥民心理。只有饥不择食的时候，才会把"饽饽"当成珍馐极品。

再说玩，玩麻将。各省都在打麻将，唯有成都打得多。夸张说，飞机飞到成都，还没降落，听见一片麻将声！麻将是中国特产的娱乐工具。西方扑克，东方麻将。

2017年，国际智力运动联盟宣布，麻将正式列入世界智力运动项目。民国时期，四川流行素麻将，平断缺将，东南西北风，红中、发财、白板。还有一种花麻将，增添春夏秋冬，梅兰竹菊，外加"听用"。顾名思义，听你需用。摸到这张牌，可以取代一切牌。花样越多，技巧要求越高。20世纪30年代初，有"国事管他娘，打打麻将"之说。50年代初，禁止麻将；70年代初，麻将在"逍遥派"中暗暗复活；80年代初，麻将崛起，全国通行，男女老少咸宜。四川尤为突出，带头发明简化麻将。取消东南西北风，中、发、白，有的还取消万字。各种简化方式，目的是减少技巧，减轻难度。大众化、通俗化、快餐化。成都率先推行"血战到底"，四人博弈，延续到三人行，二人转。麻将出新，别有趣味。从前只看到麻将的消极作用，如今进入老龄社会，麻将显示了积极功能。小小麻将桌，成了千百万大爷大妈的主要娱乐设施。这里既是老人精神寄托之处，又是老人肢体活动之地。打麻将要动手指，动脑子，有助于血脉流通，防止老年痴呆。我认同，麻将是老人的平面太极拳！

说麻将，讲茶馆。成都茶馆特点鲜明，与老舍《茶馆》里八仙桌长板凳显然不同。少城公园茶馆一片竹椅矮桌。满堂茶客斜靠竹椅，满桌小巧盖碗茶。幺师掺开水，采耳师掏耳朵，茶客眯着眼睛享受搔到痒处的微妙快感。那热闹而悠闲的场面，是成都标志之一。盖碗茶三件套，茶盖、茶碗、茶船。盖为天，船为地，碗为人，印合天地人三才。茶船托碗，茶盖划茶。轻划则淡,重划则浓。抿嘴饮茶,上唇微贴茶盖,有温馨感。相传是唐代西川节度使崔宁的女儿在成都发明,根植锦城,传播神州。老成都闹市通衢,街头巷尾遍布茶馆。陕西人寒暄话"吃了吗",老成都寒暄话"口子上喝茶"。庐陵人"醉翁之意不在酒",成都人"饮翁之意不在茶"!老成都茶馆是超级多功能平台。遗老叹兴亡,遗少聊风月,学生讲抗战,记者采新闻,平民话家常,商家谈生意,长衫捐客作袖语,地下党人对暗号。袍哥吃讲茶,玩友吼围鼓。舵爷唱花脸,军爷帮高腔。路人游民,贩夫走卒,引车卖浆者流,围着帮腔一齐吼!到此不分贫富,茶馆等于俱乐部,俱乐嘛,皆大欢喜。成都人进茶馆不是为了品茶,不兴茶道,不太讲究茶叶如何高贵。民国时期下关沱茶就算好,50年代三级花茶就行了。茶钱最相因,一杯茶可以坐半天。坐久了,出外伸伸腰。在茶盖上放一分钱,旧社会放半节水烟纸捻,新社会放半节纸烟屁股。表示我去办事,还要回来。幺师守规矩,不能收茶碗。还有极少数吃"玻璃",即白开水。茶客自带茶叶,只买白水,同样悠然久坐。这里消费时间很长,收费价格很低,最宜大众聊天侃海,四川话叫作"摆龙门阵"。语出章回小说《薛仁贵征东》里摆的阵势。老成都谚语"龙门阵打伙摆,茶钱各开各"。龙门阵里有市民文化,都市报里有龙门阵。老成都盛行小报,例如《新新新闻》,新字三叠,取名新鲜,内容新奇。报童叫卖《新新新闻》之声,至今仍绕我耳畔。民国成都报刊对国民政府有三种态度。《新新新闻》小骂大帮忙,刘师亮《谐刊》大骂不帮忙,《中央日报》不骂大帮忙。《中央日报》是国民党党报,满篇歌功颂德,党同伐异。但此报销量最差,

315

由国民党和政府自吹自擂，自买自卖，远不及《新新新闻》畅销。"文攻武卫"时期，红头文件附言："成都小报之多，全国之冠。"近二十几年，《华西都市报》《成都商报》在南北都市报中出类拔萃。蓉城许多三轮车夫等待顾主时躺在车上看报纸。茶客躺在竹椅上午眠，习惯用报纸盖脸。哈哈，小报遮颜卧闹市！四川早有名牌刊物《龙门阵》，我曾建议再办个小报《天下小事》。小小百姓关心天下小事，即所谓生活琐事。天下巨大，人口特多。每人小事集中起来，岂非天下大事吗？

慢悠悠的成都人，却发明了轰轰烈烈的口号"雄起"！最先从体育场上观众丛里喊响。成都体育看客踊跃，把过去啦啦队的习惯呼声"加油"更新为"雄起"！看客集体无意识地没把球赛视为体育，而是当作"体娱"，娱乐之娱！体育场就是体娱场。看客并非来接受再教育，更非来体验"锻炼身体，保卫祖国"。来干吗？娱乐、娱乐、娱乐！

看球赛是激烈的娱乐，泡茶馆是舒缓的娱乐。成都人慢悠悠享受生活，与"北上广深"相对而言，时间在成都仿佛缓慢了，舒适延长了。有人极而言之：时间在北京就是政治，时间在上海就是时尚，时间在深圳就是金钱，时间在成都就是生活！

文彩之城，安逸之地，成功之都

成都生活节奏较慢，但不能视为"慢城"；成都非常好耍，但不宜宣称"耍都"。笼统说"美食之都"或"休闲之都"，我觉得很单一，很片面。

我用十二字概括成都：文彩之城，安逸之地，成功之都。文史丰厚，生活精美，经济发达，三足鼎立，成都的特征是综合优势！

文彩之城，历史文化悠久。都江堰、青城山、金沙遗址、草堂、武侯祠……众所周知，无须赘述。安逸之地，安逸是雅词，多用于书面。而在成都，安逸是口头常用语，并且添枝加叶，安逸得板，安登儿逸得板！良辰美景，赏心乐事。休闲休养，宜居宜旅，安逸乃快乐的至高境界。成都人，逸民也。但安逸之地，并非无所作为之处，逸民并非懒汉，有逸有劳，劳逸结合，好逸而不恶劳，好吃而不懒做，玩物而不丧志，享乐而不苟安。

历史上，成都产生了不胜枚举的成功人物，现实里，成都涌现了不计其数的成功事业。历史和现实都证明了成都是成功之都。古代早有谚语"扬一益二"，即扬州第一，益州（成都）第二。唐朝经"安史之乱"后，北方经济地位下降，长江流域地位上升。扬州和成都升为全国最繁华的工商业城市，经济地位超过长安和洛阳。如果说当时的计算方法还不够科学，"扬一益二"还不够精确，那么当代中国新一线城市排名榜最有说服力。从2013年到2018年，根据商业资源集聚度、城市枢纽性、城市人活跃度、生活方式多样性、未来可塑性五大指标，从338个地级以上城市之中遴选出15个新一线城市。这6年来，每年新一线城市之中排名第一的，都是成都！成都！成都！……成都人，能不以此自豪吗？外省人，能不对此神往吗？外国人，能不用脚投票吗？我辈文人，能不思考这安逸与成功辩证的统一，逸民与斗士奇妙的结合吗？

"逸民"的对仗反义词是"惰君"。语出《晏子春秋》："惰君之衰，覆社稷，危宗庙。"我转用在这里，说明安逸之地出逸民，也出惰君。古代成都龙椅上坐江山的刘禅、王建、孟知祥、孟昶……都是小朝廷，大玩家，在安逸之地偏安。蜀汉后主阿斗（刘禅），在位享乐四十年。一旦强敌兵临城下，阿斗自缚抬棺投降，苟全性命，被赐封安乐公。大玩家玩性不改，乐不思蜀。尽管蜀川安逸之地寄生了几个偏安的小皇帝，然而也产生了许多不苟安的大文豪。司马相如、扬雄、王褒、陈寿、陈子昂、李白、苏洵、苏轼、苏辙、杨升庵、李调元、郭沫若、李劼人、巴金、沙汀、艾芜……非川籍而进入第二故乡，在安逸之地继续成功，锐进升华者，有文翁、杜甫、王勃、岑参、李商隐、薛涛、黄庭坚、陆游，以及抗战八年，长期流寓四川的茅盾、叶圣陶、朱自清、老舍、张恨水、曹禺、吴祖光等。不止文坛作家，"天下才人皆入蜀"。各界精英，汇聚成都，积累伟业奇勋。从外地到成都升华的典型是杜甫，从成都到外地升华的典型是苏轼。东坡出生于成都附近眉山，二十岁从成都出川。林语堂《苏东坡传》盛赞传主是"无可救药的乐天派"！我思考，是东坡继承了成都人的"乐天"，还是成都人继承了东坡的"乐天"呢？良性循环，互为因果。人有悲欢离合，世有冷暖炎凉。成都历经多少天灾人祸，成都人乐观，达观，坦然应之，泰然处之。川语幽默，笑头娃娃挨打，屁股痛脸上欢喜！川剧诙谐，善于运用喜剧手段演绎悲剧。物质匮乏时期，成都人调侃："今天打牙祭，吃无缝钢管！"无缝钢管者，空心菜也！三月不知肉味，无奈倾囊购买高价低质的饼子解馋。成都人戏谑说："哈哈，一口咬了三个国家，加拿大灰面，伊拉克歪枣，古巴黑糖！"汶川特大地震，成都人逃难，不忘苦中寻乐。

比地震可怕的是余震！
比余震可怕的是预报余震！
比预报余震更可怕的是预报余震后长久不震！
天老爷，你快点震，早点震嘛！

乐极生悲，悲极生乐。成都人破涕为笑，谈笑自若。成都市标是太阳鸟，成都市花是木芙蓉。假若要征集成都人乐观精神的象征物，我推荐成都出土文物，笑逐颜开的西蜀说唱俑！

文彩之城，安逸之地，成功之都，吸引天下游客。从前，"天下才人皆入蜀"。未来呢？我祝愿："天下无人不入蜀！"

2019年盛夏

奇奇怪怪的四川人
——《天下四川人》序言

一

我是一个爱写四川人的四川人。

用四川话说："扳起指拇儿一算。"——不算远，只算新时期，我的九个大戏多数选材四川，大写特写四川老乡。最近，只载译文作品，从来不发表中国作家著作的《世界文学》杂志破例全文登载我的电影文学剧本《四川好人》。朋友们怂恿我趁势弄成川剧。我随口应和：那就叫她《四川好女人》吧！听听这名字，我和四川娘们多有情分。生是蜀人，死是川鬼。我的杂文集子，不就叫作《巴山鬼话》吗？我一戏一招，一书一招，招招没离四川，常常流露乡情。

且举一段剧诗为证。拙作《夕照祁山》中，诸葛亮五丈原弥留之际，思念第二故乡，担忧蜀汉命运，于荧荧灯影、萧萧落叶中吟唱：

落叶归根归不得

集酸甜苦辣忆蜀国

都江堰水灌田野

蜀锦织女摇纺车

井盐轱辘转日夜

僰人悬棺暮云遮

川酒醇

川椒烈

川肴美

川味绝

川语如橄榄

川歌似甘蔗

川人尽桃李

川情赛松柏

拜别

诀别

黄泉无限川江恋

来生再作蜀川客

这种恋川情结好痴！没想到我是单相思。

譬如新书《天下四川人》的主编和作者，不嫌在下是个"争议人物"，专程赶赴自贡寒舍，多次诚恳邀请拙笔作序。却之不恭，出书在即，我只好改改苦吟习惯，来一次急就章，凑个兴头也好。

二

新书《天下四川人》广征博引，谈古论今，洋洋二十万言，已把四川人说尽了。我还说什么呢？补充一些佐证，另提一点反话，让有兴趣的朋友们聊天开心。

人上一百，五艺俱全；人上一亿，千奇百怪。四川是中国人口第一大省，林子大了，什么鸟儿都有。按人口比例，也应比小省的人才出得多。量中求质，四川的好人、坏人、奇人、美人都往往在全国"盖帽"。且说当前，四川第一伟人，就是全国第一伟人。谁？邓小平，您好！盖了帽喽。四川籍的贪官，就是全国已公布的头号贪官，陈希同嘛！是不是还有更盖帽的外省籍贪官没有登场亮相？算了，莫让外省人抢了我们川籍贪官排行榜头名状元！

反面教员从略，再举四川好人。文学大师巴老如何？他老人家是"文革"后提倡说真话，且有忏悔诚意的代表人物，可钦可佩。我早年喜欢四川同乡郭老的青春叛逆，现在敬仰四川同乡巴老的晚霞真诚。近有论者与我商榷：郭老的暮年≠巴老的晚年。他认为郭老如果活到巴老倡导说真话的 20 世纪 80 年代，郭老也会恢复青壮年时期的豪气，说出掏心的真话。诚然，倘若天假以年，沫若先生可能在拨乱反正，改革开放之顺境阶段重作"天狗"状，可是，一当风云变幻，"左"势卷土再来，"天狗"又可能随风变回"猫腻"之态。这大约就是新书《天下四川人》揭示的那种"蜀人多变"吧？

但同样是"蜀人"的巴老却不善于变脸。他老人家虽然偏爱家乡川戏舞台上的变脸技巧，却没有学会用到生活中。其诚实品质，九十年如一日。江山易改，禀性难移。

我与余秋雨笑谈：你们上海文坛圣者巴老，是我们四川老乡。还有，黄浦外滩的上海市市长巨大塑像，也是我们四川人陈毅啊！共和国十大元帅，朱德、刘伯承、陈毅、聂荣臻，四位说川话。四川人文武全才，文到魁首，武到元戎。

众所周知，大画家张大千是四川人。但世人罕知，还有一位四川人陈子庄是"梵高"式的大画家。他生前受尽政治运动折磨，穷困潦倒，沦为街头苦力，死后才被国内外画坛发现其作品的巨大价值。与同乡张大千相比，陈子庄太不幸了。假定陈子庄有张大千那样的生存环境，再假定张大千也如陈子庄这样在四川小城挨饿拉车受批斗……那么，与毕加索会谈，被誉为东方世界第一画家者，可能不姓张而姓陈矣！

再想一想：现在还有哪些四川人在全国"盖帽"？啊！影后或称"妖后"刘晓庆；首富或叫"首骗"牟其中；武林大师或"夸大之师"海灯，以及其高足严新，其同乡胡万林……三教九流，十妖八魔，褒也"盖帽"，贬也"盖帽"，奇奇怪怪的四川人！

通观此书，为蜀人增光或丢脸到"盖帽"水平者都不胜枚举。俱实也，数好坏顶尖人物，还看四川……

且慢：这么说来，四川人是否与外省人有重大区别？四川人的个性特征是否与外省人明显不同？说优点，是否在中华美德之中派衍了一种川人美德？说弱点，是否在国民劣根性里伴生出一种川民劣根性呢？

三

我听说有这么一个小故事。

一个美国人带一个中国人去参观纽约富人区。那里富得流油,住宅豪华。中国人问美国人会不会嫉妒他的富豪同胞,美国人回答:"不!他有机会致富,我也会寻找机遇富起来!"后来,中国人到日本,由日本朋友陪同去参观东京富人区,那里也住得像天堂。中国人问日本人会不会嫉妒他的富豪同胞。日本人回答:"不!我会和他交朋友,把他致富的经验学到手,超过他!"最后,中国人回到海南,这里已出现富人区。中国人问一个还没大富起来的小款朋友嫉不嫉妒富人区,此人咬牙切齿回答:"我恨不得一把火给他烧了!"

这是自嘲中国人特殊的嫉妒心理。但我反过来推理,日本侵略中国,是把嫉妒中国地大物博的心理落实为侵华战争。中国人呢,嫉妒同胞时有言有行,但嫉妒"老外",却只停留在心理和口头,决不会落实为侵略战争,一把火烧了日本东京!中华民族与大和民族的心理和行动确有重大差异。

不同国家,不同民族,不同政治体制,不同意识形态。千百年分别积累,养成了非常不同的国民性,凝成了差异很大的心理状态和行动走向。

但是,让四川人、湖北人、陕西人,乃至上海人、北京人分别去参观外国富人区,他们之间的心理状态决不会像上述国际例子那样大相径庭。

这是因为四川人与外省人只是不同省份,却是同一国家、同一历史进程、同一政治体制、同一意识形态,都是共同经过漫长而徐步的封建社会,又共同经过"初级阶段",同受"文革"浩劫,同时改革开放……反正都是在大一统超稳定的国家里生存繁衍。作为一个省的群体,与另一个省的群体,共性甚多,个性差别不至于很大。

在古代中国,在近代中华,首善之区的京民,冒险家乐园的海民,和巴蜀盆地的川民,观念、心理、行为,确有一定差别。但随着历史发展到当代,信息灵通,交流频繁,差别就大大缩小,彼此趋于同化。因此,当代中国人面对同一事物,很难笼统说四川人会怎么样,湖南人会怎么样,河北人又会怎么样,这要看是四川、湖南、河北的什么样人物。

恰好,最近一家时尚刊物出题向我征询看法。请我谈谈四川女人和北京女人、上海女人、广州女人的差别。时尚刊物举了一个例子:假设现在实行婚姻合同,即试婚制,估计北京女人会拍手拥护,但签约行动的很少。上海女人则会口头反对,但很多会去签约,付诸行动。而四川女人会怎样对待呢?

我想了一下,是这么回答的:

不能以省界划分当代女人的差别。当代女人的异同,应以阶层、身份、地位、文化、经济、性格划分。如果真有婚姻合同之类出台,恐怕不能笼而统之断定京沪女人与四川女人必有不同的对策。这要看是北京的什么女人,上海的哪种女郎,四川的何等女性。四川女歌星与上海女歌星对这种事大约都满不在乎。但四川女歌星与四川女道姑的婚姻道德观决不会由于是一个省的女人就相一致!四川女法官与四川女法盲差别大了,西安女大亨与西安女乞丐悬殊太远。当代中国各省的上流社会女人已跨越省界，灵犀相通。各省的"下流"女人都因命运相似而"臭味相投"。所谓"婚姻合同"之类的玩派游戏，四川沙龙和广州沙龙里的女人都会引起兴趣。但无论是四川或广州的下岗女工，她们大致对此索然寡味。各省下岗女工统一地更为关心劳务合同、就业合同等温饱事。

当然，各省女人也有差别。最大不同是方言、语汇、曲调。各省女人混在一起，一开口说方言，便知南腔北调，便分闽女川妹。同是巴蜀女儿，巴有巴话，蜀有蜀腔。重庆女人说话辣，成都女儿说话甜，比吴侬软语还要柔媚。另外，各省女人吃喝的口味嗜好确是因地而异。四川女人好吃，多数是五香嘴巴，善于烹调，食不厌精。相对而言，陕北女人的吃喝比较单调，羊肉泡馍就算佳肴美味。四川火锅普及天下，羊肉泡馍走不出陕西。广州女儿怕吃辣，江西女儿不怕辣，湖南女儿辣不怕，四川女儿怕不辣！别省只辣不麻，川妹又辣又麻！四川女儿除辣食之外兼容八方五味。既吃火锅，也吃涮羊肉。也吃海鲜，也吃酸甜，还敢吃蛇，吃蝎。粤女敢吃的，川妹也敢吃；川妹敢吃的，粤女决不敢吃。中国治理天下的吸收功能，如果像川妹子的消化功能该多好！

四

如此看来，不止是四川人奇奇怪怪，各省人各有奇怪之处。奇奇怪怪是中国人的通例？不！奇奇怪怪是人类共性！

动物就简单。人类越复杂，越高级，越奇怪！

四川人的优点，是中华美德在四川人身上的反映！

四川人的弱点,是国民劣根性在川人身上的表现!

四川人自相矛盾又自相依存的组合性格,是人类本性在川人身上的展示。

拙作剧本《四川好女人》结尾说道:人的灵魂里,藏着一个天使,一个魔鬼。有时天使出来,有时魔鬼出来,有时天使与魔鬼在自己灵魂里互相打架。没有永远完美的好人,也没有一成不变的坏人。但愿我们灵魂里的魔鬼少来打扰,天使经常出现!

戏的尾声,书的序言,是清晰的结论,还是模糊的悖论?

我看《天下四川人》的观察推理也是模糊逻辑。

还是模糊些好。某种高明的模糊,比迂腐的清楚更有眼界,更有趣味。

1999 年 1 月

威海忧思

威海卫，刘公岛，中日甲午战争风云惨烈之地，腐败导致战败的国耻见证处！今天我随全国五一劳动奖章获得者参观团到此凭吊，归来盘旋，一枕忧思。

前年，我仔细读过威海籍老同志丛笑难所著二十万言史论《甲午战争百年祭》。丛笑难是军内历史学家，曾主编《中国革命史》，著有《世界革命史》。"三支两军"时，随部队到四川，担任过自贡市革委会一把手。他文化较高，能力较强，人称"丛政委"。现住河北，是陆军参谋学院离休军官，古稀之年仍不辍史学研究。力作《甲午战争百年祭》发行之前，他先将全书清样寄来，希望我把甲午史实搬上电视屏幕或戏剧舞台，启迪今人牢记历史教训。丛笑难给我写信，痛切陈词，说他重返故乡威海，见老家已成旅游热点。许多游客同胞对甲午战争一无所知，连威海青年也对本地历史所知极少。中国人的健忘症在威海有典型表现！我原以为这是丛笑难促我写戏而夸大之词，今天我身临其境，才知其言属实。

劳模一行三十一余人，打早从烟台乘大客车出发，上高速公路直奔威海。车内导游向乘客介绍沿途景观和威海风情，多是插科打诨，浅薄笑话，语不涉甲午痛史。劳模们对此既不了解，也不打听。我试问导游，他亦不甚明白。车到威海，市中心广场树立邓世昌雕像。我问身边企业家，可知邓世昌详情？企业家愕然！我借用电影《甲午风云》提醒，企业家若有所悟："啊，这是邓大人！"身后工人应声："啊，是邓小平！"在工人心目中，"邓大人"即邓小平也。另两位青年劳模望望塑像，摇头否认道："变样了，这人不像李默然。"李默然演过"邓大人"，电影明星比民族英雄名扬四海。旅游团到海边待渡，我有意向维持治安和贩卖海鲜的本地人搭讪，分别探问他们知不知道在威海殉国的先烈丁汝昌、刘步蟾？本地人似闻天外来客，十有九人不知。我好不容易从一老者口中得到一点回应，但回应出来的却是一条颠倒良莠的讹传。老者操着山东土话，咒骂刘步蟾是"整邓大人的大坏蛋"！这谬误乃《甲午风云》传播。那部电影好是好，可不知编导凭什么偏要歪曲先烈刘步蟾？硬把他编造为邓世昌的对立面，一脸凶相，一肚坏水，贪生怕死，乱传军令，改变作战队形，造成水师惨败。影片这么一演，民间这么一传，冤枉三十年了，刘步蟾背上黑锅，落个骂名，泉下英灵怎会瞑目？大海做证，青史记载：刘步蟾忠心耿耿，正气堂堂，是邓世昌、丁汝昌的患难战友。邓世昌牺牲于黄海，刘步蟾、丁汝昌牺牲于刘公岛畔，这两位与威海关系最为直接。他们用生命捍卫威海，用鲜血染成了威海的知名度。天涯海角这座小城小岛仰仗先烈遗迹吸引中外瞩目，上升为历史名胜和开发地区。威海人今朝富裕，半靠自立新功，半吃先烈老本。但饮水者是否都会思源？邓世昌幸有电影传媒,今人略知其事。丁汝昌捐躯威海,却鲜为本地人知!刘步蟾献身威海,反被本地人骂!未庄愚民用烈士热血蘸馒头吃的悲剧似乎没有演完?鲁迅早就揭示的那种国民劣根性好像还在发展?

　　旅游团排班站队,买票上船,过渡漂洋,参观对岸刘公岛。船是一艘旧军舰,不大,很挤,运载满员,来往穿梭。大约半小时一班,每天客流量几万。票价甚昂,收入不菲,这码头油水可大了。与各地旅游暴发业不同者,刘公岛轮渡是军办,营业员是水兵。经济大潮席卷八荒,部队也讲创收,海军也办公司。靠山吃山,靠海吃海,符合市场经济规律。三大纪律,八项注意也有一项"买卖公平"。部队做做生意买卖,老百姓可以理解。不过,站在摆渡口,我倒有一个想法:刘公岛上中日甲午战争纪念馆,铭载了中国海军摇篮里的苦难,逆境中的拼搏,现场实物,遗迹逼真,是向军民进行爱国主义教育的庄严课堂。免费引渡人民大众到此上课,正是人民海军应尽的义务。远在北洋水师的时代,一些古老码头就有"义渡"传统,今日又何尝不可以免收老百姓的过渡钱呢?当年三大纪律头条"不拿群众一针一线",得民心而得天下。目前一条小艇所盈之利对庞大的北海舰队岂非九牛一毛?义务摆渡只须顺水推舟,而所得之民心非钱财可换也!

　　劳模们随游客人流下船上岛,参观前清海军公所、提督署、水师学堂、丁汝昌寓所、旗顶山炮台、黄岛炮台及龙王庙等遗址。我发觉:一批华侨游客比较留意民族大义纪念文物,争相寻根问底,手抄联语碑文。国内游客则相反,对有关国家兴亡之遗迹遗事遗物不感兴趣,冷淡一掠而过。大家的满腔热情多付与岛上地摊商品,争相围观选购假首饰、伪珍珠、廉价海鲜、韩国批发过来的领带、纱巾……讨价还价,锱铢必较。

我停留在丁汝昌自杀的签押房外,这儿无人问津,显得空荡寂寞。我独自向丁汝昌蜡像深深鞠躬,默默致哀。回廊一转,拾级而上,高处伏有一尊残破大炮,是北洋水师威远舰遗物。1895年2月6日凌晨,威远舰在刘公岛外海战中被日寇鱼雷击沉。近年打捞上岸,展出残炮。一群华侨正在抚炮留念,一个一个拍照,一个一个交钱。照相机与胶卷都是游客自备,营业员守着一棵摇钱树,坐收现成小费。炮筒子鞠躬尽瘁,死而不已!百年前冲锋陷阵,满身创伤,剩下残骸遗肢,至今还在替人招财赚钱。我手抚大炮,思绪飞回时光隧道,如闻炮声隆隆,海啸滔滔。忽又传来丝竹声声,京戏悠悠。壮烈战场拼生死,腐败宫廷犹歌舞……

反思中日甲午战争,历史结果证明:维新改革之国获胜,封建腐败之国惨败!当时日本业已推翻封建幕府,明治维新成功,走上资本主义道路,扩展军国主义势力,朝气蒸蒸日上,野心勃勃侵外。中国却是清王朝统治,封建制度根深蒂固。专制与腐败交织,腐败与愚昧相连,三者互为因果,专制登峰,愚昧造极,腐败透顶!中国近代史上,个别政治精英林则徐、谭嗣同;个别文化精英龚自珍、魏源;个别军事精英邓世昌、左宝贵……皆势孤力单,独立寒秋,免不了狂澜既倒,也免不了自身悲剧命运。绝大多数中国人在长期思想禁锢与血腥镇压之下养成中华特有的国民性:苟安、健忘、说谎、吹牛、拍马、红眼病、窝里斗、帝王崇拜、精神胜利法、以无知为光荣、把肉麻当有趣。散则一盘散沙,聚则一盆酱缸!最致命的弱点是麻木不仁，深受专制之害却又俯首帖耳接受专制！暗骂官场腐败却又与腐败同流合污！如此国民素质，经鲁迅观察揭示，哀其不幸，怒其不争。对比大和民族猛虎精神，再插上资本主义腾飞翅膀，如虎添翼，日本安得不胜？以慈禧为领导，以阿Q为基础的封建中国，仓促对日应战，岂不是驱猪羊抵挡虎狼，安得不败？

可惜丛笑难所著《甲午战争百年祭》没有触及当时中日双方国民素质的对比。邓世昌在中国是个别现象，阿Q是普遍现象！而日本相反，麻木不仁者是个别；武士道精神从上到下，普及大和民族，扩成全国性的自觉行动。日本人这种精神力量，用于侵略别国，就转化为滔天罪恶；用于建设本国，那真是世界楷模。

丛笑难著作某些视角也很有见地。他着重分析日本如何抓住历史机遇发展自身，中国如何放弃历史机遇故步自封。日本是在推翻封建统治之后，自上而下实行全国性的资本主义改革。中国只是在洋务派控制的局部地区自下而上搞一点改良。以"中学为体，西学为用"的改良主义药方去补救病入膏肓的晚清政府。企图在已经腐朽的封建制度躯干上去嫁接资本主义富强之花，只会变出畸形，结出怪胎。《甲午战争百年祭》还列举丰富的史料，比较两国双方最高统治集团的不同行为。不比不清楚，一比更证实日本廉政，清廷腐败。譬如日本筹备海军建设经费，由明治天皇亲自带头献金，每年从宫廷拨出三十万日元，文武官员每人献出年俸若干，掀起全民献金造舰热潮。清廷是怎样干的呢？慈禧独裁，李鸿章迎合，停止购买新式战舰，挪用海军建设费一千四百万两白银用于营造北京西郊颐和园，供皇家奢侈享乐。天天过节，大唱京戏，歌功颂德，粉饰升平。丛笑难建议我写戏，剧名就叫《慈禧庆寿》。以颐和园几次祝寿为主线，概括幕后甲午战争。这个视角区别于电影《甲午风云》，也与电视连续剧《北洋水师》不一般：今后我不写则已，若写，当采用讽刺剧，引进杂文味，满台荒诞事一把辛酸泪。重点是笑骂腐败与哀叹国民性。官场腐败的根子在宫廷腐败，经济腐败的根子在政治腐败，持久腐败的根子在掩盖腐败。腐败导致战败，战败留下国耻。更可怕的是国民劣根性普遍而顽固，不知耻，不认耻，不记耻！戏的结尾是一对谐联：战场上"三军败绩，割地求和"；颐和园"万寿无疆，普天同庆"。闭幕了，又拉开，演员谢幕，但都忘了刚才演的什么戏。你是谁？我是谁？何为甲午战争？全部记不得了！只对慈禧太后还有印象，老人家名垂千古，君不见银幕荧屏争先恐后连篇累牍美化老佛爷么？演员们谢幕没完就在台上卸装，都忙着下去打麻将。忽然钟声长鸣，天幕映出一行大字——日本人参拜靖国神社！

离开刘公岛，我还在构思颐和园与靖国神社。一到威海，眼前出现立体的、活生生的殿宇式建筑物——威海市委市府机关大厦，我用"惊骇"一词表示我的感受！三十几位劳模也看傻了眼！

威海原本是县，1988年改县级市，城市人口仅三十余万。就这么个小地方，托甲午国耻之福，乘改革开放之机，在战败的废墟上建成巍峨官邸。听导游介绍：国务院某位副总理到此一览"公仆大厦"，立即反感，提出尖锐批评。

我也算是走南闯北，到过国内许多省级政府机关。通通靠边站吧，比起这座县级市府建筑何其小哉！量一量"公仆大厦"广场的面积，数一数"公仆大厦"门前百余级台阶，点一点台阶两翼林立站岗的华灯，恍若面临紫禁城内九龙丹墀。我们还远远没有升堂入室，立即遥感上面是座好大的衙门。

咱们中国真是富起来了，沿海城镇真是富比港台了。这百级豪门显示了什么？是改革开放的成果？还是官本位的威仪？假如以同样面积，同样派头，同样造型，同样造价，盖的是劳动人民文化宫、甲午战争纪念馆；或美术馆、博物馆、影剧院、青少年宫、艺术中心；乃至大商场、大宾馆，都可以视为开放城市造福于人民大众的标志。唯独盖成了公仆上班场所，那就未免太摆阔气，太抖威风，太为公仆们自己造福了吧？单说那百余级台阶，就使老百姓感到高高在上，侯门深似海，望而生畏。公仆们上下班可坐小车绕路青云直上，飞流直下。主人翁老百姓若求公仆办事，那百级天梯就够你匍匐爬行。

古代为官者，敛财不外露。若外露到了大兴土木，造衙夸豪，大抵已是宦囊饱满，肥得流油矣！这儿是窗口，泄露天机。望窗口，测内幕，观威海，推四海。怎不促进我辈文人浮想联翩：改革开放让一部分人先富起来，而先富起来的究竟是哪一部分人？

乘改革开放之机，是"大款"与"公款"发财之共性；威海还有一层个性，托甲午国耻之福。这里比附近城市的客流更兴旺，旅游更发达，财源更茂盛，不就是由于此乃著名国耻之地么？抗战胜利时代，接收大员大发国难财。今天这里的官场应该力戒奢侈；否则，又叫不叫在发国耻财呢？

劳模们纷纷取出相机，拍下威海豪华官邸外貌。我打算以笔记代文稿，配上照片拿回去传阅，以视觉形象印证国务院领导人对此建筑物的批评切中时弊。

大厦照片怎么标题呢？我试拟了几个，请劳模们筛选。有的赞成题《小威海大衙门》；有的赞成题《高高在上的官本位》；我推敲片刻，长叹一挥——《国耻名胜的"公仆"大厦》！

1996年5月

蓬莱乌托邦

旅程安排今天游蓬莱，昨夜一宵梦见仙境。早晨八点半，一辆豪华客车满载我们四川劳模三十余人，离开烟台，前往蓬莱。

车窗前方冉冉日出，旅游兴致飘飘欲仙。蓬莱自秦始皇之后，几千年来口传书载，是仙山的同义语，乐园的代名词。蓬莱在历代诗文中出现的频率之高，可登上中华风景词语的冠亚榜。佳句太多，信手拈来："诗被催成句未裁，寻春问腊到蓬莱"；"蓬山此去无多路，青鸟殷勤为探看"；"刘郎已恨蓬山远，更隔蓬山一万重"；"昭阳殿里恩爱绝，蓬莱宫中日月长"……我一路吟哦，一路想象，蓬莱该有多美？当不下于九寨风光。曾记那年刚进九寨沟，立即觉得脱离红尘，羽化登仙，身轻若燕，人的灵魂净化了。那如梦如幻的多彩湖泊，那如谜如谶的多层瀑布，那神奇氛围，那童话世界，笔墨难描难画，语言难记难述。我只得望景惊叹，大自然的鬼斧神工创造出多少奇山异水？九寨沟还只是今人开发，名不见经传，如同山妞村姑刚刚选美露脸；蓬莱岛则早已是历史名胜，号称人间仙境，应如嫦娥，如洛神，如瑶姬，比村姑多几分仙气。

期望值太高容易失望，对比度太强分出虚实。九寨沟名不虚传，蓬莱岛名不副实。

今日实地考察半天，印象一般化。登丹崖山，观御碑亭，过隐仙洞，挤吕祖殿，钻上清宫，爬普照楼……游客摩肩接踵，但景点并无特色。一般的山林，一般的庙宇，一般的泥塑，一般的戏楼，最一般是楹联题咏。入口牌坊横额四字"人间蓬莱"，两旁悬挂署名刘海粟所撰并书写的黑底金字对联："神奇壮观蓬莱阁，气势雄峻丹崖山"。行家一看，便知不是偶句。声韵失格，遣词落套，意境平庸。海粟大师应景之作也不至于这般浅薄，分明是伪托大师之名。长年累月高悬示众，居然无人质疑揭赝！吕祖殿内更是粗俗，屋子闷塞，人满为患。八仙彩塑，十足匠气。吕纯阳的酒桌上摆着易拉罐饮料，酒桌前垂挂长方形黄绫，类似江湖郎中卖膏药的锦标。黄绫正中绣字敬神，落款为财团法人台中圣寿宫，且绣有电话号码一串，很像一张放大的商人名片。韩湘子和曹国舅的酒盘下压着"大团结"钞票，铁拐李的讨饭碗内讨来几张人民币。何仙姑左手把杯紧贴胸前，而酒杯与乳房之间竟夹着一张外汇券！蓝采和醉卧地下，身后竖立红色广告牌。游客与八仙合影一次，付钱若干，明码实价，现金交易。八仙脚下乱撒硬币小钞，狼藉不堪。营业员快速收钱，连声吆喝，对游客如防小偷，唯恐有人拍照不给钱，占了八仙的便宜。

这蓬莱哪有纯洁仙气？多是铜臭俗气！

僻静处，有戚继光纪念堂尚可驻脚。蓬莱县是明朝抗倭名将戚继光的家乡。戚继光少小离家，远戍边疆，在浙江、福建

337

一带招募新军，修筑海防。戚家军的战备工事现称为"水上长城"。但据我所知，那是远在闽浙海岸。戚家军是否在蓬莱岛上筑城打仗？有待史家考证。目前这里仿造蜿蜒水城，与神仙道观交混，似乎嫁接错位了？

真正具有历史价值却被国人冷落的是附近田横山。

游客多不知田横，导游说不清田横。我向同路的劳模朋友讲述我的独立思考：田横，战国孟尝君田文后裔。秦朝末年，没落为平民。响应陈胜吴广起义抗秦，与刘邦项羽逐鹿中原。开始同盟，逐渐分化，胜者为王，败者为寇。汉高祖统一天下，田横不愿臣服，率残部五百人渡海流亡到此荒岛。但普天之下莫非王土，率土之滨莫非王臣。汉高祖多次派遣使节到荒岛招安。田横若向朝廷称臣，即可晋京封侯加官，否则朝廷出兵渡海围剿孤岛，斩尽杀绝，鸡犬不留。田横为保存五百火种，被迫离岛赴京，中途自刎，死不称臣。岛上五百壮士闻讯，集体自杀，反抗到底。从此这座海岛姓田不姓汉，田横山成为气节象征。司马迁在《史记》里感慨为何没有丹青妙手将田横悲壮形象绘入画图！

是啊！南熏殿里陈列历代帝王像，凌烟阁上绘满开国功臣图。司马迁枉自叹息，无人应和。汉唐以后善画历史人物的顾恺之、吴道子、李公麟、阎立本等都没有遵照太史公的嘱咐描画田横，这是为什么？明末善画历史人物的陈老莲敢于绘制水浒一百单八将，却不敢把画笔移向田横山五百壮士，这又是为什么？我以为：兹因梁山好汉虽反叛但终于接受招安，而田横精神始终违背历代统治者的根本利益。若张扬田横精神，对开国帝王奠定基业不利，对治国帝王稳定大局更不利。形形色色的帝王术，都步秦始皇后尘，朕即国家，国家即朕。以统一国家之名，行一统家国之实。田横仅五百人一孤岛，宁死不与统治者统一起来，实乃统治者之大忌也。清军入关，统一中国，只缺一隅死角。郑成功孤军退守台湾，长期与清廷隔海对峙。郑成功之成功处，正是田横精神复活，五百壮士魂兮归来。稗官野史透露一种循环迹象，历代帝王在野之时不妨推崇田横，一当执政，立即避讳田横，于钦定宣教中淡化这段史实。各朝画家深知帝国一统之大道理，也知《史记》一呼之小道理。小道理当然被大道理管着，谁也不敢用画笔去实践司马迁的遗嘱。这就是两千年中国画史不绘田横的深层原因。

历史车轮进入20世纪30年代，终于有一位杰出的画家回应太史公遥远的呼唤。徐悲鸿挥动如椽大笔，精心创作巨幅油画《田横五百士》。悲鸿把自己的五官相貌，"移植"到画中五百士之一人脸上。此时，正值国民党初建蒋家王朝，以统一中国之名，行一统党国之实。《田横五百士》适时而出。其社会意义和艺术价值受到来自红色根据地的高度赞扬。这幅珍品被公认为悲鸿代表作之一。皖南事变后，田横精神一度成为重庆《新华日报》和延安《解放日报》的热门话题。

此一时也，彼一时也。一到50年代，在野变为执政。老舍话剧《方珍珠》里鼓书艺人套用老词歌唱新事：

真龙天子出延安，解放北京坐金銮！

艺人的颂词俚俗，不及"虎踞龙盘今胜昔，天翻地覆慨而慷"那么气派。江山换主，一统乾坤了。40年代在野时提倡的"田横精神",已对50年代的执政者不利矣!拜拜,田横。从此以后,谁还见过取材于此的文艺作品?以戏剧影视为例,各种帝王的文治武功反复搬演,搜罗欲尽,却至今无人把田横五百士的故事推上舞台银幕荧屏。用编剧专业的眼光看,这是戏剧可塑性很强的题材。五百士是共性,但又各具个性。阳刚、内秀、勇猛、机智、严肃、诙谐,五光十色,千姿百态。间杂鸡鸣狗盗之辈,鼓瑟燃炊之女。平常内部矛盾,感情纠葛,多角恋爱,派别斗殴;节骨眼上敌忾同仇,风雨同舟,威武不能屈,富贵不能淫,士为知己者死,女为悦己者容,集体自杀,无一偷生。怎么个死法?有的投海,有的服毒,有的上吊,有的切腹,有的死前一刻消除旧日芥蒂,拥抱同归于尽,尸骸合为一体,雷打火烧不分……壮哉,田横五百士!史籍材料虽不详细,想象发挥余地则很广阔,正是编剧入戏的好苗子。为什么没人去动这个题材?别去犯讳了,大家意会。田横山活该漂没无闻,此地罕为人知,远不如伪造的粗俗景点招揽顾主。

这里的拍照摊贩靠伪造术赚钱。先准备了特技摄成的空中楼阁底片,再用特技把空中楼阁与游客合成一张照片,看上去俨然是人在罗刹海市。

到此我才更加明白,蓬莱岛之所以有仙境之称,是因为这里地形特殊,历史上曾多次出现海市蜃楼。海边光线经疏密浓淡的大气层,发生折射和全反射,将远处的宫殿、城垛、楼台、人群、车马、景物显示于云水之间,蔚为天堂奇观。最早发现者和鼓吹者是先秦方士徐福。他迎合秦始皇万寿无疆的"理想",上书报告海上有蓬莱、瀛洲、方壶三座仙山。自告奋勇，率五千童男童女乘船上天堂去给万岁爷求不死之药。徐福一行是从哪里出海？是否就从我脚下的蓬莱岛口东渡日本？我手边没有确凿资料，回家后再查对核实。徐福一去不返，空留仙境传闻，什么八仙从这里漂洋过海呀，什么贵妃从这里起死回生呀，都说海上有仙山，山在虚无缥缈间。空中楼阁百年难逢，平时不见面、偶尔露峥嵘。最近一次是80年代初期，天堂幻觉持续半个小时。烟消云散尽，何日君再来？

下午别了蓬莱，车返烟台，在市中心停留两个小时。劳模们去商场购物，我独自逛书店，欣然发现一篇古人传世之作——《蜃说》。此文极短，不到四百字，内容有关蓬莱蜃楼。收在江苏文艺出版社1987年出版的《古文鉴赏辞典》之内。我站着一翻便被吸引，为欣赏短文而购买厚书。

夜写笔记，咀嚼《蜃说》。作者林景熙，宋末元初人，曾在海滨目睹蜃楼，自述与沈括《梦溪笔谈》所记登州海市相仿。古称登州，即是蓬莱。林景熙以精练传神之笔突出蜃楼的变幻和泯灭。询问空中楼阁何在？而大海依然咆哮。短文结尾一笔升华，冷眼旁观改朝换代。列举秦始皇的阿房宫，楚灵王的章华台，陈后主的临春阁，魏武帝的铜雀台，都不过是一座又一座蜃楼罢了！那么，莫斯科郊外，斯大林的神秘别墅呢？罗马尼亚首都，齐奥塞斯库的豪华官邸呢？……

早在30年代，法国文豪罗曼·罗兰访问苏联，他依稀看出斯大林政权给人民许诺的乐园如同虚幻的蜃楼；而实行的却是血腥专制，纵容的乃是官僚腐败。罗曼·罗兰把亲身感受暗暗写进日记。可惜，鲁迅当时无缘亲赴苏俄实地考察，只凭间接材料和自己的理想而将苏俄美化。如果鲁迅也有罗曼·罗兰之旅，能够亲赴苏俄调查研究，尝尝"梨子滋味"，以鲁迅犀利的眼光，必会洞穿蜃楼假象，预测蜃楼泯灭！

当我童年时期，中国狂热学习苏联老大哥。流行口号"苏联的今天，就是我们的明天"！"走俄国人的路，这就是结论"！当时我们只知苏共"是在地上建造天堂"，没有料到苏共"是在地狱假造天堂"！曾几何时，苏联蜃楼一旦解体，东欧多米诺骨牌溃如山倒。可叹，人们对乌托邦的迷信到觉醒，付出的代价是大半个世纪，漫长的一生；但在宇宙历史长河里，这一类蜃楼现象只是瞬间而已。

今夜，海山大酒店已入梦乡，蓬莱乌托邦如在眼前。遥想罗曼·罗兰暗写日记的意义，理解他当年秘而不宣的苦衷。所幸者，我今处在觉醒时代，秉笔直书的笔记体杂文，可以及时公开发表了！

1996年5月

江湖人称尤二哥

本书作者尤再清,排行老大,江湖人称尤二哥。

说起这位内江尤二,忽然联想红楼二尤。尤二姐,尤二哥,顺口一溜,多么流畅。不过,彪形大汉尤二哥,与尤二姐的柔弱性格相反。其人几分豪放,与尤三姐的爽快脾气有些相似。虚虚幻幻的大观园内,尤三姐结交一位梨园票友柳湘莲;实实在在的蜀途雅园里,尤二哥结交的文朋武友可就多了。

其中一个,就是在下。

我认识尤二哥已有五年之久。开初两次共处,时间长达一月。这两次都由于文债繁重,我想躲避锦城闹市干扰,另寻清静场所冥思苦吟。经我老家内江的乡亲引荐,当地高速公路服务区里,左右双翼分列两座特殊院落:一边"蜀途雅园",一边"森大书画院",主人便是好客的尤二哥。我应邀而去,偕妻子、小孙子,住进雅园别墅,安心写作。主人接待殷勤,安排周到。他常常陪我进餐,伴我出游。有时,带来一群森大书画院的骚人墨客,茶余酒后挥毫献艺,侃海聊天。四川方言:"开腔"大摆"龙门阵"。尤二哥嗓音洪亮,丹田充足,以武夫姿态，讲文人趣话。他少年习武，壮年崇文。当兵，转业，开车，下海；经营高速公路内江服务区，自办森大书画院；既是内江师范学院武术教练，又是四川美院国画系客座教授……他具有戏剧性履历，我展开文学性想象。从红楼二尤跨越到梁山好汉。灵感催笔，我撰写了以下这副楹联：

往来流水快车，新驿迎宾高速路；
谈笑文朋武友，雅园好客小旋风。

小旋风柴进，《水浒传》里仗义疏财的柴大官人。我戏说：尤二哥身上，似乎就有一点小旋风的遗传基因。我与他头回生，二回熟，三年成朋友，五年成至交。实践证明，尤二哥对我够意思了。再据我耳闻目睹，他对森大书画院一群共事的朋友，更是情同手足。内江当地众所周知，尤再清的企业盈余，半生积蓄，主要投入他所酷爱又赔本的文化事业上去了。所以，他被利润至上的生意人视为"傻大个儿"。在企业家群体中，他的财力平平，算不上大款，却比许多大款更大方。他不是专业文化人，却比某些专业文化人更痴迷文化。这回，发烧友出版处女作，如同一个只在台下喝彩的老戏迷，初次粉墨登场，当众"开腔"了！

好啊！我来为尤二哥帮几句腔吧。

纵观这一卷散文随笔集子，小半写"我"，大半写"友"。书的副题，可以叫作"我和我的师友们"。文笔还可以，不错，过得去；感情很可贵，不假，过得硬。作者发自内心，笔录实况，为一个一个故交新知画了一幅一幅素描小品。其敬仰前辈师长，呵护同辈好友之朴素心愿跃然纸上。而我的心愿则有些苛求。希望作者以白纸黑字为证：持久尊崇文化，无冷暖之变；一生珍惜友谊，无炎凉之改。再过几十年，尤二哥已成尤二公之时，画一个比较圆满的句号，来印证我这一介书生的小序没有看走眼！

2005 年 9 月于锦城

蜀中八哥
——《刘克刚画集》小序

我是书画槛外客，却与一群书画元老结成忘年之交，皆有墨宝馈赠愚下。远者，京华吴冠中、黄苗子、文怀沙、尹瘦石、沈鹏、郁风、丁聪、方成等老先生；近者，成都有个"岑三峡"，自贡有个"刘八哥"。

岑学恭，以绘三峡著称；刘克刚，以画八哥扬名。

初见刘克刚先生，早在1959年。我年方十八，未满弱冠，他已超过不惑之岁了。当时，我受"反右"株连，流放郊区农村。适逢自贡市在西秦会馆举办"十年建设成就展览"，内设农业分馆。郊区抽调下放教师到农业馆绘图撰稿，我也充数前去打杂跑腿。在那里，认识了自贡一中教师刘克刚。此公举止谦恭，说话温和。其体型与当年的鄙人有着相似之处。个子不高，都是"矮脚虎"；肌肉不丰，同为"瘦猕猴"。但刘先生的五官另有几分稚气，雅称"童子面"，俗称"娃娃脸"也……

半个世纪过去了。沧桑巨变，故人阔别，刘先生寿超耄耋。鹤发已添，童颜未改，"娃娃脸"依然故我，和他笔下的八哥鸟儿一样永葆青春。

据传大画家陈子庄语：齐白石画八哥，曾向自贡人王子立请教。这虽是传闻，但川南盐都人善画八哥属实。王子立传王少卿，王少卿传张度。而刘克刚，则是张度门前桃李。刘别号"石牛"，从自贡附近威远县石牛寨名门世家走出。自幼深受父辈影响，练就一手书画"童子功"。读初中时，转益多师，向张度执弟子礼，学习花鸟画。后考上冯建吴在成都创办的东方艺专，与"怪杰"石鲁有同窗之谊。再转入重庆西南美专，以优异成绩毕业。回乡即开办个人画展，二百余幅作品被盐商士绅订购一空，当时年仅二十二岁。他首次个人画展成功之后三年，我才迟迟从娘胎里呱呱坠地，可见画家刘克刚资力之深矣！

如今我已儿孙满堂，仍以晚辈低姿拜读《刘克刚画集》。只见满纸意境如诗的花鸟画，多是神态如生的八哥图。蜀中优秀的花鸟画家甚众，但一生以画八哥为主，画出特色，画出名声者极少，刘老当属首屈一指。八十年来，他爱八哥，养八哥，绘八哥。爱此鸟已近痴迷，养此鸟已如儿孙，绘此鸟已成绝活，故尔人称"刘八哥"！

耐人寻味的是，画家"八哥"，与画中八哥天性相反。八哥学舌，是鸟中"名嘴"。假若有"百鸟论坛"，八哥必随鹦哥分占黄金频道，侃侃而谈，喋喋不休。然而，"刘八哥"从不饶舌，更不斗嘴。默默笔耕，淡淡处世，对人一贯谦让。即使是自家应得之利益被人霸占，"刘八哥"也付之一笑，懒去较真。善，上善若水；柔，以柔克刚。

刘克刚，柔克刚！有长者之风，享仁者之寿！

2008年11月上旬记于成都

魔术之手

一卷《魔术之手》，长篇纪实文学。

作者是文坛票友，传主是草泽医生。

我与作者黄光新熟识，与传主李枝华神交，信手描成双连环，半叙作者，半议传主。野笔不拘一格，杂感飞出题外。

眉山黄光新，半生流寓锦城。年逾花甲，满头乌黑而非假发。说话大声武气，夜半无人私语时仍然吵吵。因其耳朵偏聋，便以为世人皆如黄氏听觉水平，凡事必须朗诵才叫过瘾。成天开口莫遮拦，早在"阳谋"之时荣获"右派"桂冠。历经二十年苦役，毫不吸取惨痛教训，又与笔墨言论结缘，欣然奔赴某剧影刊物做打杂编辑。其文笔虽不算特别高超，但观念开明，心肠热烘，手脚尤为勤快。以勤补拙，以诚待友。对真才实学俯首，替山花野草扬名。歌编导之功，颂演员之德。常写举贤荐秀之篇，不作损人坑人之文。老黄乎！老黄牛乎？老黄描写之人甚众，而众人却未描写老黄。

一旦退休，失去发稿初审权，以前纷纷光临黄光新小楼的客伙也就少来叨光了。偶尔路遇昔日上门求助的投稿者，几声哈哈天气好：老黄吃饭没有？没吃记着吃！改天到街口子上喝茶……

老黄胸无城府，不计较冷暖炎凉，依旧大嗓门说话，低工资度日。日月长，阮囊羞，何以解忧？借来几套梨园衣冠，在家里俳优自娱。老两口同擦摩登红，扮成吕洞宾三戏九尾狐，对镜搔首弄姿，拍彩照加洗一叠分送亲友。堪称戏迷发高烧，寒士穷欢乐。

我只道这人已经无聊丧志，殊不料天行健，君子自强不息；默默著书十五万言，以传统章回体，通俗纪实文，细描出一只"魔术之手"。

"魔手"是一位骨科医生李枝华。我遥想此公大约出身儒医世家，国手门庭，继承祖传丸散，秘制膏丹；或者来自高等学府，持有留洋文凭；甚至多年执教鞭于大雅讲坛，医界元老皆同辈，骨科郎中半门生；鹤发皤皤，美髯飘飘，使人望之肃然。

近读老黄书稿，才知臆测悬殊。原来这医生是贫民子弟，卖血少年，城建临时工，江湖漂泊者，戏班子绞腿武行，边防线站岗小兵……坎坷中自学岐黄术，苦练成才，独创成家。年龄和我相仿，正规学历亦与鄙人相等：两个小学生，一对"半文盲"！

说来惭愧，我干这一行没法直接解除民间疾苦。芸芸众生看戏与看病自有轻重缓急之分。不看戏无关痛痒，不看病则生死攸关。瞧瞧人家骨科大夫：望闻问切，推拿按摩，接骨复肢，屡起沉疴。单是创造一项取代夹板的"绷带点压法"，就减轻患者多少呻吟？他不仅探求 80 年代先进医术，并且弘扬 50 年代高尚医德。他待病人如手足，病人视他如骨肉，联成一串不胫而走的康复佳话。

"魔手"加"慈心"，本是众多患者对医术医德的由衷评赞，竟招来飞短流长，明枪暗箭。开弓者当然不在外界，发弩人分明是同行。

蒲松龄笔下有一位善良狐仙，不畏天，不畏地，不畏人，只畏同类狐！民间医生比狐仙洒脱，面对同行嫉妒，既不畏，也不屑，淡淡一笑罢了。这笑声又与鄙人应和：我也曾含笑拔去剧界同行射来的袖箭，轻若鸿毛，等闲抛落脚下。今日与没有见过面的草泽郎中共勉：青山永秀，绿水长流，各自赶路要紧。

写至此，忽然异想天开。既然"魔术之手"能使断肢复位，偏瘫复行，我愿祈求骨科专家再创奇迹——治媚骨！治婢膝！治奴才软脊梁！治拜金罗锅背！治捞钱鸡爪疯！治不看道义只看权势之扭曲歪脖！治不会耕耘只舞棍棒之畸形铁腕！……安得一剂"疗妒汤"，快治疗同行整同行、同志坑同志、同胞斗同胞而其乐无穷之痼疾顽症！

愿天下真有如此"魔术之手"，祝老黄再写一部科幻纪虚文学，送交未来出版社付梓。

1992 年 4 月

问　号

或许我的杂文、碑文、戏文有刺，有趣，有点鬼聪明，有些小意思，于是常被漫画家看中，把我作品中的闲言碎语绘成漫画，结集出书。

2000年，北京西苑出版社创意，摘选铁凝、余华、苏童、方方、张炜、蒋子龙、韩少功等二十位作家作品中的零珠碎玉，分别出书二十卷，我忝列其中。出版社再请二十位漫画家，把作家们每一小段文章绘成一幅漫画，图文并茂，可看性较强。我这一卷是万里英作画，书名就叫《闲言碎语》。

2001年，上海古籍出版社策划，摘选五位作家的"格言"，每段绘画，分别出书五卷。王蒙、李敖、柏杨、贾平凹，我附骥尾。我这一卷，是由漫画家余熊鹤"图说"。

我与余熊鹤、万里英只是神交，至今没有谋面。这次中国教科文出版社推出《画里有话魏明伦》，绘图者是漫画家彭长征。近十年他定居成都，与我过从较密。早在1993年，南海舰队少年漫画家彭长征初露头角。在《羊城晚报》的"名人幽默"栏目发表漫画《高女人和她的矮丈夫》。"高女人"冯骥才!"矮丈夫"魏明伦!大冯身高1米92,小魏踮起脚尖,也只有1米59。大冯很爱故意俯下身来和小魏合影,以衬托其高大巍峨。小魏仰头调侃:"我俩照相,就体现你的著名小说《高女人和她的矮丈夫》!"大冯赞叹小魏机敏,将此趣话写进文章。不胫而走,触发彭长征画思,加以形象化,从此和我结缘。

长征个子不算高,也是一位矮脚虎。爱雄起,把成都体育场上的雄起声浪推到关公和钟馗麾下!历来钟馗形象千姿百态:舞剑、挥扇、撑伞、骑马……彭长征另辟蹊径,专画带枪钟馗系列。不是红缨枪,是来福枪。让冷兵器时代的红袍虬髯终南进士穿越时空,高举热兵器,降落来福士广场。出入宽窄巷,搭档大熊猫。反腐败,抗瘟疫,打鬼飞子弹,嫁妹送轿车。古今融合,爱憎分明。会使枪不当枪使,画桃符也绘寿桃。伏魔而厌称大帝,驱鬼而结交鬼才。漫画家风趣,将钟馗脸谱,换成自己五官。这颜值,真好玩。雄起!雄到香港,雄到西欧。有一位德国教授,把带枪钟馗翻译成带枪佐罗,带枪罗宾汉!漫画家率性再画《约枪》:中国钟馗、美国佐罗、英国罗宾汉,中美英带枪三人行!

去年,带枪钟馗作者的镜头一转,俯身向我垂青。我不带三尺钢枪,只带三寸秃笔。适逢首善之区北京大学校长校庆致辞,白字连篇,传为笑柄。校长无奈,致信回答全校学生质疑。开头认错致歉,似有诚意;不过高潮在后,训词如下:

焦虑与质疑并不能创造价值,反会阻碍我们迈向未来的脚步。

大哉斯言！校长教导莘莘学子，一戒质疑，二戒焦虑。大学讲坛宏论，引起我这个拿不出小学文凭的白丁书生反感。信笔挥洒几句自白，供文友微信传阅：

我的全部作品：戏剧、杂文、辞赋、楹联、电影、散文、论文、歌词……通通体现了我的质疑和焦虑！

彭长征善解吾意，灵感来潮，寥寥几笔水墨，漫然成画。图中书生赶路，若有所思。风尘仆仆，脚迹班班。左腕夹着一卷大书，书中一物，横穿书外。中间虚去，只露头尾。乍看，像是一把合拢的伞，伞头尖尖，伞把弯弯；细看，像是一支长长的笔，笔酣墨饱，锋芒毕露；笔头？伞尾？自然而然合成一个大问号？

绘画人神来之笔，再现了、升华了画中人深情忧患，据理质疑！

绘画人惬意，画中人认同。初起步，再搭档。一生二，二生三，三生……产生了百幅漫画《画里有话魏明伦》。

漫画家"画里有话"，杂文家"话里有话"，知音的读者，会听弦外之音……

2020 年 7 月　苦吟成序

哈哈，圈子

要说社会上的圈子，1949年前四川的袍哥码头就是圈子。袍哥又称哥老会，分仁义礼智信，大码头套小码头，大圈子套小圈子，互相利用又互相倾轧。中华人民共和国成立后，当局三令五申"不要拉小圈子"。当时"圈子"是贬义词，是拉帮结派的代称。现在的"圈子"是中性词，是港台文化引进的时髦话。文化界叫"文化圈"，演艺界叫"演艺圈"。旧社会的圈子有行规帮规，现在的圈子也有约定俗成，游戏规则。圈子之内，圈子之间，因人际关系而结合，是互惠互利的好渠道。有人精于此道，乐于此圈。

我缺乏拉圈子的天才，也没有入圈子的兴趣。国家安排的专业协会挂名职务，我尚且极少去点缀参与，何况其他民办的圈子。十几年前，四川就组成了一个叫作"峨眉戏剧创作联谊会"的圈子，年年聚会，岁岁游山。省外的同行从巴蜀戏剧创作的行业归口角度看，都以为我理所当然是这个"峨眉派"的"掌门人"。其实我是门外汉，不得其门而入，也不想去沾圈子的光。我是独行客，也就是孤独者，不属于什么圈子,也不参加什么圈子。

战国百家争鸣,魏晋建安七子,盛唐饮中八仙,清初扬州八怪,还有散文体裁的公安派、竟陵派、桐城派……都是流派文化,但习惯上不称"圈子"。"五四"以后的创造社、文学研究会、语丝派、新月派、太阳社、沉钟社……有的"为人生而艺术",有的"为艺术而艺术",有的走上十字街头,有的钻入象牙之塔。尽管各行其是,但也不称为"圈子"。20世纪80年代思想解放,有文艺复兴之兆。改革派与守旧派有阵线之分,但也不像现在的"圈子"。世纪之交中国文艺的圈子现象是个怪胎,是一场混战。除个别例子,大多数是无谓纠纷、小是小非,胡搅蛮缠。改革开放初期文坛论争是黄钟大吕,现在文坛吵架是瓦釜雷鸣。庸才骂人是时尚,不遭人骂是庸才!所谓"圈子文化",弄得好是流派,弄得不好是宗派,极而言之成帮派。我这圈外人近来也被圈内的庸才乱骂,而我的座右铭是:"敢向庞然大物质疑,不与低劣小人计较!"

2000年9月

读者可以说不

我的案头摆开两种书刊。一种是最近突出上市的政论书籍《中国可以说不》,一种是久有盛名的文摘杂志《读者》。

气势汹汹的《中国可以说不》向文质彬彬的《读者》发难。政论开卷第二章标题《再认识:亲美的心理瘟疫何以漫延》,笔锋横扫,将所谓的"亲美的心理瘟疫"与《读者》杂志及其广大读者挂上钩来!

我从一个普通读者的角度评说是非。

先看被指责一方《读者》的基本状况。这一家文摘杂志创刊十余年,至今已出181期。刊物办得如何?广大读者有目共睹。现在每期发行四百余万册,雄辩地证明每月最少也有四百余万读者对这份文摘杂志喜闻乐见。如此畅销的出版物,立足点不在首都,不在上海,不在沿海特区,却在边远兰州一隅之地。由几个无名有为之士白手起家,创出名牌,流行全国,传播海外。《读者》不靠"枕头",不靠"拳头",却能超越"两头"书刊的销量。

靠的什么?文学感染力,知识信息量,观赏趣味性;德育,智育,美育,多种精神维生素。《读者》擅长"雅俗共赏";把这种理论说来统一而在实践中往往矛盾的相悖难题比较完美地结合起来了。《读者》擅长"寓教于乐";她把又一种理论说来容易而在实践中很难达到的化合标准比较自然地熔为一炉了。《读者》坚持"百花齐放";其他文艺报刊并非都能对此持之以恒,而她这一家杂志却敢十余年一以贯之。《读者》敢于"独树一帜";她正确处理百花齐放与独树一帜的辩证关系,既能保持特色,又能掌握分寸。她在风来雨去、左偏右激之间,不搞一时冲动,不做墙上冬瓜,不卑不亢,两不倾斜。平衡木上跳舞,稳健自如,轻松愉快。《读者》适应了中国处于"初级阶段"的国情,兼顾了各阶层多元的审美需求。效法海纳百川,此刊有容乃大。所以才会获得方方面面里里外外的共同赏识,才会创造每期畅销四百余万册的惊人纪录!就凭这"四百万",足以印证"双百"方针,"二为"方向,古为今用,洋为中用,确实行之有效,很得人心。就凭这"四百万",还可印证"双百""二为"不是权宜之计,不应随风变迁,而是繁荣文艺须臾不可离开的通灵宝玉!就凭这"四百万",说《读者》杂志是文艺界和出版界改革开放的一大成果,是精神文明建设园地的一朵香花,言不过头,评价公允。

金无足赤,刊无十全。论者尽可指出不足,促其更上层楼。然而,且看《中国可以说不》是如何硬将《读者》联系上所谓"亲美的心理瘟疫"呢?狂言一页,全引于下:

……我所要说的是:宽泛而无孔不入的美国印记,在我们自身心理上造成的瘟疫,倒是值得好好说上两句的。

> 首先我想提到一本杂志，名叫《读者》，我指的是中国大陆出版的原名《读者文摘》现因知识产权原因改名为《读者》的这一本。我知道中国《读者》同美国《读者文摘》不能等同，我也知道《读者》选用国内的作品比重较大，我更知道《读者》的追求及其民主性。但是对《读者》杂志的看法，90年代初，朋友们和我就很长时间地议过。《读者》实质就是一处小小资产阶级的精神乐园（注意：原文如此，我在小资产阶级前面又加了一个"小"字）。

我也提请读者注意：上面引文的括号语是《中国可以说不》的作者自己注解。给《读者》扣上"小资产阶级"的帽子不够表示轻蔑，还得加上是"小小资产阶级的精神乐园"。这极"左"的腔调和叠床架屋的造词手法似曾相识？不就是"最最最"的后遗文风么？

再看下文"此地无银三百两"：

> 我冠之"小小资产阶级"不是借意识形态之刀来砍人，因为即使在西方，"资产阶级"在社会学意义上也是一个批判概念。为什么这样说《读者》？《读者》跟"亲美的心理瘟疫"有什么联系？这么说吧，《读者》能够从最大程度上满足文化水平一般但又不安于现状的小人物们的虚荣心，她使得"小小资产阶级"们通过一些难度不大的哲理（美学）破译使人获得一种智力上升的错觉，一种逃避现实的快感。

瞧！就这么用佶屈聱牙的遁词偷换概念，虚晃一枪，扬长而去。至于耸人听闻的"亲美的心理瘟疫"与《读者》到底有何关系？政论家只扣帽子，不摆事实，不说证据，不讲道理，不负责任，拿起笔作刀枪，无限上纲莫须有！

清平世界，朗朗乾坤，岂能趁出书之机信口雌黄，公开侵害具有法人资格的《读者》杂志的名誉！更有甚者，一连践踏订购《读者》杂志的四百万读者，竟将如此众多的中华同胞联上"亲美的心理瘟疫"；将来自方方面面的广大读者斥为"小小资产阶级们""文化水平一般但又不安于现状的小人物们"！打击一大片，唯你最革命。试问《中国可以说不》的作者：阁下所属阶级究竟有多大？文化水平究竟有多高？鄙人拜读尊作，发现多处成语乱用，逻辑混乱，修辞谬误。这里点到为止，另文详细指讹。建议阁下多看几本《读者》杂志，加强文化修养，提高写作能力。

振兴中华，匹夫有责。本文量词求准，对《中国可以说不》有损《读者》之处不敢苟同而命题曰——"读者可以说不"！

1996 年 9 月 7 日

可悲的 "半边天"

　　深秋是做梦的季节。我应邀为新书《噩梦：拐卖妇女儿童案件实录》封面题签。读罢书稿，触目惊心，毅然命笔。

　　书名《噩梦》，文学形容词而已。内容却非梦境，全是活生生的现实，并且不是个别现象，而是长期存在的社会问题。在21世纪文明时代，居然还暗中大量重演古代罗马"买卖奴隶"式的悲剧。中华人民共和国成立五十四年了，进城之初，我们就高唱"姐姐妹妹站起来"。五十四年过去了，我国作为联合国的成员国，虽然对国内拐卖人口案件备加重视，大力查办；虽然广大公安干警为此多费辛劳，屡立功勋；虽然对罪犯一次又一次"严打"，对受害人一批又一批解救；然而，为何如同割韭菜，越演越烈呢？！

　　拐卖人的人，被人拐卖的人，两者究竟是"鸡生蛋"，还是"蛋生鸡"？互为因果，恶性循环。拐卖人的人，道德沦丧，人性泯灭，已如野兽，夫复何言？但是，被人拐卖的人呢？大多数是社会底层的妇女。她们的悲惨遭遇令人同情，又使人惋惜，更引人深思。冰冻三尺，非一日之寒。中国妇女从古以来自称"奴家"！尤其是底层妇女，奴字当头，代代遗传。"奴家"后裔至今潜存"奴性"基因。这种"奴性"，即鲁迅揭示的国民劣根性之一。这种后遗症，是历代封建统治的"治绩"。如今被拐卖的妇女们，祖祖辈辈从几千年封建社会的土壤上繁殖而出，又从十年"文革"变相封建主义的气候里派生而出。到了转型时期经济大潮两极分化的分水岭上，她们又不幸被分流到贫穷这一极端来了。请注意：被分流到另一端的女性，譬如王朔先生津津乐道那种"大院"里的女儿们，即电视连续剧《激情燃烧的岁月》《军歌嘹亮》里主角那种家庭的女儿们，岂有被人拐卖之例？至于"先富起来"的女大亨、女明星、女官员等等，只占几亿妇女中的极少数。她们可能被人绑架，被人勒索，决不可能被人拐卖。具有被拐卖"资格"的，就是现在称为"弱势群体"的女同胞们：特别是来自穷乡僻壤，被封建与贫困双重阴影紧紧追逐的女同胞们。可悲的弱女愚民，她们压根儿就不知"人权"为何物，遑论"女权主义"乎？为求得起码生存而任人摆布，被人拐卖，岂不是逻辑通顺，因果分明么。我们习惯用豪言壮语把几千万处于社会底层的妇女列入"半边天"的浩荡队伍中。可叹这"半边天"经济如此贫穷，文化如此落后，观念如此愚昧，地位如此卑微，命运如此坎坷。试问这"半边天"能与经济文化发达国家盛行女权主义的那"半边天"相比么？那里少有人贩市场；少有构成人贩市场的土壤和气候，任何神通广大的人贩巨头，也拐卖不了那"半边天"。而我们这里就会滋生大量的土产人贩子，因为这"半边天"里拥有几千万贫穷妇女，她们是土产人贩子取之不竭，用之不尽的滚滚货源。

这大约就是本土拐卖人口案件层出不穷，越演越烈的主要原因吧！

　　公安干警破案救人，精神可嘉，功劳可颂。但是，面对这样复杂沉重的社会问题，警方只能起到扬汤止沸的作用，治标而已。谁来釜底抽薪呢？岂是公安部门力所能及。如何治本？何时治本？远矣！难哉！

　　越是难治越要治。为了促进治本，公安部门带头献出一剂苦口良药——新书《噩梦》，副题"拐卖妇女儿童案件实录"。

　　实录，就是力求说真话。把拐卖人口的严酷现实状况告诉社会，向全民报忧。大千世界，哀乐人生。有喜则报喜，有忧则报忧。庆典联欢，尽可报喜报捷；案件实录，则应报忧报警。报喜不报忧，是弄臣遗风；有忧报忧，是董狐精神。警方有使命感，作家有忧患意识。正视民间疾苦，化为笔底波澜。

2003 年 10 月

华灯咏

有日必有夜，有夜遂有灯。东方燧人，钻木取火；西方神话，向天盗火；火种演变华灯，华灯照耀生灵。与星月夕夕交辉，灯也；与世人夜夜共度，灯也。古人点灯，今人开灯。唐宋元明清，亚非欧美澳。何人不识灯？何国不用灯？有灯必有灯文化，而灯文化最发达处，莫过于泱泱中华。

春节龙灯，元宵花灯，洞房喜灯，书斋寒灯，边塞哨灯，闺房孤灯，江枫渔灯，古寺青灯。凿壁偷光，勤奋成才；剔灯救蛾，慈悲为本。秉烛待旦，忠义写照；蜡炬成灰，爱情象征。燃犀烛怪，揭露阴暗；薪尽火传，延续光明。历代灯韵古色古香，现代灯具多姿多彩。商店霓虹灯，医疗无影灯，矿山安全灯，国防探照灯，影视水银灯，舞厅琉球灯，照相镁光灯，交通红绿灯。从铁路号志灯，联想舞台《红灯记》；从川江航标灯，通感陪都提灯会。民族救亡标志，抗战精神堡垒。滔滔灯海，煌煌国魂！

"天不生仲尼，万古如长夜。"吾国以灯喻圣人，圣人以灯自喻。断言若无救世主燃灯指路，芸芸众生至今仍在黑暗中匍匐摸索。言过则谬，物极必反。上下五千年，灯火两重性。灯前正大光明，灯后讳莫如深。烛影斧声，云翻雨覆。帝王术，愚民策。赚了无限江山，骗了天涯过客。大红灯笼高高挂，金屋藏娇，妻妾成群。正月十五雪打灯，孟姜寻夫，哭断长城。只许州官放火，不许百姓点灯。苦难庶民悬釜断炊，腐败官场张灯摆宴。可恨尔吃尔喝，尽是民脂民膏。越是处处疮痍，重重疾苦，越是年年焰火，岁岁笙歌。炫耀与天同庆，标榜与民同乐。御用灯会，官办灯节。掩盖矛盾之工具，粉饰升平之油彩。顺民烧香顶灯，膜拜清官。奈何清官补天无效，朝廷回春乏术，难免末代危机三层规律：民生凋敝，民怨沸腾，民变蜂起。大泽乡狐鸣篝火，揭竿之灯也！阿房宫冲霄烈火，复仇之灯也！皇觉寺沙弥香火，韬晦之灯也！金田村天兄圣火，出征之灯也！白莲教托莲聚义，朱红灯举灯为号。少女红灯照，壮妇蓝灯照，老媪黑灯照，孤孀青灯照。灯光惊世，灯火燎原。败则为寇，喋血沙场，断头刑场；胜则为王，席卷衙门，直捣宫门。皇帝痛失家国，皇室恸哭祖庙。哗啦啦龙椅将倾，昏惨惨宫灯将尽。终于油干芯熄，烛灭烟消。然而，皇帝轮流做，明年到我家。宫灯灭而复燃，龙椅废而复用。义军变为官军，草王变为帝王。乱世英雄变脸，治世英主登基。下一场好戏，必是火焚功臣楼，大兴文字狱。往后趋势，必有公子衙内横行霸道，贪官污吏巧取豪夺。从专制到腐败，从鼎盛到衰亡……如此周而复始，改朝换代，构成几千年二十四史——好大好长一盏走马灯！

1996年元宵前后改于全国政协会上

诗魂画魄

儿时爱诗。罗曼蒂克,梦想做诗人。

家父供职戏班,心系梨园,为举家稻粱谋,不容小儿择业。遵父命做伶人,粉墨登场,年方九岁。

童年失学,恍若少年维特失恋。初识愁滋味,诗兴更增,诗瘾难戒,如烟瘾,不可须臾离。于江湖草台漂漂泊泊之间,伴锣鼓丝弦说说唱唱之外,与三教九流哼哼哈哈之余,挑灯吟哦,习平平仄仄童子功。古到骈俪体,洋到十四行,拾级而上,攀缘马雅可夫斯基长短楼梯,兼爱泰戈尔缠绵悱恻,惠特曼汪洋恣肆;满天"飞鸟",遍地"草叶",诱文思,联想江上清风,通感山间明月。潜移默化,咏成一囊青春诗稿。虽嫩,乳燕呢喃语,小鸟啁啾歌,抒自性灵,来自天籁也。

歌未竟,"浩劫"一炬,可怜灰飞……

劫后余生,马齿徒长,瘾君子依旧香烟绕指,但诗兴索然,早已抛遗脑后。本职繁忙,笔墨奉献舞台,做振兴戏曲马前卒。

此道维艰。浑不似当年写诗潇洒轻盈。诗单纯、戏芜杂。

诗从兴致吟出,戏从使命逼来。诗人独立自主,编剧依附八方。两者甘苦,局外人匪夷所思。写诗如品茶,写戏如吃药。诗人春蚕吐丝,编剧劳蛛结网。写诗如游九寨沟,写戏如造大寨田。诗人是高阳酒徒,编剧是托钵苦行僧。

正当老和尚小沙弥纷纷思凡下山之时,吾一苇漂海而来。入冷门,守寒山,十年面壁伊始。

蓉城诗友竹亦青,原北大高才生,因故从京华放逐巴蜀,由诗坛转入剧界,埋没多年,潦倒半生。深知戏曲编剧清贫如洗,负重如牛,卑微如蚁,难登文学大雅堂奥。见吾戏中有诗,测吾潜力不浅。祝酒几杯,飞鸿几页。嘱我当为奔马,勿为栏羊。或改弦易辙,或水陆两栖,不必专一于梨园始祖太子菩萨,不妨与诗神缪斯婚外恋。

吾拜谢亦青经验之谈,答以文言小札曰:

鱼,吾所欲,熊掌,亦吾所欲。人生有限,艺海无涯,心爱百艺,岂能身兼百艺耶?弟:三尺戏子,一介书生,自幼涉足红氍毹,耳濡目染,小有特长。虽食之乏味,弃之又不甘也。

诗歌,乃弟之余技,孩提无知,小试牛刀,仅得皮毛耳。曾日月之几何?倏尔已近不惑之年。始知诗仙、诗圣、诗佛、诗鬼以及郭老"女神"、闻一多《红烛》、戴望舒《雨巷》、艾青《芦笛》、田间《战鼓》……皆时代特有产物,非只凭人力所能企及。弟有自知之明,与当代诗坛群星相去实不可以道里计。但求化为小小蜜蜂,翩翩蛱蝶,辛勤采诗歌花蕊,融会贯通于吾作之内。若戏中有诗，则吾愿足矣。

唯戏曲冷落之秋，瑰宝蒙尘之际，天降大任于斯人。卧薪尝胆，义不容辞。川人俗谚云：黄连根剜制洞箫——以苦为乐！且喜吾道不孤，联善有侣。戏台上下一局残棋，病马出槽，伤兵过河，闻鼙鼓而知将帅。屡败屡战，试问哀兵必胜乎？

旧札随梦渺，新戏逐年增。90年代舞台晨光熹微，吾亦集腋成裘，书名《苦吟成戏》。捧书临镜，鬓发虽青而搔更短，不胜梳矣！

抱冲斋主范曾兄，高山流水知音客，慨然惠赐水墨丹青。初，欲绘东方曼倩，喻吾一嘴诙谐；又欲绘晏子平仲，喻吾五短敏捷；皆不惬意。黄昏后，酒酣耳热，豪兴来潮，即席绘成寒山冷洞面壁图，健笔挥洒披发菩提沉痛慕道。题词有深意存焉，是喻吾创业之虔诚，吟戏之苦涩欤？

欣赏范曾之画，未忘贫贱之交。竹亦青何在？速来，伴吾同入寒山画境，身化菩提树，心映明镜台。咀嚼苦中之乐，推敲戏中之诗，笔谈俗中之雅，检验吾下里巴人可与阳春白雪交响否？

回首屋梁落月——竹亦青劳累沉疴，长眠六载，诗魂飘于青林黑塞间矣！……

1990年6月

岩畔回声
——《岩石里的声音》序

岩有情，石有声，十步之内岂无芳草？

当代诗人辈出，散兵游勇崛起草泽。川南二卒名不见经传，顽石产猢狲，双猴一股野气。岩畔品味，石里寻踪，读新诗而忆往事，荐白话而序文言。偷得《聊斋》鬼狐笔法，回溯岁月荒唐之前，山雨欲来之初——吾家毗邻恐龙决斗遗址，蜗居地形特异。公园傍私宅，闹市掩蓬门，门内讶然盗后陵墓。摸索下阶十级，穿狭短隧道，伸手难辨五指。龟步徐行，晦明处，渐露小小寒窗。

窗寒冷，茶温热，穷酸主偏有孟尝癖。跛腿八仙桌，招待十六方，文朋诗侣联翩降临，不舍昼夜。客中有一弱冠少年，童稚气，学生腔，羞羞怯怯，期期艾艾，即今日诗集《岩石里的声音》作者之一王锐。

朋辈无名有才，遐想诗酒长安。小窗吟哦，纵横今古，国粹诗文烂熟于心，西域奇篇亦穿插于口。荒原漫漫，艾略特引人入幻；伐木丁丁，聂鲁达催人醒来。是谁倚窗而咏：人如鸟，诗如翼，安得羽毛丰满，随鸽哨雁阵作云中游哉……

当时窗外柳梢青，不知王锐在旁否？

犹记斯人独憔悴，常于斜风细雨里登门借书还卷，来则哑坐，去则悄离。据诗友李德昌含笑猜测：早熟孩儿貌似闷葫芦，囊中蕴玉，必藏早恋诗，墨迹未干，不愿示众而已。

可叹一群书生埋头计议情诗与壮歌之刚柔，红牙板与铁琵琶之强弱，先锋派与野兽派之异同，商颖体与信天游之短长……竟不料窗外雷之将至，祸之将临矣！

俄顷，文字狱铺天盖地，焚书毁诗，碎琴裂画。小窗首当其冲，荡为废墟。吾陷入牛棚十年；王锐消息断绝；诗友李德昌笔祸株连，百折腾，千挣扎，月黑风高时刻坠楼自杀！

星移斗转，今夕吾与王锐重聚于万家灯火阑珊处。新寓风水好，客人不再摸黑入穴，登楼八面来风，临江一派行云。士别多年，刮目相看，小草成绿荫，王锐侃侃健谈，借伙伴小K并肩脱颖，联袂出书。

吾初识小K，顿觉后生可畏。魁梧美男子，机灵牛崽儿，快人快语，无拘无束。诗风激，笔力狂，满纸90年代青春躁动。吾读后，略其篇目，记其精神，飞速产生一串博喻：都市摇滚，路边吉他，超前之时装，雾罩之裸体，富裕之丐帮，清醒之盲流，原始森林狩猎，现代仿古导游，兵马俑，欢喜佛，疯僧谈密宗，酒神打醉拳，长江漂流独行筏，南极探险亡命舟……怪哉！小K眼角眉梢一瞬一瞄，吾似曾相识，神交久矣。

夜深停电，一枕半睡眠状态。忽见亡友李德昌从碧苔苍岩闪出，化进烛影摇红，掩袖而啼，开颜而笑曰：

"我已托身小 K，重返人间，与王锐结伴，以诗文会友。呜呼！我生不逢辰，未展满腹诗才。哈哈！王锐、小 K 欣逢盛世，大有用文之地。当此姹紫嫣红开遍，冥冥中诗瘾大发，魂附野猴，声寄岩石，一家言应和千家诗，弥补我生前无所奉献也！"

华灯突亮，余音绕梁。吾跃起、推窗、振臂、招魂——魂归何处？踏雪无痕……

1991 年 2 月

盲马泪

——武志刚小说集《盲马》序言

静静的春夜,我读小说落泪,对《盲马》动情!

我的泪腺很悭吝,小时候粉墨登场,一唱苦戏,我总是哭不出来。条纲师编连台戏,学电影广告法,海报上注明:"大苦戏,请来宾自带手巾一打!"当唱到山穷水尽,家破人亡,极苦极悲之时,台上青衣小旦的泪水冲淡两颊油彩,台下戏迷一片呜咽,堂厢外兜售香烟瓜子的小贩也停止低声叫卖,伸长脖子,掏出肮脏的手巾……然而我这绕于青衣膝下的娃娃生表情欠佳,配合不力。并非剧情不苦,也非我生就一副铁石心肠,奈何泪腺太不争气,无论我怎样挤榨,它依然滴水不漏。急得青衣大娘暗用眼神催促,我只好背转身去,掩袖抽肩,做号啕大哭状。不料一收袖,一亮相,还是这张二笑二笑的脸!

当不了悲剧演员,改行学写戏。戏中角色多笑,作者我自家的生活却少有喜色。我哭过几场,是在《盲马》小说集所描述的那段荒唐岁月里。记得有一个除夕,革命群众纷纷回家团圆,我和牛棚难友们眼巴巴望着专案组能在一年三百六十四天之外搞二十四小时人道主义。归心似箭,恭候好音传来。来了!专案组头头来了,铿铿锵锵念了两句语录:"人民大众开心之日,就是你们难受之时!"语录选得绝,真有摧肝断肠的力量,摧得牛棚饮泣四起,经久不息……

人到中年,日子好过了,迅速忘掉"十年灾难",眼泪随之截然冻结,玩派文艺蜂起,要愁哪得工夫?本人功夫用于本职工作,连续爬格子,人也爬油了,读书看电视,很不容易动情。荧屏偶有血泪悲剧,演员对天哀号,音乐加上洞箫,箫声咽,突出悲惨绝伦。妻儿略受感染,我则是曾经沧海难为水,含笑上床,蒙头睡个大觉。

使我彻夜不眠者,是这一本没有冠以悲剧,没有血泪封面的小说集。

初开卷,我用冷峻的审视目光搜罗书中得失,准备作行家言,讲高深道理。一面翻阅,一面寻思,我当选用哪一种不确定的语言,表达我不确定的指向,让小说作者和小说读者都来猜测我独到的玄乎。

夜色宜人,我悠悠驾驭《盲马》,缓缓徜徉一片"黑土地",不知不觉被闪光篇章吸引,渐渐忘记初衷。我结识了松花江畔一对《干姐妹》,从陌生的干姐子身上,认出我熟悉的故园友、总角交。从干妹子艺海沉浮,浮起踌躇满志之间,依稀发现我自己落魄时的萍踪浪迹,得意后的笑颜醉影。好家伙!书中人物切中我的暗疾,又牵着我的鼻子走了。小说家娓娓而述,多情又无情地向外张扬他的《家丑》。

《家丑》原文长达万言，笔酣墨饱，一言难尽。我试用微型缩写，以供急性读者了解《家丑》故事梗概。

我家老爷爷，专业酿酒，业余爱好奇特，一生殴打我奶奶为乐。奶奶逆来顺受，屡打屡倒，屡倒屡起，屡次头破血流，俨若一具有形无声之"不倒婆"。

周而复始，我爸爸不平久矣，忍无可忍，拳头挥向爷爷，呼唤奶奶速来复仇。奶奶怒不可遏，猛举酒瓶砸去。所砸者，非打她之暴戾老头，乃替她复仇之不肖儿子也！

爷爷逝，奶奶孤，追思挨打滋味无穷，不挨似乎难以为人。黄昏倚门，盼望爷爷挥拳归来……

奶奶无疾而终，遗嘱甚简，唯愿与擅打之丈夫合葬一坟。

爸爸坚不从命，另行分葬。妈妈突然深夜发狂，作奶奶声，罚爸爸跪，责其拆散亲生父母。爸爸惧，邻里惊，遵照遗嘱，迁坟合葬。

上代瞑目，二代放心，三代孙儿我，自寻僻静处痛哭一场，不知为谁悲恸……

我这干瘪瘪的介绍，远远传达不出小说的丰满精彩。那细腻的心态描写，微妙的动作刻画，沉郁的气氛渲染，深厚的内涵，完整的结构，纯真的语言，地道的东北风味，搅得我一枕盘旋，夜不成寐。蓦地联想起我的家丑，想起我的爹，我的娘，我的长辈，我用黄土掩埋了那堆不宜外传的旧事……不禁鼻子一酸，眼眶潮润，阔别已久的泪珠悄悄滚落一滴！

好个年轻的小说家，我以往低估了他的笔力。

在我印象中，他看人甚高，自视甚低；办事踏踏实实，说话嗫嗫嚅嚅，会上发言更加结巴，如同《前出师表》最后一句——不知所云！

大约是前年吧，我参加一次创作会议，闻听人言：东北来了个武志刚，盐都收了个武志刚，四川添了个武志刚，请武志刚发言，听武志刚高见……鼓掌声中，其人腼腆上台，只讲数语便打住，令人大失所望。

入冬，我的九十三岁高龄养母去世，武志刚跑来帮我料理殡葬。说来凑巧，我也略似《家丑》中的晚辈，遵照养母遗愿，将她老人家骨灰同我早逝的亲生父母移坟合葬。整个下午，武志刚蹲在竹林旁边，若有所思地瞧着一坟三盒，一夫两妻永伴长眠。当时，他少用语言和我交流，只淡淡提及他发表的小说多与丧事有关。不久，即得《家丑》等一大叠作品，可惜我置诸箱箧，没有及时拜读。以后目睹他办过一些杂事，办得井井有条，彬彬有礼，像一块准时的表，一只勤快的蜂，一杯不浪的水，一页端端正正的楷书。

开春，武志刚作品讨论会召开，巴蜀文友云集盐都。花径不曾缘客扫，武志刚陪同作家周克芹步行二里，探访寒舍。克芹大哥岁知天命，我已逾不惑，志刚正值而立，三梯级年龄，好作三人谈。可是，一席话，大半天，只有克芹和我对说相声，志刚默默侧耳聆听。克芹大哥几次引他介入话题，他憨憨一笑，仍不多嘴，始终凝神听取。像什么呢？像罗丹所塑托腮沉思者，像善于吸收的海绵，像静静的一枝君子兰。

近来交道增多，漫问志刚生平，他逐渐打开话匣，间或迸发妙句，原籍黑龙江，小城人家，家史大体如他笔下小说。高中毕业，下乡数年，当过生产队长，精通稼穑，且入党较早，是个种地的斯文人，年轻的老布尔什维克。招进工厂守锅炉，考入大学攻中文，告别黑水，调赴巴山，新婚促文思，处女作随婴儿呱呱坠地。1984年开始发表作品，起步迟，起点高，《干姐妹》一举成名，引起小说界注目。短短几年，佳作连篇，蔚成眼前这本书。摇篮里的女儿雀跃而起，扑到爸爸怀内撒娇，五岁了。

他希望女儿永远五岁，不要失去童心。
我希望他的作品岁岁增高，不要失去特色。
志刚小说的艺术特色何在？是否可以这样简括：悲剧内涵较深，生活气息较浓，故事情节较强。可读性与可思性并具，引人入胜——动人心弦——发人深省。这三环扣进是中国小说审美境界，不尽符合西方新潮欣赏尺度。譬如情节紧密，故事曲折，是志刚小说的优点，还是缺点？有待发扬，还是有待克服？这就要看是故事淹没了人物，还是人物在故事浪涛里作逍遥游？小说当然不仅是故事，志刚的小说又何止是故事？她寓有故事以外的百层意蕴，千缕情丝，因此才打动了读者，打动了不易打动的"戏油子"。因此我试用故事缩写，就远远说不清道不明她的风骨神韵。鄙人自信不是情节迷，向来不拘古法，喜欢试新招，喜欢看新招。昨日参观朦胧派画展，乘兴题辞两行："喜看抽象超形象，画到昏时是醒时！"绘画满纸云烟，抒情诗满篇迷茫，流行歌满口啊呀，体裁各异，无须故事情节劳什子。而作为叙事文学的小说，天生就离不开劳什子，或多或少或浓或淡总得带着故事。恬淡的自成一派，浓郁的也是一派，深红浅红，并行不悖，淡妆浓抹总相宜。不过，近年淡化故事的倾向过度，再淡下去，化到一"事"无成，万"事"俱休，那就不成其为小说，至少不算中国的好小说。当列入另一种文艺体裁，另一国"吉尼斯"项目。

淡化故事不打紧，淡化这，淡化那，直到淡化生活，脱离生活。咱们的武志刚挺老实，不赶那个趟。他所凭借的通灵宝玉，依然是个别玩派朋友不屑一听的老生常谈——生活源泉。

这口老井叮叮咚咚，嘀咕没完，连我也听腻了。奈何它确是真格的取之不竭，用之不尽；我只好搁下初衷预想那一套不确定的玄理，唠几句确定的大实话。

是北方田野的肥泥沃土，泡成生产队长武志刚的代表作。有了扎实的农村生活基础，才说得上对农村生活细致观察，独特感受，深入开掘。当年曾经与关外父老乡亲打成一片，同甘共苦，如今才下笔有神，描绘出栩栩如生的东北庄稼人群像。若没有生活赐予，没有广阔视野，作者的禀赋、才华、技巧则无所附丽。笔头再灵，也只能兜转于狭小圈子，写写城中桃李、阶前花草、枕边鸳鸯。细览集内各篇，凡是游刃有余，真实可信处，必是生活扎实处；凡是捉襟见肘，矫情悖理处，必是生活薄弱处。这功夫假不得，谁假谁吃亏，哪一段假，哪一段出岔子。

且看一双《干姐妹》：干姐吴大姑，原型取自一真实人物，太熟，熟能生巧，寥寥几笔就传神。开篇那段两口子窝里顶牛，以吵闹表达亲热，以憋气表达共鸣，写得有声有色，活灵活现。干妹王珍呢？是来自省城，伏而复起，瞎而复明的著名演员。这类戏班子人物，作者接触太少，浮光掠影，玩不转了。

故事是小说的骨干，信不信由你！

生活是文学的源泉，不由你不信！

得了，小说家，连同我，一起回到生活中去吧。别像王珍式老在上边瞎吹。下去，多交几个吴大姑，多写几个实实在在的爷爷、奶奶、乡里乡亲、甜姐辣妹、健儿秀女。马儿啊，你快些走，生活无边写不够。且将篇首牛棚训话改为篇末马上赠言：

人民大众开心之日，
正是作家奋发之时！

1990年3月

驼影琴心
——素描青年作家廖时香

乍听廖时香,一时香风扑面,以为是窈窕淑女。

难怪时香小有名气之后,竟有好逑君子慕其芳名,爱其文才,冒昧来弹《凤求凰》!

时香小说集收入"处女书系",会不会更添伊人二分雌性激素呢?

名似小妹妹,实为小弟弟的廖二娃,五官虽娟秀,不幸背有微微驼峰!

儿时羞于见客,冬天借助破旧棉衣覆盖,最忌夏日炎炎赤膊。小镇上顽童们一丝不挂下河洗澡,孤独者钉在陋巷,邻近猪槽。早熟的童心,被更早的坎坷扭成一弓残月。

旧书是孩子的忘年交,琴是他的绕床青梅友。

爹到哪条船上酗酒去了?醉步踉跄,踏碎几朵渔火。状如高尔基笔下伏尔加河畔失业的水手,牢骚多,胆量小,低声骂街,高声骂娘。娘呢?在远村,在寒碜的课堂,将慈爱献给另一群小鬼。她像谁?像西伯利亚苦栽桃李的乡村女教师华尔华娜么?

弹琴的穷孩儿,可似《二泉映月》作者?小巫见大巫,阿炳少一峰累赘,阿香多一双晶莹的眸子。

亮眼哥,读书郎,大约早就熟知《巴黎圣母院》。若见钟楼驼侠卡西莫多,想必会倍感亲切?

钟声绕梁,多年不绝,余音融进孩子后来的笔底。篇篇乡土小说,常常有善良的驼影出没……

人的价值,不在躯干零件多少。举世公认的天才诗人拜伦,恕我戏谑地称他为天生"伦"!走路一瘸一拐,手杖叩问大地,敲出了布尔乔亚的浪漫史诗。

资产阶级英雄且从略,咱们布尔什维克的主旋律里,自有保尔·柯察金的瘫者壮歌。

如此豪言,是今日作序发挥,小娃娃当初压根儿没存非分之想。只有那么点点可怜的奢望:保持一张跛脚而不至于垮架的书桌,每日三餐较干的稀饭,每月几顿较稀的干饭。

老天爷不是吝啬鬼,慨而慷,倾囊赐予千钧霹雳,万里东风。

时值形势大好,越来越好,莺儿歌,燕儿舞,盛大的节日!

时香三生有幸,碰上这么个年头,乐何如也?请从他的小说集里欣赏笑到处流浪,没忧愁,没悲伤。

三弦一响,粮票三两!

二胡一声,硬币二分!

会跑滩不带户口,会弹琴不必讨口。

历经宣传队、川剧团、杂技班,万年台伴奏样板戏,扯谎坝独奏语录歌,革委会门前叫卖狗皮膏药,看多少红尘游戏,记不完人间喜剧……学生腔没了,江湖气有了,书呆子死了,乐天派活了。

外国拉兹算老几?流浪者也得有民族气派,俺们是四川"虾球传",现代"易胆大"!

增编汉语新词典的学者,是否可以再加一则"啼笑错位"?在"节日"中翻来覆去都尝甜头的莺燕,尔后老是健忘,爱做西子捧心状,俨然深受迫害,苦不堪言。而确实吃遍苦头的底层小人物,如廖二娃,却将辛酸透顶的往事付之一笑。

嘻嘻,自嘲外表残疾。

哈哈,掩去内心痉挛。

只掩饰个人创伤,不粉饰天下太平。

但又不展览惨白的尸布,没扮演嚎丧的吊客。是红白喜事若悲若欢的唢呐声;是替浩劫送终,替新生助产的一串谐谑鞭炮。

谑而不虐,哀而不伤,尤为可贵是嬉而不"玩"。

玩世不恭的朋友,哀莫大于心死。

乐胆琴心,冷嘴热肠。他与生活偷偷谈恋爱,活着似乎闹别扭,死了,奈何桥上等三年。

眼中没有十足的漆黑,襟怀里存有一线天,三朵花儿开哟,一朵闹莲花。果然开了,岂止一朵三朵,得搬用"万紫千红";这个词儿已不是口吹的泡儿,纸糊的弯儿,她们扎扎实实开放在80年代希望的田野上。

衣食足,礼义兴,再不会饿着肚子空谈精神文明。驼孩奇迹般地伸直脊梁，捧出一集小说，伴和着麦场泥土香，吸引了乡亲父老，文朋诗侣。

最忠实的读者，是他身边漂亮的妻子。

小娘子，别生气。比你更漂亮的，是丈夫笔下美妙的语言。

我欣然应约作序，并非倾倒于《乐胆》的内涵，大半是被他的文笔迷住了。这家伙含英咀华，警句连篇。我试用红笔勾画其中妙语，一勾手不停挥，满纸缕缕绯霞。

细品嚼，句子很短，味道悠悠长。拆开来，多是寻常口语，一经提炼，再经组合，变成语汇魔方。

我一摸，没影了！怎样形容它？我搔搔头，狠狠抽了几支香烟……烟缭绕，琴叮咚，他用文笔描绘书中人的琴声，我借用琴声比喻写书人的文笔。

是不是太溢美了？

当然比不得古今语言大师炉火纯青，这炼丹童儿现在还没深得炉中三昧，但火门已摸准，路子真不赖。

是不是太偏爱了？

只怪前些日子流行土产的洋腔，将小说语言弄成土洋皆非的奥义天书，成心让大家猜谜。以符咒对照鲜活文字，怎不叫人特别疼爱这地道的华声，天然的蜀籁。

说来也怪，廖二娃在苦难的历程里老玩幽默，到今天出书的大喜日子，他忽然在我家里放声大哭！

哭挨饿，哭挨打，哭挨批，哭得好伤心，哭得我家老伴联想起她丈夫的牛棚血泪……

　　我说哭得好！咱哥俩冬天吃凉水，点点记在心。年轻的小说家：逆境出人才，文章憎命达！多一分忧患感，少一点健忘症。廖二娃，来，弹一曲悲歌，洒三滴胆汁吧！

1990年6月

醉话唐伯虎

一群美食家，聚餐于美食店。每人随笔写写与美食有关的古代文人。或写苏东坡，或写纪晓岚，或写陆放翁，或写李笠翁……我呢？拈阄拈着了唐伯虎——

绯闻特多的唐伯虎，在新新人类的心中，其知名度超过太白、东坡。他与美食的关系是什么呢？四个字：秀色可餐。

西门庆太俗，此君很雅。贾宝玉太嫩，此君成熟。红楼十二钗，宝二爷只是意淫派；唐府十美图，虎大爷是实干家。包二奶多至十位还有无数艳遇。其中一次就是三笑姻缘，三点秋香。老影迷记得他点的是金嗓子周璇；中年人记得他点的是香港影星陈思思；当代小青年亲眼看见他点的是国际红星巩俐。唐伯虎的形象已与周星驰合一，进而与韦小宝、至尊宝、无厘头搅拌一锅。追星族希望他夺取奥斯卡男主角金像奖。正统布尔什维克最瞧不起他。这坏分子太花了，让唐伯虎到美国画报《花花公子》去当美术编辑吧。

其实纯属扯淡。唐寅风骚，是旧时书商与市井闲话混合制造的假新闻；不！假旧闻。

鄙人乘着酒兴，醉写一副对联：

焉有十娇偎伯虎；
何来三笑点秋香？

唐伯虎的本来面目是画家、书法家、文学家。在省城乡试考上第一名，荣获解元称号。但到京城会试却不及格，裁决的借口不是试卷跑题，而是科场舞弊。连他这样的大才子都名落孙山，还被倒打一耙，可见封建科举制如何了得！唐伯虎科场情场两皆蒙冤；但后一种桃色谣传，是多么幸运的冤案，多么风流的冤鬼啊！

如此秀色的冤枉，也让诸位文友、酒友、美食家朋友轮上几回，餐上几顿吧！

韩羽画猪

《南方周末》特邀北方韩羽画猪贺年，嘱吾配文凑兴。韩兄貌似老农状，画如孩儿体，大智若愚，大雅若俗。吾乡四川方言曰：面带猪相，心头嘹亮！

猪为六畜之首，三牲之头，名列十二生肖，身化八戒和尚。寡人好色，君子好逑，老猪亦好风流。悄悄偷尝一口，常常倒打一耙。岂仅荣任玉皇驾下天蓬元帅，而且与大明朝朱皇帝之姓氏谐音。真龙天子万寿无疆，猪儿溜溜永远健康！

江山改朝换代，猪性至今依旧。胃口特大，消化优良，吃得饱，睡得好，拉撒成宝，积肥如山。食不择粗细，寝不择晨昏，饱嗝打得乐观，鼾声响得香甜，心广体胖，憨态可掬。遂使食欲减退、彻夜失眠之病人羡慕得要命，乃至产生东方式嫉妒！

自古帝王爱龙，农民爱猪。攀龙者尽可高唱龙的传人，养猪者却不避讳自称猪的朋友。盖因天生万物，尊者卑者皆是美丑善恶几重性格组合。纵是神龙万岁，亦有毛病害得可恶之时；然而民间猪豕虽笨拙，却也不乏几点可爱之处也！

1995年1月

"小鬼" 自白

您是什么学校毕业，有何文凭？

拿不出小学文凭，与"毕业"二字沾不上边。

您的职务？

四川省自贡市川剧团编剧，以前俗称"编改人员"，近年承蒙雅爱，改称"剧作家"，忝列中国戏剧家协会常务理事。

您如何爱上自己的职业？

家父是川剧鼓师，兼通文墨，长期受聘担任戏班内场管事。鄙人从小被梨园始祖"太子菩萨"摸了"脑壳"，七岁学戏，九岁登场，台上扮演生净末丑，台下自修诗词歌赋，逐渐脱下剧装，爱上秃笔，由"三尺戏子"转为"一介书生"。

您的坎坷经历？

十四岁发表文章提意见，十六岁卷入"反右"运动，已够"右派分子"水平，只因乳臭未干，不到公民年龄，戴不上帽子。批判几通，罚往农村劳动三年。期满调回剧团，控制使用。而后运动不绝，坎坷不止，"十年浩劫"，被打成"死硬了的牛鬼蛇神"……待到三中全会东风解冻，逐步落实政策之后，青春已如白驹过隙，恍尔人到中年矣！

您的成就？

虚度前半生，苟全性命于乱世，谈何"成就"？近年才有剧本《易胆大》《静夜思》《四姑娘》《巴山秀才》《岁岁重阳》《潘金莲》《夕照祁山》等相继问世，寥寥无几，屈指可数。其中三剧幸获全国优秀剧本奖，而被称为"妖异之作"的《潘金莲》影响超过前者；全国各省争议，波及台港欧美，虽然褒贬不一，毕竟褒多于贬。如果说重大的影响也算一种成就，拙作则可聊以充数。

您最满意的著作？

正如我对所有事物皆不完全满足一样，对自己的著作也没有最满意之感。

您成功的秘诀？

有诀但无秘，早已公开，艺诀十六字——喜新厌旧，得寸进尺，见利忘义，无法无天。

皆属艺术追求，而非生活信条，譬如"利"指有利于适应时代，争取观众；"义"指僵化的教义、定义。我是生活中的守法户，艺术上的违法户！

您最尊敬的一个人?

鲁迅。

您最高兴的事情?

独立思考。

您最鄙视的行为?

嫉诽人才。

您最苦恼的事情?

以前最苦于无事可做,现在最苦于事做不完。

您有自己的格言吗?

有,我的格言就是——不迷信一切格言!

您的目标?

最终目标是坟墓,人总是要死的嘛,只望我的墓碑上能留下两行字——

  没有白活的人,
   值得研究的鬼!

1987 年 12 月

笔答 《南腔北调》

《南腔北调》杂志开张志喜。女主编饶丹华殷勤约稿，多次打长途电话彻夜采访。神交甚久，盛情难却。鄙人只好"东拉西扯"，笔答《南腔北调》。

问：大家称你是鬼才，你怎样评价自己？

答：很多传媒都不约而同向我提出这个问题。主要是因为我只上到小学三年级，是当代中国作家里学历最低的"小不点儿"。高玉宝、陈登科的学历虽然比我还低，但他们在中华人民共和国成立后都曾到学院进修补课。你们河南的小说家二月河学历大约也不高，但总比我高一截。我九岁就失学唱戏，快五十年了，只在小剧团里生活，连一般的省市级编剧进修班都没上过，学历只算半文盲。大家很奇怪，问我的学识从哪里来的？尤其是对古汉语的驾驭能力是从哪里来的？我大半辈子待在小地方，九岁参加自贡市川剧团，四十八年未换供职单位。这里交通闭塞，信息不灵，经济贫困，文化环境欠佳。但大家从我的戏剧和杂文里看出：魏明伦的思想观念与当代新潮会合,甚至比大都市一般文化人的观念更为超前!这又是怎么形成的?

从我的经历看,舞台经验多,戏剧感觉好,这是情在理中。可是我的文学功底不浅,观念又很超前,这就显得奇异。无师自通,似有鬼神相助?鬼才之称,由此传开。其实,我的学识与能力并非只靠"鬼聪明",是靠艰苦的自修自练。我的文学知识不从校园课堂汲取,是我从童年就开始自学而来。我的舞台生活与读书生活从小就同步进行。我兼备三种童子功:戏剧童子功、文学童子功、政治运动童子功!第三种童子功重要,我从小就经历各种政治运动,是年龄最小的"老运动员"!鲁迅诗云:"廿年居上海,每日见中华。"我则是:"半生居大陆,每年见运动!"我自幼养成独立思考习惯,从小观念就超前。我越独立思考,遭遇越坎坷;越坎坷,我越加独立思考。如此"恶"性循环,形成我的特殊思维方式。即逆向思维,辐射性思维,创造性思维。一辈子创造成瘾,凡事都想再创造。烟可戒,毒也有可能戒掉;但鄙人的创造瘾大,实在戒不掉。我这逆向思维,辐射性思维,创造性思维,积累起来,自然化合为与众不同的"体制外思维"!人在体制内,思在体制外。最近,上海纪念改革开放二十年,发行纪念信封,请我题词。我写了两句话:"要大力促进体制改革,必须采纳体制外思维!"我国不是号召改革体制吗?体制到了非改革不可的时候,单靠体制内思维能够真改吗?所以说,要动真格的,要大力促进体制改革,必须采纳体制外思维。乍一听来,这又是"鬼话"!对,这是《巴山鬼话》。我回答中央电视台《读书时间》说:有时候,人话是假话,而"鬼话"接近真话，至少不是套话。黄苗子先生给我送来两幅墨宝，一幅大书四字"有鬼无害"！一幅大书三字"董狐笔"！寓意是鬼才狐笔，希望我继承董狐精神，敢于秉笔直书。

问：据说钱锺书先生也赞扬你的文章，请问，有这件事吗？

答：确有其事，早已见报。据华君武、舒展、黄伟经等师友转达，又经钱锺书先生的女儿钱瑗证实，再蒙钱先生本人赠书题词，钱先生的确对我的杂文、碑文有过好评。众所周知，钱锺书先生治学谨严，人格高尚，平生不作溢美奉承，为什么破例对晚辈拙作垂青一赞？可能是我那《仿姚雪垠法 致姚雪垠书》《雌雄论》《毛病吟》《半遮的魅力》等文章的内容有独家见解，引起钱老注目，也可能是我文章的形成，即文体，与钱老有一点灵犀相通。据柯灵先生撰文介绍钱老的文言观点，恰好与我的看法暗合。我的行文方式，在实践钱老的"现代文言"主张。最近，上海和广州都有学者研究我的碑文系列，再联系我的剧作《夕照祁山》，从文学造诣看，绝不是靠"鬼聪明"能够成篇。他们深感我是苦吟成戏，苦学成才，怎一个"鬼"字了得！

问：《夕照祁山》不像你的《潘金莲》《变脸》《中国公主杜兰朵》那样名传全国。《夕照祁山》是在什么刊物发表的？这戏是什么内容？

答：从某种意义讲，《夕照祁山》是《潘金莲》的姊妹篇。当我重新审视了中国家喻户晓最坏的女人潘金莲之后，又更加斗胆地重新审视中国家喻户晓最"神"的男人诸葛亮。在我看来,最坏的女人没有那么坏;最"神"的男人也没有那么"神"。在我的笔下,民女潘金莲是善恶并举,伟人诸葛亮是晦明并存,都是复杂组合性格。重写潘金莲,是我对古典名著《水浒传》的女人观提出质疑;再塑诸葛亮,是我对又一部经典巨著《三国演义》的圣贤观提出商榷。我绝不是作简单的翻案文章,要突破传统必须吃透传统。我钻进故纸堆,潜心做学问,沉重的历史反思,艰苦的艺术探索,《夕照祁山》五次改稿,问世之时,正逢80年代末尾到90年代初期。这戏不及《潘金莲》幸运。《潘》剧是在20世纪80年代中期思想解放大潮中诞生,引起巨大反响。《夕》剧却是在气候沉闷,禁忌甚多之时演出,很难取得应有的社会效应。但《夕照祁山》的剧本没有随演出夭折。这戏的文学价值受到海内外出版界重视。1992年,邓公南方谈话后,大型文学期刊《中国作家》全文发表此剧。编者按语:"《夕照祁山》尤其值得一读,怎么说呢?就凭本刊破例一发,足以证明一切。"接着,又被香港《大成》艺术杂志破例全文转载。后又由台湾尔雅出版社出书,收进《魏明伦剧作三部曲》。新加坡《联合早报》醒目标题:"要了解魏氏剧作,应细读《夕照祁山》!"

问:戏剧性与文学性并举,是你的剧本主要特色吗?你写戏还有哪些经验?

答: 戏剧性与文学性并举,是我写戏追求之一。还有,可看性与可思性结合。"可看性"是流行词儿,"可思性"是我试用之词。80年代中期,我以"一戏一招"鞭策自己。力求不重复别人,也不重复自己。我换招颇大,但万变不离其宗:招招不离人间烟火,戏戏关注世上波澜。我是平民作家,不迷信帝王。我觉得《国际歌》里"从来就没有什么救世主,也不靠神仙皇帝"的中文翻译第二句不准确。世上没有神仙,但确有太多的皇帝。怎会没有皇帝呢?这一句应该译作"也不求神仙和皇帝"!我的头脑是"三无"之地:无禁区、无偶像、无顶峰。这"三无"是科学家对宇宙自然的宏观。我作文写戏都坚持"三独"精神:独立思考,独家发现,独特表述。还有一种不必泛用于作文,而专用于写戏的三层境界:引人入胜、动人心弦、发人深省。三者统一,才算上乘之戏。张艺谋导演西洋歌剧《图兰多》,发挥灯光优势,他说他是"光不惊人死不休"!我看歌剧《图兰多》的优势是音乐,即演唱与演奏,是"声不惊人死不休""乐不惊人死不休"。再加上导演运用灯光变幻,精制豪华服装,巧妙调度场面,构成活动的巨型油画。确是"光不惊人死不休""画不惊人死不休"。我很佩服张艺谋的导演才华,但我写戏是另外四个"死不休"。一是"语不惊人死不休",二是"戏不抓人死不休",三是"情不动人死不休",四是"理不服人死不休"。

问:请比较一下你的剧作《潘金莲》中潘金莲与安娜·卡列尼娜这两位东西方女性。

答:十几年前,我写作"荒诞"戏《潘金莲》,让一群古今中外知名人士跨朝越国同聚一台,与潘金莲比较命运,其中就有安娜·卡列尼娜。她俩都是家庭婚姻不幸,第三者介入,造成更不幸的后果。安娜是沙俄时代贵族阶层的荡妇,潘金莲是封建中国下层社会的荡妇。一个出自托尔斯泰笔下，一个出自施耐庵笔下，两个文学形象的知名度都很大。但托翁对待安娜，完全不像施耐庵对待潘金莲。80年代初期，中央电视台播映英国电视剧《安娜·卡列尼娜》，我们的社会舆论指责安娜是不道德的女性，批评电视台播放这部名著是鼓吹婚外恋，会影响中国家庭的稳定。你看，都80年代了，中国的封建思想还这么根深蒂固，比沙俄贵族社会对安娜的看法还更落后！这就是我重新评价潘金莲的动力之一。时代呼唤戏剧出现彻底反思中国妇女婚姻问题的爆炸性题材，我的《潘金莲》是时代的产物。我是用托翁看待安娜那种观点来看待潘金莲的不幸遭遇。当然，安娜与潘金莲是同中有异。我用魔幻现实主义手法，让西方安娜与东方潘金莲同病相怜。安娜主张自我毁灭，劝告潘金莲不要参与杀人，最好的结局是跟安娜一起去卧轨自杀，或者就用砒霜服毒自杀。但武则天出场阻止潘金莲跟随安娜卧轨自杀，叫潘金莲休了男人，或杀了男人。潘金莲进退两难，中国只有休妻的传统，没有休夫的条例。若去杀人，更是犯罪，民女更不敢了。武则天狂笑说："可怜你是个老百姓，不似孤王掌大权。杀一个人有什么关系？我杀了千千万万的人，后代还是歌颂我的文治武功。我为了夺取政权，嫁祸政敌，亲手把我的小女儿扼杀在摇篮中！我为了保障政权，下令处死了我的同胞姐妹和亲生儿女！我的御手沾满千万人的鲜血，可后代还是认同我的杀人道理，还是夸我功大于过。你潘金莲吃亏在是个民女。窃国者侯，窃钩者诛。你要是做了皇帝，别说杀一个窝囊丈夫，杀多少人都合法了！"

问：新《婚姻家庭法》草案规定夫妻分居三年后，人民法院才能判决离婚。你认为这样合理吗？

答：为什么问我这个问题？是因为我替潘金莲式的妇女鸣过不平吗？其实，我对新出台的离婚规定不甚了解，只凭直觉回答，这草案具有探索意义。用一段缓冲时间检验婚姻的离合是非，我看利大于弊，给藕断丝连的夫妻提供了回头的机会。这与"试婚"异曲同工，可称作"试离婚"。我们不实行"试婚"制，却实行"试离婚"制。单单是这一项，就卓立于世界各国婚姻法之林！

问：你的妻子漂亮吗？你们是何时认识的？你理想中的妻子是什么样？

答：我是在"文革"落魄中晚婚，配偶比我小八岁，先结婚后恋爱。我妻子相貌中上，是家庭主妇型。一说家庭主妇，就归结为公式化的贤妻良母。人有千差万别，我妻子能干、勤劳，但不顺从，很好强，不入贤惠公式。倒是我很贤惠，常常迁就她。夫妻之间三天两头为小事争执，总是我妥协息事。大风大浪相依为命，小吵小闹怎么也吵不散。绝不会有婚变，肯定是白头偕老。你问什么是理想中的妻子，我借用老作家张中行的说法作答。张中行把妻子分为四种类型：可意、可以、可忍、不可忍。他与杨沫是从一类走向四类，开始可意，最后不可忍了。终于散伙。我的妻子是一、二类，始终在可意与可以之间。

问：报告文学家陈祖芬有一篇文章提到你的两个儿子。请问，你的儿子能继承你的事业吗？

答：我的两个儿子，老大叫魏来，老二叫魏完，谐音未来、未完。寓意家事国事天下事未完未了。两个儿子性格不同。老大粗壮，爽快，活跃，大大咧咧；老二内向，俊秀，智商较高，知识面较广。可惜缺乏实践，更没有我这一辈的患难经历。以后有无作为，现在还很难预测。我不勉强他俩从事文艺，更不奢望青出于蓝，只如苏东坡《洗儿》诗云：

人皆养子望聪明，我被聪明误一生。
惟愿孩儿愚且鲁，无灾无难到公卿！

问：你在1998年中央电视台《读书时间》节目里亮相，说你最喜欢的词句是"如来"。为什么是"如来"呢？

答：我前年抱了孙子，小家伙长得跟他爸爸小时候一个样。我儿子名魏来，孙子就取名魏如来。本意是如同其父魏来，引伸为佛家偈语："一花一世界，一叶一如来。"关于我家"如来"这个名字，陈祖芬、冯骥才、贾平凹、文怀沙等朋友各持己见。此事说来话长，请参阅我的散文《我家如来》。

问：你业余爱好什么？平常生活中对什么最感兴趣？

答：我一生奉献多，索取少。不喝酒，戒烟五年了，不打麻将，不跳舞，不唱卡拉OK。以前没事下下象棋，现在闲暇看看电视。近五年来，特别爱猫。很多作家都爱养猫：夏衍、冰心、巴金、王蒙、柏杨、季羡林、钱锺书……猫能唤起人的爱心。我有一对猫,公的叫花花公子,母的叫白雪公主。五年来,花花公子伏在案头伴我写作。我这五年,剧本、杂文、散文、碑文,都是花猫瞧着我写出来的。不幸,上个月花花公子出外找情妇,失踪了。平时,这猫寻花问柳,半天一宿必回,可这次一去不返,消逝在人海里了。我四处托人寻找,悬赏也无效,花猫杳如黄鹤。我一个多月写不出作品,一到案头拿笔,就想起可爱的花猫。家里留下可怜的白猫,它失去了相处五年的丈夫,白雪公主成寡妇了。唉,说起花猫我心疼,我们换个话题,好吗?

问:好。你曾经出任中央电视台春节联欢晚会总撰稿,你对这一类晚会印象怎样?

答:我应邀出任过1993年中央电视台春节联欢晚会总体策划兼总撰稿。那是总导演张子扬多次诚请。开初是请余秋雨作总策划,我作总撰稿。我愿意与秋雨结伴合作,才接受张子扬邀请。不料去后方知秋雨没上任,为什么?一是中央电视台文艺部负责人当时不知余秋雨是何种人物,总策划之权让不出手。二是秋雨表示要他出任总策划就得有实权,挂名则不干。我鉴于总导演张子扬的情面,留下来试一试。消息很快见报,新华社、中新社发通稿报道"巴山鬼才出任春节联欢晚会总撰稿"。我刚刚去时,还真想干点实活儿,可上任不久就感觉使不上劲。春节联欢晚会有一套用惯了的班子、方法、规矩、程序、思维模式、审美标准,我的"鬼点子"在这里行不通。筹备三个多月,重要会议就开了十几次。广电部四位正副部长、中央电视台四位正副台长,加上文艺部主任邹友开、总导演张子扬、总撰稿鄙人每次到会;有时还请中共中央办公厅派代表到会一起审查节目方案。……我预想的晚会创新方案,不可能在严密重叠的固有定式中被采纳实施。我沉默观察了一阵子,中途辞职告退。总导演张子扬执意挽留说:海内外传媒都已报道魏兄出任今年晚会总撰稿,你这样半路退出,我们怎么向传媒解释?请你顾全大局,坐也得坐到除夕晚上才行。我体谅张子扬的苦衷,留下来作装饰品,出名义不干实事。当然,也干了一些活儿。例如流行很广的歌曲《众人划桨开大船》,是我加盟领衔作词。再如到处传唱的《涛声依旧》,是我协同张子扬,还有歌舞导演陈临春设法多次"护航",才保住毛宁所唱这首情歌没被拉下来。但晚会总体构思照旧,与我的关系不大。粗略小结一下,我与春节联欢晚会有三点不太适应。第一,那里是北方文化为主,我是南方文化;第二,那里是俗文化,我是雅文化;第三,春节联欢晚会是升平文化,我是忧患文化!最后一点是分水岭。我的忧患意识可用于剧作,可用于杂文、散文、碑文,但不适宜春节联欢晚会。那里是歌舞升平之会,集歌舞升平之大成,是典型的升平文化。我的忧患意识在那里"用忧无地",只算是挂上总撰稿的牌子走了一次过场。

问:近几年歌星、笑星、影星、电视节目主持人流行写回忆录。你怎样看待这种现象?

答:这些"星"们,许多都是我的朋友或熟人。他们的著作,我浏览过一些。我认为:公民有创作自由和出版自由。

他们愿意写书，总比搓麻将强。他们出书，追星族买书，也不是坏事，但文化价值不大，生活琐事，隐私秘闻，连小女子散文都说不上，有的书是小男子随笔。真是随得漫不经心，快到倚马可待。飞速成书，萝卜快了不洗泥。文笔千篇一律，我疑心其中有的不是明星手笔，可能有枪手代星捉刀？如果从艺术和学术的角度审视，明星书多是平庸之作。如果从追星族的角度看，也不妨宽容、宽松，满足追星族的阅读需求。海纳百川，明星书权当通俗读物吧。索性放手让其一哄而上，看其自生自灭。泡沫文化，呼啦圈风尚，虽畅销一时，生命力不长。1997年长春举办全国书市，倪萍碰巧与台湾作家余光中一起签名售书。倪萍门庭若市，余光中门前冷落。但倪萍的火爆是短期行为，她那《日子》恐怕长不了；而余光中著作的含金量将随岁月增加，必会闪耀于中华文化史册。

问：最近，中央电视台《新闻30分》报道你在西安举行的全国书市上签名售书，特别引人注目。请问你售的是什么书？

答：是上海古籍出版社新出的《魏明伦剧作精品集》，收了我六个戏曲剧本。我应邀去西安参加全国书市。与我一起签名售书的有贾平凹、余秋雨、张贤亮、刘震云、陈忠实、曹文轩；台湾作家刘墉；还有敬一丹、水均益等等。我的售书点邻近敬一丹和贾平凹，彼此都畅销。我大约签名两小时售出四百多本书，直到供不应求。主办单位临时从书库调来一百多本，一会儿又售完了。热心的读者还是不走，有一些青年男女弓着背，挺着胸，请我在他们的衣衫上签名。记者抢镜头拍照，传媒说这个现象是为戏曲争气的奇迹！或者说戏曲剧本以往就没条件上书市，但这次魏明伦的戏曲剧本集，竟然与最畅销的《山居笔记》《高老庄》《黑镜头》《男人的一半是女人》《草房子》等小说、散文、报告文学以及一些明星书排在一起竞卖而又并不逊色，这岂不是为戏曲添彩吗？从这个角度看，我没有给戏曲丢脸，总算是一件好事。

问：报载台湾才子刘墉在西安答记者问，把你和余秋雨、贾平凹并列为大陆三大才子。请问，刘墉与你会面了吗？

答：只是神交，没有见面。我常读刘墉的散文，却无缘结识。这次我到西安时，刘墉头天刚走，又失之交臂。只读到他在《华商报》上赞扬大陆三位才子。我想：刘墉如此提法，是因为这次秋雨、平凹和我都到西安会合而已。大陆才子甚多，岂止三位。何况平凹、秋雨成就都比我高，我叨陪末座，充数罢了。不过，在海外文化名人眼光中，我以一个戏曲编剧身份忝列小说名家、散文高手之间，也算是为戏曲争气了吧？

问：报刊介绍你曾当选为中国艺术界十大神秘人物之一。那是怎么一回事，有哪些人和你一起当选？

答：那是天津《艺术家》杂志主办，京津沪三地报刊的文艺编辑参与的活动。首届称作"1987年中国艺术界十大新闻人物评选"，刘晓庆、范曾、谢晋、骆玉笙等当选。第二届改称"1988年中国艺术界十大神秘人物评选"，以得票多少为序：张艺谋、吴天明、英若诚、潘虹、魏明伦、姜文、韩美林、王立平、赵忠祥、马三立，共十人当选。多是电影、电视、美术、音乐、曲艺界精英。戏剧界名额只有一个，没选"角儿"，选上我这戏曲编剧人员了。

问："为什么叫"神秘人物"呢？

答：主办单位解释：神秘，即奇特、异常、反常，不是通常。列举我的"神秘"事件之一：是《潘金莲》在江南一带上演，剧场轰动，谢幕时观众不只是为"角儿"鼓掌，而且强烈呼唤编剧魏某出场谢幕。编剧不亮相，观众不散场，这是极其反常的现象。而我当时没有随剧团演出，不在现场，始终没有亮相谢幕，观众长久不散，寻到后台，寻到剧团住地，也不见我这鬼影子，所以显得"神秘"了！今年在上海演《变脸》，在北京演《杜兰朵》，也有呼唤编剧出场谢幕的反常现象。追星族正常，追鬼族反常！追"角儿"正常，追"编剧人员"反常！戏曲界长期实行"角儿制"，演员至上，编剧地位偏低，在剧团内，在文坛上，在社会上，戏曲编剧都是人微言轻。我这个"鬼"影出现，开始改变了观众对戏曲编剧的价值观念。从我的身上，可以看到已经断裂了一百几十年的中国戏曲"编剧主将制"的影子！

问：这么说，一百几十年前，中国戏曲实行过"编剧主将制"吗？

答："编剧主将制"这个词儿是我归纳概括。这种戏曲体制确实是从元朝开始实行，到晚清断裂了。说来话长，中国戏曲"编剧主将制"从兴起到断裂的利弊，写一本书才能论证完备。

问：请你简明扼要说说。

答：中国戏曲的辉煌是元杂剧，超越元代其他姊妹艺术，上升到当时的文化峰巅，与唐诗、宋词、明清小说并列为中国文学宝库精品。其成功的主要原因，是涌现了关汉卿、王实甫、马致远、白朴等一大群剧作家，并且形成了以剧作家指导梨园戏班的"编剧主将制"。这种体制的特点是知识分子带动艺人，是文化高者带动文化低者，是剧本带动演出。"编剧主将制"延续到明清杂剧，延续到汤显祖、洪昇、孔尚任、李笠翁。从《窦娥冤》《西厢记》到《牡丹亭》《长生殿》《桃花扇》……代表中国戏曲的是剧作家。"编剧主将制"的最大成果是剧本文学极为发达，但物极必反，其负面效应是表演艺术跟不上趟。清朝中叶以后，剧本僵化为案头文学，昆曲钻入死胡同。时代呼唤表演艺术，京剧和地方戏兴起，表演艺术发达，形成戏曲"角儿制"，演员至上，名角称王。从"同光十三绝"到梅兰芳，扩及地方戏的各路"诸侯"，表演艺术达到炉火纯青。"角儿制"在产生和中兴阶段，是时代进步的产物，对中国戏曲功德无量。但物极必反，"角儿制"矫枉过正，把编剧主将贬低到幕僚与附庸的地位，甚至有奴仆之感。表演艺术独自发达，剧本文学衰落弱化。由于演员过分地大于剧作家，表演过分地大于剧本，势必造成形式大于内容，局部大于整体，唱腔大于唱词等等畸形艺术现象。形式大于内容的弊端使戏曲接近形式主义、唯美主义。"角儿制"养成角儿满足于老唱传统旧戏，不思开拓一代新风的习惯。"角儿制"缺乏与之互相约束的配合机制。请参考影视的机制。影视实行"明星领衔制"，同时又实行"导演中心制"，两者互相约束，互相推动,成为双轨制。是明星为大?还是导演为大?两者职能平分秋色,相得益彰。时至今日,"角儿制"阻碍着中国戏曲大力创新。京剧之所以不及地方戏的剧目创新,正是因为"角儿制"在京剧领域比任何地方戏更加根深蒂固。时代要求戏曲的表演艺术和剧本文学双轨并行,比翼齐飞。戏曲急需体制改革,即实行"编导主将制"与"角儿领衔制"同时并存,互相约束,互相推动的双轨制。这种艺术实践,我已先行一步。

1999年12月

读书三性

有人称你是"鬼才",请教你读书有何"鬼"法?

你提问便捉鬼,我只得作鬼辩。所谓"鬼才",大抵是人们知我九岁唱戏,正规学历很浅。由此推测我读书特少,却有些鬼聪明、鬼板眼,写戏鬼头鬼脑,作文鬼话连篇,近似词典诠释的"鬼才"特征。这样称我不无道理。但此说也有欠妥之处。我学历浅属实,读书少则不尽然。我读书并无鬼点子,多是笨法子,不敢偷懒取巧,全靠刻苦自修。幼年是雪案萤窗苦读派,如今是郊寒岛瘦苦吟派。

你有多少藏书?

自幼无钱才唱戏,哪有盈余去买书?藏书楼是公家或师友们的,只有借书证是我的。寒舍是书的旅店,来去都是客,迟早得送走。这就迫使我下死功夫背书,若不记牢,书乘黄鹤去矣。

你写了多少读书笔记？

我孤苦自学那年头，正是盛行文字狱、瓜蔓抄的时代。许多书生皆是由于日记、信件、读书笔记之类招来缧绁灾、杀身祸！前车有鉴，谈虎色变，所以我读书从不写笔记，只用"心记"。幸好我记忆力颇强，日积月累，在脑海深处储存了一个小小的"书橱"。

你记忆中的"书橱"存放哪些读物？涉及哪些学科？

我的独特经历限定了我的阅读范围，不似正规学子循序渐进，全面发展，博中求专。我过早登上戏台，从此无缘接近自然科学之门。只在文艺书海内遨游，偶尔涉猎到哲学、逻辑学、训诂学的山脚峰底。数理化，则如天外星星，高不可攀。几十年一贯偏攻一隅，结果成了理科盲人，工科聋子，外语哑巴！虽然我也不失为文艺里手，戏剧方家，但总以学问残缺为憾事。如果我早年奠定外语基础，现在能啃原版洋书，必会促进我的戏文更加多彩。

你认为读书的要领是什么？

读书力求三性：韧性、记性、悟性。

有韧性没记性，读了白读。有记性没悟性，书是死书。

悟性至关重要，一举满盘皆活。

然而，单凭悟性，没记性就没库存，是皮包公司。没韧性就建不成太仓，是短途小贩。

三性俱备，堪称知识富翁。

鄙人记性悟性均可，唯韧性不足。近几年读书太少，老本快花光了。

对你影响最深的是什么书？

1. 《郭沫若文集》（只限于其40年代以前作品）
2. 《曹禺剧作集》（只限于其50年代以前作品）
3. 《老舍文集》（只限于其60年代以前作品）
4. 《巴金文集》（特别敬重其80年代以后的《随想录》）
5. 《丑陋的中国人》
6. 《日瓦戈医生》
7. 《古拉格群岛》

你最喜欢的是什么书？

《鲁迅全集》

1991 年 4 月

悲愤投"海",佯狂经商

一、当我咬文嚼字的时候

搞导弹,造氢弹,不如卖鸡蛋;手术刀,解剖刀,不如杀猪刀。

当今中国经济大潮波及文化人,作家办公司,明星炒地皮,报刊蜂拥推出形容经商的词语——"下海"!

这时髦词儿可有来历?且听我考据一番。

所谓"下海",大抵源于传统戏曲《夏得海》,与另一折子戏《入得山》相映成趣,入山拿虎,下海捉蛟。

话说水怪兴风作浪,糊涂县官异想天开,欲派人下海谈判。恰巧衙中有一差役名叫夏得海,遂被老爷定为下海的最佳人选。差役被迫,写好遗嘱,喝得烂醉,下海送命。不料歪打正着,感动上帝,助其完成了昏官老爷的交办任务。

"下得海"在戏文里是荒唐、无奈、冒险、侥幸的混合意思。

正是戏曲界将"下得海"一词简而推之,推而广之,广而告之。

清代，戏曲从业人员来自几处：一是科班，二是世家，三是江湖。大约从20世纪20年代开始，大量票友涉足梨园。票友只是业余爱好者，若从业余转向专业，即称为票友"下海"了。

我考证结果，"下海"是业余转向专业之质变。然而当今文化人经商，多是业余，并非专业，通用"下海"一词，不够准确，名不正则言不顺……

当我还在这样咬文嚼字的时候，朋辈中的作家哥哥、明星妹妹早已下海、过海、闹海、倒海，一掷超过千金，腰缠何止万贯！对比鄙人，一介寒士，两袖清风，实际收入是低工资，社会生活乃高消费，说温饱过得去，离小康差得远。只顾埋头写作酸溜溜的戏文杂文，越穷越酸，越酸越穷。

二、开张词

许多人都有的两种东西我却没有：权力，金钱。
我无钱换权，又无权换钱。
许多人都没有的两种东西我却有了：文才，名气。
文才是一项专门智慧，名气是一种特殊资本。
能不能变通变通，运用我之所长，弥补我之所短？能不能兼办第二职业，以名经商，以商养文？
不妨姑且一试，居然弄假成真，魏明伦文化经济公司于改革大潮起落千叠之时宣告开张。
古人投笔从戎，今人投笔经商，鄙人是带笔涉海，专业依然"爬格子"，业余做做小生意。事出有因，事出无奈，隐衷不宜在开张词里啰唆。今天收起"十面埋伏",见面恭喜"四季发财"。

到哪座山,唱哪种歌。我得学着诌几句经济与文化的罗曼蒂克关系:

没有文化的经济是动物世界!

没有经济的文化是穷棒子王国!

文化与经济结合才是良缘夙定,佳偶天成!

我再引经据典,请出陶朱董事长、西施总经理、司马相如大亨、卓文君老板等古代嘉宾,说明中国的文化人早在两千年前就有经商下海的优良传统。特撰一副平平仄仄的欢喜对联以代卡拉OK——

西施弄桨,范蠡荡舟,美女功臣皆下海;
红袖当垆,青衫掌勺,佳人才子早经商!

三、贺电盈门,妙语流传

小公司开张,爆发大新闻。文坛朋辈,艺苑群星,纷纷从北京上海给我拍来贺电。电报虽短,不同凡响,文化品位甚高,艺术细胞颇多,语有个性,文如其人。小说家王蒙、冯骥才、张贤亮、贾平凹、从维熙、谌容、张洁、张抗抗;散文家余秋雨;剧作家沙叶新;诗人白桦、邵燕祥;画家韩美林、方成、丁聪、黄永厚;杂文家舒展、蓝翎、牧惠;影视剧明星于蓝、王铁成、王馥荔、陈道明、姜昆、梁左、马兰、黄新德、马莉莉;歌唱家王昆、黄婉秋;导演林兆华、张应湘;还有吾师吴祖光、新凤霞夫妇；还有我的忘年交萧乾、李准、周巍峙、文怀沙；还有身兼五花八门的杂家黄宗江……诸公不谋而合，同题作文，或正儿八经，或幽默调侃，借我公司开张之酒杯，浇文化人胸中之块垒。逢场戏说几句，随意插柳几行，细柳成荫，妙语传世，汇成一束微型文学。

选出几例，可见一斑。

　　企业家说：文化搭台，经济唱戏。
　　艺术家说：经济搭台，文化唱戏。
　　孰是孰非？
　　我看明伦之路甚妙，这便是：
　　自己搭台，自己唱戏！

　　　　　　　　　　　　　　——冯骥才

　　欣闻魏明伦文化经济公司开张：
　　无肉则瘦，无竹则俗。
　　经济文化，互相促进，如竹笋烧肉，相得益彰！

　　　　　　　　　　　　　　——邵燕祥

　　大个子冯骥才身高似塔，心细如发。寥寥数语，把文人经商喻为自己搭台，自己唱戏。使我联想郑板桥自题篱内之竹："一片绿荫如洗，护竹何劳荆棘。仍将竹作笆篱，求人不如求己！"竹是雅人欣赏之物，肉是凡人盘中之餐。竹，人所欲也；肉，亦人所欲也。宁可食无肉，不可居无竹，雅则雅矣，恐怕坚持不了多久。三月不知肉味，嘴角必然垂涎三尺！燕祥兄以诗人的想象力，杂文家的调侃语，将竹喻文化，肉喻经济，再将两者结合比喻为"竹笋烧肉"。准确、生动、鲜明，亏他想得出来。

人与人不同。罗汉堂内有嬉笑怒骂的济公活佛，也有一本正经的慧宽尊者。

明伦吾兄：

中国文化的重新崛起，需要构建一种全新的文化运作机制，也需要造就一批在心态和生态上都能与现代生活密切相融的艺术家。

我相信以你的名字命名的公司一定会成功地完成这两项使命。这是你文化良知在今天作出的必然选择。

中国文艺界将会看到一个更加光彩夺目的魏明伦！

请接受我兄弟般的祝贺。

——余秋雨

明伦兄并转公司各位朋友：

得知贵公司成立，在京几位友好及韩美林工作室全体工人和我均感此举是文艺界创意不凡的一大选择。文艺与科学和经济结合，能有雄厚的实力去发挥她的魅力，反之都是纸上谈兵。

我经办工作室已有五年，就是不会搞经济，所以有成绩没效应，以致发展困难。除致电向你们祝贺外，尚希望你们多给予经验上的传授与指导。

——韩美林

理论家余秋雨凡事讲理论，忠厚人韩美林凡事露忠厚。秋雨后来跟我聊天："朋友们借题发挥玩幽默，我可是用做学问的恭敬态度在给你拟电文啊！"余教授向我表白时，那语调比电文还更严肃认真。画家韩美林平日声称不喜华丽辞藻，其人说话、写信、办事，一概踏踏实实。他的贺电直言韩美林工作室不会理财。"有成绩没效应"，出了大量巨型雕塑却没有赚钱，钱都落进了别人腰包。大冯曾用苦笑叹息美林憨厚："这个人在忘情地拥抱和亲吻世界的同时，被来自世界的许多手掏空了口袋！"他吃亏太多，病急乱投医，拍电请我传授保护口袋的经验。其实我也是睁眼瞎子，口袋正被翻云覆雨魔术之手掏走！韩美林问道于盲也。

以上两封电文明白如话，下面两封则近似"朦胧派"与"深奥派"。

魏明伦文化经济公司：
　川江东去，法门万千，天府云祥，人生大境界也！
　　　　　　　　　　　　　——贾平凹

欣闻"蜀娃"魏明伦继"巴妹"刘晓庆之后，双双下海，掀浪弄潮；乃知文坛艺苑之盛事，非徒舞笔弄姿，而在于能掐会算，经四海腰缠万贯济扬州也。
　鬼才魏生乎，使汝多财，吾为尔宰。
　　　　　　　　　　　　　——文怀沙

文老先生是楚辞专家，言必称之乎也者兮。记者们不解电文深奥，请我翻译白话。据我浅薄理解，老夫子在抛典故。元朝陶宗仪《说孚》载《商芸小说》："有客相从，各言所志，或愿为扬州高官，或愿多聚资财，或愿骑鹤升天。有人欲兼三者：腰缠十万贯，骑鹤上扬州！"后面"使汝多财，吾为尔宰"八字，译成大白话如下：只要能让您魏先生发了，我老头子愿来给老板您守门！

怀沙先生的古文尚可译，平凹老弟的禅语太玄乎。我是开张经商，又不是出家剃度，贾平凹怎么给我拍来一封文不对题的贺电？愚下猜测《废都》作者正受责难，看破红尘，万念俱"废"！于是规劝朋友：商海险恶不及"天府云祥"，钱眼陷坑不及"法门万千"，参透禅机才能进入"人生大境界"。总之别去当老板，最好做和尚！

笑星歌星可不这样遁世。电波传来"刘三姐"的山歌和姜昆的单口相声。

> 广西三姐蜀秀才，
> 改革开放搭歌台。
> 遥祝公司生意好，
> 再邀桂林对歌来。

——黄婉秋

> 二十世纪大新闻，
> 下海不会淹死人。
> 扑通有人跳下去，
> 巴山秀才魏明伦！

——姜昆

笑星幸而言中,"秀才"下海近三年,并未淹死,至今仍在浅滩踩脚。——正因为只在浪花溅脚之处摆摆架势,否则早已葬身鱼腹了!

以后每遇姜昆,他必然抢先向我背诵四句电文,表示储存脑海,经久不忘。姜昆在北京办了昆鹏公司,所以与我商味相投。黄婉秋在桂林办了刘三姐公司,所以约"秀才"去"对歌"。同道者,还有谌容一家开办的快乐公司,张贤亮开办的华夏公司,杜宪、陈道明伉俪开办的先奇公司。

明伦兄:

　　欣闻以你名字命名的文化公司成立,特此祝贺。贺中华茫茫商海又多了一个弄潮儿!贺魏杂家又多了一个老板头衔!贺贵公司由文坛鬼才怪杰经营,定将才情横溢,财源茂盛,像你的作品一样富有特色。

——妹　杜　宪
弟　陈道明

俗话说:响水不开,开水不响。在文化名人朋辈中,真正会做生意,会赚大钱者,乃是秘而不宣的王铁成。

他给我拍贺电也不露"总理"的绰号或"总经理"的身份。上款是"寄语明修栈道者";下款署的"我是暗度陈仓人"!

四、神秘人物半遮半露

明修栈道,热闹开张。记者们从敝公司典礼上获悉我的开张词与京沪诸家贺电,微型文学可观,新闻效应可取。记者各有所爱,各取所需,组版不同,分别见报。新华社、中新社发布消息,海内外争相转载。我在泰国逛书摊,看到香港和台湾刊物的摘录。听王蒙说,他在美国还看到过另一种版本。传播之广,始料不及。

但国内所有载此消息的媒体,都没有报道当时两位神秘人物的致词致电。

一是商界巨头牟其中的现场演说词,一是旅外画家范曾拍来的三篇电传。

那段时期,牟其中客旅成都办事。为了应邀替我公司开张出场压阵,他推迟了飞回北京的班期,率领南德经济集团一帮智囊前来赴我之约。这对于笃信"时间就是金钱"的大忙人,确是破例之举动。那天,牟其中是登门最早之客。由他剪彩、揭幕、题词,词曰"衣食足,礼义兴"。此公是天才的演说家,不打讲稿而能长篇大论而又言之有物!只可惜当时没有把他的演说录下音来,白白随空气振荡流失了。

现在我依稀记得片言只句——

"文化与经济结合是中国必由之路,连不识乘除的巴山秀才魏兄也下海,说明潮流席卷死角了。但是,我牟其中并不主张文人从商!文化与经济结合不等于让文人自己去办公司!作家之长是写书,演员之长是演戏,你们做生意,谁也胜不过我牟其中，刘晓庆也胜我不过！刘晓庆下海，是因为女演员人到中年，银幕形象不会永驻青春。演戏的路子窄了，另辟蹊径，经商、外交、出版回忆录，几路并进，才能保持知名度不朽。你魏兄是剧作家、杂文家，又不上台演戏，不愁容颜憔悴。五十岁出头，正是写作的成熟期。只因囊中羞涩，就分散精力，学做生意，岂不荒废文才？像你这样的特殊人才，有关方面完全可以给你创造比较优裕的环境，让你安心写作，振兴川剧。这样，你也不会为稻粱谋而悲愤投海嘛……今天既然开张了，作为朋友，我得提醒你，不可书生气十足。商界险恶，人心难测，要提防别人利用你的名气，扩大他们的影响，以你的骨头熬你的油啊！……好了，意到为止，祝贵公司一帆风顺。今后，你魏兄万一在商海遇难，我南德经济集团一定丢救生圈。"

这是贺词，还是悼词？

神秘人物飘然而去。但不到两月，事实印证了牟兄的神机预算，确有伪君子假善人以我的骨头熬我的油去点燃他的灯！不待南德集团丢救生圈，我已觉醒，跳出漩涡，浅水行舟了。

另一位神秘人物范曾，侨居巴黎三年，获准携眷回国。刚到天津，从吾师祖光先生公子吴欢处得知我公司开张，当即拍来电传墨迹三篇。书法飞舞，文采焕发，乃画家酒酣耳热之余一气呵成。手稿原件被香港《大公报》等海外传媒公诸于世，题为《范曾致魏明伦书》。

明伦兄：

兄蜀中文坛奇才，已濯浪沧海，知商品大潮之所向披靡矣。遥望夔门，曷胜欣羡，此中气象万千，非杜甫"萧森"二字可概括矣。

　　昔读兄之文，散淡萧疏之外复有排闼捭阖之气。前者足可为风流才子，后者必可期巨商大贾。兄真可谓"开张天岸马，俊逸人中龙"也。

　　忆春秋本家之陶朱公，有西施添香而泛五湖。今吾兄必有伊人攻关而涉四海矣。俟以年月，兄必为国中商文两界巨擘。电脑声动，知财源之不匮；砚田墨研，识采藻之无涯。商文相悖相成，可哺天下寒儒，可育后代才俊，可为艺苑后盾，可树千秋大业。行于四方，不辱炎黄，明伦兄有之矣。然行商者，虽不必倚之以诈，却必须辅之以术！此中奥妙，兄于过河摸石之时可获大悟！

　　然事亦有未可逆料者。巴尔扎克之经商，可谓前车之覆；黄宗英之下海，亦足称殷鉴不远。当此良辰吉日，本应避讳；然愚弟眷眷之爱，不能不耳。

　　要在行文作赋，皆重浪漫；而经商业贾，咸本现实。慕兄之名者，不必惠兄以实利；而借兄之名者，恐已图私而暗行！兄宜慎之、慎之。

　　弟愚鲁不欲下海，然兄倘有命，必当赴蹈，虽汤火不计也。

　　此颂

　大发

　　　　　　　　　　　　　　　　　　愚弟
　　　　　　　　　　　　　　　　　　范曾
　　　　　　　　　　　　　　一九九三年八月十一日

五、发"才子脾气",卖"蒸笼牛肉"

提醒本人切勿浪漫行商者,不只是一个昔为名士,今为隐士的范曾,还有许多寻常百姓、远方读者。各报争发诸家电文集锦,只是"秀才下海"早潮。余波在后,引起四面八方众说纷纭:或赞同,或担忧,或婉劝,或讽喻,公开信,幽默画,花色品种涌现报端。其中较有代表性的,是红学家胡邦炜发表在《四川经济日报》的书信体文章。他先用形式逻辑的排中律推测我下海是"发了才子脾气";再用充足理由律加比较学方法论证文字思维与数字思维的严格区别;并考据出算盘、账簿、计算器上显示的均为数字而非文字;奉劝我切勿发挥美丽生动富于情感的文字思维去进行冷冰冰而锱铢必较的商业决策。其谆谆嘱咐之状,很像美食家关照厨师不宜把辣椒粉掺和到甜藕粉里!我看这位好心的朋友犯了"学究病",抱着迂夫子的教科书来劝化"易胆大"的佯狂术。此文太长,不便赘引。读者若有兴趣,请自去查阅。行文至此,不得不提及我向来尊敬的漫画家华君武先生,又不得不追述华老对我的器重扶持。只举一例,足见深情。那年,摄影家徐肖冰给我拍过一帧身穿牛仔服的艺术照片,华老由于欣赏我的杂文而在照片上题词曰:"魏才子犀牛雄姿,华君武沐手敬题。"前辈这样抬举,意在促我奋发笔耕。他不料我竟宣告下海,可能误会我是弃笔从商,使他失望。于是幽我一默,在上海《文学报》头版发表漫画,画题直写《魏明伦下海当垆》!

听丁聪先生说,华老为了描准我的神态,特别从丁老那里要去我的近照，仔细揣摩之后几笔传神，画得比我还像我！身穿花衬衫，腰系白围裙，摆开小摊小灶，出售四川特产蒸笼牛肉。华老打扮顾主模样，指着直冒热气的蒸笼，与摊主本人对话。

问曰："老魏，你的文章可以，但这蒸笼牛肉不行，一点肉也没有！"

答曰："我卖的就是名气，你看都冒气哩！"

哈哈，我冒的什么气？浅看是名气，深看是怨气，或称抑郁之气，也可以理解为"才子脾气"！

此画是善意的讽刺，还是痛心的幽默？也可以理解为带笑的叹息！

这类苦笑的作品无独有偶，上溯还有侯宝林的相声《改行》，那段子里不是也有怪世奇谈——京剧大师金少山吆喝卖西瓜么！

六、怪圈绕回，依然咬文嚼字

想来读者诸君已经感觉到，我这一场下海传奇，少见报道实际的商贸项目，具体的财务盈余，多是文化人之间书画来往，诗文唱和，纸上谈商，笔底咏财。对不起，商业秘密亦如官场内幕，必须隐瞒；而文艺花絮，则可喋喋不休。

本老板在浅滩绕了一个怪圈，依然故我，还是在咬文嚼字。

与其说我是在从事一次商业性活动,不如说我在组织一次戏剧性活动!

与其说我是想取得经济效应,不如说取得的是文化效应!

与其问我拥有多少客户,不如问我拥有多少读者!

初衷在运行中变化,结果是我起了水分作用,将一批文化名人朋友凝聚起来,联成一次特殊的微型杂文笔会,评说"下海",言简意赅。

美术界早有"行为艺术"之先例,那么,我这一招可不可以称作"行动杂文"呢?

1996 年 2 月

《魏明伦散文》跋

流　火

　　明伦兄自称"小鬼",人称"巴蜀鬼才"。

　　北方话"你还别说",此鬼成精了、别出心裁、别开生面、别辟蹊径、别具机杼,总之是个另类奇葩。

　　《魏明伦散文》问世,几十篇长短文章,反映了80年代以来作者的心路历程。映出文坛风雨,梨园兴衰。鬼笔记录信史,川味浓郁,个性斐然。80年代思想大解放及余波,是此书时代背景。捧读书稿,感觉佳作纷呈,其中名篇,如《仿姚雪垠法　致姚雪垠书》《悲愤投"海",佯狂经商》等,拥有广大的读者群,至今还有人牢牢记住,津津乐道。文坛名家巴金、钱锺书、萧乾、吴祖光、余秋雨等欣赏魏氏杂文,特别赞扬《仿姚雪垠法　致姚雪垠书》。

　　巴金将此文摆在案头,向客人推荐。据学者刘再复回忆录叙述:"钱锺书先生几次向我提及魏明伦的文章写得好,把文言和白话自然融合。他的文言功底,在目前作家中非常罕见!"

说到这里，我发觉"文化昆仑"钱锺书如此夸耀明伦兄，这件事更为罕见！

可贵的是，明伦兄倡立三独精神，二民主义。三独：独立思考，独家发现，独特表述。二民：民族的艺术形式，民主的思想内涵。明伦兄的"二民主义"，把民族形式和民主内涵统一在他的文学实践中了。

我与明伦兄结识于少年时代，彼此邻居，经常共处。我是中学生，明伦兄小学没读完，九岁登台唱川戏，艺名"九龄童"。我在自贡老家看过他主演的《望娘滩》，看到他演聂郎的单人剧照挂在德寰照相馆的橱窗里，引人注目。我有时进自贡剧场看川剧，川剧艺人多是文盲。明伦兄戏称自己是半文盲。其实他成天怀抱书本，手不释卷。与我谈今论古，诗文唱和。我记得他写过一首白话诗《小窗赋》，副题是"献给朋辈"。

我作为他的"朋辈"之一，早已定居云南，以土木工程为业，常年忙碌于物理意义的"基础与上层建筑"之间。阔别文学久矣，蓦然回首，当年自称"半文盲"的明伦兄，已成为四川大学、陕西师范大学、长安大学、中国戏曲学院的客座教授，并历任中国戏剧家协会副主席、中国戏剧文学学会会长。在成都大邑建成魏明伦文学馆，在他桑梓内江市建成魏明伦碑文馆，在他第二故乡自贡市建成魏明伦戏剧馆。

在《魏明伦散文》问世之时，我衷心祝贺老友明伦兄，智者乐，仁者寿。

是为跋。

2023 年端午节后